图书在版编目（CIP）数据

君子，命中有狐 / 多多著. — 武汉：长江出版社, 2023.11
ISBN 978-7-5492-8937-0

Ⅰ.①君… Ⅱ.①多… Ⅲ.①长篇小说－中国－当代
Ⅳ.①I247.5

中国国家版本馆CIP数据核字(2023)第127451号

君子，命中有狐 / 多多 著
JUNZI, MINGZHONGYOUHU

出　　　版	长江出版社
	（武汉市解放大道1863号　邮政编码：430010）
市 场 发 行	长江出版社发行部
网　　　址	http://www.cjpress.com.cn
责 任 编 辑	梁　琰
特 约 策 划	于　棠
特 约 编 辑	朝歌晚丽
封 面 设 计	青空工作室
封 面 绘 制	秃颓颓
印　　　刷	北京盛通印刷股份有限公司
版　　　次	2023年11月第1版
印　　　次	2023年11月第1次印刷
开　　　本	710mm×1000mm　1/16
印　　　张	32
字　　　数	783千
书　　　号	ISBN 978-7-5492-8937-0
定　　　价	69.80元（全两册）

版权所有，翻版必究。如有质量问题，请联系本社退换。
电话：027-82926557（总编室）　027-82926806（市场营销部）

目录

- 壹·纸上谈兵 —— 001
- 贰·危机四伏 —— 007
- 叁·大慈悲寺 —— 013
- 肆·石碑之谜 —— 021
- 伍·工部侍郎 —— 027
- 陆·天上舞姬 —— 035
- 柒·通天巨索 —— 040
- 捌·玄武之谜 —— 046
- 玖·偷天换日 —— 051
- 拾·金榜题名 —— 057

- 壹拾壹·血石机关 —— 064
- 壹拾贰·第三本书 —— 070
- 壹拾叁·风卷残刃 —— 075
- 壹拾肆·运筹帷幄 —— 081
- 壹拾伍·有猛士兮 —— 086
- 壹拾陆·激将之法 —— 091
- 壹拾柒·夷国使者 —— 096
- 壹拾捌·机关演武 —— 102
- 壹拾玖·势均力敌 —— 108
- 贰拾·疑窦丛生 —— 115

君子，命中有狐

- 贰拾壹 · 人心难测 —— 121
- 贰拾贰 · 完美罪证 —— 126
- 贰拾叁 · 水下巢穴 —— 132
- 贰拾肆 · 局中之局 —— 138
- 贰拾伍 · 殿中密谈 —— 147
- 贰拾陆 · 奇袭业火 —— 153
- 贰拾柒 · 双生共生 —— 158
- 贰拾捌 · 生死一线 —— 163
- 贰拾玖 · 铜环之谜 —— 169
- 叁拾 · 天雷地火 —— 174

◆

- 叁拾壹 · 空中楼阁 —— 180
- 叁拾贰 · 落花有意 —— 188
- 叁拾叁 · 烛龙出穴 —— 194
- 叁拾肆 · 逐鹿之战 —— 202
- 叁拾伍 · 铁浮屠阵 —— 210
- 叁拾陆 · 五日之约 —— 216
- 叁拾柒 · 鳞蛇之战 —— 223
- 叁拾捌 · 那罗伽山 —— 229
- 叁拾玖 · 人寄江湖 —— 236
- 尾声 · —— 243

壹 ZHISHANG TANBING

纸上谈兵

天朗气清,秋光湛湛,几缕调皮的光钻进木窗,照在暖棕色的地面上,像是绽开了一蓬蓬的金菊。

一只手按动了床上的机关,密室的门发出"嘎嘎"轻响,缓缓开启,放在里面的两本薄册子,被珍而重之地捧了出来。捧着书的正是颜君旭,珞珞紧张地陪在他的身边,在看到书封上《公输造物》四个大字,方悄悄地松了口气。

"太好了,可担心死我了,你我死里逃生,折腾了一整夜,真怕这宝贝似的书被哪个毛贼偷去……"

可她话音方落,却见颜君旭朝她挤了挤眼睛,轻轻翻开书封,里面的纸是簇新的,字也变成了《诗经》,内容竟被掉了包。珞珞震惊,双眼瞪得溜圆,呆若木鸡。

颜君旭将食指放在唇边,朝她做了个噤声的手势,将书复又放回了床尾的密室,带她走出了卧室,来到了书房的书架前。这一人多高的书架上,密匝匝地放了几百本书,不仅有莫秋雨留下的机关术、八卦堪舆书,还有颜君旭和方思扬带来的四书五经和名人游记等,各色书籍堆在一起,如过江之鲫般令人眼花缭乱。

颜君旭朝珞珞笑了笑,嘴巴弯成一个弧形,越发像只狐狸了。他从第二行的书架中,凑出了一本破旧的《中庸》,递给了珞珞。珞珞翻看几页,又惊又喜,高兴地抱着书转了几个圈:"真有你的,怎么能想到这个主意?枉我担心了这么久。"

"哼哼,只许你废寝忘食地学迷宫,我就不能故布疑阵吗?"颜君旭摸着下巴,得意地道,

◇ 君子，命中有狐 ◆

"前几日在船上见到光熙君，他问了两次《公输造物》，让我实在放心不下。看来觊觎这本书的不只是黑狐，还有京城的权贵。我便将它换了个封面，将假的放入密室，却将真书藏在书架里。就算有贼人来盗，也绝不会想到我敢将这宝贝放到如此显眼之处。"

珞珞笑眯眯地伸出纤指掐了一下他的脸颊："你这哪儿还像呆瓜书生，十足十是个小狐狸崽子。"

"近朱者赤，近墨者黑……哎哟……好痛！"颜君旭被她捏得呼呼喊痛，"我昨晚受的伤还没包扎，你就如此待我？"

珞珞忙放下手，果然见他被火熏得灰头土脸的，袍角只剩下一半，两只鞋不知丢到了哪里，露出的右臂也全是密密麻麻的燎泡。她心中一软，忙帮他去翻找新衣更换。两人说笑不停，却全然不知道，墙外的紫云城已经如滚水般沸腾不休，乱成了一团。

昨晚天河大火，起火前还有震耳欲聋的爆炸声，像是在寂夜里丢下了一个炸雷。百姓们从梦中被惊醒，慌不择路地奔走逃窜，光是触犯夜禁的就被巡街卫士抓了几百个。

天河中火焰连天，大火在天地间燃烧，熊熊如蛟龙，像是要将无边的夜幕点燃。

这个长夜不知有多少人站在自家门口，看着血红的半壁天空，惴惴不安地过了一夜，都说是河中龙神发了怒降罪人间，才燃起这把莫名其妙的邪火。好不容易挨到天明，大家都争先恐后地奔去天河看热闹，但河边站满了金甲银盔的禁军卫士，河堤边也围起了高高的幕帐，遮挡了众人猎奇的视线。禁军们闪亮的刀光和锋利的枪尖，吓得无人敢再上前，但越是看不到的，越令人遐想连篇。河心屬楼的残骸还未被清理，各色流言就已经充溢了街巷。

风送来了桂花清香，颜君旭废寝忘食地在闲院中忙碌。转眼离机关武考只剩下一日了，他心中越发忐忑不安，不知明日自己能否蟾宫折桂。

次日清晨，市鼓声刚刚响起，颜君旭就从床上坐起来，眯着眼睛看着窗外雾蒙蒙的晨光。他梳洗了一番，将平日里蓬乱头发梳顺，拢在青色书生巾中，露出一双狐狸眼和清秀的五官，终于有了清俊的书生模样。机关武考只能带做机关的工具，其余的笔墨纸砚一律不准带进考场。他把布袋里的东西都倒在书桌上，按照要求挑拣。

可他挑了一会儿，突然发现不对劲了，工具斧凿一应俱全，唯独不见了写着他名字的武考木牌。他急得团团转，翻遍了屋子的每个角落也找不到。珞珞也闻风过来帮忙，可两人直翻到天色大亮还是一无所获。正焦急间，门外传来骏马的嘶鸣声，却是方思扬来接他一同去考试，得知颜君旭的名牌丢了，他也急得抓耳挠腮。

"牌子上的字你记得吗？"珞珞连忙问颜君旭，看着东边初升的朝阳，"工具房里什么木料都有，我们找个相似的刻一个。"

颜君旭连连摆手："不行，万一被发现了，可是砍头的罪名。"

方思扬慷慨地掏出了自己的名牌给他："你用我的吧，刚好你手巧，直接将我的名字磨掉刻上自己的，反正我去机关武考也只是凑热闹。"

颜君旭再次将头摇得似拨浪鼓："那更不行了，如果被识破，你我两人可能都会被砍头，搞不好还会牵连家人。"

方思扬也知他所说没错，脸都吓得惨白，觉得自己太过冒失。

"这也不行，那也不行，你到底要怎么办？"珞珞不耐烦地问。

"去贡院，我要去求考官，一定要用自己的真诚打动他，让他同意我参加武考。"颜君旭目光灼灼，跳上了方思扬的马车。

可他到了贡院，才知自己有多天真，他还没走到贡院的大门就被卫士给拦住了，要求他出示名牌。他讲述着前几日惊险的经历，刚说了两句就被卫士不耐烦地打断了。

"这位颜公子，请让一让，莫要耽误我家公子考试。"他正在跟卫士苦苦哀求，便听身后传来阴阳怪气的讥讽。

只见安如意被十几名青衣仆人簇拥着，得意地站在自己身后，他的娃娃脸上除了有些淤青，似没在爆炸中受到重创。他照例朝颜君旭翻了个白眼，提着个金丝楠木的机关箱，大摇大摆地通过卫士核验，走进了贡院。

颜君旭见状心如死灰，仿佛全身的力气都被抽走，"扑通"一声颓然地跌坐在地。

"咦，这不是颜公子吗？想不到竟在此相遇？"一双镶金锦靴停在了他的面前，说话的声音也清越动人。

他抬头一看，只见一个身穿淡黄色锦衣、鹅蛋脸的男装丽人，正居高临下地看着他，竟然是黑龙谷一别，就从未见过的雪盈。

"雪姑娘，许久不见，别来无恙……"他有气无力地朝雪盈拱手招呼，连站起来的力气都没有。

"让我猜猜，你是不是遇到麻烦了？或许我能替你分忧呢？"雪盈掏出一把水墨山水折扇，如风流公子哥般"唰"的一声展开，得意地道。

珞珞见了忙跳到她面前，急道："这个呆瓜粗心大意，丢了赴考的名牌，你能不能帮帮他，放他进去考试。他为了这机关武考，已经准备了很久。"

"哦？你连如此重要的东西都能丢了，真不是凡人。"雪盈斜睨了他一眼，扬了扬脖子，"不过幸好你遇见了我，在这儿等着吧，我进去跟皇……不，我家里的人打声招呼即可。"

颜君旭欣喜若狂，像是弹簧般从地上弹起来，不断催促她快去想办法。

"切，你这个无情无义的小子，分别了这么久，也不问我过得好不好？"雪盈噘着嘴不乐意道。

"看姑娘面色红润，神采飞扬，定然是过得极好了。"颜君旭几乎要给她跪下，"姑奶奶啊，求求你了，快去救救小生吧。"

雪盈这才心不甘情不愿地走进了贡院，她一路畅通无阻，守卫们似乎都认识她，纷纷朝她鞠躬行礼后才侧身让路。

她走过贡院端庄肃穆的大门，召唤了兰影过来，刚刚想说什么，却见从贡院里走出来一个人。

那人快步而来，停在她面前，摊开手道："你是为这个而来吧？"

初秋的光线下，只见他掌中正托着一个木质名牌，赫然刻着颜君旭的名字。

雪盈喜不自胜，伸手就要去夺。那人却飞快地缩回手，将名牌紧紧攥住，低笑道："不急，且等等看。"

贡院外，颜君旭将脖子伸得老长，满怀期盼地看着贡院的大门。应考书生如百川入海般匆匆与他擦肩而过，最终都消失在庄严高大的门后。

可他直望到大门关闭，望到考试的钟声响起，望到眼睛酸涩，却仍未等来雪盈高挑窈窕的身影。浑身的血液都随着时间的推移变冷，他木然地站在初秋明艳的阳光下，仿佛一尊立在海边的石像，眺望着遥不可及的希望。珞珞见他表情悲怆，也不敢打趣逗笑，乖乖地陪在他的身边。直至日上中天，毒辣的太阳晒得人都睁不开眼睛，颜君旭才微微晃了一晃，朝珞珞道："走吧。"

珞珞紧张地看着他，只见他脸色惨白，脚步虚浮，宛如一个被艳阳笼罩的幽魂，随时都会在消散在热烈的光线中。

"呆瓜，你没事吧？"珞珞连忙扶住他，生怕他摔倒。

"我没事……"颜君旭摆了摆手，低声道，"我不能怪雪姑娘，就算她家有再大的权势，也无法左右科考，只能怪自己粗心大意，不该丢了名牌……"

他说着声音哽咽，双眼变得通红，忍不住哭了出来。

珞珞假装没看到，忙拉着他上了马车。哪知她刚掀开车帘，却见方思扬正坐在车中，皱着眉正在作画。

"你怎么没去参加武考？"她瞪圆了杏眼，讶异地问。

"唉，反正我也只会画图而已，又不会做机关。"方思扬摇了摇头，"再说君旭不去了，我一个人去考又有什么意思？"

"想不到你这家伙还挺够意思。"珞珞难得夸赞他，还拍了拍他的肩膀。

颜君旭知道方思扬是同情自己才不去参考，心中更加难过，他如行尸走肉般坐上马车，窗外京城热闹繁华的景色在他眼中都变成了灰黑一片。

他看着看着，目光却不由自主地停在了方思扬的画上，画的正是他在阁楼上想出来的翻板机关。看来方思扬也做好了赴考的准备，见他进不去贡院才放弃了。

他望着画中的机关，脑中突然灵光一闪，接着一跃而起，脑袋"砰"的一声撞到了马车上，却丝毫不觉得痛，嚷嚷道："我知道了，我知道如何不参加武考也能展示机关术了！"

珞珞和方思扬都觉得他疯了，满怀担忧地看着他。

"不是还有另外一场考试吗？"

"另外一场考试？"方思扬疑惑地问道，"你说的难道是三天后的科举文试？"

"没错,事到如今,只有试试'纸上谈兵'了。"颜君旭目光灼灼地答。

方思扬叹了口气,珞珞却不明所以,她对科举文试毫无了解,但看到颜君旭重振精神,心中也悄悄地松了口气。

身为狐妖,她丝毫不将人间的功名利禄放在眼中,但不知为何,颜君旭的喜怒哀乐却牵扯着她的心,不知从何时起,她只愿他喜乐平安,见不得他的悲伤失意。

可惜颜君旭这两个月来的工夫都花在了机关上,要在短时间内捡起读得半吊子的书谈何容易?他废寝忘食地又苦战了三日,才准备好文房四宝,再一次在黎明时出发,前往贡院了。

这日天公也不作美,前一晚就下起了淋漓秋雨,到了清晨也未停歇,繁华明媚的京城仿佛瞬间就在雨中褪尽鲜妍,由花团锦簇的织锦,变成了一幅意境绵绵的水墨山水画。

"珞珞,这个交给你,你一定要将它妥善收好。这几日我不能再陪你了,若觉得气闷,就去找月曦玩吧。"颜君旭上车后,将随身携带的布袋递给了珞珞,神色凝重地跟她道别。

他紧紧地握了握她的手,似在交代一件极其重要的事。珞珞悄悄打开布袋,只见里面装着两本封面老旧的《中庸》,知道这是他视为生命的《公输造物》,连忙紧紧将它抱在怀中。

方思扬已经不耐烦地在催促颜君旭,时候不早,兼之雨天路滑,他意在文科状元,生怕再在路上耽误工夫,错过了考试。马在车夫的驱使下,撒开四蹄嘶鸣而去,颜君旭只觉心中虚浮,像是一艘随着海上风浪颠簸的小舟般无依无靠。

机关武考的机会已经溜走了,而在文试的考场上,他真的能翻身吗?连他自己也毫无把握。

他想最后看一眼珞珞,却发现那抹嫣红在雨幕中化为一朵飘零的花,只闪了一闪,便消失不见。

接下来他跟在方思扬身后,在贡院前验了身份贡函,夹在众多考生中,宛如一个微不足道的泡沫,随波逐流地通过了贡院的大门。这是他第一次走进贡院,只见门后场地开阔,一队卫士正在仔细检查考生们携带的文房四宝,是否夹带作弊的物品。

待卫士检查完,考生们依次走进了一个宽敞的大厅,大厅放着几十张桌椅,每个座位都相隔六尺多远,稍有交头接耳就可被发现。

颜君旭很快就找到了自己的座位,从装着文房四宝的盒子中拿出了笔墨,开始研磨。周围都是赴考的考生,有的面容比他还稚嫩,有的已经蓄起胡须,看起来年逾不惑。

进贡院时不许携带雨具,淋得他们衣袍尽湿,恰好一阵风从窗外吹过,大家都不约而同地打了个冷战。

雨丝飘飞中,一个高大漆黑的影子,如梦魇般走进了京城的窄巷。窄巷里藏着一扇门,若不留意根本无法发现。

风雨潇潇,吹起了他的风帽,露出了一张暴戾阴狠的脸,一双浓眉如刀刻斧凿般凌驾在眼眸之上,正是涂山会的首领蓝夜。

"蓝将军,请进。"门打开了,露出一张文弱的脸。

蓝夜一闪身走入窄门，但门后却别有洞天，房间干燥宽敞，里面燃着火盆，温暖而舒适。

"听说你找到了？"开门的人恭敬地请他坐在宽大的椅子上，又为他倒上了姜茶。

蓝夜大咧咧地从披风下掏出了个窄长的木匣，丢到了桌上，发出"砰"的一声巨响。

文弱的青年走过去，打开了匣盖，只见里面装着一只泡得臃肿的狐尸，那是一只金毛碧眼的狐狸，此时碧绿的眼珠浮上了层灰色，没有一丝生气，尸体上散发着刺鼻的臭味。

青年拿一块布蒙住口鼻，翻了翻狐尸，发现了两处刀伤，一处在腹部，一处在颈部，致命的是位于颈部的伤口，这一刀几乎割断了碧眼金狐的大半个脖子。

"两个伤处不大一样啊，似乎不是同一人下的手。"青年翻看着伤口，喃喃地说。

蓝夜冷笑道："那我可不清楚，光在天河中打捞这具尸体我们就花了四日有余，找到时就已经是这副模样，怎能知其中缘故？"

"长老让我转告您，不要再轻举妄动，那小书生……"

"晚了，就在来之前，我已经派人去考场抓他了。"蓝夜打断他的话，推开门，大步迈入雨幕中。

他相信只要将颜君旭捏在手心中，严加拷问，那小小少年自会交出《公输造物》。长老总是叮嘱他要"谋定而后动"，结果就是处处失了先机，连个书本的影子都没瞧见。

贡院中秋雨萧瑟，考题已经被考官写在了题板上，其一是法课，考的是现行律法；其二是贴经，补全《四书五经》中引出的缺失的句子；其三是文书写作，都是书院中夫子讲解过的常见题式。

可当第四道题一出来，考场中登时惊起了一片惊讶唏嘘之声，引得考官大喊"肃静"。

这居然是一道从未见过的题式：河水暴至，堤防破坏，人力不可制。若汝为赈灾使，如何处置？众考生面面相觑，不知该如何是好，生怕写错再引来灾祸，可也有胆大的考生开始奋笔疾书。

大家生怕落后于人，很快考场中就充溢着纸笔摩擦发出的"沙沙"声，仿佛春蚕在啃食着桑叶。

颜君旭望着窗外被雨水洗得宛如碧玉的枝丫，打了个寒战，也开始答卷。就在这时，头顶刮来了一阵温暖的风，瞬间就吹干了他濡湿的衣袍和滴水的头发。

他头也不抬，便知珞珞就在左近，心下更加安定，笔走游龙般写起了文章。

贰 危机四伏
WEIJI SIFU

颜君旭猜得果然没错,珞珞此时正坐在厅堂的房梁上。她躲在了一根粗壮的梁柱后,兼之雨天光线阴霾,巡考的考官只留意着考生们的动静,根本没发现头顶还有一位梁上佳人。

她穿着件樱红色纱裙,斜挎着颜君旭平时不离身的布袋子,双脚一荡一荡,鞋上绣着的两朵黄色蔷薇,宛如蝴蝶般上下翻飞。

她远远看着颜君旭埋头答题,写一会儿停一会儿,又不停地挠着已经蓬乱如草的头发,只觉得好笑。

考场实在是无聊至极,她看了一会儿就看得困了,倚着房梁打起了盹。不知过了多久,天边响起一声闷雷,猛地将她惊醒。

可方才还平静安宁的考场,此时已经充满了肃杀之气,狂风翻涌,吹得木窗"咯吱"作响,屋顶上传来簌簌之声,是有人踩着瓦片疾奔而来。她明眸一转,已猜到来者绝非善类,况且坐在厅堂中的都是再寻常不过的书生,这伙人多半又是冲着颜君旭来的。

她掀开头顶的瓦片,身子轻盈地一翻,已经跃上屋顶,顺手抄起了之前就留在屋顶的伞。

此伞伞骨是精钢制成,伞面以钢丝编就,正是颜君旭研发的"伞盾"。因为今日下雨,闲院中没伞,她顺手将这把沉重的伞拿了出来,此伞比颜君旭带上船的那柄重了少许,估计是他做出的瑕疵品。

她刚一现身,立刻有寒光朝她招呼而来,她忙撑起伞阻挡,身子顺势一退,如一朵随风飘零的花,轻飘飘地飞了两丈多远。只见贡院的屋顶上站着七八个手持凶器的黑衣人,他们脸上都长着黑长的毛，耳朵尖尖，一看就是狐妖。

"你们拦住小妮子，其余的人跟我去抓那小子抢书。"为首的一人吩咐道。

珞珞知道科举文试是颜君旭最后一个机会，万万不能被打扰，忙笑嘻嘻地拍了拍手道，"真是笨死了，比猪还笨。"

果然，黑衣人们全都看着她，其中一人问道："你在说谁笨？"

"当然是你们呀，科考检查如此严格，连杂物都带不进去，何况是书？"她伸指刮了刮脸，俏皮地说，"书被我藏在了秘密的地方，所以才说你们是笨蛋。"

她此话一出口，黑衣人们像是猛虎扑食般，全都朝她冲来。珞珞将手中的伞撑开，脚尖一点，几个起落就跃出了贡院，落在一间黑色的瓦房上。

蒙蒙细雨像是一双妙手，将京城染成了一片苍茫的灰黑，而她就是这暗沉底色中唯一的艳。

这抹艳色像是一只孤独决绝的血雀，在雨中上下翻飞，渐渐远离考场。因为她知道，只有自己跑得越远，颜君旭才越安全。

几只黑狐紧随着她而去，为首一人见眼前的窈窕身影跳下了屋脊，钻入了小巷中，忙追了过去。可他刚落地，脚还没站稳，就兜头被扣上了一个竹筐，接着腹部挨了一记窝心脚，被踹翻在地。紧随着他的几个人也没好到哪儿去，都被珞珞利用熟悉的地形，挨个解决了。此时她才发现，平日在京城里走街串巷地玩乐也不是全无用处，正好用来对付缠人的黑狐们。

考场之中，颜君旭凝神沉思地盯着试题，前面三道题他草草答过，将全部心思都放在了最后一道题上。他挠了挠头发，将饱蘸了墨汁的笔，轻轻落在了白纸上。

"若治水患，应未雨绸缪，开掘沟渠，引水入海……"他笔走游龙，写下了自己的想法，更有一个新奇的堤坝的设计，缓缓在脑海中浮现。

一路赶考的经历，如走马灯般在眼前徐徐展开，他想到鱼翁临死前的叮嘱，想到璇玑授书于己的嘱托，他终于背负着他们的期望，坐在了考场之中，用自己掌握的机关术，解天下苍生之困。而在冥冥之中，他仿佛看到了一个身穿青衫的书生，坐在自己身边奋笔疾书，那是百年前曾参加科考的公输子。正是因为他听莫秋雨讲了公输子的也参加过科考，才让他敢在科举文试上放手一搏。

淋漓细雨中，珞珞在房檐墙头轻巧地跳跃着，追兵已经被她甩得只剩下一个，很快她就又可以折回考场，陪伴颜君旭了。她越想越得意，脚步也变得轻捷。然而就在这时，一个黑色的影子，像是苍鹰般从天而降，立在屋脊上，挡住了她的去路。

那人的披风在风雨中招展，端是威武无双，竟然是曾跟她交过手的蓝夜。她心中一沉，知道自己不是对手，顺势溜下了房顶。

可蓝夜哪肯轻易放她逃走，一甩手银鞭如游蛇般袭向她的后心。珞珞听到身后风声，头也不回，回手用伞盾挡住了攻击，整个人便如被弹出的雨滴般飞了出去。

蓝夜不想自己的一击竟给了对方借力的机会，咬牙切齿地又追了上去。珞珞知道力量跟他相差悬殊，一边逃命一边心焦。

她担心自己会受伤殒命，更担心自己若缠不住蓝夜，倒霉的就将是颜君旭。她急得像是没头苍蝇般在小巷中乱窜，很快就被逼到了一处死胡同中。

她望着眼前的高墙，脑中灵光一现，竟想出了个绝妙的主意。她足尖在墙上轻轻一点，便翩翩然跃到半空，坐在了墙头上。

蓝夜带着一个属下追来，刚巧看到她在朝他们做鬼脸："大笨蛋带着个小笨蛋，看你们能不能捉到本姑娘？"

蓝夜登时被她气得面红耳赤，恨不得把她揪下来撕成两半，将找《公输造物》的事都抛到了脑后。

他一鞭就朝珞珞打去，珞珞身子微晃，已经跃到了墙的另一边，风雨中只留下她银铃般的笑声。他怒不可遏，纵身一跃，如苍鹰扑食般越过高高围墙，紧追着珞珞。

珞珞始终跟他保持着三丈多远的距离，让他既追不到自己，也不会跟丢了。其间有两次她差点就被蓝夜抓到，都在千钧一发之时被她躲了过去。她在雨中奔了半个时辰，终于来到一处位于民巷中的闲院，正是她跟颜君旭平时居住的地方。

蓝夜是第一次来到这偏僻的闲院，根本不知此地就是他们的住处。长老将取《公输造物》的任务转派给朱雀后，就不再允许他插手。直至朱雀失败后，他才得以重新接手。

眼见珞珞轻盈地翻墙而过，躲进了院子里，他更加确信眼前的小姑娘已被逼到了绝路。

他狞笑一声，跟着跳过了墙，只见珞珞红影一闪，消失在后院微敞的门后。他想都没想，就跟着钻进了门中，身后还跟着他张牙舞爪的手下。

门后是两条岔路，珞珞回头朝他吐了吐舌头，钻进了右边的岔路中，他也连忙追上。直至他跟着眼前的翩如彤云的倩影又拐了几条岔路，才发现不对劲了，眼前的岔路永远没有尽头，而四周的墙壁居然完全一样，毫无分别。

"喂，你还能找到方才我们进来的路吗？"他停下脚步，望着身边一模一样的墙壁，灰茫茫的天空，一筹莫展。

身后跟着的属下缩了缩肩膀道："回将军，我不记得了……"

"你这个笨蛋，怎么都不记路？"他愤怒地大骂，如没头苍蝇般在墙壁间穿行。

"大笨蛋、小笨蛋，一齐落入迷宫里。转圈圈，打转转，像是青蛙进罐罐。"墙壁与墙壁间，传来了珞珞嘲讽的笑声。

蓝夜方才知道自己被诱入了迷宫陷阱，气得七窍生烟，恰在此时，潮湿的风里送来了一缕蔷薇花香。他对迷宫一窍不通，但狐妖的鼻子格外灵敏，可根据气息判定方位。他吸了吸鼻子，蹑手蹑脚地循香而去，果然在转了几个弯后，就见珞珞正躲在一个拐角处，探头探脑地偷窥着他们的动静。他手腕一抖，钢鞭如闪亮的银蛇般袭向珞珞，速度之快，根本让她来不及躲避。

珞珞根本不知发生了什么，只觉一股阴冷的寒气直奔面门而来，想要闪开已经来不及了，只能绝望地闭上了眼睛。就在鞭梢要击中珞珞脸庞的刹那，一柄短刀从天而降，以迅雷不及掩耳之势荡开了长鞭，发出了"叮"的一声轻响。

雨滴被兵刃相交的罡风激飞，而在漫天雨水中，珞珞的身影微微一晃，竟凭空消失了。

蓝夜只知有人荡开了自己的长鞭，还未看清那人面目，就连眼前的红衣少女都一并不见了，只余缕缕香风，在潮湿的雨幕中弥漫。

找不到珞珞，他根本无法走出迷宫，他望着四周灰蒙蒙的墙壁，发出了愤怒而绝望的号叫。

珞珞被人抓着手腕，在屋脊上飞奔。那人速度极快，一步就能跨出几丈，远远地将蓝夜的咆哮甩在身后。她慌忙看向救了自己的人，只见他身穿一袭白衣，虽面容俊美，却冷若冰霜，正是在青丘一直陪伴她的无瑕。

"吓死我了，幸好有你……"珞珞一见是他，不由松了口气，整个身体软软地挂在了无瑕的身上。

无瑕冷冷地瞥了她一眼，颇为不满地说："你太莽撞了，竟然敢独自跟涂山狐的四相之一交手。若不是我一直暗中保护你，恰好出手相救，怕是你现在都被他钉在了墙上。"

"涂山四相？那是什么？"

"是涂山会四位本领超群的异士，分别以'青龙''白虎''朱雀''玄武'为隐名，而这位就是'青龙'。"

"我们前几日遇到的，自称是'朱雀'的疯子，难道也是四相之一？"珞珞听得连连咋舌，"怪不得那么厉害，原来并非普通的狐妖呢。"

"其余两人我也不知是谁，但是一路陪伴你来京城，你看到的是明处的抢掠，我却躲在暗处，窥到了些藏在水面下的礁石。"无瑕见远离了蓝夜，脚步也慢了下来，拉着珞珞来到了一处屋檐下，"涂山会的势力，已经渗入朝堂，无所不在。"

淅淅沥沥的雨水，悄无声息地钻了细密的砖缝中，转眼就毫无踪迹。珞珞看着脚下无孔不入，又无迹可寻的水，冷不丁打了个寒战。

"那怎么办？"她扬起明媚的小脸，担忧地望着无瑕。

"跟我回青丘吧。"无瑕怜惜地捧起她晶莹的面庞，柔声道，"我们去禀报族长，让她亲自处理涂山狐，你只需无忧无虑地修炼，像是过去一样，做只快乐的小狐就好。"

像是过去一样？可走了如此远的路，见了这么大的世界，还能视天下苍生如无物，做只懵懂快乐的小狐吗？

"至于你的灵珠，我替你去取！"无瑕以为她在惦念灵珠，低声安慰，"我已是三尾狐妖，即便被雷劈也死不了，我不能看着你继续涉险。"

无瑕清澈的眼底仿佛凝着一层寒霜，透出几分残酷。虽然他惯来不喜言笑，但总是温和而疏离，哪曾有如此冷酷绝情的一面。

"你要杀了他？"她浑身颤抖，紧紧抓住无瑕的手臂，"不、不要……"

"只是取珠，他也未必会死。"无瑕轻轻地答，仿佛谈论的并非一个人的生死，而是件无关紧要的小事。

"放心吧……"他还摸了摸珞珞的头，仿佛怕她为自己担忧似的，"我不会有事的。"

他说罢微微一笑，嘴里露出两颗锋利的獠牙，彰显着妖怪的本性。珞珞从未见过无瑕幻化为兽像，吓得后退了一步，而无瑕双足一点，已经跃上了房檐，向贡院的方向奔去。

便在此时，阴霾的苍穹中响起一声振聋发聩的雷鸣，仿佛天神愤怒地咆哮。

原本是淅淅沥沥的雨，瞬间就大如瓢泼，珞珞忙纵身去追无瑕，刹那间就被淋得尽湿。她顾不上烘干身上的水汽，任雨水拍打在脸颊上，使出全身的力气追赶无瑕。

可无瑕太快了，他伸展着双臂，像是一只白色的鸟儿，在墙头上起落。她第一次恨自己笨拙，在青丘没有好好修炼，否则也不会被落下这么远。

还好她熟悉京城的路，抄了几个近路，又差点跑得断气，终于在贡院的墙头，看到了无瑕站在雨幕中的身影。他冰冷如黑玉的双眼，正凝视着考场中一扇微敞的窗，从窗缝中看去，颜君旭正在埋着头奋笔疾书，已进入浑然忘我的境界。而无瑕露在衣袖外的双手，已经变成了尖锐的利爪，爪尖上的一点幽蓝，透出森森寒意。

阴云中闪电如蛛网，雷霆万钧，滚滚而来，仿佛天幕中藏着一双威严的眼，只等着无瑕出手，就要他受五雷轰顶之刑。

"不要！"珞珞哭喊着，纵身要去阻止他。

无瑕头也不回，抬起了利爪，宛如一只雨燕般冲向了考场。蓝紫色的电光密布天幕，像是要将这只燕子紧紧网在网中。

颜君旭正在沉浸于一个史无前例的双重堤坝的构想，完全没有察觉到近在咫尺的危机。他将设计图稿画在了考卷上，详细地标注了堤坝的作用，对天边振聋发聩的雷声都充耳不闻。

他看着面前的考卷，仿佛看到了堤坝被筑成，挡住了滔天洪水，而水带下来的泥沙会沉积在两个堤坝之间，肥沃的泥土还能晒干用以种植。百姓们不再受洪水之苦，欢歌笑语地庆祝丰收。

就在这时，考场的窗被一阵飓风吹开，一道白光随风而入。就在这光即将冲到他身边时，突然偏离了轨道，迅疾地在考场中转了半圈，从另一侧的窗口蹿了出去。一滴血，落在了他的桌子上，他浑然不觉，以衣袖抹掉血痕，沉迷于新设计的水坝机关。

变故只在瞬息之间，众考生的注意力都在桌上的试卷上，只觉得有狂风刮进考场，吹得考卷哗哗作响，他们纷纷按住考卷，抱怨了两句又继续答题。

考场之外，无瑕站在房檐下，如雪般洁白的纱袍上，绽开了一簇鲜红的血花。刚刚还磅礴的大雨，已经变成了淋漓的细雨，漫天雷电也一并消失，仿佛方才的电闪雷鸣只是一场幻觉。

而珞珞捂着嘴，眼含热泪地走向了无瑕，将手按在了他右臂的伤口上，那汩汩流血的伤处正插着一把匕首，正是她随身携带的那柄。

"对、对不起……"她脸色苍白，颤抖地说，像是在雨中飘零委地的落花。

无瑕要去杀颜君旭，她根本阻拦不了，就在他的利爪即将抓到颜君旭的脖颈之时，惊慌之中，用尽全力掷出了匕首，阻止了这次杀戮。

"没什么，这点伤不要紧……"无瑕用两指拔出了匕首，又用衣袖抹干刀刃上的血痕，将匕首交还给她。他依旧如冰霜般冷漠，如高山般不可触及，轻声道，"而且我总算知道了你的心意，你跟他形影不离，也并非是因为灵珠间的共鸣。"

珞珞接过匕首，愧疚地垂下了头，她欠无瑕的太多，无法弥补："你本事很大，是青丘狐族后辈中的佼佼者，假以时日可能连族长的位置都是你的。可是他……他只是个穷书生，却肯为了我掏尽盘缠，连性命也不在乎。而且除了我，他什么也没有……"

"不要说了，其实我方才也没想杀他，只是试一下你。"无瑕伸出手指，按在她失血的唇瓣上，微笑道，"当你爱一个人，就会为他找很多借口，而若是不爱，连一句话都不会为他说。现在我明白你的心意，也能死心了。"

珞珞望着无瑕出尘脱俗的面容，泪水夺眶而出，她知道自己已经失去了这个如兄如父的朋友，她再也不能无所顾忌地跟他玩闹，躲在他的羽翼下，享受着他的保护了。

她紧紧抓住无瑕的衣袖，像是要将他留住，但她哭了一会儿，却发现手中只有一片染了血的白纱，无瑕不知何时已抽身而去，甚至连一句告别都没有。

傍晚时分，已是雨过天晴，斜阳像是姑娘们嫣红的裙摆，铺洒在西天尽头。珞珞抱膝坐在贡院门外，仍沉浸在跟无瑕离别的伤怀中，双眼哭得红肿。

"这是谁家的小姑娘呀，为什么会可怜巴巴地哭个不停？"

就在这时，耳边传来了熟悉的调笑声，她连忙抬起头，就看到了嬉皮笑脸的颜君旭。

"咦？你怎么出来了？不是要考三天两夜吗？"她擦干眼泪，诧异地问。

颜君旭揉了揉胸口，撇着嘴道："哎，不知为什么，我的心始终七上八下地不得安宁，直到看见了你才安心些。反正我想答的题也答完了，再耽搁下去也毫无意义，索性就提前交卷了。"他担忧地抢过了珞珞的布袋，背在了自己的身上，"是不是这个袋子里的东西连累了你？以后我绝不会让你置身险境的。"

他并不傻，在看到珞珞头发凌乱、衣裙尽湿的狼狈模样，就知道她必定是跟贼人交过手了，心中既心痛又难过。珞珞摇了摇头，并不打算把今天的经历都告诉他。

她不说，颜君旭也不问，拉着她要去市集上走走，给她买新衣服和新头花，还不停地做鬼脸，竭力哄她开心。珞珞被他逗得破涕为笑，连无瑕离去的伤感都被冲淡，两人携手走向了夕阳笼罩下的京城，将贡院甩在了身后。

科考结束，月余来压在他们心头的大石，终于完全卸去。

叁 DACIBEISI

大慈悲寺

晚霞褪去艳色,西天的最后一抹光被黑暗吞噬,秋夜的星子升上了天空。在迷宫中转了一圈,淋了半日雨的蓝夜,终于跌跌撞撞地找到了出口,站在荒草丛生的后院。

"蓝将军,接下来怎么办?"跟在他身后的下属,小心翼翼地问。

"去贡院找该死的小书生,这笔账我一定要跟他算清楚!"蓝夜咬牙切齿地怒吼。

"那我们不如在此地等他,属下刚探查过,这好像是他的住处?"

他听得怒火中烧:"换了是你,明明知道仇人在家里,你还会回来吗?"

属下被骂得缩了缩头,但内心却觉得蓝夜也没比自己聪明多少,奈何力量微薄,只能跟在首领的身后,向贡院疾奔而去。

贡院中灯火通明,学子们都在挑灯夜战,可蓝夜转了一圈,却根本没发现颜君旭的身影。

他整日都在扑来扑去,每次都扑了个空,气得他站在屋顶,仰天发出愤怒的号叫。

月光宛如轻纱般照进木窗,颜君旭正坐在窗前的灯下,认真地背书。他还拿出了一张纸,记下了数行蝇头小字。

"公子爷,科考已经结束了,还如此用功吗?"一袭香风拂面,身穿单薄轻纱的茜桃,将精致的山楂枣泥糕摆在了他的书桌上。

他不好意思地笑了笑,但不想被打扰,又埋头苦记。珞珞却老实不客气地拿起糕点吃了起来,边吃还边点头:"你这莫大哥还真是会享受,这里的点心比京城醉仙楼里的还好吃。"

楼上又响起了轻柔舒缓的歌声，令清凉的夜风也变得如绸缎般温柔。

此处正是莫秋雨的听雨小筑，珞珞生怕蓝夜在闲院中守株待兔，灵机一动，便带着颜君旭来到此处避难。

因机关武考刚刚结束，莫秋雨一直忙着甄选考生，吃住都在工部，已经五日没有回来过。

颜君旭听到机关武考几个字，心中难免失落，但他歇了会儿，又再次背起了书。他这一背就是整晚，珞珞在客房中睡得迷迷糊糊，每次醒来，都能看到他坐在书桌前挑灯夜战的身影。

直至次日鸡鸣之时，天光方亮，他才阖上书本，来到了院子里。珞珞耳力也优于人类，听到他起身，忙从客房中出来，只见他正蹲在院子的角落，拿着只炭盆，正要焚烧什么物事。

她凑近一看，只见盆中装着两本书，正是颜君旭千辛万苦得来的《公输造物》，急道："你疯了吗，怎么想要烧书？"

"太多人觊觎这本书了，我们不能永远把它藏来藏去，而且还会连累你……"颜君旭指了指自己的脑子，笑着对她道，"别担心，我都将它记住了，便是倒着写也能默出来。"

珞珞还想阻止，但看他心意已决，便也点了点头。她跑到房中去拿了瓶昨晚没喝完的残酒，倒在了书上。

颜君旭则点燃了火折，将书页引燃，蓝色的火焰如幽灵般在缥缈的晨光中跳跃，将纸张舔舐得卷曲焦黑。

"你们在做什么？"

身后响起一个声音，颜君旭忙回头望去，只见莫秋雨正弯着腰看着他们。他的头发凌乱，衣服皱巴巴的，眼下两团乌云般的青黑，显然是劳累了多日。

"在烧书。"珞珞接下了话。

"呵，刚考完试，就忙着焚书吗？看来君旭是十拿九稳了？"他扶了扶眼镜上的琉璃片，调笑着说。

"此书跟科考无关……"书在火焰中化为一堆黑灰，颜君旭用树枝翻了翻灰烬，叹了口气，"是关于机关的，虽然很重要，但它总为我带来麻烦，也只能烧了。"

莫秋雨的手指动了一下，似想要抓住什么，但最终还是握成了拳。他微笑着对颜君旭和珞珞道："你们刚考完试，想不想在京城逛一逛，玩一玩？"

"真的吗？"珞珞喜不自胜地拍起了手，"据说京城里好玩的地方很多，我只去过一次戏院，吃过几次小吃，别的地方还没去过呢。"

颜君旭也很雀跃，科考结束后，压在心头大石终于卸下，他少年心性大发，在家中根本闲不住。

"此时天色尚早，待我歇会儿，就带你们去郊外，参拜公输子的墓地。毕竟君旭喜欢机关，也该去拜拜这位机关术的祖师爷。"莫秋雨打了个呵欠道。

颜君旭一听到公输子的墓地，登时双眼发光，恨不得马上启程。珞珞对墓地毫无兴趣，但见颜君旭如此期盼，也只能附和着连连点头。

如此等莫秋雨补了会儿觉，天光大亮之时，茜桃才去叫人备好了马车。颜君旭和珞珞早就迫不及待，两人坐在车辕上叽叽喳喳地说个不停。

但当他们看到莫秋雨的身后还跟着一个戴着面纱的女人时，不约而同地闭上了嘴，变得乖巧而安静。

那女人身姿窈窕，大约二十余岁，穿着件茉莉黄的裙子，以天青色织锦束腰，在晨光的辉映下，如迎春花似的娇嫩芬芳。即便她梳着个再寻常不过的同心髻，只以绢花装饰，凭着一双含烟拢雾的双眼和凝脂般的肌肤，也能看出是个美女。

"这位是幽莲姑娘，你们应该见过吧。"莫秋雨向他们介绍，磊落而大方，"她刚巧要去京郊的庙宇还愿，可以顺路跟我们过去。"

幽莲朝他们福了一福，宛如青烟般袅袅婷婷地上了车。颜君旭只觉这位幽莲姑娘跟自己见过的所有女人都不同，她眼波隐含愁色，举手投足都优雅而缓慢，像是个凝结了伤情的春天。

一路上，她坐在车厢的一角，身上散发着淡淡的香气，说话恰到好处，既不会多话，也不会毫无回应，声音低沉而婉转，像是一只温柔的手，熨帖了每个人的心。

颜君旭起初说话小心翼翼，但走了半程，跟幽莲也熟悉了些，便挠着头好奇地问："晚上唱歌的是姑娘吗？我一听姑娘的歌心便安宁了，连睡觉都比平时安稳。"

"我年纪比公子虚长几岁，公子便叫我姐姐吧。多谢公子的称赞，我闲来无事便在房中练嗓子，但无论怎么练，始终不如从前……"

颜君旭心中好奇，还想多说几句，便听马车轻轻颠簸了一下，停在了路边。

"这就是公输子的墓地，为了纪念这位机关之神，朝廷在此处建了个祠堂祭拜他。"莫秋雨拉开了车帘，看着窗外道。

颜君旭忙顺着他的目光望去，只见群山环抱，参天树影中，伫立着一个灰色的祠堂。

祠堂旁立着两个高大的立柱，宛如巨人般耸立在天地之间。

颜君旭心驰神往地走下了车，眼前又浮现出璇玑保存的公输子的画像。他不辞辛劳，为了百姓风尘仆仆地奔走在民间，想不到最终竟埋骨于此。

只见立柱旁种着的都是翠柏等挺拔笔直的树木，亭亭如盖，洒下遍地阴凉，也如一个个君子般守护着祠堂。

立柱上各凿了一行端端正正的字，是"位卑未敢忘忧国，事定犹须待阖棺"。

"公输子前辈真是令人敬佩，虽然没有官职，却一生都忧国忧民呢。"珞珞见到这两行字，忍不住感慨道。

颜君旭也连连点头，朝祠堂虔诚地鞠了一躬，心中暗下决心，一定要以公输子为榜样，处处为黎民百姓着想。

四人缓步进入祠堂，只见里面陈设简单，院墙中只有一处简陋的庙宇，庙中供奉着一座石像。石像是个四十余岁的男子，眉须皆长，高大威猛，端坐在椅子上，跟璇玑给他们看的画像毫不相似。

"公输子没有任何画像流传,而且此祠堂是十几年前才建成的,工匠们为了彰显公输子的力量,才雕刻出这具威武的雕像。"莫秋雨为他们解释。

雕像脚下的祭坛上,放了成堆的干瘪发霉的贡品,似曾有很多人来祭拜。

"看来机关武考前,有不少考生来祭祀这位机关祖师爷,可考试结束之后,就门庭冷落。"颜君旭望着腐败的贡品叹了口气,"可见真心喜爱机关之人太少了。"

莫秋雨也看着他,遗憾地摇了摇头:"可惜你错过了此次机关武考,否则今年的状元非你莫属。"

颜君旭的心仿佛被针扎了一下,他根本没敢问此次武考的试题,只埋头向祠堂后的公输子墓地走去。

珞珞见他伤心难过,忙跟上去调笑,将话题从机关武考上引开。公输子的墓地也十分简单,只有一座青石砌成的坟冢,墓地四周也都铺着干净的青砖,没有丝毫装饰,似透露出墓主逍遥不羁的性格。

他们绕着孤零零的坟冢转了一圈,又拜了几拜,才结伴离开。

莫秋雨和幽莲已经在车边等候,见他们回来,便一同向公输祠堂北边的寺院去了。

此寺名为"大慈悲寺",是紫云城附近有名的寺庙,以许愿灵验闻名,据说有不少京城官吏来此求得加官晋爵。

初秋的大慈悲寺在湛蓝天幕和碧绿树海的衬托下,宛如伫立在云端的天宫,令人高不可攀。马车只能停在山脚下,所有的香客无论是高官贵胄还是平民百姓,都需拾阶步行,爬上蜿蜒于山中的一百零八级台阶,才能入寺参拜。

颜君旭和珞珞跟在莫秋雨和幽莲身后,一边赏风景,一边爬山,四人说说笑笑地很快就到了大慈悲寺,丝毫没觉得累。

今日并非初一十五,也不是佛祖的诞辰,来参拜的香客也少了许多,不似莫秋雨口中接踵摩肩的盛况,颜君旭才得以好好参观寺院。

大慈悲寺的寺墙是杏黄色,配以灰黑色的瓦片,在一片苍翠的衬托下,静谧中透着威严。

他们走入寺庙,两株亭亭如盖的菩提树映入眼帘,阳光透过树荫,像是金丝般洒在青石砖上,照得尘光飞舞,颇有禅意。菩提树后就是大雄宝殿,幽莲缓步而行,穿过树影来到了殿前,虔诚地焚香跪拜。

颜君旭闻着寺庙中浓郁的香烛气息,颇为担心地问向珞珞:"你可喜欢这里?若是待着不舒服,咱们转一圈就走吧。"

珞珞白了他一眼,不耐烦地道:"你以为我是什么腌臜低等的妖怪吗?本姑娘可是狐族中最高贵的青丘狐,才不怕这些菩萨佛像呢。"她说罢又张开双臂,在寺庙的庭院中转了个圈,"说来奇怪,我到了此处觉得神清气爽,简直跟回到了家似的。"

他们正在说笑玩闹,莫秋雨就招呼他们去买了香烛贡品,带他们同去拜佛。

大殿中烛火通明,映得高大的金色佛像宝相端庄,肃穆慈悲。颜君旭燃起香烛,恭恭敬敬地朝佛祖磕了几个头，只祈求自己独辟蹊径的试卷，能得考官垂青。

"此寺求功名最灵验，你不妨许个愿试试。虽说事在人为，但事情成与不成，也需有天助。"莫秋雨左眼的镜片晶莹闪烁，似看透了他的心。

颜君旭被猜中心事，脸腾地红了，匆匆忙忙地上了香便退到了一边。

珞珞琥珀色的眼珠一转，拉了拉莫秋雨的衣袖："莫大哥，我觉得你这句'事在人为'很有道理，不知科考后考官在何处阅卷呀？"

"当然也是在贡院，考官须闭门不出，完全断绝跟外界的往来。直至半个月后，在所有的试卷中挑出十个甲等的呈给皇上，再由皇上进行殿试，选取本届科考的状元、榜眼和探花。"

"哦……"珞珞眯着美目，点了点头，"如此一来就好办了。"

他们正说着，便有一个身着灰色僧衣，生得眉清目秀的小僧人走了过来，朝他们恭敬地行了个礼："方丈听闻幽莲姑娘来参拜，请几位施主去后院用餐斋饭。"

幽莲点头答应，低声道谢。珞珞开心地拍手叫好，拉着颜君旭一同去了后院的饭厅。

他们刚一坐定，便有一个黄色袈裟的老和尚缓步而来，他年近七旬，气度沉稳，让人一看便心生好感。颜君旭不知该如何称呼这位长得慈眉善目的老者，只能连连行礼。

经莫秋雨介绍，他才知道这位就是大慈悲寺的方丈，法号"空明"，取自佛法中的"本性空，自性明"的含义。

看着空明平和如水的眼神，超凡脱俗的气度，他自觉太过庸俗，只能双手合十，连句话都说不出。

"看小施主的衣着，此番进京，是为功名而来吧？"空明低声念了句佛号，和蔼地问向他。

"大师猜得不错，只是我资质驽钝，考生中比我优秀的太多了，怕是不能如愿以偿……而且我喜欢的是机关术，却想着在科举上一展抱负，所以多半会落选。"颜君旭垂头丧气地答。

空明大师却摇了摇头笑道："依老衲来看，世间万事都是因果，只要小施主种的是善因，自然会结善果。科举是为国家选出贤明之士，小施主无论会不会机关，若是贤者，就有资格入选。"

他眉须皆白，一团和气，在正午的秋光的照耀下，恰似大殿中供奉的佛祖。颜君旭听他一番安慰，不知为何眼眶湿润了，恨不得将自己的委屈向他尽数倾诉。

空明又跟幽莲和莫秋雨聊了几句，便合十向他们告辞了。候在一边的小沙弥送上了简单的斋菜。

"恭喜君旭，有望金榜题名呀。"莫秋雨满脸喜色地看着他。

"啊？莫大哥为何这么说？"

"这位空明大师说的话，很多都成为真的，尤其是在官场仕途方面，不知有多少官员挤破脑袋要求得他的指点。方才他说你种善因结善果，便是在说你这次科考会如愿以偿。"

颜君旭不好意思地挠了挠头道："希望借莫大哥吉言吧。"

斋菜很快就上齐了，不过是几只素饼、四碟凉菜和一碗清汤。为了用餐，幽莲不得不取下面纱，还朝颜君旭和珞珞说了句抱歉。

两人不知她为何有此说法，可当看到她显露的容颜时，都不约而同地倒吸了一口凉气。

那是一张清丽而不失妩媚的脸，一双黛眉似颦非颦，眼中满含哀愁，让人见了忍不住想去抚平她藏在眉宇间的愁绪。

但如此惹人怜惜的面容上，却有一道鲜红而狰狞的疤痕，从她的右下颌开始，一直延伸到脖颈处，像是一条扭曲的虫。

大概是察觉到了两人惊惧的目光，幽莲窘迫地垂下了头。

"幽莲姑娘，您的伤一定会好的，方丈说过，您一定有再展歌喉的一天。"陪在他们旁边的灰衣小僧人双手合十地安慰她。

颜君旭不知该不该问，正在踌躇间，珞珞却笑吟吟地张了口："幽莲姐姐如此貌美，又擅长歌艺，想必老天也嫉妒了。这疤痕其实无损姐姐的美貌，若为此愁眉不展，反倒是损了颜色。"

幽莲听了微微笑道，声音低沉如呜咽："我不在乎容颜，只希望能像是过去一样，在寺庙中唱经。"

莫秋雨见他们眼中满含迷惑，为他们解释："幽莲曾是京城数一数二的歌姬，世人皆称她为'天音娘子'，赞美她的歌喉有如天籁之音，她又喜欢佛法，经常来寺中吟唱经文，才得此称号。她受伤后唯一的心愿就是能恢复昔日的嗓音，可惜京城里的名医都看遍了，也未见起色。"

颜君旭口笨舌拙，见幽莲可怜，也不知如何安慰，只能挠头道："可惜小生能力有限，若是能做出令幽莲姐姐嗓子恢复的机关就好了。"

幽莲被他逗得"扑哧"一笑，热情地为他舀了碗汤："颜公子可别为我费心了，我对机关也略通一二，可从未听过有机关能令坏掉的嗓子复原的。"

"不！我一定要研究出这种机关！如果我想不出，或许千百年后，总有人想得出。"颜君旭目光灼灼地答，似看到了将来机关术长足进步，造福病人的一天。

"释心小师傅，我这小兄弟沉迷机关，你不要见怪啊。"莫秋雨笑着对守在他们桌边，容貌清秀的小和尚说。

释心正是带他们过来的灰衣僧人，他看起来跟颜君旭也差不多大，脸庞圆润白嫩，一双大眼如小鹿般清澈黑亮，因在庙中修行已久，举止沉稳有度，完全不似一个少年。

释心双手合十，朝他们一笑，转身离去。

用过斋饭后正值午后，是一天中最热的时候，被京城人戏称为秋老虎的阳光如烈火般从晴朗的天空中泼下来，晃得人睁不开眼睛。

此时不宜外出赶路，幽莲和莫秋雨便与其他的参拜者一起去佛堂旁的抄经处抄写经文。但颜君旭和珞珞年少好动，便相携在庙宇中游玩。两人来到寺庙的后院，坐在廊下乘凉。

风里有大殿中传来的香烛气息，片片婆娑树影投在地上，也比平日更添了几分佛性。颜君旭眯着眼睛躺在清凉的木地板上，只觉多日来焦灼不已的心，也终于寻到了宁静，舍不得离开这出尘脱俗的神圣之地。

"喂，你不觉得幽莲姐姐很面熟吗？"珞珞嘴边叼着根草叶，笑眯眯地看着他。

颜君旭猛地坐起来，经珞珞一提醒，他也觉得像是在哪里见过幽莲。可他一路上根本没遇到过几个女人，除了不谙世事的月曦，就是桀骜不驯的雪盈。到底是在何处见过她呢？

珞珞眯着杏眼，像是只狐狸似的笑："你忘了吗？莫大哥曾给咱们看过一盏会自动旋转的走马灯？那跳舞的仙子般的美人……"

"没错！就是画中人！"颜君旭恍然大悟，拍着大腿道，"画中少女是十几岁的模样，幽莲是二十余岁，但两人的五官极为相似，难道竟是同一个人吗？"

"美人的青春只有凝固在画中，才不会流逝啊……"珞珞感慨道，"只是不知她为何会毁了容，连歌也唱不了，也真是可怜。"

"幸而有莫大哥真心待她，否则她孤零零的岂不更是凄惨？"颜君旭感慨着道，越发觉得莫秋雨是个重情重义之人，对他又多了几分敬佩。

两人正聊着，便听回廊下传来脚步声，只见释心师傅一袭灰色僧衣，衣袂飘飘地朝他们走来，身后还跟着个浓眉大眼的和尚。

释心朝他们合十道："这位小施主，可懂机关吗？"

一听到机关，颜君旭立刻眼中冒光，蹦起来朝他们行礼，尽量平静地道："略通一二。"

释心看出他的兴奋，笑了一下道："这位是我的师兄释意，今晨他发现方丈房中的计时钟竟然坏了，而这钟是当今国师赠送的，不知小施主能不能……"

他话音未落，颜君旭就连连点头，恨不得马上去一展身手。

释心和释意见他如此热心，便带他穿过后院的回廊，来到了方丈的房间。

方丈的居所古朴简单，他一进门就看到了摆在床头的水力计时钟。此钟造型别具一格，居然是个捧着经书的铜制小沙弥，水从钟上的几个铜壶中缓缓流下来，壶里的水多了，小沙弥手中的经书就会随着浮力指示出正确的时间。

颜君旭见到如此精巧的机关爱不释手，恨不得将它全部拆解开来一探究竟，但想到释心和释意还等着自己，只能作罢。他研究了一番，发现铜人上的五个壶是相通的，水从最高的壶流下，依次经过三个壶，最后流向装着铜人的壶。

他将几个壶拆开，很快就发现是第二个壶的出水口被水中的杂质堵上了，便随手从布袋中掏出了一杖细针疏通了尘垢。接着他手脚麻利地将水钟组装好，再调试一下，水钟已经完好如初，连举着经书的铜制小沙弥，脸上似乎都浮现出满意的笑容。

"小施主果然有双妙手，真是多谢了。"释心和释意一起向他鞠躬道谢。

珞珞见颜君旭被他们称赞，也跟着得意地夸耀："他不光有双妙手，脑子也很好用，可以上天入地，还能搬起重逾千钧的大石呢。"

"珞珞……"颜君旭被她说得满脸通红，不好意思地拉了拉她的衣袖。

珞珞杏眼含笑，娇俏地偏着头，像是一只依人的小鸟般守在他的身边。

但方才还轻松自如的释心和释意师兄弟，在听到珞珞的话后，仿佛如遭雷击般都愣住了。他们互相看了一眼，似内心犹豫，不敢下决定。

"两位小师傅，可是有话要说？"颜君旭看出他们脸色怪异，好奇地问。

释心吞吞吐吐地问："方才这位女施主说，小施主可以搬动千钧巨石？"

"我只是会些四两拨千斤的法子，但是如果石头太大了的话，也未必能成功。"

"如此甚好，能不能拜托小施主跟我去后山一趟，或许能解本寺之困。"释心激动地问，脸膛都变红了，不似方才气定神闲的模样。

颜君旭向来热心，想都没想就答应了。珞珞见颜君旭又能大展身手，也跟着去看热闹。

两人跟着释心和释意从寺庙的后门出去，走向山中。可沿着崎岖的山路走了没一会儿，颜君旭的脸色就越来越凝重，珞珞颊边的笑容也消失了。

只见沿途随处可见掉落的树枝，有的竟有碗口粗，切口平整，显然是被人用利刃砍断的。

如果仔细看去，宽大的树叶上，还有些黑褐色的痕迹，像是干涸的鲜血。

颜君旭的心不由提到了嗓子眼，紧紧拉住了珞珞的手，脑中浮现的是小时候听过的杀人寺庙的传说。

难道这看似清净庄严的佛门圣地，竟是贼窟匪窝？

肆 石碑之谜

后山离寺庙有一段距离，兼之树高林深，片片阔叶像是庞大无匹的伞，遮蔽了秋日的晴空。

释心和释意身穿灰色僧袍，像是两片缥缈的云，在一片苍翠碧海中缓缓移动着。他们时不时还停下来，朝颜君旭和珞珞招招手，示意他们跟上来。

珞珞胆子很大，暗中将匕首拢在袖中，低声朝颜君旭道："不怕，看这两个贼秃在耍什么把戏！"

颜君旭手心出汗，幸好有珞珞给他壮胆，他才没有掉头就跑。再往林中走了半里路，灌木中已经出现了断掉的刀枪，显然此处经历过一场大战。他正战战兢兢，却见释心和释意都停在了一处林木高大的地方。而在他们身后，居然立着一个巍峨高耸的黑色影子，乍一看竟像个怪兽。

他被这奇异的影子吸引，缓缓踏过野草走了过去。只见那竟是一座庞大的石碑，石碑由黑色花岗岩制成，碑座是一个黑色的大龟，是民间常见的"驮碑神龟"的造型。龟有一人多高，而它背上的石碑更是四丈有余，让人看着就有压迫感，走近了连呼吸都不畅。

"这是庙里的物事吗？为何会放在后山？"见到石碑之后，颜君旭松了口气，相信释心释意二人并不想谋害他。

释心双手合十道："阿弥陀佛，此碑年代久远，大概是两百年前的物事。大慈悲寺在建造之初，也想过将此碑搬到寺中，奈何太过沉重只能作罢。可万万没有想到，这座建在深山的死物，竟然引来贼人的惦记。"

"贼人？他们不是该觊觎金银珠宝吗？怎么会盯上这块大石头？"珞珞也十分不解，绕着石碑转了一圈。

果然，她在黑龟的身上发现了很多刀砍斧凿的痕迹，石碑真的被人破坏过。

释意无奈地摇了摇头："说来话长，此碑名唤'玄武碑'，驮碑的灵龟又叫'玄武'，是守护北方的灵兽。本来它一直立在深山中无人理会，但就在前几个月，突然有人说这石碑下藏着个价值连城的宝物，引得盗贼小偷纷纷来盗。起初他们还偷偷摸摸，被寺里的值夜僧赶走几次后，索性改成了明抢。"

"所以你们叫我来这里是……"颜君旭挠着头，看着石碑，双眉皱成了一团。

释心和释意同时说："求小施主想个办法，把石碑搬走吧，本寺僧众实在是不堪其扰！"

颜君旭五官都挤成一团，为难道："你们不能找地方官帮忙吗？再说莫大哥不就是工部员外郎，他应该也有办法。"

释心释意又同时摇头，叹息道："首先这石碑重逾千钧，又处于深山中，不仅需要大量的人力，还要开凿山路，地方官员根本不肯为它劳师动众。至于莫大人，虽然他在工部任职，也无法调集这么多人手。如果小施主有妙招，就请替本寺想一想，如果没有，也不要将此事挂碍在心。佛家讲究缘法，若小施主无计可施，便是石碑还未等到它的有缘之人。"

珞珞明亮的双眼转了转，低声问："你说的宝物是什么？可知一二？"

释心笑了笑，朝珞珞合十："阿弥陀佛，佛家人心无挂碍。无论它是价值连城，还是一文不值，都跟我们毫无关系。"

珞珞看他们师兄弟一副不染凡尘的模样，知道是问不出什么了，她生性好动，只觉对着座黑石碑实在是无趣至极，拉着颜君旭就要走。可哪知颜君旭却对石碑起了兴趣，他绕着石碑转了几圈，又从布袋中掏出测量尺寸的绳子量了又量，皱着眉思考了许久。

"两位师傅，我想试上一试，但我的一位朋友还在参加科考，能不能等他考完了，我带他一起拜访贵寺？"

释心和释意满口答应，送他们离开后山，回到了大慈悲寺。而此时午后最炎热的时辰已过，阳光西斜，已近傍晚时分。

在送走颜君旭时，释心还特别叮嘱他，千万别对莫秋雨提起此事，以免让他平添烦恼。

莫秋雨和幽莲也刚好抄完了经书，正在往寺庙的大门处走，见他们过来，忙招呼他们一同下山了。

一路上颜君旭几次想跟莫秋雨提起石碑之事，但最终都强忍住没有开口。好不容易回到了紫云城，他见街边有个卖烧鸡的铺子，想到珞珞已经整整两天没吃到鸡，估计已经馋坏了。

他跟莫秋雨和幽莲道别，跳下马车，拉着珞珞就跑向了烧鸡铺子。珞珞看到摆在炉子上的香气四溢的烧鸡，果然脸色绯红，双眼放光，像是只贪吃的小兽般可爱。

不过一炷香的工夫，珞珞已经几乎吃掉了一整只鸡，还好她尚存着些理智，给颜君旭留了一只冒着油光的鸡腿。

颜君旭等她吃饱了自己才吃，也拿起烧饼就着鸡腿狼吞虎咽起来，边吃还边说："真的累死我了，回去得好好睡一觉，没想到这两日竟如此波折。"

珞珞突然脸色一僵，又想起了蓝夜："咱们再去听雨小筑吧，万一那个凶恶的黑狐在闲院里守着我们可怎么办？"

颜君旭却朝她挤了挤眼睛："我们几次跟蓝将军交过手，他暴躁又自大，过了一天一夜，你觉得他会有耐心在院子里守株待兔吗？"

"对了！"珞珞拍着手笑道，"他估计会以为咱们再也不敢回去了，在京城里四处搜寻呢！可咱们偏偏就回去住，这叫灯下黑，最危险的地方也是最安全的地方。"

"没错，但还是得小心谨慎点！"颜君旭赞同得连连点头。

他们所料不错，蓝夜并未在闲院中等他们，而是被困在一个四面不透风的石室中，满怀惊恐地望着头顶。黑暗之中，沉重的石壁里传来簌簌轻响，仿佛有活物在爬行一般。

他紧张地攥紧了拳头，却听头顶传来"咔"的一声轻响，随即脖颈一痒，有什么物事落了下来。他慌张中摸了一把，却摸到了一把宛如面粉的细沙。

一直强悍而从不屈从的他，吓得浑身颤抖，扑到了石室门上一个巴掌大的窗口上，惊恐地叫道："长老，我错了！我再也不会不听从你的命令，擅自行动了。求你把我放出去，念在这么多年来，我为你奔波卖命的分儿上，放我出'沙牢'吧！"

他的声音因惊恐而变得嘶哑，但窗口处寂静无声，根本没人回应他的哀求。反而头顶的岩壁上响起了接连不断的"咔咔"声，像是黄泉里催命的序曲，沙子流水般倾斜而下，很快就埋到了他的膝盖。

细沙无孔不入，从他的靴筒渗进去，像是虫子般啃噬着他的脚趾，又麻又痒。"沙牢"是涂山会的刑罚之一，以毒水浸泡过的细沙将人淹没，细沙会渗入毛孔，腐蚀肌肤，当沙子没过头顶，便会从口鼻钻入脑髓，便是神仙来了也没救。据说有受此刑而死的人，七天之后从沙堆中挖出来，已经变成了一具白骨。

"你知道错了吗？"就在细沙埋到蓝夜的腰际时，铁窗外终于传来了一个低沉的声音。

蓝夜像是抓到了救命稻草，猛地扑上去，他并不傻，知道长老有此一问，自己便有一线生机。

"我错了！我不该去抓那小书生的。"他急切地说，"长老，快放我出去吧，我再也不敢了。"

"哼，你以为我不知道，朱雀也是死在你的手下？致命的一刀割断了他半个脖子，那对少年男女哪有如此腕力？"

蓝夜仍矢口否认，用头砰砰地撞着铁窗："真的不是我，我发现时他已经死了。都是同族，我怎会戕害于他？"

黑暗之中，似有一双碧绿幽怨的狐眼，在牢牢地盯着他，是朱雀飘荡的魂魄。但他根本不怕鬼，死在他手下的没有一千也有几百人，怎会在乎这多杀的一个？况且朱雀暴戾又疯狂，万一哪天这家伙转头对付自己可怎么办，不如趁他虚弱解决了后患。

"哼，此事我早晚会查清楚，若真的是你，定不会放过你！"

铁窗"啪"的一声阖上，流沙的速度越来越慢，终于停了下来。蓝夜知道自己捡回条性命，虚脱般倚在冰冷的墙壁上，浑身都被冷汗浸透。

很快石壁发出"隆隆"巨响，出现了一个一人来宽的口子，他想都没想就冲了出去，仿佛逃出了一个熔炉炼狱。

"你这个笨蛋！知道我为什么不让你随便对那书生动手吗？那小子并不傻，反而很是聪明，身边跟着的姑娘是青丘狐妖，也足智多谋。对付这种人只能智取，你若是将他们逼狠了，他将书毁去怎么办？那我们就更加被动，你有没有想过？"被黑色斗篷遮住了全身的长老，像是影子般飘然来到他身前，愤怒地训斥道。

蓝夜倚在墙角，整个人宛如一摊烂泥，他听了长老的话，颓然地摇了摇头："我只想早点拿到书，为涂山会建功立业，哪里想过这么多？"

长老长叹一声，朝他挥了挥手，低声道："我已安排别人去对付他了，你去休息几日吧。记住，再节外生枝我就要了你的命！"

蓝夜从地上爬起来，扶着墙壁，趔趄着走出了窄室，走进了幽深的隧道中。

他一进入隧道就幻化成一只毛发黝黑的狐狸，撒腿狂奔，冲出了暗室的门，终于逃出生天。

门外是紫云城旖旎的夜景，车水马龙的街道，黑狐露出尖利的犬齿，对着瑰丽的万家灯火，发出了不甘心的低吼。

当晚颜君旭和珞珞果然没有在闲院中遇到蓝夜，颜君旭用工具房中的废铁片做了防贼的机关，就累得倒在床上蒙头大睡。哪想挂在门窗上的铁片竟一整晚都没有响，待他睡醒已经是次日清晨，邻家的大婶送来了菜粥和肉饼，正跟珞珞站在门口闲话家常。

他连忙梳洗一番，奈何一头乱发怎么也理不顺，只能草草拢进了书生巾中，跟珞珞简单吃了些饼，就赶去贡院找方思扬了。

今日是科考的最后一日，贡院前挤满了前来接考生的马车，还好颜君旭的六轮马车颇为出众，引来了不少人围观，他们不费吹灰之力，便在一片拥挤的车马中发现了它。他们还未走近，车帘便被拉开一角，伸出了一双纤纤玉手，轻轻朝他们招了招。颜君旭和珞珞相视一笑，知道坐在车上的必是月曦。珞珞更是开心，蹦蹦跳跳地上了车，果然见月曦正笑吟吟地坐在车厢里，将一双玉手放在了个清水盆中。

月余不见，月曦的美添了些人间烟火气，宛如天上的月影映入水中，垂手而得。她衣饰不再以蓝白为主，换上了紫云城的姑娘们喜欢的霞蔚紫半臂和杏花粉绸裙，越来越像个漂亮的人类少女了。

"思扬说今天会提前出来，我就过来等他了。想不到颜公子本事这么大，居然更早交卷了。"月曦一见到颜君旭，就掩嘴调笑。

颜君旭听了，不好意思地挠了挠头："哪里哪里，其实我是只会答最后一道题，与其在考场中枯坐，还不如早点出来呢。"

他们正说着，便见方思扬在几个学子的簇拥下走了过来，他跟那几名考生寒暄了一会儿，才上了马车。

"这些人都是我在考场上结交的朋友,他们一听说我的名字就凑过来,都想跟我讨画呢!"方思扬微蓝的双眼中满含得意之色,依旧像是他们初识时一样骄傲自大。

颜君旭太了解他了,知道如果任他自吹自擂起来就会没完没了,忙打断了他,说起了大慈悲寺中的怪事。

他本还想费番唇舌,才能让方思扬跟他去寺里走一趟,没想到方思扬一听说"大慈悲寺"这几个字,就按捺不住了。

"大慈悲寺很有名呀,据说是京城中官员最爱参拜的寺庙了。若是我能在寺中影壁上留下一幅画作,估计会名满京城呢。"

"没错没错!寺里的方丈空明大师很好说话,你帮他解决了这麻烦,不要说影壁了,怕是连寺墙都能让你作画。"珞珞忙在一边煽风点火。

方思扬向来雷厉风行,吩咐车夫即刻就离开紫云城,赶往大慈悲寺。路上四人说说笑笑,讲述着一个月来各自在京城的见闻,都觉得大开眼界,收获颇丰,与在家乡所见格外不同。

珞珞和月曦叽叽喳喳,凑在一起交流哪家的胭脂水粉最好,哪家的首饰最精妙。而颜君旭和方思扬则探讨着科举考试的最后一道题,他们都觉得这题别有深意,出题人似要挑出一个不死读书的考生。他们边说边赶路,一个多时辰的路途也过得飞快,丝毫没觉得累,便已经到了大慈悲寺所处的山脚下。

颜君旭和珞珞昨日刚来过,对上山的路十分熟悉。尤其是珞珞擅于模仿,一边爬山一边学着莫秋雨的样子,煞有介事地跟他们介绍山路上的风景名胜,逗得月曦娇笑个不停。

待到了大慈悲寺门外,颜君旭让扫地的小沙弥通知释心,不过片刻工夫,释心便出来迎他们,将他们带入了位于寺庙后院,供香客休息用的禅房中稍坐。

"阿弥陀佛,小僧今日要做场法事,空明大师也有贵客来访,不能招待各位了。请诸位施主先在此处休息片刻。"释心抱歉地朝他们丢下一句话,便匆忙离去了。

方思扬和月曦第一次来大慈悲寺,两人相携去寺庙中游玩,可等他们转了一圈回来,释心仍然没有出现,只有小沙弥为他们奉上了素斋和茶水。

此时西天已经彤云满布,风摇树影,拉开了夜的帷幕。

颜君旭望着窗外渐渐黯淡的天色,心急如焚道:"不等释心师傅了,反正我们也知道去后山的路,不如尽快去看看石碑。"

珞珞也点头附和,她在庙里闷了一个下午,简直要闷出病来。而方思扬和月曦,也觉得寺庙虽然幽静,哪里及得上繁华的紫云城好玩。四人一拍即合,离开了禅房,颜君旭见天色渐晚,还随手拿了两盏灯笼,怕等会儿在石碑处看不清晰。昨日刚来过后山,珞珞记路的本事极好,脚步轻捷地走在一片苍翠的山路上,像是一只徜徉在碧海中的火鸟。

路上颜君旭和方思扬每逢看到有枝叶折断之处就停下来看看,果然发现了很多有人踏足的痕迹。而叶片上凝固的血痕,更加印证了释心的话,这附近确实发生过厮杀,并非作伪。

待他们来到石碑前,西天的云霞已经敛尽了光彩,高耸入云的树木遮蔽了天日,光线黯淡如黑夜。

巨大的石碑在暗色的烘托下，更显得巍峨庞大，像是一座小山般压抑迫人。

方思扬和月曦都被这高大的石碑震撼，仰着头站在它的阴影中，许久没有说话。

"喂，你来之前说什么？要将这大家伙搬走？"方思扬苦笑一声，低声道，"这怎么可能呀！"

他的声音在山风中徘徊，像是无奈地叹息。

"不，有可能！"颜君旭仰头望着石碑，一头乱发下双眸满含精光，"它既能在此，便是有人用了某种法子将它立住了，我们只需知道这个法子，便能将它搬走。"

"对啊！这玩意儿又不是树，绝不可能是自己在深山里长出来的！定然是有什么玄机！"珞珞也拍手附和。

他拉着方思扬点起灯笼，在石碑周围仔细查看，两人再次丈量了石碑的尺寸，并一一记录下来。珞珞和月曦帮不上忙，只能在旁边给他们提灯照明，驱赶蚊虫。

很快颜君旭就找到了昨日没发现的线索，石碑上除了刀斧砍出来的缺口外，灵龟的底座上四面都有两个凹槽。只是这凹槽积年累月被落叶和尘土掩埋，不仔细看看不清晰。

他索性脱下碍手碍脚的长袍，用手去挖底座周围的土。珞珞也过来帮他，拿出匕首削了几根木棍，跟他一起挖了起来。表面松软些的土很快被挖开，露出了凹槽的一部分。只见这凹槽有半尺宽，三寸深，凿口处平整而光滑，显然是雕刻之人有意为之。

"天啊！"颜君旭看着这长达两丈的底座上凹槽，恍然大悟地说，"这是个机关！虽然庞大，但是可能只需些巧力就能移动它！"他说罢朝方思扬和月曦招了招手，"我们先顺着这凹槽的方向推推试试。"

月曦虽然不喜力气活，但是为了他也只能硬着头皮过去。颜君旭和方思扬正年少，珞珞和月曦也并非寻常女子，四人一同推着石碑的底座，这看似重如泰山般的石碑，居然发出"咔"的一声轻响，稍稍动了一下。

"成了！"颜君旭高兴得手舞足蹈。

方思扬却嗤之以鼻："我们这么多人一起推，它也不过响了一下，未移动分毫，你是不是开心得太早？"

"方才那声轻响，验证了我的猜测是正确的，它确实是个机关，凹槽下有轨道，所以一推就会稍微松动。当然要彻底移开它，还得想个能增力的法子，这还有点难办……"他憨笑了一下，又像平日里一样不停地挠起了头发。

"不过这么大的机关，到底是谁放在此处的？你们不觉得奇怪吗？而且释心师傅说过，此碑是在二百余年前立起来的，你有没有想到什么？"珞珞摸着下巴，眼珠滴溜溜地打转。

"公输子！"颜君旭恍然大悟，越发兴奋了，"一定是公输子前辈才有此本领，在底座下定也有《公输造物》，才令匪徒趋之若鹜……"

他刚想再说两句，便见娇滴滴的月曦突然悄无声息地来到他的身边，朝他"嘘"了一声。

伍 工部侍郎

"有人来了!"月曦心思完全没在石碑上,总惦记着何时能下山,一心关注着四周的动静,没想竟听到草木中传来了瑟瑟轻响。

珞珞也闻到了风里传来的生人气息,她将灯笼吹熄,指了指石碑后一棵粗壮的大树。

四人一起藏在了大树之后,此树的树干足有两个人合抱那么粗,兼之周围草木茂密,竟完全遮蔽了他们的身影,轻易根本无法发现。

他们刚刚藏好,就见夜色中火光灼灼,有十几人举着火把,大呼小叫地奔上了山,停在了石碑之前。

只见这行人都身材高大,穿着深色的短打布衣,脚踩着草鞋,举止粗野。为首的一人皮肤黝黑,双目大如铜铃,留着如鬃毛般的虬髯,头发也乱如狮鬃,活似个狮子成了精。

"兄弟们,今晚没有贼秃们捣乱,我们一定要将石碑挪开,大家有没有力气!"他从腰间拔出钢刀,振臂高呼,声音如铜钹般尖锐刺耳。

他们一声呼啸,聚在了石碑周围,齐心协力地一起抬石碑的底座。可无论他们如何吆喝使力,石碑都纹丝不动。

在闪烁火光中,玄龟的嘴角微微扬起,似在嘲笑他们的愚蠢。

珞珞躲在灌木中偷看这些蠢人,差点就要笑出声,吓得颜君旭连忙捂住了她的嘴。

他们吵吵嚷嚷地折腾了一会儿,依旧拿石碑毫无办法。其中一个身穿瘦小些,唇边留着两根鼠须的中年男子,朝那长得宛如狮子般的匪首道:"大当家的,我看这事使不得蛮力。"

"哦？你说该怎么办？"

鼠须男子捻了捻胡子道："这么多年都没有人将此碑搬走，我看即使再叫上更多的兄弟来也是无济于事。不如用愚公移山之法如何？"

"什么叫愚公移山之法？你少放几句闲屁，快点给老子说正事！"狮子头匪首不耐烦地朝他吼。

"听说公输子的宝物是藏在碑座下的，咱们既然搬不开，将它敲碎了不就行了？跟传说中的愚公似的，一点点搬运山上的沙石……"

匪首听了一巴掌打在他头上，喜道："这主意不错，你怎么不早说？"

他说罢一声令下，十几个兄弟一拥而上，纷纷掏出随身携带的刀斧敲起了石碑。

颜君旭看着他们破坏石碑，急得摩拳擦掌，他实在不忍公输子先生留下的遗迹，毁在这些莽夫们的手中。

"我们去把这些强盗赶走吧！"珞珞也气得小脸涨红。

方思扬和月曦也很气愤，恨不得马上冲出去。他们一路上听说不少公输子救助百姓的事迹，都对他敬佩有加，怎能眼睁睁地看着他留下的遗迹被歹人破坏。

"不行，他们人多势众，你们又是两个女孩子，跟这些莽夫盗贼打架，岂不是脏了手……"颜君旭拉住了珞珞，看着她手中的灯笼，立刻计上心来，"咱们演出戏吧，不需一刀一枪，便可取胜。"

珞珞摸了摸他的脑袋，确定他没有发烧，看着他微微上挑的双眼，宛如狐狸般狡黠的眼神，越发迷惑了。

石碑是坚硬的花岗岩打造，盗贼们一时半会也敲不下来几个石块，他们正忙得汗流浃背，却听林木中传来了女人哀怨的哭声。夜深林静，树影婆娑，哭声像是一只冰冷的手，瞬间就攥住了每个人的心。他们不约而同地停下了手，寻找声音的来处。

"好痛呀，你们为什么要敲打我的身体……"树影重重，哭声在高大的树林中回荡，无所不在，又无迹可寻。

盗贼们战战兢兢，正不知该如何是好，却见石碑上出现了一个两人多高，披头散发的影子。影子身穿长裙，挥舞着双手，看样子是个女人，作势就要朝他们扑来。

这些莽夫本就心粗，兼之又吓得不轻，哪有工夫细看？纷纷扔下手中的刀剑，大呼小叫地往山下跑去，边跑还边叫："碑里有鬼！碑里有鬼！"

恰在此时，山路上亮起几盏灯火，一群手持长棍的巡逻僧人正快步赶来，刚巧遇上了落荒而逃的盗贼。

盗匪们没带武器，抵抗了几下便被僧人们打得七零八落，宛如丧家之犬般躲进了深山中。投映在石碑上的鬼影正是珞珞扮作的，她将发髻散开，解下了裙子上束腰的腰带，满头青丝和翩翩衣袍便随夜风飘飞，颇有几分山鬼的意味。颜君旭和方思扬蹲在她的身后，选好方位点燃了灯笼，便将她的影子放大投影在了石碑上。至于鬼哭则是月曦的杰作，人鱼本就擅歌，她捏着鼻子细声细气地装出哭声，那冰冷的声线仿佛来自地狱，让人听了毛骨悚然。

眼见寺里的僧人赶走了盗贼，他们也兴高采烈地从树后跳了出来。

释心也在一众僧人当中，虽然出家人喜怒不形于颜色，但看到了颜君旭也忍不住热情地朝他招手。

"阿弥陀佛，多谢小施主们的妙计，助我们驱赶走了盗贼。"释心朝他们鞠躬道谢，头几乎低到了腰际。

颜君旭哪敢受他这等大礼，忙将他扶起来，红着脸道："其实我们也没做什么，希望这些贼子经此一吓不敢再来了。"

"这匪首别号'狮子王'是常来此处骚扰的盗匪之一……"释心苦笑道，"除了他之外，还有'黑山王''梁上君'等人，本寺实在是不堪其扰……"

颜君旭终于明白了寺庙僧众的难处，光是这"狮子王"就折腾了半宿，再来个别的什么王，估计还要打上一架，简直比开庙会还热闹。寺中的僧人白日里接待香客，晚上还要驱赶盗匪，光想想都是苦不堪言。

他忙拉过方思扬，朝释心道："我跟这位朋友已经有了些想法，或许真的能移动石碑，可能近日还要来贵寺拜访。"

僧人们听到他的话，脸上都浮现出欣喜的笑容，簇拥着他们向庙中走去。看到热情的僧侣们，他们身上疲惫尽消，方思扬也很喜欢释心，两人一路上谈论着佛法和寺中的壁画，颇有一见如故的模样。

当晚月上中天之时，他们才回到了大慈悲寺。明月皎皎，月华如水，庙中的竹林随风轻舞，发出沙沙轻响，像是漫无边际的絮絮私语。风吹起了禅房的竹帘，月光照亮了禅房中酣睡的少年们。他们累极了，简单梳洗一下就躺在简陋的床上和衣而睡。

窗边的桌上，还放着不知是谁写下的潦草的诗：竹映风窗数阵斜，旅人愁坐思无涯。夜来留得江湖梦，全为乾声似荻花。

这静谧安宁的深山秋夜，却有一只小红狐踏响了枯叶，徜徉在寺庙之中。狐狸眯了眯琥珀色的双眼，纵身一跃，几个起落便跳上了屋顶。它灵活得像一簇光，在屋檐间轻盈地跳跃，仿佛没有重量似的，最终停在了后院最大的一间禅房顶上。

此处是方丈空明的居所，即便夜已深沉，房中仍透出朦胧的光辉，像是藏在庙宇中的一只困倦的眼。清风吹起了狐狸耳朵上血红的绒毛，当风止之时，小红狐已经不见了，取而代之的是个身穿樱红色衣裙，黑发如云，明艳动人的少女。

少女正是珞珞，她辗转反侧睡不着，总觉得哪里古怪，便趁夜出来探险。她伸出纤纤玉指，掀开了瓦片，向禅房内看去，只见方丈空明穿着一件杏黄色的僧衣，正在床上打坐。

而他的面前，正匍匐着一个身材肥胖的中年男人，仿佛供奉菩萨般跪拜着空明。

空明口中念念有词，可惜离得太远无法听清，但男人却朝他磕起了头，感激涕零道："多谢大师指点迷津，我定当弃暗投明，才不负大师的一片苦心。"

"不，你的心不诚，一定要心诚，你才会得偿所愿，官至三品。"空明却摇了摇头，"你听会儿经再走吧。"

他说罢嘴唇微动，又念起了经文，声音低沉浑厚，仿佛风吹松涛的轻响，让人的心也变得安宁平静。

原本神采奕奕的珞珞，听着他诵经的声音，眼皮也越来越重，竟坐在屋顶上打起了盹。

这一盹也不知过了多久，她再醒来时却是被开门的声音吵醒的。苍茫夜色中，方才匍匐在空明大师脚下的男人，正箭步走在寺庙的庭院间。

他腰背挺直，完全不似方才的畏缩模样，像是一把锐利的刀，划破了地上起脚飞檐的影子。珞珞看着他的背影，似乎觉得哪里不一样了，但又说不出来，只能再次化身为红狐，敏捷地跳下了房檐。

清晨的城门口，云光霞蔚将厚重的城墙染成了金色，更显得它巍峨雄伟，高不可攀。

各色车马行人宛如流水般穿过城门，其中就有一辆模样奇怪的六轮马车。马车刚一进门，便朝着城中最热闹的北里花街驶去。花街上行人稀少，风里都飘散着甜腻的脂粉气味和残酒的香气，偶尔有几个窈窕的小婢女出来洗刷酒具，像是一朵朵娇嫩的花，绽放在晨光中。

方思扬一到街口就跳下了车，朝颜君旭道："我跟此处的香奴儿姑娘有约，搬石碑的事情就拜托你了。"

月曦也轻盈地站在他身边，不停拉他的衣袖，恨不得马上离开。

"喂！怎么你不跟我一起想办法吗？"颜君旭急得干瞪眼，没想到他竟会把自己丢下。

方思扬从怀中掏出了个物事，扔到了他的手中，拉着月曦便跑，边跑还边笑着道："这是我昨日在石碑附近捡的，别的就爱莫能助啦！"

他们像是出了笼的鸟儿般欢快，转眼就消失在满楼红袖招、香艳旖旎的街道上，看样子是昨天在寺庙里闷得坏了。

"这家伙真不讲义气！呆瓜，你想去哪里？我跟你一起去！"珞珞朝方思扬的背影挥了挥粉拳。

颜君旭打开布包，只见里面包裹的是一块黑黝黝的石块，估计是昨晚盗贼们从石碑上敲下来的，被方思扬给捡走了。他苦笑着摇了摇头，将石块放在了随身背着的布袋中，回到了马车上，让车夫带他找找有名的铁匠铺。

铁匠铺很快就找到了，而且不止一家。在位于紫云城南开云坊的一条街道上，足足有十几家铁匠铺，更有车马行、兵器店等店铺。

居住在城南的大多是穷人，做的都是末流的行当。街上杂乱不堪，时不时就有人纵马而过，吓得路上的行人纷纷避让。

颜君旭跟珞珞走了几步，就踩到了一团马粪。珞珞忙跳开来，笑嘻嘻地说："我在这里也帮不上忙，先去别处玩一会儿，等会儿就过来找你。"

"喂！你也要丢下我吗？"颜君旭哀叫道。

可珞珞哪里理他，蹦蹦跳跳的像一只欢快的红鸟，很快便消失在了人群中。

颜君旭叹了口气，只能一个人在各个铺子间游荡。他先是去了一家招牌光鲜的打铁铺，说要打几根半尺宽，十几丈长的铁链。

正在打铁的铁匠听了他的要求，觉得他不是脑子有病就是来拆台的，扬了扬烧红的铁钳，作势将他赶了出去。他慌慌张张地又找了个小点的铁匠铺，这次看铺子的是个老头，老头虽没力气打他，也气得咒骂不停，吓得他脚底抹油连忙跑远了。

他转了半天工夫，只觉四处碰壁，举步维艰，突然怀念起在黑龙镇采购之时，那时他要大量的猪尿泡店主都赔着笑。看来并非是自己要的物资很容易得到，而是雪盈的权势让人无法拒绝。

他坐在路边，看着尘灰四起的道路，眼前忙碌不休的百姓，突然心中感慨。不知何时能做出精妙的机关，解决百姓的奔波之苦、负重之累、饥饿之困，让众生平等，不再有富贵贫贱之分。他正托着腮在发呆，徜徉于自己的妄想中，却见有个不修边幅，斜背着个沉甸甸布袋子的中年男人，晃悠悠地从眼前走过。

他起初并未在意，只觉得他十分眼熟，似在哪里见过。但当他休息片刻，起身继续寻找能同意为他打铁链的铁匠时，发现不仅是他屡屡被赶走，男人居然也在被各家店铺驱赶。

"曲大爷，你可别为难小的了，你要的玩意儿都是异想天开，什么曲轴？什么木翅？都没听说过。"跟撵走他不同，商家们好言好语地跟男人商量，不过结果却殊途同归，都是被请出店门，站在大街上。

颜君旭在街上转了几圈，又遇上了这男人，男人也留意到了他，跟他擦肩而过时还驻足看了一会儿。在两人不知第几次相逢时，恰巧有一面刚刚磨好的铜镜放在一家镜子店门外，波光般的镜影中，映出了两人一前一后的身形。

他们同时"哇"地大叫一声，惊讶地跳开，接着又都以不可思议的眼神打量着对方。

只见镜子里的两人姿态和打扮竟然极为相似，头巾下乱发如蓬，都穿着不起眼的蓝布长袍，也同样斜背着一个鼓鼓囊囊的布袋子。差别就在于颜君旭是少年之姿，又高又瘦；而男人已经年逾不惑，身体发了福，显得有些邋遢。

"你、你是谁？怎么跟我这么像？"男人抓了抓头发，困惑地绕着颜君旭转了一圈，"不对呀，我年轻时因为沉迷于机关，气走了所有的小娘子，也不可能突然冒出个这么大的儿子呀。"

"机关？"颜君旭准确地抓到了关键词，总是如狐狸般微眯的双眼瞪得溜圆，"你也懂机关？"

"哼哼，那是自然，京城中卧虎藏龙，懂机关的人可不在少数。你这小家伙也对机关感兴趣？"男人挺了挺胸脯，得意地说。

颜君旭这才仔细打量他，只见他大概四十出头，长圆形脸，皮肤黑中透红，细长的双眸藏在浓眉下，几不可见，下巴上留着几缕胡须，活似只黑羊。

"略知一二吧。"颜君旭挠了挠头，不好意思地答，他既是谦虚，也是学乖了，怕对陌生人露底，招惹是非。

"你这小家伙倒是有趣？叫什么名字？"捋了捋胡须，似听出了他话中的遮掩。

颜君旭朝他拱了拱手："小生姓颜，名君旭，是进京赶考的书生。"

男人更加犹疑地打量着他："你懂机关，又特意来进京赶考，想必是为了机关武考而来，为何在考场上没有见到你呀？"

提到机关武考，颜君旭的力气仿佛在刹那间被抽走了，像是个霜打的茄子般站在秋阳下，连腰都直不起来。

"哎呀，时辰差不多到了，我得去一个地方，你我相遇即是有缘，若是小郎君没事的话，可以跟我同去。"男人看了看挂在胸前的日冕表，焦急地道。

颜君旭对他也十分好奇，只觉看着他就像看到了另一个自己，如临水照花般，竟有一种亲切之感，连忙点了点头。男人拉着他就穿过尘灰四起的街道，跑到了一个修理马车的店铺，旋而从店铺里推出了一辆怪里怪气的车。

车子的骨架是木头做的，前后各有两个四尺来高的钢铁轮子，轮子外包着一层软软的胶皮，四个轮子都用铁链跟车身上的踏板相连，只需踩动踏板，车便能向前行驶。

颜君旭见到这机关车立刻来了兴趣，迫不及待地要坐上去试一下。男人递给了他一个木壳似的帽子，示意他戴在头上。

"这是'越王头'做的，万一车翻了，可以保护头部不受伤。你放心吧，'越王头'很坚硬，得用利斧才能砍烂呢。"

颜君旭在将木壳帽子戴在头上后，心底泛出一丝悔意，而当他坐在男人身后，卖力地蹬踏板时，后悔之情便如滔天巨浪，要将他淹没了。

路上的行人纷纷向他们行注目礼，他们戴着木壳帽子，踩着踏板行驶在街上，简直比卖艺的猴子还夺人眼球。

"曲先生，又出来玩啦？"

"这次竟有人跟曲大爷一起，真是罕见。"

路人纷纷起哄，他才知道男人姓"曲"。而更令他崩溃的是，当他卖力地踩出了两里路时，才发现这位曲先生邀他同去，并非是出于惜才之情。

而是因为两人一同踩踏板，比较省力。

秋日阳光酷热，兼之他费尽全力蹬车，很快就累得汗流浃背。偶有马车经过，他便艳羡不已。马车跑起来车厢中凉爽生风，淑女们怕出汗沾花了妆，还会放盆冰在车中，更是半点暑气都不沾。

"你们这些书生呀，写起文章来个个大义凛然，仿佛心怀苍生，但自己出门必乘车，风吹不得，雨淋不得，连一天平民的日子也过不得，所谓同情也只是嘴上说说，虚伪至极。"曲姓男子边蹬车边说。

颜君旭听了他的话，脸登时涨得通红，果见街上的百姓大多都在奔波步行，有的推着车，有的背着沉重的货物，比他不知要劳累多少。

他不再说话，闷着头蹬车。男人似觉得无趣，吹起了口哨，吹了一会儿便又道："小家伙，知道你头上戴着的帽子,为什么叫'越王头'吗?"

"不知道。"颜君旭摇了摇头,只恨珞珠不在身边,否则以她的博闻广识,怎能会被问住?

"这是生在南海的一种植物的果实。传说中林邑王和越王有宿怨,遣刺客砍其首,悬于树上,后化为椰子。其浆如酒,其壳可做饮器,百姓就唤此椰子果为'越王头'。"

"说得惟妙惟肖,南海那么远,你如何去过?"颜君旭嗤之以鼻地道,"搞不好是在编故事骗我。"

曲姓男子被他气得山羊胡子都翘起来,嚷道:"我堂堂一个……咳,华国百姓,怎么就不能去南海了?先走陆路到泉州,再乘船过去即可。"

可颜君旭仍怀疑地看着他,觉得他在说谎。

两人又骑了一会儿,太阳越发晒了,迎面吹来的风宛如热浪,已是一天中最热的午时。颜君旭累得浑身脱力,实在是骑不动了,索性瘫坐在车上装死。

男人拿他没办法,只能带他去阴凉处喝茶祛暑。两碗茶下肚,颜君旭一双狐狸眼终于有了些精神,连忙朝他一拱手道:"这位先生,小生不能与你同去,先告辞了。"

"喂!你等等!"男人慌忙站起来阻拦,跟他套近乎,"我叫曲铭,你叫我曲先生即可。"

"曲先生,小生告辞了!"颜君旭哪肯上他的当,仍作揖要走。

曲铭好不容易找到一个能一同蹬车的劳力,哪能轻易让他离开,忙道:"哎,可惜那工科武考的题目,竟然被一个毛头小子给破解了。"

他这一卖关子,颜君旭果然不再提走的事,再次跟他蹬起了车。曲铭笑嘻嘻地捋着胡子,仿佛自言自语般道:"话说这工科武考,圣上只出了一道题,就是如何破解陷马坑……"

听到"陷马坑"三个字,颜君旭浑身的血液几乎凝固,恍如行尸走肉般踩着踏板,眼中的景象也变得模糊。

他仿佛又置身于金碧辉煌的屋楼之舟上,天河中波光潋滟,窗外白云徐徐,天水之间,光熙公子坐在他的对面,画出了一座危城。

当时安如意仿佛说漏过什么,他是为了考试才请来的光熙君,难道这位仪表堂堂的光熙公子,真的与机关武考有关?而且还毫不避嫌地泄漏了试题?

"咳!"曲铭见他一副魂飞天外的模样,以为他没见识被惊呆了,轻咳了一声,才继续说,"今年是第一次机关武考,来的都是些丝毫不懂机关的书呆子,只有一个考生想出了个翻板车,拔得头筹。当然,他能不能当这个武考状元,还得经过圣上的殿试卿选……"

"那个人是不是叫安如意?"颜君旭回过神来,急切地问。

"没错,咦?你不是没参加考试吗?怎么会知道这么多?"曲铭挠了挠头,想不明白其中关系。

"他的翻板车是抄了我的!"颜君旭只觉一口气闷在胸口,几乎要昏厥过去,连踏板都踩不动,伏在了车上。

曲铭冷哼一声:"嘿!你这小子真能说大话,你怎知他是抄你的?题目是考试时才公布的,难道你能未卜先知?"

颜君旭只觉血气上涌，鼻中酸涩，气得几乎要哭出来，只恨命运不公，他不仅丢了考试的名牌，连想出来的机关都被盗取了，成了别人通往青云之途的踏脚石。

路越来越宽阔，路边的店铺也越来越繁华，曲铭一个人蹬着车，累得苦不堪言，更要命的是，车上还载着一个恍如行尸走肉般的颜君旭，令车越发沉重难行。

他眼珠一转，捋了捋胡子，朝颜君旭道："机关高手又不是靠嘴巴说的？我就不信你真的比那安如意强。"

他话音未落，颜君旭立刻如鲤鱼打挺般坐了起来，双眼上挑，满含怒火，似要将他吞了。

"嘿嘿，若是你一展身手，便不由得我不信了。"曲铭说罢，将车停在路边，大摇大摆地走进了一条街道。

街上随处可见卖酒的女子，街边的小楼都建得精致婉约，更有庭院深深，藏在不起眼的巷子里。飒爽的秋风吹到这条街上，也如情人的眼波般缠绵，风里混着胭脂香气、残酒气息，萦绕在鼻翼，久久徘徊不去。

颜君旭站在街头，不由愣住了，因为这条街正是花街，早晨他跟方思扬分别的地方。

他一天在紫云城里兜兜转转，竟然回到了原处。

"咳，此处有个漂亮的小姑娘，要我帮个忙……"曲铭忙解释道，"我可不是好色之徒，只是她家的冰糖蹄髈实在好吃，否则八抬大轿来请我，我都不会来这种香香腻腻，左右都是叽叽喳喳的女人的地方……"

他话音未落，便见两个长得俊俏的小姑娘朝他们走来，一见到他就笑道："曲大人，你可来了，我家姑娘可等好久了。"

曲铭黝黑的脸登时变得黑中透红，像是只烤熟了的栗子。

"等等，你们叫他什么？"颜君旭立刻抓住了她们话语中的关键。

其中一个小姑娘以衣袖掩嘴，轻笑道："曲大人可是工部侍郎，怎么小书生竟不知道？"这话比得知安如意在科考上拔得头筹更惊人，颜君旭惊愕得呆若木鸡，眼睛瞪得宛如铜铃。

眼前这个惯会使唤人的，又邋遢又好色贪吃的老山羊，居然是工部侍郎？朝中的四品官员，莫秋雨的上司？一天之中他听了太多惊人的消息，过于惊骇，如魂飞天外般被巧笑倩兮的小姑娘牵着，穿过花街，走进了一座小楼。

楼上挂着金色的纱帐，纱帐散发着熠熠金光，像是将整个秋天的艳阳都积攒在一起，再全部抛洒在了此处。他仰着头，呆望着富丽堂皇的小楼，光芒如海的纱帐，宛如沙漠中的旅人看到了海市蜃楼。

不知眼前的奢丽旖旎，是真还是幻。

陆 天上舞姬
TIANSHANG WUJI

光海般的纱帐中,藏着个窈窕的影子,她在楼上缓缓行,便如仙子在云端漫游。

"曲大人,我家香奴儿姐姐想从这楼上飘下来,做个仙人的模样亮相,你看看能不能给想想办法?"领他们来的小姑娘,柔声软语地说。

曲铭推了推宛如呆头鹅似的颜君旭:"喂,你不是说懂机关吗?来露一手试试。"

恰在此时,风吹起金纱的一角,露出了站在二楼的女人。那是个娇媚无边的女人,看起来比他年长了几岁,浑身都散发着慵懒的气息,头发也未梳好,唇边的口脂也花了,手持着把白玉扇子,斜倚在栏杆边,似不把天下的万物放在眼里。

她穿着件几近透明的藕色罩纱衣,露出了半边香肩和一截藕臂,肤光胜雪,活色生香。颜君旭看在眼中,脸登时红了,连忙移开了视线。

女人看到了他,莞尔一笑。风起纱动,再次覆住了她的身影,她便像是个午后旖旎的春梦般,又变得缥缈虚无了。

"喂!"曲铭破锣般的声音再次响起。

颜君旭吓得打了个激灵,终于寻回了神智,只是目光茫然,像是根本没听到他方才在说什么。

"傻小子,只会吹牛!"曲铭摇了摇头,眼中满含鄙夷,不再理他。

他卷起衣袖,从鼓鼓囊囊的布袋中掏出了一把折叠的竹尺,"唰唰"几下就展成了三尺来长的细尺,量起了从二楼到门口的长度。接着他又从袋子里掏出了一支炭笔、几张草纸,蹲在地上画起了草图。

他画了一半又跑到了二楼，拿出一个量角度的木尺，量下了楼梯栏杆到房梁的角度。他眯着眼睛上下奔波，劳碌不休，不过片刻工夫后背就被汗水沾湿。

金色的光线中，曲铭恍如变了个人，再也不是方才吊儿郎当的模样，目光炯炯有神，精明而干练。他拿起刻刀和矩尺的姿态，宛如将军挥剑般行云流水，挥洒自如。

半个时辰后，曲铭已经画好了草图，递给了旁边等待的小姑娘："在房梁我标注的地方，做根轨道，以麻绳穿过去，将舞蹈的女子悬在麻绳的另一头……升降的机关我设计了一个辘轳，跟打井水的辘轳相似，如此可以节省力气，你们两个女孩子也能摇动，让绳子上悬着的女孩上升或下降……"

他正说得头头是道，颜君旭却皱着眉凑了过来，看着图纸轻轻摇了摇头。

"怎么？你有意见？"曲铭瞪了他一眼。

颜君旭脑中出现了一个身姿曼妙的姑娘，水袖长舞，衣袂翩翩地从楼上飘下的天人之姿。他拿过曲铭的图纸，也从布袋中掏出炭笔，运笔如飞地修改起来。此法可以用上《公输造物》中的轮轴术。

"直接做一条绳子贯穿整个房顶，绳子上悬一木制滑轮，表演的女子以钢索悬在滑轮上，另有一钢索可由人牵引，控制滑轮的移动。这样女子悬在半空，不仅可上可下，还能前后进退，做出仙子的姿态。为避免钢索勒伤，可在女子腰际缠以棉布包裹的竹片……"

曲铭不说话了，不停地捋着山羊胡子打量被改得面目全非的图纸，虽然他想出来的机关简单易做，但颜君旭的设计更能展示舞者的姿态之美。

他看了一会儿，拍了拍颜君旭的肩膀，赞叹道："你这小子没吹牛，确实有两下子。老夫考虑不周，只想着便捷省事，却忘了小姑娘们都是爱美的。"

颜君旭被他夸奖，不好意思地挠了挠头："不，机关的雏形都是您设计的，尺寸也是您测量的，我只是稍加改动而已。"

"这么说，安如意那小子真是抄了你的翻板车？"曲铭捋了捋胡子，眯着眼道，"我看他比你还小两岁，一副养尊处优的样子，手指上连个茧都没有，确实不像是擅长机关之人。不过你们是如何得知考题的呢？"

颜君旭一肚子委屈无处倾诉，见曲铭相信自己，抓着他的衣袖把跟安如意如何相识，还有光熙君出题的事通通都说了出来。

曲铭越听越是惊异，细长的眼睛也逐渐睁开，满蕴精光，特别问了问光熙君的身量容貌，之后他沉思了片刻，安慰着颜君旭："小子，虽然你丢了名牌，没能参加武考，不过当今天子尚武，又重视机关术，以你的本事早晚会得到重用的。"

颜君旭坐在地上，看着头顶的金色纱帐，心底终于得到了稍许安慰。

"但机会是人争取的，而并非等来的，你若真是一把利剑，也得找到能展示剑锋之利的战场啊……"曲铭眯起双眼，似在筹谋什么，"方才你在铁匠铺被赶来赶去，是要打造什么玩意儿呀？"

"我想做一个铁链……"颜君旭将要搬动大慈悲寺后山石碑的想法说与曲铭，曲铭边听边点头。

听了一会儿，他忍不住拿起炭笔，在草纸上画了又画。

"搬动石碑，堪称壮举，可你知道石碑的重量吗？又打算做怎样的机关来搬动它？你都心中没数，打造再多的铁链也没用啊。"

颜君旭从布袋中掏出了一块黑色的花岗岩，对着托腮叹气："哎，可是石碑那么大，如何得知它的重量？"

曲铭见到石块，却微微一笑："此石是石碑上的？若有此石，石碑的重量唾手可得。"

颜君旭疑惑地看着他，不知他何出此言。

"笨小子！你不是有石碑的尺寸吗？算下多少个这样大小的石块能组成石碑，再称出石块的重量，不就算出石碑有多重了吗？"

"好办法！我怎么没想到？"颜君旭高兴得跳起来，但又琢磨道，"可石块是不规则的，怎么知道它精确的尺寸……"

他说到一半，突然想出了个妙招，而曲铭也在同时出言提示他，两人异口同声地道："用水！"

他们如此默契，忍不住抃掌大笑，虽然才相识了半天，但对机关的见解旗鼓相当，倒像是认识了多年似的。恰在此时，一个小姑娘像是蝴蝶般翩然地走来："咦？两位贵客怎么还在这里？姑娘对你们的设计赞不绝口，已经为曲大人备好了桂花冰糖肘子。"

果然，风中飘着饭菜的香气，他们方才太过专注于机关，竟毫无察觉。

曲铭一把甩开颜君旭的手，双脚生风地朝小楼后走去，虽然他挺起胸膛，摆出一副端庄的姿态，但是任谁都能看出他的迫不及待。

虽然想出了如何称石碑重量的法子，但能挪动石碑的机关仍没想出来，颜君旭根本没心思吃饭，仍低着头思索，便被曲铭甩在了身后。他神情恍惚地穿过小楼，只见楼后是一个四面透风的厅堂，红柱黑瓦，四面挂以淡青色纱幔，纱随风动，曼妙缥缈，像是裁剪下的雨后青天。

这写意无尽的青色中，有窈窕的身影在追逐玩耍，时而还传来笑闹之声。颜君旭被这仿佛不属于人间的景致吸引，好奇地走了过去。只见几个少女正赤着足在厅堂中取乐，地上散乱地放着琵琶、七弦琴和竹笛。即便已经入秋，她们也只穿着轻薄的纱衣，衣下隐约可见纤柔有度的身段和细腻的肌肤。

颜君旭对京城的姑娘一无所知，只看出她们的纱衣似价值不菲，都是一色的烟水粉，裙摆上绣着金色的芍药花，额头上还贴着金色的花钿，梳着一式的双环髻，一时竟分不清谁是谁。

她们看到了颜君旭，见他穿着书生的青色长袍，又呆头呆脑，便嗤嗤笑着，仿佛没见到他一般，仍聚在一起玩乐。

颜君旭走近了，才发现这些少女有的捧着胭脂水粉，有的拿着牛角篦子，正在为一个坐在地上的姑娘梳妆。他觉得自己不该在此处逗留，但风里的甜腻的玫瑰头油气味、错落的云裳鬓影，都像一只无形的手，挽住了他的脚步。

他看着她们，像是在欣赏一蓬自顾自绽放的花，活色生香，又无拘无束。

可当这些女孩们为同伴梳妆完，坐在中间的姑娘撩了撩裙摆，缓缓站起来。颜君旭看她一眼便立刻愣住了，因为她不是别人，竟是月曦。

月曦也看到了他，她也穿着烟粉色的裙子，梳妆发饰都跟其余的女孩子一般模样，但却更为清丽脱俗。

她捂着嘴，朝他招了招手："你这么快就回来啦？如何得知我们在这里？"

"我、我是有事过来的……"颜君旭见月曦在里面，胆子也大了些，走进了厅堂。

果然，只见方思扬正伏在厅堂的一角，趴在地上画画。他一直躲在角落，又一声不吭，方才颜君旭站了许久，竟然完全没有发现。

颜君旭凑近去看，只见这画足有六尺余长，画中画着七八个飘飘欲仙的少女，她们都捧着乐器，在云端月影中弹奏。这是他第一次看到方思扬用彩色的颜料画画，越发显出他功力深厚，少女们明明是同一打扮，在他的笔下却能清晰地分辨出各自的不同，堪称惟妙惟肖。

"你来啦？"方思扬在描绘完一条衣带后，终于搁下了笔，"这聚香楼里的香奴儿是紫云城里最善舞的女子，这画便是她请我来画的。"

"真美……"颜君旭看着画，像是看到了一段凝固的美丽时光，纵使千百年过去，它仍不沾岁月风尘璀璨耀目。

"这是我为她们画的《淑女乐游图》，姑娘们终会容颜老去，青丝变白发，红颜化枯骨，但她们却能永远活在我的画中，后人会记得她们的笑容和芳姿。"方思扬活动了一下筋骨，站起来问道，"不过你是怎么知道我在这里的？"

颜君旭便将自己今日的经历说了，方思扬也觉得十分凑巧，两人正坐在地板上聊天，便见一个苗条婀娜的女郎迤逦而来。

她跟厅堂里玩耍打闹的少女不同，气质如水般风流而难以描摹，虽只穿着件莹白色的纱衣，举止之间却魅色无边，比穿着七彩衣裙还要引人注目。

颜君旭一眼就认出她就是藏在金纱之中的女人，方才距离稍远看不真切，此时只见她生着一双桃花眼，看谁都像是在笑似的，美丽而平易近人。

"这位小兄弟便是颜公子吧？小女名唤香奴儿，多谢你为我设计的迎仙索。此时天色尚早，请二位跟我移步到花厅，去用些餐饭吧。"她福了一福，朝颜君旭嫣然一笑。

"是冰糖肘子吗？"颜君旭红着脸挠了挠头，"方才曲大人一直在说这道菜，所以我才知道。"

"曲大人说他是为官之人，不便在此多逗留，已经离开了。况且迎仙索出自公子之手，公子在也是一样的。"

听到曲铭走了，颜君旭颇为失落，他还没有想出搬石碑的机关，要跟他探讨呢。

香奴儿看出他的失落，掩嘴偷笑："在天香楼里，为个男人失魂落魄的，小书生你可是第一个呀。"

大家都被她的话逗得开怀大笑，颜君旭的脸越发红了，被方思扬拉着去吃饭。

天香楼的菜精巧而别具匠心，方思扬和月曦赞不绝口，只有颜君旭仍沉浸在设计机关中，皱着眉拿着两根筷子摆来摆去。

方思扬笑道："这位香奴儿姑娘可是紫云城的有名的'天上舞姬'，等会儿机关做好了，你欣赏了她的舞姿，就不会愁眉苦脸的了。"

颜君旭听这绰号十分耳熟，好奇地问："是不是还有个'天音娘子'？"

香奴儿惊叹地放下酒杯，打量着颜君旭："看不出小书生年纪虽小，却对京城的风月场颇为熟悉呀，'天音娘子'前几年风头无双，我们常在一起表演，可是自从出了那件事之后，她就隐退了，没人知道她的消息。"

"是什么事？"

香奴儿压低声音，瞪圆了桃花眼道："是很可怕的事，有个喜欢'天音娘子'的男人发了疯，在黎明时持柴刀翻过院墙，要杀了她再殉情……"

虽然知道幽莲无恙，颜君旭也不仅背后泛出冷汗，他还以为幽莲是因跟莫秋雨两情相悦才离开风月场的，哪知竟是因为凶案。

"后来怎样了？"方思扬和月曦忍不住追问。

"两人厮打在一起，天音娘子被毁了容，而凶徒被自己的刀划破了喉管。一个毁了容的歌姬哪还有什么价值，她离开了花街，就此不知去向了。"

"那……她有没有两情相悦的恋人？"颜君旭小心翼翼地问。

"不清楚……"香奴儿摇了摇头，叹息道，"过去她曾跟我说过，有一个弟弟跟她骨肉分离，也不知后来找到了没有。"

刹那之间，颜君旭眼前浮现出了莫秋雨的走马灯上的画，画中有个少女保护这个男童，看来他费尽心思做出走马灯，就是为了帮幽莲找失散的手足了？

他正在想着，突然听到旁边的小楼中传来"叮叮当当"的敲打之声，看样子是安装"迎仙索"的木工到了。

他更没心思吃饭了，丢下碗筷就跑向了小楼。而在他的身后，香奴儿将一杯残酒凑到唇边，饶有兴致地看着他匆匆离去的身影。

她艳名在紫云城流传多年，多少男人为了瞧她一眼打破了头，偏偏这位少年郎君不是打听别的女人的事，就是忙着做机关，视她如尘埃般轻薄无物。

她明眸一转，心中涌起了个念头，想捉弄一下这个疏忽了自己的少年。

柒 通天巨索

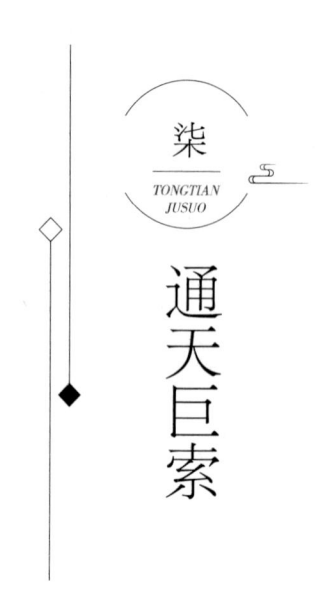

TONGTIAN JUSUO

　　颜君旭一看到满地的斧凿和绳索，也按捺不住，精神百倍地跟着木工们做起了迎仙索。他连口水都顾不上喝，直至傍晚时分才终于大功告成。

　　工人们从未见过读书人喜欢木工活计的，像是众星拱月似的捧着他，围着他不停地问这问那。颜君旭此时的机关水平已经跟在家乡时不可同日而语，他们抛来的问题都能一一解答。

　　只是他愁眉不展，心中始终惦记着大慈悲寺的玄武碑。那块黝黑沉重的石碑，像是化不开的阴云似的，沉甸甸地压在他的心头。此时夕阳西下，天香楼里的姑娘们点燃了门口的灯笼，即将迎接客人。香奴儿也系上护腰，站在二楼，打算试试这迎仙索。

　　她并未穿飘逸的舞衣，只穿着件短衣松裤，更显得腰肢纤细，手脚修长。

　　颜君旭本来还跟方思扬并肩站在一起，抬头看着香奴儿，但他的视线很快就被一个木工吸引。木工身材消瘦，蹲在地上，用轮轴卷绳索。他将轮轴立在地上，缓缓转动，散乱的绳索很快就被卷好了。

　　颜君旭盯着转动的轮轴，停滞了思绪，仿佛也跟着转了起来。突然他像是想到了什么，手舞足蹈地说："我想出来了！我想出该如何搬动石碑了！"

　　方思扬早已习惯他这副模样，白了他一眼，继续看着楼上的香奴儿。香奴儿看他在楼下高兴得乱跑的样子，再次忽视了自己的存在，气得翻了个白眼。接着双腿微微一蹬，便从栏杆处滑到了半空中，摆出了曼妙的姿势，翩然滑下了小楼。

　　负责控制高度的两个男仆人，随着她舞蹈的动作调整着钢索的高度。虽然她只穿着简单的衣饰，但动作曼妙生姿，轻盈得仿佛生了双翅似的，在金色的纱帐下曼舞，恰似遨游在天际的仙子。

她一曲舞毕，众人皆拊掌赞叹，只有颜君旭蹲在地上埋头画图，对绝世的舞姿毫无兴趣。门外的残阳像是美人醉酒的酡红，将西天染成了暧昧的颜色。一个身穿红色衣裙的俏丽少女，蹦蹦跳跳地跑进了大门。

"这里是有个叫香奴儿的人吗？"来的正是珞珞，她玩耍够了，去铁匠铺寻颜君旭，却意外地没找到人。

她记性很好，突然想到方思扬曾提过一嘴"香奴儿"，便找到了此处。果然，她一进大门，便见颜君旭正蹲在小楼的门口，专心致志地画着图。

她这一露面，工人们都不由停下了手中的活计，看得直了眼。只见这少女肤光胜雪，如云黑发梳成个俏皮的歪髻，鼻子小巧而俏丽，尤其是一双琥珀色的美目，如秋泓般清澈动人。

与紫云城的少女不同，她周身都散发着勃勃生机，如一株肆意蓬勃的野蔷薇，美丽又自由，一眼就足以令人深陷。吊在半空的香奴儿，秀眉微蹙地俯瞰着众人的反应，懊恼地咬了咬嘴唇。但她似想出了个好主意，唇边浮现出了一抹笑意。

"呆瓜！"珞珞完全没留意到金纱中的舞姬，像是一团火烧云轻盈地飘向了颜君旭。

颜君旭听到她的呼唤，也惊喜地抬起了头，笑容不自觉地就浮在了脸上，只觉霞光再艳丽，也比不上珞珞的美。

就在这时，方才稳稳地吊在半空中的香奴儿，在空中转了个圈，竟一个趔趄落在了颜君旭的身边。她落地时脚下一歪，便往颜君旭的怀中扑去。

颜君旭吓得忙侧过了身子，顺势扶住了她的手臂，她才总算没有摔倒。

珞珞停住了脚步，瞪着琥珀色的美目，打量着这位从天而降的美人。她不明白为什么只有一天不见，颜君旭就结识了这如仙子般的佳人？怎么她还穿着贴身衣裤，露出了光滑洁白的藕臂？

最重要的是，这美人眼角眉梢皆是柔情，对颜君旭满含欣赏。

"小书生，谢谢你的'迎仙索'，有了它我定会一舞倾城，在紫云城中声名大噪的。"香奴儿朝颜君旭道谢，但一双桃花眼却在珞珞身上飘来飘去。

她阅人无数，早就看出这对年少男女互相钟情。可气不过这小书生屡次对她的忽视，而且这个不知从哪里跑出来的野丫头，还跑到她的地盘抢风头，便想捉弄他们一下。

颜君旭听她这么一说，才发现自己一直扶着香奴儿的藕臂，他的脸"腾"地红得如同秋天熟透的柿子，连忙松开了手。

珞珞一见颜君旭情不自禁，立刻气不打一处来，她丢下手中的桂花糕，扁着嘴转身便跑。

颜君旭知她误会，也顾不上研究机关了，忙推开了香奴儿，慌慌张张地去追珞珞。

只有方思扬缓步来到了香奴儿身边，不满地说："我这朋友虽然有些不解风情，可是他毕竟帮过你，怎能如此捉弄他？"

香奴儿以袖掩嘴，笑着说："我瞧这两人互生情愫，却差了点信任。我这是送颜公子份礼物呢！待他们和好了，会比现在更柔情蜜意，不信你就瞧着吧。"

方思扬越发不解，满含疑惑地看着她。

香奴儿踮起脚，舒展着柔软的双臂，如飞鸿般轻盈地钻入了金纱之中，只留下一个没有答案的谜题。

自鬣楼之舟被一把火烧了之后，紫云城中再没有发生过离奇的凶案，兼之科考结束，宵禁之令又恢复如前，亥时才关坊门。

此时华灯初上，天幕如水墨渲染般，一半瑰紫，一半灰黑，璀璨星月如玉盘和碎钻点缀在瑰丽的苍穹，映衬着繁华奢丽的街道，宛如天上宫阙。

街上人来人往，随处可见年少的郎君和温婉窈窕的少女。珞珞的身影便如落入湖水的雨滴般，转瞬便混入人群，难觅影踪。

这是两人解开误会后的第一次分离，无论是黑龙谷还是鬣楼舟，他们都并肩而行，从不会舍弃对方。此时珞珞负气而走，颜君旭急得像是只没头苍蝇般，在花街上乱窜。

可绚丽灯火下，满目皆是衣香鬓影，他哪里找得到珞珞的影踪？他又急又气，头脑发昏，一路狂奔着冲出了花街。

他也不知跑了多久，见到穿淡红色衣裙的少女就过去看，不知挨了多少个白眼。等他筋疲力尽之时，发现已经正坐在一堵矮墙的墙根下，身边还有个衣衫褴褛的老丐，拉着马尾胡琴，唱着悲伤的诗词。

"离多最是，东西流水，终解两相逢。浅情终似，行云无定，犹到梦魂中。可怜人意，薄于云水，佳会更难重。细想从来，断肠多处，不与今番同。"

老人的声音嘶哑而沧桑，像是凄凉的秋风，吹到了听者的心底。颜君旭本就为离别所苦，此时更是压抑难过。

"老人家，换个歌唱吧。"他听得心气郁结，塞给老人两个铜钱。

月光之下，可见老人的双眼是凹下去的，像是干枯的泉眼，他竟然是个盲人。他接过钱，用手指捻了捻，仔细地放到衣袋中，又拉起了胡琴。

"白日登山望烽火，黄昏饮马傍交河。行人刁斗风沙暗，公主琵琶幽怨多。野云万里无城郭，雨雪纷纷连大漠。胡雁哀鸣夜夜飞，胡儿眼泪双双落。闻道玉门犹被遮，应将性命逐轻车，年年战骨埋荒外，空见蒲桃入汉家。"

或许是胡琴的弦声悲凉，他唱的又是一首悲歌，只是这次唱的是战争后的凄惨景象。

颜君旭站在秋风冷月中，听着悲怆的歌，唱歌的老人似要对得起他的铜钱，竭力高歌，时而声音嘶哑，时而宛如哭号。

他突然觉得很孤单，天地再大，却无一人理解。就连形影不离的珞珞都撇下他走了，秋月的辉光，清凉而黯淡，像冰冷的湖水，浸透了他的心底。

"这位老丈一直在此处唱歌，已经有许多年了。因为他唱的都是悲歌，所以几乎没人给他赏钱。"

一个人缓步走到他身边,将一袋铜钱丢到了老人的面前。老人虽然瞎了,但耳朵却灵光,一把将钱袋抓起来,喃喃道:"我的两个儿子,都在十几年前的鹿城之战中战死,连尸骨都没找回来,从此以后,老头我就只会唱这种不合时宜的歌了……"

他调了调琴弦,又咿咿呀呀地唱起了哀伤的曲调。

颜君旭抬起头,只见莫秋雨正站在月光下,背后是街巷的暗影,显得锦衣蟒带的他,越发孤高。

"你想问我为何在这里?"莫秋雨轻咳一声,看穿他的心思,"是方思扬特意找到我,让我帮他寻你的。"

颜君旭听到还有人惦记自己,冰冷的心渐渐暖了起来,忙问道:"莫大哥,你寻我这么久,看到珞珞了吗?"

莫秋雨这才知道他为何会在京城中乱跑,忍俊不禁地揉了揉他蓬乱的头发:"你跟珞珞闹别扭,她丢下你走了?相信我,她一定会回来找你的。"

"真的吗?"颜君旭原本空落落的心又满含期盼,莫秋雨比他年长,在男女之情上,他一定比自己有经验。

"当然,若是她不回来,便是她心中没有你,也不必等了。不过你也得做点什么,才能在她回来的时候留住她,没有哪个女孩会拒绝特别为她准备的心意。"

颜君旭听得连连点头,恨不得拿出纸笔把他的话记下来,毕竟珞珞是狐妖,如果她想藏起来,自己是决计找不到她的。

听了莫秋雨的一番话,他彷徨无依的心终于有了些寄托,一路上拉着莫秋雨,不停地问女孩们都喜欢什么。

此时他才发现,自己满脑子都是机关,甚至没送过珞珞一件像样的礼物。所以她才那么失望,连解释的机会都不给他,就义无反顾地离开。

他们走出长街,果然在街口看到了改装过的六轮马车,方思扬和月曦正拉着路人不停地询问。

在看到他的身影后,方思扬才终于松了口气,走过来拍了拍他的肩膀:"你可吓死我了!再不出现我就要张榜寻人了,我还没画过寻人的画,倒是可以尝试一下。"

莫秋雨从衣袋中掏出一块木牌,递给了颜君旭:"这是工部的铭牌,你若是遇到什么想要的物事,店家不想卖给你,可以用这块铭牌试试。不过记得用完了尽快还给我,千万不要声张。"

颜君旭接过木牌,只见木牌是坚硬名贵的檀木做的,四角包金,正中写着篆体的"工部令"三个字。

"思扬见多识广,有你们陪伴君旭,我还放心些。"莫秋雨叮嘱他们,"记得,千万不要用令牌惹是生非。"

明月遁入云丝,夜色越发深沉,街上的商贩关上了大门,行人也渐渐稀少,宵禁时刻即将到来,他也匆忙赶往住处。

当晚颜君旭孤身一人回到闲院,只见闲院中一片漆黑,不像是有人回来的样子。他去看了看珞珞留下的衣物和首饰,又去工具房转了一圈,可都觉得索然无味。珞珞一走,这宅院也变得空荡荡、冷清清,大得让他不知该在何处安身。

最后他坐在捧灯的木人旁边,与它为伴,无奈地趴在地上画起了图纸。自离家以来,他从未觉得夜晚如此漫长,更从未觉得如此孤单,不知不觉中,手下描摹出一把狐尾形状的七弦琴。

次日清晨,放心不下他的方思扬早早地就来闲院找他,见珞珞整晚没回来,也跟着叹了口气。

颜君旭忙不迭地拉着他出去,要去珞珞平时喜欢的地方再找一遍。方思扬虽然对女孩子爱去的地方毫无兴趣,但见他如此焦急,也只能硬着头皮陪他。

结果两人在水粉铺、首饰铺、裁缝店转了一圈,也没有看到珞珞的身影,甚至连她最喜欢的烤鸡店老板娘,都说这两日没见她光顾。

颜君旭垂头丧气地在街上转着,热闹的紫云城也变得乏味,不知不觉就又到了城南的铁匠铺。

他来到之前光顾的店铺中,拿出了昨晚设计的狐尾琴的图纸,交给了打铁的铁匠。铁匠一看图纸就连说工艺太复杂,方思扬忙从颜君旭随身背着的布袋中,掏出了莫秋雨给他们的令牌。

果然铁匠一见到令牌,虽然浓眉拧成了一团,还是满口应承下来。

"喂,你之前不是说过,想到了搬石碑的法子?需要什么不如连锁链一起做了?"方思扬见令牌如此好用,凑到颜君旭的耳边悄悄说。

"可是莫大哥说了,不能用令牌惹是生非,给珞珞弄点小玩意儿还行,万一……"

"你这死脑筋,你又没干坏事?怎能叫惹是生非呢?"方思扬拍了拍胸脯道,"锁链的钱包在我身上,只需大慈悲寺能给我留下两面影壁作画。"

颜君旭听他说得有道理,如今也实在没有别的办法能拿到搬石碑的工具,只能点头答应了。

他们研究了一会儿,将颜君旭画好的图纸再细化了,交给了铁匠们。铁匠们拿到图纸皆纷纷摇头,一个个宛如拨浪鼓成了精,都说这绳索太过复杂,没有一个月根本做不出来。

可当方思扬掏出工部令牌,他们也无可奈何,只能硬着头皮接下了这艰难的活计,最终十几家铁匠铺决定分工合作,才能在七日后交出他要的锁链。

几日之间,城北街道的铁匠铺皆闭门歇业,打铁之声却绵绵不绝,从早响到晚,甚至有不少拉坏的风箱被扔到了后街上。

在等待的日子中,颜君旭依旧如孤魂野鬼般,在紫云城中游荡,寻找着珞珞,每逢看到红色的裙摆,他都会驻足停步,但又屡屡失望地转身离去。

而在他失魂落魄之时,却完全没有发现,墙边的暗影里、小楼的房檐上,都有黑狐远远尾随。

一只黑狐盯着颜君旭回到闲院,才踏着破碎的月光,跑到了紫云城一座灯火通明的酒楼中。

它敏捷地跳上二楼,钻进了一扇微敞的小窗,落在地面之时,已经变成了个贼头贼脑的黑衣男人。

"蓝将军,那小子好像傻了似的,天天在街上晃荡,也不见他去搬玄武碑,还要继续跟着他吗?"

他点头哈腰地汇报,而在宽大的雕花椅上,正坐着脸色阴沉的蓝夜。他比前几日消瘦了些,眉眼变得锋利,更衬托出他的阴狠。

"当然,玄武碑下的藏着的物事,我这次一定要拿到!"他吩咐下去,待黑衣男人再次变成黑狐跳窗离开后,他又捏紧了手中的酒杯,咬牙自言自语道:"不仅是玄武碑,还有《公输造物》,也都将是我的……"

坚硬的犀角杯,发出"啪"的一声轻响,在他指间化为碎片。杯中的鹿血酒洒在地上,缓缓流淌,将夜色也染成了一片狰狞的猩红。

与此同时,远离京郊的大慈悲寺中,一只小红狐站在松树枝上,轻盈的身体随着松涛起起伏伏。

它琥珀色的双眼紧盯着寺庙后的禅房,午后便有几个求官之人进入了方丈空明的房间,直至夜幕降临,还未曾离开。

庙宇中回荡着僧人低低的诵经声,空远绵长的木鱼声,让时间都变得缓慢。不知过了多久,六个身穿长袍,头戴璞头纱帽的人,才陆续走出了空明的禅房,离开了寺庙。

跟来的时候不同,他们眼中欲望的烈火消失了,像是秋日的夜晚般空旷清冷,毫无感情。

小红狐好奇地看着他们分别乘坐马车离开,在最后一辆马车即将驶离时,它纵身一跃,跳上了车顶,颠簸着奔向莫测的前途。

紫云城南的街巷中,打铁铺子里仍火光冲天,灯火通明,"叮叮当当"的打铁声不绝于耳。铁匠们将烧熔的铁块锻打成型,将它放入了冷水中。

随着"嗤"的一声轻响,白烟四起,当烟云散尽之后,一个碗口粗细的黝黑锁扣,现身于水底。

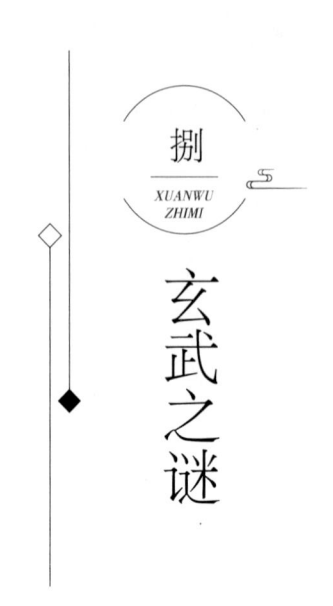

捌 玄武之谜
XUANWU ZHIMI

　　七日后的清晨，颜君旭和方思扬赶着马车，向城北的铁匠铺驶去。特制的绳索和锁扣已经做好，绳索是由麻和牛筋编成，再以细细的铁丝绞在一起，既轻便又坚韧，但因制作方法繁复，铁匠们才如此为难。锁扣是由铁打就，每个锁扣上都有两个耳朵似的铁环，方便连接绳索。除此之外，还有一个磨盘大的绞轮，以及四根坚韧的铸铁棒。

　　当他们把这些物事装上车，再运到大慈悲寺时，已经是晌午时分。迎接他们的是释意，这个憨厚的僧人听说可以搬动石碑，忙叫来了几名身强力壮年轻僧人，帮他们将沉重的机关运到了寺中。

　　僧人们几乎每天都要来往山上山下，搬运饮水和食物，早已习惯了在山路上负重而行，只用了半个时辰就将绳索铁扣等运到了庙中。

　　方丈空明也闻风而来，但见他眉须皆白，穿着件杏色的僧衣，眉眼中尽透着慈悲。

　　"阿弥陀佛，小施主为本寺费心了，无论结果如何，老衲都感谢小施主的古道热肠。"

　　方思扬第一次见到空明大师，忙过去合十作揖，两人絮絮而语，很快就聊到了寺院的佛画。

　　释意却始终眉头紧皱，望着地上特制的绳子连连摇头，悄声对颜君旭道："小施主，我看你心地善良，劝你一句，不如早早将这些物事拉下山。石碑很沉重，绝不是靠绳索就能搬动的，万一失败了，岂不是……"

　　颜君旭立刻明白，他是怕自己丢脸，连忙摇头，说："不要紧，我精确地计算过，一定会成功的。"

释意见劝他不动,只能叹息一声,远远离开了。

今日来大慈悲寺礼佛的香客众多,还有女眷结伴而来,寺里的僧人既要接待香客,还要帮颜君旭搬运绳索机关,待全都准备妥当,已经是傍晚时分。

颜君旭和方思扬站在高大玄武碑前,望着堆积如山的机关,相视一眼,长长地舒了口气。

而就在此时,庙宇中响起了洪亮的钟声,方丈空明踏着钟声缓缓而来,他的僧衣在山风中飘荡,宛如一面耀眼的旗帜。

颜君旭看着空明大师低垂的眉眼,矫健的身姿,竟恍然觉得,今日是自己第一次认识他似的。

紫云城中,一只毛发火红的小狐,正百无聊赖地趴在一户人家的天井之中,秋日的阳光照在高大的梧桐树上,投下片片阴凉。它就躲在清凉的树荫下,时不时舔舔毛发。

屋子的人在忙碌不休,这家的男主人是个京兆府的官员,一大早就阴沉着脸出了门,到了酉时方才回来。只是回来了脸色依旧木然,双眼也一片空茫,仿佛连魂都丢了。

这位官老爷一回到家就将自己关在房中,连个人都不见。红狐身姿矫健地跃上了窗沿,用粉色的小舌头将窗纸舔破了一块。只见穿着青色官服,大肚便便的中年人,正坐在桌前,一个人自言自语。

"大师说了……加官晋爵……报效涂山会……嘿嘿嘿,我就要前途无量了……"

他说这话时宛如行尸走肉,虽然在笑,眼中却没有任何笑意。小红狐听到"涂山会"三个字,突然掉头就跑,奔出院落,跳上了街边一辆疾驰的马车上。

它从一辆车跳到另一辆车上,借力疾奔,像是一支燃烧的箭,向城门的方向跑去。

"这位小施主,石碑这么大,如何量出它的重量?"玄武碑前,几名僧人围着颜君旭问个不停,"此地树林繁茂,你确定不用砍树吗?也没有拖车,怎能将石碑拖下山呀?"

颜君旭拿着绳索忙来忙去,不停地跟方思扬计算着绳索和石碑下机关的角度,最终他们将几根绳索缠在了石碑和一棵位于石碑右前方的参天大树上。

这棵树是高大笔直的柏树,枝叶茂密,足有两人合抱之粗,看树龄已逾百年。颜君旭将绳索系好,还满意地拍了拍粗壮的树干,将它当个人一般对待。

"诸位大师,机关已经布置好,劳烦诸位跟我一同出力,挪开石碑吧。"

颜君旭朝僧人们鞠躬行礼,将袖子卷起,推起方才跟方思扬固定好的转轮。六条分别绑着石碑和柏树的绳索,都从这钢铁铸就的转轮中穿过,轮上插着几根粗壮的铁棍,方便人使力。

众僧人皆纷纷发出"嘘"声,算上颜君旭和方思扬,此时也只有十个人,怎能挪动沉重的石碑,这石碑怎么也得百人才能搬动。

"诸位大师不用担忧,自有帮手能助我们移动石碑,使一分劲力便如使十分一般。"

"敢问小施主是还有朋友未到吗?"空明轻声念了声佛号,关切地问,"现下天色已晚,老衲这就派人下山迎接。"

"它早就已经在这里了!"颜君旭指着身边的柏树道,"就是这棵树呀!"

众僧听了他的话，望着眼前的树，更加惊愕了，都担忧地望着他，似觉得他发了失心疯。

"不信诸位跟我推推转轮就知道了，这个法子叫'增益'，用此方法，纤弱女子也能掰弯铁条。"颜君旭边说边，用力推起了黝黑沉重的转轮，但跟他一同推的，只有方思扬一人。

"小施主，小僧也来助你们一臂之力。"释意也卷了卷衣袖，跟他们一同推了起来。

三人一同使力，特制的绳索绷得笔直，发出"嘎嘎"轻响，沉重的石碑居然挪动了一下，碑座处的泥土出现了一丝裂痕。虽然动得微乎其微，但却像是启明星般，以一米光芒点燃了天际。

众僧见石碑动了，似在黑暗中看到一线曙光，不约而同地冲上去，一同推动铁杆。

高大的柏树被绳索带得微微倾斜，而石碑沿着碑座下的轨道移动，发出"隆隆"巨响，庞大的玄武神龟似活了一般，向前挪动了三尺多长的距离，露出了藏在碑座下的石凿的轨道。众人皆兴奋不已，喊着口号齐心协力地再次推动了轮轴。

绳索又卷了一圈，绷得"咯吱"作响，与此同时，玄武碑完全被移开了，碑座下藏了百年的秘密终于被揭开。

所有人都屏息凝神，看着碑座下那三尺见方，两尺多深，由花岗岩铸就的黑漆漆的洞穴。

此时霞光潋滟，天边最后一抹云霞没入山巅，似乎只是突然一瞬，所有的辉光都不见了。

只余密林如海，遮天蔽日。

"阿弥陀佛，小施主果然搬开了石碑，老衲真是佩服，也感激不尽。"空明大师上前一步，朝他们双手合十，深深一揖，僧袍在夜风中飘扬。

其余的僧人点燃了火把灯笼，将晦暗的树林照得宛如光海。

颜君旭和方思扬哪敢受他的礼，连忙鞠躬回礼，方思扬见方丈如此看重他们，眼角眉梢尽是喜色。

"如此，我就将玄武碑下的物事，带回寺中保管了。"空明说罢，大步走向了碑下的石穴。

玄武碑位于大慈悲寺后山，也属于寺中地界，碑下无论是否宝物，由大慈悲寺保管也是理所当然。

一名年轻的僧人率先跳下地穴，举着火把照亮了脚下，只见穴中积攒了半尺厚的淤泥，而淤泥之中，正有一个一尺来长，五寸余宽的石头匣子。他将匣子拿出来，双手捧给了空明。空明伸出手要接过，脸上不由浮现出一丝喜色。

在这刹那，他再也不是超凡脱俗，喜怒皆不着相的高僧了，他微弯的嘴角，满含欲望的眼神，都让他像极了一个再普通不过的凡人，甚至与街边的行商走贩无异。

颜君旭正在诧异他这一瞬间的变化，只见突然从斜里蹿出一个红影，如旋风般从空明身边滑过。那身影他再熟悉不过，便是化成灰也能认出来，忍不住惊喜地唤道："珞珞，你终于回来了！"

火把飘摇的光芒中，果然见少女身姿窈窕，腰如裹素，一双杏眼顾盼神飞，正是负气出走了七天的珞珞。他一见珞珞，便将众僧视若无物，喜不自胜地朝她走去。就在这时，却有人将他一把推开，叫骂道："你这女贼，竟偷我的东西！"

他被推了个趔趄，才发现推他的竟是空明大师，只见空明气得脸色涨红，连低垂的眉眼都高高竖起，哪里还有得道高僧的模样？而方才从石穴中拿出来的石匣，正被珞珞夹在腋下，她也调皮地朝空明吐了吐舌头，对他没有丝毫尊敬。

方思扬忙将颜君旭扶起来，悄声道："我看这方丈利欲熏心，大慈悲寺怕是有名无实呀！看来不能贸然作画，万一污了我的名声可怎么办……"

"我找你找得好苦！"颜君旭眼中既没有石匣，也没有空明，只有珞珞明媚如花的笑靥。他跑到珞珞的身边，激动得几乎要哭出来，满心满眼都是她，恨不得将她装在眼睛中带走。

珞珞似嗔非嗔地望着他，脸如桃腮，唾道："呸呸呸，撒谎也不怕闪着舌头！我见你天天在街头游荡，还去打铁铺子里晃悠，最重要的是……"她伸手指向空明，冷笑道，"居然像个呆瓜一样，被这个秃驴耍得团团转。"

这左右除了她、颜君旭和方思扬三人，其余的都是出家僧人，个个剃着光头，听到珞珞的话，眼中都隐含薄怒。

"这位女施主，你抢了敝寺的东西，怎么还出言不逊呢？"释意率先表达出不满，要去拿她手中石匣。

珞珞将石匣往颜君旭怀中一丢，笑嘻嘻地道："你说石匣是你们的，上面可刻着你们寺庙的印鉴啊？好像没有呀！而且我方才看了看，此匣是带锁的，你可知锁怎么开吗？"

"珞珞……"颜君旭抱着石匣，像是抱着个烫手山芋，"这确实该给他们……"

珞珞朝他挤了挤眼睛，低声嘱咐："快解石匣上的锁，等会儿听我说话就好！"

颜君旭不懂她为什么这么说，只能依言借着火光察看起石匣。他摸了摸匣底和匣盖，发现此匣匣身竟然是由一整块花岗岩雕成的，摸不到一丝缝隙。匣盖是抽拉式的，上面有个可以转动的圆圆的环。他试着转了两下，发现里面有机栝为锁，将匣盖卡在了匣身上。

释意本就口舌笨拙，被珞珞连珠炮地问了一通，根本答不出来。

"你都回答不出来，此匣就不是你们的了。"

"阿弥陀佛，女施主请将石匣交还给本寺吧，否则就不要怪老衲不客气了。"空明声如洪钟地说，话中却没有半分出家人的慈悲了。

众僧也诧异地看着方丈，他们中有的人已经入寺十几年，从未听他说过这样威胁的话语。

"哼，你这为涂山会为虎作伥的恶僧！你用摄魂术控制求官之人，让他们为你们牟利，祸乱天下，以为会没人识破吗？"珞珞杏眼圆睁，指着空明骂道，"得知此碑名为玄武碑的时候，我就心怀疑惑，怎么这么巧，刚走了个'朱雀'就遇上了'玄武'？这石碑很可能就是因你而命名，你就是涂山四相中的'玄武'！"

颜君旭听了她的话，吓得手一抖，差点就把石匣摔在地上。还好方思扬跑到他身边，适时地接住了，方思扬比他更困惑，他看了看珞珞，又看了看空明，只觉他们说的话活似猜谜，虽然每一个字都听到了，却又不知是何意。

而且不只是他们两人，一个站在树枝上的黑影，也为之震惊。他身材高大，穿着矫健的黑衣皮靴，一双浓眉如两把刀似的横在脸上，双眼闪露凶光，正是涂山会的蓝夜。

因为怕走漏风声，传到长老的耳中，他这次来庙中没有带任何属下，伺机抢夺碑下的宝物，没想到得知了一个如此惊人消息。玄武竟然藏身寺庙，还是个垂垂老矣的和尚。

他打量着空明微弓的腰，苍老的身形，脸上浮现出了狰狞的笑容，一个绝妙的主意，已从脑海中诞生。

"女施主，是不是想要将碑下之宝据为己有，才口出妄言的呢？你说的什么老衲根本听不懂。"空明又变成了平时慈眉善目的样子，朝珞珞温和地道，"再贵重的宝物，在老衲看来也无异于尘土，只希望女施主善用此物，造福众生……"

他说罢慢慢接近珞珞，还低低念诵着经文，经文自他唇边流出，像是水一般化入山风，又像温暖的海潮般将他们包围，让他们惶恐的心变得安宁。

颜君旭从未觉得如此欢喜平静，天边月华千里如霜，林中疏影横斜，暗香浮动，世间的烦恼都被掩在古刹门外，他只希望空明永远不要停止诵经，让他的灵魂徜徉在广袤安宁的天地间。而且不只是他，跟珞珞争执的释意，愤愤不平的僧人们，也都沉浸地听着经文。茂密的林中，十几个人一言不发，宛如人偶般或坐或站，只有火把燃烧的"噼啪"声在风中回响，恰似一幅诡异的画卷。

空明望着这些被经文制住心神的人，满意地点了点头，走到颜君旭面前，去拿他手中的石匣。然而他的手刚刚碰触到匣子，便有一柄匕首放在他的腕上。刀刃闪烁着青蓝色的寒光，握刀的是只肤如霜雪的玉手。

他吃了一惊，只见珞珞正笑靥如花地看着他，一双明眸神采飞扬，活似只狡黠的狐狸。

"我带了这个哦……"她抬起手，从耳朵里拿出两团棉絮，红唇微启露出了森然犬齿，"毕竟在你的禅房上，听了好几天的经文，我可不敢不防呢。"

空明却丝毫不畏惧，仍要抢颜君旭手中的石匣，可被珞珞一打扰，他顾不上诵经，方才还呆若木鸡的颜君旭突然缓过神来，一把将他推开。他本以为空明擅长摄魂之术，一定身负异能，哪想在他一推之下，他竟像个垂暮老人般"哎哟"一声跌倒在地，臃肿的身躯还滚了几圈。

珞珞突然觉得哪里不对劲，可她还未想明白，就听头顶风声作响，居然有个人如展翅的鹰隼般，朝他们扑了过来。

玖 偷天换日
TOUTIAN HUANRI

"小心！"她反应敏捷，纵身一跃便跳开了，还顺势推了一把颜君旭。

颜君旭这一路上跟涂山会交过几次手，反应比寻常书生敏捷得多，拉着方思扬就跑。

蓝夜在树上见空明的本事不过尔尔，信心大增，又瞥见石匣被颜君旭抱在怀中，唾手可得，根本无法按捺住自己的野心，就跳下来现身抢夺。

颜君旭和珞珞等人都是在他手中吃过亏的，一见他那张凶神恶煞般的脸掉头就跑，都知只能智取不能硬拼。

但其余的僧人一恢复了神智后，就见方丈倒在地上，魁梧凶恶的蓝夜正追打着颜君旭和方思扬，都将他当成了恶匪，纷纷拿起木棍一哄而上。

寺中众僧平日经常跟山中的盗匪交手，颇有迎战经验，蓝夜孤身一人，竟被他们打了个措手不及。

颜君旭忙躲在草丛中，满头大汗捣鼓着石匣。方思扬见状不妙，扒下了颜君旭的外袍披在自己身上，撒腿就跳出了藏身之处，向林外奔去。

"喂！你去干吗？"颜君旭见他穿着自己的衣服逃走，立刻猜到他要去引开蓝夜，心中关切，就要跳出去阻止。

可他刚动了一下，便被一双手按住，珞珞轻轻抱了抱他的腰，满怀眷恋地说："这匣子中的不论是什么，一定不能落入恶人手中，我猜方思扬也做如此之想，才义无反顾地扮成了你的替身。无论发生了什么，你一定要解开匣子上的锁……"

"珞珞……"他看着她皎如明月的美丽容颜,突然明白她要做什么,声音变得哽咽,就要哭出来。

"呆瓜,不要伤心,若是我们命中注定在一起,任谁都无法拆散的啊……"珞珞泪盈于睫,笑着说完,纵身跃出树丛。

颜君旭眼睁睁地见她像是飞蛾扑火般扑向了蓝夜,泪水终于不可抑制地流了下来。

他不敢再看,忙埋头破解手中石匣上的锁。耳边不停地响起僧人闷闷的叫声,还有打斗的呼喝声,但不过片刻,林中再次安静了下来。

他慌乱的头脑,也随着这短暂的清净恢复了神智,一行字迹在他脑中闪过,那是他在石碑上看到过的刻字。

耳边响起了脚步声,沉重而有力,宛如魔鬼的步音。接着他只觉颈后一紧,已经被人提着拽出了树林。

"哈哈哈,你以为那画画的小子能骗得到我吗?《公输造物》在哪里,快点交出来!"蓝夜狷狂地大笑,披风如蝙蝠的翅膀般飘扬在夜风中,声音也如夜枭的长唳般刺耳。

颜君旭紧紧地抱着石匣,只见僧人们横七竖八地被打倒在地,方思扬也捂着肚子躺在稍远些的草地上呻吟。唯一让他放心的,是受伤的人中没有珞珞的身影。

蓝夜见他并不害怕,甚至脸上浮现出欣慰的笑容,忍不住怒火中烧,他将颜君旭重重摔落在地,还踢了他两脚,将他一直死死抱着的石匣抢到手中。

"你很开心吗,是因为这些人里没有穿红裙子的小姑娘?"蓝夜狞笑着说,"告诉你吧,她背上挨了我一鞭,被打得整个人都飞了起来,估计非死即残,你在周围的树林里找找,或许能找到她的尸体,但是不是全尸就不知道了!"

颜君旭因痛苦而紧闭的双眼睁开了,愤怒像是火一般烧灼着他的全身,大脑变成一片空白,五感也变得灵敏至极。

蓝夜得意的笑声也被放大,宛如雷霆般在耳边回荡:"哈哈哈,什么玄武,原来就是个废物和尚,什么青丘狐,连我的一鞭都挨不住,真是个笑话。"

草丛里传来了"沙沙"声,像是风声,又像是蛇在爬行,有人正在不徐不疾地接近。

颜君旭最先听到,缓慢地抬起了头。很快蓝夜也听到了,他的笑声戛然而止,像是被人掐住了脖子。

林深风动,盈满月色清辉,而在火光和月光中,站着一个灰色的影子。他悄然而至,如落花委地般毫无声息,他又自在悠闲,唇边甚至蕴着一抹笑容,视眼前的惨相如若无物。

颜君旭看到了他的脸,像是如遭重锤般微微一震。那是一张稚嫩清俊的脸,甚至比他看起来还小一些,一双小鹿般灵动的眼,宛如幽潭般清澈明亮。

"释心……"他喃喃道,突然明白了一切。原来从一开始就是个局,从释心叫他去修理方丈房中的水钟,再到求他帮忙搬动石碑。

一件事接着另一件事,丝丝入扣,让他看不出破绽,又无法拒绝。

释心想要碑下的宝物，奈何身单力薄根本取不出来，在得知颜君旭精通机关，又是一个初来乍到的书生后，就动起了脑筋。

释心特意让颜君旭看到盗贼扰寺的场面，让他心生怜悯为寺庙奔波，只等他将石碑搬动，将碑下之物据为己有。

颜君旭想到此处，叹息一声，懊悔得咬紧牙关。他不仅从头至尾都被耍得团团转，还把方思扬给牵扯进来，更让珞珞置于险境。

"你方才说什么？玄武是废物？"释心踏草而来，灰色的僧衣在夜风中招展，似振翅欲飞的鸟儿。

蓝夜本不将这瘦弱的和尚放在眼中，但少年僧人越靠近，他心底就越惶恐，仿佛在他单薄羸弱的身躯后，藏着匹阴森可怖的猛兽。

"哼哼哼，你是谁呀？也要对我念经吗？"他左手抱住石匣，右手紧紧地抓住了腰间的钢鞭，蓄势待发。

释心摇了摇头，仍然是纯良无害的模样，轻轻道："空明大师只是我的一个傀儡而已，只有匹夫才会打打杀杀，真正致命的是操纵人心。我在这庙中迎来送往，不知助多少想加官晋爵之人得偿所愿，进而为涂山会控制朝堂……"

听到他说"涂山会"，蓝夜腰间的钢鞭抽出了半截，他已经确定了这少年和尚的身份。

"玄武，就是你吧？"蓝夜狰狞一笑，先发制人，钢鞭如闪电般抽向释心的光头。

释心向后轻轻一退，如飞叶般翩跹地躲开了一击。蓝夜忙将鞭梢一卷，又向他打来，释心却纵身一跃，逼到了他的面前，两人的距离只有半尺。

"你是使鞭的，近处就施展不出来了。"他笑着道，宛如只偷到了灯油的老鼠般调皮。

蓝夜突然明白了他想要做什么，就要捂住耳朵。但他的双臂如灌了铅般沉重，无论如何也抬不起来了，紧接着是双脚，继而是整个身躯都麻痹了，最终他"扑通"一声跪倒在地，像是座坍塌的石像。

他的脑海中，只有释心一双明澈的双眼，宛如大海般神秘惑人，让他心甘情愿要溺毙其中。

释心很满意他的表现，轻轻笑了："谁说摄魂要念经书呢？我的眼睛、手势，甚至话语，无一不是摄魂之物。"

他将蓝夜腋下的石匣取走，轻轻一推，蓝夜高大的身躯，便歪歪斜斜地倒在了一边。

明明没有任何绳索束缚他，他却像是被束住了手脚般任人宰割。

释心捧着木匣，朝颜君旭走来，最终停在了他的面前。颜君旭想到他的话，连忙闭上了眼睛。

"石匣怎么开？《公输造物》在哪里？"然而他却堵不住耳朵，释心的声音轻飘飘地钻进脑海，化为一条条色彩斑斓的毒蛇，紧紧缠住了他的心。

"我不知道，我什么也不知道！"颜君旭紧闭双眼，大声叫嚷，希望自己的吼叫声打乱释心的摄魂之法。

释心一把拉起他，捧着他的脸，柔声道："你不想说吗？那就没办法了，我只能让你也成为我的傀儡，到时候我让你做什么，你就得做什么，就跟空明一样。"

"你们涂山会到底要做什么？为何要取《公输造物》，不仅想通过白鹭书院控制学子，连朝廷命官也要掌控。"

释心偏着头想了想："因为只有掌握了知识，控制了人，才能制衡这个世界。我们世代秉承入世修行，又没法信任人类，让人类承诺不伤害我们，只能以此自保。有的时候，最强的也是最弱的呢。"

"弱？"颜君旭不敢相信自己的耳朵。

"可不是呢，所以要牢牢地将一切都抓在手中，才能安于枕席。"释心清秀的脸上，居然浮现出一丝哀伤，仿佛受害的是他一般。

颜君旭看着他虚伪的模样，几乎要吐出来，冷笑道："你以为我会让你如愿吗？我要刺瞎自己的双眼，咬断自己的舌头，宁可成为一个废物，也不要被你们这些卑鄙下流的狐妖玩弄！"

"呵呵呵，真是孩子气的话……"释心笑了笑，他清秀的容貌，在这一笑之间，变得倾国倾城。

颜君旭突然移不开目光,恍然觉得眼前是个貌比潘安的美男子,不自觉地就想再看他两眼，哪舍得阖上眼帘？

他的心都随着释心脸上的变化而起伏，当释心满含无奈地望着手中的石匣时，他恨不得冲上去砸开石匣。

就在这时，一只温暖的手按在了他的手掌上，那只手小小的，又滑又腻，重要的是它脉搏的节奏很快就跟他的协调一致了。

刹那之间，他深吸了口气，眼前泛起涟漪，参天大树、黝黑的石碑、跳跃的火光，都在涟漪中化为虚无。等他再睁开眼睛，树还是那些树，碑也依旧是那座石碑，甚至连火光都没有变化，但一切都又完全不同了。

再也没有了若有若无的雾一般的蛊惑人心的朦胧，所有的景致都变得清晰又真实。而方才姿容绝世的释心，也变成了个平凡的少年，他小鹿般清澈无害的眼神也消失了，双眼满含阴险毒辣，耳朵上还生着两簇令人作呕的黑毛。

"咦？"释心发现自己的摄魂术失效了，越发用力地看着颜君旭。

可他看了一会儿，突然觉得头脑发昏，颜君旭脸上英挺的五官都不见了，清瘦的身体也变大，脸上生出白色的毛发，居然变成了一只悠闲地蹲踞在林中的庞大妖兽。

那是一只九尾狐，九条尾巴舒展开来，恰似孔雀开屏般盛大辉煌。它的双眼是琥珀色的，蕴藏着远古的智慧，毛发莹白如雪，夺走了星月之辉。它沉静如水，只是静静地端坐，便令人心旌摇曳。

释心有狐妖之力，又常年修习摄魂术，心性强大非常人可比拟。摄魂术最重要的就是锤炼内心的力量，强大的意志才能征服脆弱的心灵，驱使对方为奴为仆。

可自认为内心之力已如高山般无法攀缘，深海般难以揣测的释心，在面对这只美丽的妖兽时，竟感受到了绵绵无尽，有如排山倒海般压倒性的力量。

他突然觉得心底虚弱，生出一丝胆怯，宛如坚固的冰面出现了一隙裂痕。

就在他意志薄弱的瞬间，白狐的嘴突然张得如蛇口般大，数不清的蝴蝶从它的嘴中飞了出来。他多年来修炼建筑的精强大神之力，在高阶力量的攻势下，轻而易举地便被摧毁殆尽，碾为烟尘。

"啊啊啊！"他惨叫一声跳起来，因为他发现那并不是蝴蝶，而是色彩斑斓的毒蛾。

蛾子将他团团围住，磷粉落在他的僧衣上，便灼出一个洞，落在皮肤上，那片皮肤便溃烂脱落。他想赶走飞蛾，毒蛾却围住他不放，他仓皇奔走，很快便见到自己右臂皮肉剥落，仅剩一根白骨。

深夜的山中，只有释心痛苦的哀号声回荡，火光照亮了他癫狂的身影，像是在跳着魔魅的舞蹈，既骇人又让人移不开眼睛。

不知过了多久，叫声才平息下来，释心发了失心疯，撞到了石碑上，碰得头破血流晕倒在地。

颜君旭依旧是书生模样，头发蓬乱，青衫磊落。他从草地上站起来，继而转身扶起了一个少女。少女明艳美丽，红裙飞扬，正是珞珞。

方才在颜君旭危急之时，她挣扎着爬到他的身后，拉住了他的双手。两人体内的灵珠再次互相呼应，迸发出了无穷潜力，居然将释心的摄魂术给反弹回去，而且还威力倍增，竟将释心吓疯了。

珞珞背后受了一鞭，虚弱地倚在颜君旭的身上，脸色苍白，像是一张被雨打风吹过的美人图，随时都会破碎凋零。

颜君旭扶着她走到释心旁边，她抬腿踢了释心一脚，笑道："操纵人心之人，必然也会被人心玩弄，他早就该有这一天。"

"你的伤怎么样？要不要紧？"颜君旭忙关切地问，让她将身体倚在自己的肩膀上。

珞珞如柔花攀枝般扶着他的臂膀，觉得力量源源不断地从体内涌出，背部炙烤般的疼痛也渐渐减轻。她知道自己捡回一条性命，只要跟颜君旭在一起，灵珠会给予她力量，碎裂的骨肉在以飞快的速度痊愈。

两人几日不见，又劫后余生，正在絮絮低语之时，方才瘫倒在地的蓝夜，骤然跳了起来。

颜君旭忙将珞珞护在身后，此刻他们都筋疲力尽，根本无法与这魁梧的狐妖抗衡，蓝夜轻而易举就能要了他们的命。

可蓝夜望着他们，心中也忐忑不安，方才他目睹了释心的发疯场面，实在太过骇人，他生怕颜君旭施展妖法，让自己也变成人不人鬼不鬼的模样。

他摆出了战斗的姿势却不敢轻易动手，正在僵持间，他眼光一瞥，见石匣放在颜君旭的手边，急不可待地挥舞起长鞭。

银色长鞭划破黑暗，闪亮的弧光便如一只手般灵巧地卷走了石匣。

这下变故如兔起鹘落，颜君旭想要阻拦，但他哪里快得过蓝夜？只是一眨眼间，蓝夜便已跳上了树梢，张开猿臂在树枝间跳跃腾挪，几个起落便不见了踪影。

"咳……我们快追……不能让《公输造物》的残卷，落入他的手中……"珞珞脸色苍白，忍着伤痛就要追上去。

颜君旭一把拉住了她，笑眯眯地从怀中掏出了个物事："石匣中不是《公输造物》，而是这个。"

珞珞忙看向他的手掌，只见那是一个铜制的圆圆的环，大概有三寸长，两寸高，中间是中空的，环壁上还有形状不一的凸起，宛如齿轮。

"你破解了石匣上的锁？真是太妙了！"珞珞高兴得拍起了手，脸颊也因激动泛出了几分血色，"你是如何破解的？快说来听听！"

"咳……"颜君旭轻咳一声，煞有介事地说，"我第一次查看石碑时，就留意到底座上刻着行字，写着此碑建于庚子年四月初三，我便用'左三右四'和'右三左四'的方法，将锁环依此旋转了两次，没想到第二次就打开了。"

"太好了，不过我们得快点走，万一被那煞气冲天的蓝将军发现匣子是空的，还得回来找我们麻烦……"珞珞听他说完，又紧张起来。

"这你就不用担心了，石匣不是空的，我往里面放了个物件。"

"你这脑筋转得越来越快了，你放了什么？快点说来听听！"珞珞至此才终于松了口气，拉着他的衣袖问个不停。

"秘密！"颜君旭朝她眨了眨眼，卖着关子，恰似一只狡猾的狐狸。

当黎明的辉光驱散山林间的晨雾时，蓝夜终于砸开了石匣。他不敢回京城找下属帮忙，自己又解不开匣上的锁，只能用手边的工具又敲又砸，用了足足两个时辰，才打开了匣盖。

匣中放着一块拳头大的黑色花岗岩，跟石碑上的极其相似。他捧着石头，摩挲研究着，仿佛每一个棱角和花纹中都藏着无穷奥秘。最终他如获至宝般将石头放入衣袋中，满意地离去，消失在苍茫树海之中。

拾 金榜题名
JINBANG TIMING

大慈悲寺的风波，直至三日后才平息。释心得了失心疯，口中塞着麻核，头上蒙着黑布，被众僧扭送到了辖管的万宁县衙。

县衙里的官员从未听过狐妖作乱之事，都不知该如何处理，只能禀报上级官员。此地离紫云城很近，不过次日，一纸文书就从大理寺发了下来，据说是当今天子的御批，判令诛杀狐妖，处斩首之刑。

于是释心在文书下达的当日就被拉到集市上砍了脑袋，都没有活到草木凋敝，大批犯人处决的凛冬。

释心被杀之后，失去人形，变成了一具黑色狐尸，吓得围观的百姓纷纷奔逃，从此民间便流传起狐妖惑人的传说，紫云城中人人闻"狐"色变。

释心斩首之后，空明大师歇养了两日，恢复了神智，又关上庙门进行肃清僧众，终于力挽狂澜，让乱成一团的大慈悲寺再次变得井然有序。

方思扬也如愿以偿，得空明大师首肯，得以在寺院的墙壁上描绘佛偈中的弘扬佛法。而颜君旭和珞珞则提早告辞，离开了寺庙。

"老衲虽修习佛法多年，没想到还是心神有缺，才中了狐妖的奸计，成为妖怪们为害朝廷的帮凶，真是惭愧至极。"他们离开时，空明亲自送他们来到寺门，垂眉道，"小施主此番又结善缘，将来必有大好前程，经此一别，不知何时才能相见了。"

他说话时僧袍垂地，眼角眉梢皆含着笑，宛如大殿中供着的弥勒佛像。他们看着空明大师慈祥的面容，不知他为何要说相见无期。

但身为小辈，他们也不便追问，只能鞠躬离开。

一离开大慈悲寺，珞珞就又耍起性子，不理颜君旭了。任他怎么哄，她都噘着嘴一副不耐烦的样子，再说得多了，她就出言讥讽。

"花巷里的狐狸精，比我们这些山里的狐狸更会迷人，颜公子可别来挽留我了。"

"她是从迎仙索上下来，站立不稳，我才扶了她一下。我可以对天发誓，之后再也没去过花街，连话都没跟她说过一句。"颜君旭竖起手指，做出发誓的样子，"要是我说的话中有一句谎言，便遭天打雷劈！"

"哼，谁知道你去没去！"

"你前几日不是说过，分开的日子里，我不是在街上游荡，就往打铁铺子里跑？怎么会有空去花街呢？"

"方思扬呢？"珞珞的杏眼几乎要倒竖起来，瞪着他道，"你们俩如此要好，谁知道他去没去过，有没有替你传递消息？"

颜君旭被她闹得哭笑不得，第一次觉得她简直毫无道理可讲，只能连连认错，拉着她回到了闲院。一到院子里，想到这几天的准备，他不由底气十足，忙献宝似的拿出了在她离开期间，精心采买的礼物。

"我们相识以来，我从未送过你一件像样的东西。我整日满脑子都是机关，都不知道你喜欢什么。"他从箱笼里掏出衣裙首饰，"月曦说这是紫云城中的女孩最喜欢的笼烟纱衣裙，我依你的身量买了几件；还有这些珠花首饰，方思扬说是最衬你肤色的款式……"

除了衣裙首饰，他还拿出了些新奇的玩具、已经签好的烤鸡的账单，珞珞噘着的小嘴，果然慢慢放松，尤其在看到可以吃二十只烤鸡的单据后，脸上不由露出笑容。

最终他从箱底捧出了一具琴，放到了珞珞面前，郑重其事地介绍："这是我为你打造的'铁琴'，你之前的狐尾琴在黑龙谷时被黑狐打碎了，现在连个自保的兵刃都没有，我特意为你设计了此琴。琴身是玄铁铸就，琴弦是精钢的，锋利如刀刃，琴下还有个机栝，只需一按就能射出暗箭。我还在琴身里放了飞刀十把，锋针一百枚，以备不时之需……"

珞珞看着面前黝黑厚重毫无美感的琴，紧绷着脸蛋，秀眉也皱成一团。她伸手拿了一下琴，竟然意外地没捧动。

"这琴如此笨重，我怎么用呀？"

颜君旭大大咧咧地笑着摆了摆手："不要紧，反正你力气大得很，拎着我一个大活人都健步如飞，比寻常男人还孔武有力，是女中豪杰，背着此琴也能健步如飞……"

他话未说完，珞珞就气得拿起琴向他头上砸去。她满脑子都是"比寻常男人还孔武有力"，恨不得让他跟这把铁琴一起报废。

两人在闲院中追打了一会儿，很快又和好如初，颜君旭脸上顶着硕大一块乌青，捧着铁琴研究，想给它换个轻便的琴身。

他一边忙着手中的活,一边小心翼翼地偷看着珞珞:"珞珞,有件事想拜托你,不知你能不能答应?"

珞珞偏着头看他,琥珀色的美目中,写满了好奇。

"你总是不告而别,一找不到你我就心焦得难过……"颜君旭丢下琴弦,拉着她的手,"你若是跟我置气还没什么,就怕你是出了意外。每次我一想到你可能是遇上了涂山的坏狐狸,我就害怕得很。"

"好吧,那以后我都跟你说一声再走。不过万一我有要紧事的时候,你不在怎么办?总不能满城找你。"珞珞见他确是为自己担忧,心中欢喜,也握住了他的手。

"你给我留个字条也行,就放在木人手中便可。"

"字条多没意思……"珞珞嘟囔着跑到书房拿出笔墨,在一张纸上画了个物事,放在他面前,"这个图案呢,代表我平安无事,只是想去散心。"

颜君旭拿起纸一看,只见纸上画着个胖乎乎的鸡腿,忍不住笑出了声。

"这个呢,就是我有急事,可能要办完了才回来。"珞珞大笔一挥,又画了只鸡爪。

"还有吗?"颜君旭忙把两张图拿起来,看了又看。

"以后再告诉你。"珞珞笑了笑,故弄玄虚地答。

颜君旭朝她身边靠了靠,他们依偎在萧瑟的秋风中,只觉眼前落叶似金,枯枝斜逸的景色,比花团锦簇的春色更为动人。

当日颜君旭疲惫至极,早早就睡下了,珞珞却自在地坐在院子里喝酒吃鸡,眯着眼睛看着院墙外的天空。秋意渐浓,风里都透着萧瑟的凉意,还未到酉时,天色就宛如残妆的老妇人般,变得黯淡无光。

她裹紧了衣服,望着院中满地黄叶,觉得也到了"事在人为"之时。

是夜凉如水,一只小红狐悄无声息踩着紫云城中屋檐瓦片奔走,像是奔走在鳞片层层的怪兽的脊背上。很快狐狸就来到了一处灯火通明的所在,虽已是深夜,檐下的人仍忙碌不休,窗中透出辉光皎皎,可与明月争辉。

此地正是贡院,如蜜蜂般奔走忙碌的,都是身穿靛蓝色、青色官袍的阅卷官员们。

封箱前,一个胡子花白的老考官正在挑拣卷子,在看到一张画得宛如鬼符般的卷子后,气得七窍生烟,恨不得立刻就将它撕了。

"大人,使不得,今年与往年不同,圣上说所有的考卷都要留给他亲自过目呢。"旁边年轻些的是他的学生,忙阻止了老师的冲动。

他们谨慎地拿起众人评价最高的十张试卷,放到了一个锦盒中,就要贴上封条。然而就在这时,不知从哪里刮来一阵邪风,竟将朱红色的封条刮得飘飘荡荡飞到了窗外。

老头跟他的学生大呼小叫着追了出去,一只狐影,却悄然从房檐上落了下来。红狐双眼微眯,俨然一副窃笑的表情,将那张被丢在地上,画得乱七八糟的卷子叼了起来,又用前爪打开锦盒盒盖,将它放了进去。

房间之中，只有手臂粗的烛火高燃，再无一人。老考官和他的学生旋而归来，连看都没看，就将锦盒用封条封好。

接着又有几名官员抱着一沓沓的考卷进来，一一整理打包，堆放在竹箱之中，封上了白色的封条。

"唉，也不知当今圣上为何要看这些末等卷子，多是胡言乱语，岂不是污了天听……"有个官员边收拾边抱怨。

但他的牢骚很快就被喝止了："圣上是少年天子，估计是要借科考去旧扬新，你我哪有评价的资格？"

"嘿嘿嘿，搞不好今年的状元，就出在末等卷子里呢。"烛光中，不知谁低低地笑着说了一句。

所有人都不再说话了，埋头工作，终于在天光破晓之时，将所有的试卷整理好，让仆人搬到了贡院外的十几辆马车上。车队由禁军护卫，承载着天下学子的希冀与野心，宛如一列沉默而虔诚的朝圣者，缓缓走向庄严肃穆的皇宫。

过了中秋节，仿佛只下了两夜淅淅沥沥的雨，秋寒便笼罩了紫云城。街上的姑娘们都换上了细密厚实的锦缎衣裙，少年们也戴上了各色毡帽。

方思扬的佛画工程浩大，他在大慈悲寺夜以继日地忙碌，根本无暇下山。颜君旭和珞珞便受莫秋雨之邀，跟他和幽莲同去游船赏月。当颜君旭坐在装饰着菊花，洋溢着悦耳琵琶声的画舫中时，望着波光粼粼的天河，只觉跟上次的心境截然不同。

河水不再冰冷黑暗，变得绮丽而多情，空中完满得如玉盘般的明月，洒下千顷银辉，将天河映得银光闪烁，像是一条盘旋在紫云城外的银龙。莫秋雨依旧温文尔雅，永远是一副不徐不疾的姿态，向他透露如今京城中有多名官员被卷入"狐僧"事件而被罢黜，年轻的天子正在以雷霆手段整顿朝堂。

幽莲也跟珞珞有说有笑，她仍戴着面纱遮蔽伤痕，但一举一动都如春风化雨，熨帖人心。

"还有半个月就是九月初一，祝你金榜题名。"酒过三巡时，莫秋雨举起酒杯，朝颜君旭道。

颜君旭挠了挠头，不好意思地答："我能行吗？如今想想，我答的卷子太过荒唐……"

他嘴上虽然这么说，心底却仍有一簇小小的火焰灼灼跳跃着，这火的名字便叫"不甘"。他仰头望月，天心的月皎洁而圆满，像是一个遥远的无法触及的梦。

但他不知道的是，当他欣赏着月影之时，也有人遥遥地看着他。中秋佳节，天河中随处可见游船赏月之人，而在他们不远方，正有一条华彩缤纷的船缓缓经过。

船上坐着二十余名客人，不仅有弹琴唱曲的歌女，还有艺人在表演杂耍娱人，逗得客人们拊掌大笑，开怀畅饮。可在靠窗的角落，却坐着一个沉默的客人，他将脸藏在竹帘的阴影下，静静地望着江天月色，仿佛周围的热闹都跟他无关似的。

"玉匠，朱雀，现在又是玄武……"他喃喃念着，每念一个名字，语气就阴沉了几分，"不过是个少年书生，命运也太眷顾他了吧？或许不是命运，而是有别的原因……"

他一边喝着杯中的残酒，一边盯着颜君旭乘坐的船，黑眸闪亮如黑玉，倒映出了颜君旭的侧脸。青衣青巾的少年，正带着满腔期盼仰望着天上明月，脸上稚气未脱，眼中也满是年轻人特有的单纯。

他看着看着，不再叹息，唇边也浮现出笑意，似从少年希冀的双眼中发现了致命的弱点。

中秋节一过，天气越发寒冷，风都变得肃杀萧瑟。颜君旭的一颗心，便如庭院中枯死的落叶般，一会儿被吹到半空中，一会儿又萎落在地，全然无法凭自己做主。

秋日夜长，他时常在晚上畅想着金榜题名的风光，可当清晨的阳光升起，他的妄想便如秋霜般化为乌有，只剩虚妄。

如此过了半月有余，终于到了九月初一，阳光刚刚照亮屋檐的黑瓦，小院的门便被敲得震天响，外面的人沙哑着嗓子喊。

"颜公子，你中了！中了！"

街上人潮涌动，仿佛整个紫云城的百姓，全都聚到了长街上，往骑着高头大马的入选的学子身上扔瓜果和盛开的金菊。

颜君旭骑在挂着金丝红缎的骏马背上，望着眼前的盛况，仿佛似在做梦一般，再一回头，只见方思扬正跟在他身后，心里总算踏实了些。

"此次不论是科举文考三甲，还是机关武考的三甲，皆由皇帝亲自钦点，与往年不同呢。"方思扬纵马凑到他身边，朝他挤了挤眼睛，悄悄地说，"我就说你会中选，你还不信。若你是武考状元，我是文考状元，就再妙不过了。"

颜君旭见他眼下有两团乌青，显是这段日子一直奔波劳累，关切地问："你是刚从庙中出来吗？影壁画得如何？"

"已经完工了，过几日再去补些颜色即可。我交上考卷的时候，就知自己十拿九稳……"方思扬颇为嫌弃地看向身后一人，"只是没想到这家伙也入了殿试，真是惹人烦心。"

颜君旭顺着他目光看去，果然看到安如意骑着高头大马夹杂在入选学子中，一袭制作精良的青色锦衣，既名贵又不失端庄，将他一张娃娃脸衬得洁白如玉。他见颜君旭向自己瞧来，冷哼一声，嫌弃地别过了脸。

颜君旭欢喜得像是心中开了花，瞧谁都顺眼，连前几日被他厌恶的安如意也不例外。他朝安如意一笑，多日来笼罩在心间的乌云尽数散去。

一行人在皇宫前下马，排成两队走入皇宫，不约而同地噤声垂首，谨而慎之地跟在禁军身后。颜君旭只见皇宫中满眼尽是红墙绿瓦，建筑华丽而不失威严，脚下的青石地砖纤尘不染，踏在上面，宛如走在一片刚刚下过雨的青天中。

当今天子姓李名睿，尊号为"明"，百姓大多称之为"明帝"。明帝十八岁登基，幸而有国师辅佐，在执掌天下后励精图治，更改税法，减免了百姓们的负担。而今年别出心裁的机关武考，也是由在他的授意下推出。

殿试在皇宫中的英明殿举行,通往英明殿的台阶旁,站着两行身穿金甲,腰挎长刀的禁军。

颜君旭小心翼翼地偷瞧着英姿勃发的禁军,只见他们随身携带的刀并没有护手,刀柄上有个圆环,似乎在哪里见过。可他一路上经历多舛,绞尽脑汁也想不出到底是见谁佩戴过类似的刀,还未等他想出眉目,只觉眼前一黯,龙涎香的气息如水般将他包围,他已经走入了英明殿中。

英明殿高大而空旷,虽是白日也燃着手臂般粗细的蜡烛,烛中灌了香料,燃起来既明亮又芳香馥郁。耀眼的烛光照亮了殿中柱上描金的云纹,还有象征着士子节气的竹纹,既高贵又不失风雅。

遥遥可见大殿深处的高台上正有一个鎏金九龙御座,被烛光辉映得金光闪烁。而在这耀眼的辉光中,端坐着一位身穿明黄色皇袍的青年,他身上的黄色几乎跟御座的金光融为一体,远远看来,他好似被光簇拥着般,宛如天人般高不可攀。他头戴冕冠,冠上垂着白玉冕旒,遮蔽了尊贵的天颜,只露出一个清秀的下颌,正是明帝李睿。

此次参加殿试的学子有十几名,众人皆在礼官的指导下叩拜天子,齐齐等待着天子钦选。

颜君旭偷偷地看向御座,只见座下左首站着一个身穿紫色官服,气势英挺勃发的年长男人,他腰间挂银鱼袋,衣饰上绣着仙鹤花纹,头戴的纱帽上也镶着一块白玉,看服色就官位显赫。

他不敢再看,垂首望着自己的足尖,不过片刻大殿中就响起了一个清朗而缓慢的声音。

"朕主持本次殿试,只想领略各学子诗赋上的才华,各位不拘形式,作赋一首,今日交上即可。"

英明殿中空旷,声音在大殿中回荡,仿佛无处不在似的。

众考生皆面面相觑,来之前都听说殿试题目都是帝王心意,若是一句话答不对,甚至会落选于科考,怎知这位明帝竟如此随性?

很快就有礼官和内侍领着诸考生去偏殿吟诗作赋,颜君旭也只能低着头,跟在众人身后,向英明殿外走去。

然而就在这时,御座边响起了内侍尖厉的声音:"请颜君旭、安如意、方思扬三位学子留步。"

骤然之间,英明殿中安静得仿佛空无一人,甚至能听到蜡烛燃烧发出的"噼啪"轻响。

颜君旭的心似乎都停止了跳动,他想到了曲铭所说的机关武考的试题;自己莫名其妙的中选;以及方才简单得如同儿戏的殿选题目,种种巧合汇聚在一起,指向了一个最不可能,也是唯一的答案。

方思扬也抬起头诧异地望着脸色凝重的他,只是他只知一二,猜不到颜君旭心中所想。倒是站在他们身后的安如意,同样望着颜君旭的背影,却紧紧皱起了眉头。

三人转身回到了御座之下,身穿紫色官袍的年长之人,缓缓走到他们面前,展开了一张试卷。试卷上画着两个堤坝,还特别标明了高低宽度。

"此卷由考生颜君旭所答。"年长官员走到他们面前,目光犀利,在他们年轻稚嫩的脸上扫了一遍,沉声问,"哪位是颜君旭?"

"小生就是。"颜君旭忙向前一步,拱手行礼。

"这位是国师蒋大人,也是位机关高手,你们不必拘礼。"御座上的天子朗声道,但比起方才语气变得轻松了许多,"此卷经朕、国师以及工部侍郎审阅,批为甲等,颜君旭为此次机关武考的状元。"

颜君旭听了简直不敢相信自己的耳朵,他连机关武考都没参加,怎么就得了武考的状元呢?

可他还来得及说话,安如意就嚷了起来:"这不公平,我明明看到了,他弄丢了名牌,没参加考生,凭什么状元是他……"

安如意刚说了一半,便有一名侍卫上前,一把将他按在地上:"皇上,此人殿前失仪,请示下惩罚。"

御座上的皇帝摆了摆手,缓缓走下了鎏金台阶,每走一步,冠冕上的冕旒都发出"叮叮"轻响,周身都散发着威严的气息,让他们不敢抬头直视。

最终他停在了安如意面前,沉声道:"他早就答过机关武考上的考题,怎么你记性不好,竟然忘了吗?还有,他的名牌一直在朕的手中……"

他摊开手掌,将一个木牌放在了安如意的眼皮底下,方才还振振有词的安如意,像是受惊的老鼠,吓得脸色苍白,瑟瑟发抖。

"原来,原来你……"他颤抖着说了几个字,就因太过惶恐,连话都说不出来了。

"你可知为何留你?安如意,你在武考的考场上,盗取了颜君旭的答案冒为己用,是犯了欺君之罪!"

"皇上,安如意年纪尚幼,又是真心喜爱机关,求您饶了他这一次吧!再说他为机关武考筹备已久,也是为了报效国家。"颜君旭见自己心中猜想都一一验证,忙跪拜在地,为安如意求情。

天子似就在等他这句话,嘴角微翘,轻轻笑了笑:"既然朕的武考状元为你求情,朕就放过你一回,日后不可再弄虚作假。"

安如意见状忙爬起来谢恩,但身体歪歪斜斜的,连跪都跪不住,方才游走于生死之间的恐惧,似抽干了他所有的力气。

李睿又朝方思扬道:"方思扬为此次科考的文科状元,你未雨绸缪,修建粮仓的想法,以及水灾后的赈灾建议深得朕心。别的考生被题目困住,将答题的重点都放在了如何疏导洪水上,只有你想到了灾后治理,刚好跟君旭设计的堤坝互补。"

"多谢皇上夸赞,思扬酷爱作画,闲暇时观日月、识天地,深知'天命不可违'这一道理,当无法违抗天意之时,我们能做的也只有尽量减少损失。"方思扬似早已料到这个结果,不似颜君旭般欣喜若狂,淡然地谢恩。

李睿说罢,跟国师一同走入了英明殿后,很快就有几个侍卫上前,带着他们也走入了后殿。

颜君旭和方思扬自不必说,甚至连尚未恢复神智、双腿虚软的安如意都被一同拖走。

◇ 君子,命中有狐 ◆

壹拾壹
XUESHI JIGUAN

血石机关

英明殿后是一方开阔的庭院,庭院中建有一座宽门窄窗的高大建筑,占地足有半亩,不似住人的地方,倒像个粮仓。

颜君旭一头雾水地跟在侍卫身后,走进了这座怪异的房子。只见屋顶处嵌着八块四尺见方的琉璃,琉璃做工精细,几近透明,人站在屋中也能将天光云影一览无余。光线透过琉璃洒入大屋中,兼顾照明和保温,即便是深秋时分,房中仍温暖干燥。

明帝李睿已经脱下龙袍,换上了天青色绣团蝠纹的长袍,两名宫女站在他的身后,为他取下了冠冕。

冠冕之后,藏着一张他们都十分熟悉的脸。那是一张略长的鹅蛋脸,双眼微微上挑,鼻若悬胆,唇角微微向下,自有一番不怒自威的气势。

虽然颜君旭早有准备,但当看清这张脸后,心还是不受控制地乱跳个不停,因为这人他曾见过,竟然是在屧楼之舟上曾有一面之缘的"光熙君"。

安如意似也猜到了天子的真正面目,如霜打了的茄子般萎靡地站在角落,不敢凑上前去。

只有方思扬惊讶地叫道:"怎么是你,光熙公子?你竟然是当今天子?"

"'光熙'是朕的字,在民间微服私访时,未免麻烦,朕便自称为'光熙君'。"李睿宽容地笑了笑,也没有追究方思扬在帝王面前大呼小叫的错处。

"皇上回来后,就经常跟老臣提到你们,念叨现在的少年都才华横溢,而且品性端方。"国师也笑意吟吟地望着他们,最终视线停留在颜君旭的稚嫩的脸庞上,"尤其是颜公子,据说你的机关术千变万化,如鬼似狐呢。"

"哪里哪里,只是些雕虫小技……"颜君旭被他们夸得脸色通红,几乎能滴出血来。

方才英明殿中光线昏暗,此时在日光下,他才看清国师的长相。只见他身姿虽矫健挺拔,但两鬓已然斑白,足有五十余岁,一双眼明亮而深邃,宛如黑夜般令人捉摸不透。他脸膛略方,唇边留着修剪整齐的美髯,气度如雪域高山般端庄高洁。

"听说国师叫蒋华璋,是华国数一数二的机关高手,如今皇上和国师带我们来这里,估计是有要事交代。"方思扬拉过颜君旭,悄悄地说,"我猜想皇上让考生们去写诗赋,就是特意支走他们。"

颜君旭点了点头,觉得他说得有道理,抬头望着头顶湛湛如春水的琉璃窗,心底却浮现出珞珞明媚的笑脸。

清晨时她为他将蓬乱的头发梳理整齐,又为他穿上了熨好的书生袍,一向活泼好动的她,从未对他如此温柔。

"祝你高中状元。"她轻轻地说,笑容却有些苦涩。

不知为何,可当他被天子器重,激动和兴奋如潮水般褪去后,他心中惦念的,却始终是珞珞唇边那抹难以琢磨的微笑。

"朕叫你们过来,是有一件关系着华国兴荣的大事要交给你们。"李睿已换完了衣服,伺候他的宫女躬身退下,他才谨慎地说明意图。

颜君旭一听此事关系到国家兴衰,心不由悬了起来,七上八下,忐忑不安。方思扬也悄悄地凑到了他的身边,显然也非常紧张。他们只是少年书生,天子为何要将国家的荣辱交到他们手中?

国师朝他们招了招手:"跟上来,你们将看到的,是华国机关术至关重要的秘密。"

颜君旭听到"机关术"三个字,心跳得更快了,脊背浮上一层薄薄的冷汗。他既期待又恐惧,跟在明帝和国师身后,向内室走去。

而方才一直蜷缩在门边的安如意,眼珠转了转,也提着袍子跟了上去。

内室里只有一面高达屋顶的墙壁,墙壁上嵌着两扇两人多高的铁门,明帝敲了敲门环,门被从里面拉开,走出一个身穿黑色铠甲的侍卫。

他见到颜君旭点头一笑,竟然是在船上跟在明帝身后,又曾救过他跟珞珞的风生。

"颜公子,我就知道会再见到你。"在他走进铁门时,风生弓身朝他行礼。

"我还要谢谢你的救命之恩呢……"他只来得及说这一句,便被方思扬拉走了。

门后的房间跟之前经过的厅堂很相似,但却更大更空旷,没有任何家具摆设,屋顶上同样嵌着明澈透亮的琉璃天窗,但地上却散乱地放着几样做机关的工具,墙上挂着巨大的武器,刀剑斧枪一应俱全,却比寻常人使用的大了三倍有余。

颜君旭本就忐忑的心,在看到墙上的武器后越发紧张了,这空旷如仓房的大屋中,难道竟藏着个巨人?

屋内有七八个身穿粗布短衣的人在忙碌不休,在看到李睿后,皆跪下行礼。

"朕几日没来，'白泽'的进展如何？"李睿免了他们的礼，急切地问，一副迫不及待的少年模样。

"回皇上，曲大人已经可以操演了，但是四肢有时还不受控，需要时日改进。"一个工匠模样的人躬身答道。

"跟夷国的机关演武，就定在三个月后的除夕，此战只许赢，不许输……"

他话音未落，便听穹顶下响起"咚咚"之声，震得地都在微微颤抖。仿佛有个巨兽正缓缓而来，吓得安如意也凑到了颜君旭的身边，紧紧抓住了他的衣袖。

颜君旭却一动不动，像是被摄了魂魄，双眼死死盯着从屋中走出的一个庞大的影子。

此时正值午时，明丽的阳光透窗洒下，浩瀚如烟海，绚烂耀眼地奔涌在大屋中，而正有一个高达两丈，浑身包铁的巨人，迈着沉重的步伐，向他们走来。

它被金光包围，像是一个从远古走来的神魔，威武而神圣。只见它的头是金刚铸就，四肢足有一尺来粗，手是两个黝黑的铁钳子，恰似蟹足。

它每走一步，都激起烟尘四起，仿佛踏浪而来。最终它停在了明帝面前，缓缓跪下，口鼻中发出"嗤嗤"轻响，喷出了浓浓白雾。

颜君旭激动得脸色通红，兴奋地望着这高大的机关木人，终于明白为何国师说要他们见识"华国机关术最重要的秘密"。

可在他看来用"秘密"形容它太轻描淡写了，它明明该是个"奇迹"。

方思扬和安如意也被机关巨人震慑得说不出话，他们满脸惊讶地仰视着它，眼中都流露着按捺不住的喜悦。

他们第一次觉得自己是如此渺小，如同环绕着明月的星子，在月辉下几乎遁于无形。

机关木人的胸口涂着一只远古的怪兽，它匍匐在年轻皇帝的脚边，背后发出"咔咔"轻响。

随即木人身后的翻板被打开，爬出一个人来。此人身材略有些肥胖，身穿短打布衣布裤，身上都被汗水浸湿。但见这人皮肤黝黑，下颌上留着缕长长的胡须，恰似一只灵活的山羊。

"曲、曲……"此人正是曲铭，颜君旭没想到会在这里见到他，惊讶得结结巴巴。

曲铭朝明帝行过礼后，朝他招了招手，仿佛早就料到他会来似的："臭小子，你怎么现在才来，我等了你好久。"

"没办法，虽然我是天子，要破格提拔一个没有任何资历的学子，也要经过大臣们的同意。"李睿转头看向国师蒋华璋，面带笑意，"幸而有国师力排众议，说此时是我华国危急时刻，应'不拘一格降人才'，才让君旭顺利地成为机关武考状元。"

曲铭拍了拍颜君旭的肩膀，笑呵呵地道："既然来了，就跟我一同研究这名唤'白泽'的机关甲人吧！"

颜君旭早已迫不及待，而且不只是他，连方思扬和安如意都摩拳擦掌，恨不得钻进它的内部瞧瞧。

只是安如意做什么都小心翼翼，时不时就偷瞧下李睿的脸色，还得回想一下过去自己有没有得罪过"光熙君"。

于是他的表情就时喜时悲，时而又幽怨郁结，简直比戏台上演的戏还热闹。李睿看着他的模样不由一笑，朗声道："你想做什么去做吧！只要你有报国之心，朕不会降罪于你！"

安如意忙跪下谢恩，终于卸下心中的恐惧，如出笼的鸟儿般奔向了"白泽"力士。

"此机关力士由国师亲自打造，百年之前公输子做出了能自动行走的木人机关，但这高明的机关术却失传了。直至几年前，国师翻遍了所有关于公输子的书籍，才窥得此术真意……"曲铭为三人讲解。

颜君旭挠了挠头，好奇地问道："既然几年前就研制出此机关，为何如今才启用？我见这木甲力士关节的磨损程度，不像是用了几年的样子。"

"因为没有血石。"国师走到力士旁，像是抚摸着自己的孩子般，摸着它手臂上的木头纹理，"此机关只有血石才能提供动力，而我们也是最近才得到了血石。"

方思扬和安如意都听得一头雾水，颜君旭的眼前却出现了一座白雾笼罩的山谷，谷中一条机关巨龙，在山巅上随风舞动着它由千万片金属制成的身躯。

如梦，似幻。

"没错，血石矿稀有，但就在两个月前，在华国境内，发现了一座价值连城的血石矿。"李睿背着双手，饶有深意地看了一眼颜君旭，"或许是天佑华国，让我们能赢得此次机关演武。"

颜君旭看着高挑年轻的皇帝，突然心中一沉，脑海中浮现出了《公输造物》上的字：夫机关术者，为天下秘术之首，为安邦定国之术。君子得之，必自强；小人得之，必自毁。

公输子早就已经发现了血石矿，但却没有将这珍稀的矿产上报朝廷，而是隐晦地告诉了村民，并做了个黑龙机关在石灰坑旁。黑龙逢风雨便腾空而舞，到底是在提示矿坑中藏有血石，还是在恐吓人们不要靠近矿岩呢？

百年时光如滔滔逝水奔流而过，那青衣磊落，为了世人奔波不停的公输子真正的想法，已经无可追问。

只希望如今血石现世，为君子所用，不要掀起滔天血海。

李睿还有国事要忙，不能在机关房中逗留太久，他朝三人招了招手，三人跟在他身后，走出了操演"白泽"的大屋。

"知道我为什么选你们三个参与如此机密之事吗？"他眯着眼，目光如炬，落在三人身上，似轻易就能看穿他们的心。

三人不约而同地摇头，安如意则摇得更用力些，仿佛很珍惜这颗好不容易保住的脑袋一般。

"因为狐妖祸国……我不敢相信任何人。"李睿摇头叹息，"他们在百官中都安插了奸细，虽然已清理出几个表现明显的，但为了安抚臣子的心，不能再大张旗鼓地调查了。年轻的学子们没有几个懂机关的，陌生人我也不敢重用，记住'白泽'的秘密万万不能泄露。"

颜君旭没想到他身为帝王，竟然孤独若此，真是高处不胜寒。想到自己既有珞珞为知己，又有方思扬这个生死之交，更有莫秋雨对自己如兄如父，心中暖意融融，宛如寒冬中饮了热酒般熨帖。

李睿唤来内侍，低声说了几句，很快内侍就捧来了个檀木盘子，上面放着三枚令牌。

"以后你们要经常出入皇宫，有了这块令牌，就不会有侍卫为难你们。不过此令牌只能进英明殿，不能去宫中其他地方。"

颜君旭谢了恩，将沉甸甸的令牌捧在手中，只见令牌是由纯金铸就，点缀着白玉云纹，正中刻着一个篆体的"令"字。

"在这宫中不要相信任何人，狐妖无所不在，又会化形，你们如果发现谁有异样，千万不要妄自行动，一定要先向朕禀报。"李睿语重心长地叮嘱他们，还用力拍了拍三人的肩膀，才匆匆离去。

颜君旭恭送李睿离开，过了许久，他仍觉得肩上被他拍的地方沉甸甸的，似扛着千钧重担。

他们回到机关房，听国师和曲铭为讲解"白泽"的构造，直至天顶的琉璃窗映满了瑰紫色的晚霞，他们才被送出了皇宫。

宫外早已有人备好了三匹高头大马，还有侍卫为他们引路。当走到京城最宽阔的天街时，百姓们都出来看新科状元，人潮涌动，推搡不休，比早上还热闹几分。

按照之前的惯例，新科状元要在天街上往复走两次，才能回到各自的住处。颜君旭和方思扬并骑而行，天边霞光洒下金辉，为他们周身镀上一层金光，堪称少年得意，英姿勃发。

颜君旭望着街边涌动不休的京城百姓，耳边回响的皆是赞美之声，仿佛置身梦境。一路赶考遇到的艰辛历历在目，如今他终于完成了鱼翁临死的嘱托，抵达了梦想之地，不知为何心中却有些失落。

跟在他们的身后的安如意，也纵马前行，来到了他的身边，笑着道："颜兄，以后咱们也要常来往呀。"

颜君旭简直不敢相信自己的耳朵，诧异地望着他堆满笑容的娃娃脸，不知晌午还对他横眉冷对的安如意，怎么才半天就转了性子？

"颜兄是本朝第一位机关武考状元，又受皇上青睐，小弟这次没有取得功名，得靠颜兄提携，才能多见天颜呀！"

"呵呵，此事好说，咱们还得经常进宫呢，安公子不怕没有飞黄腾达的一天。"方思扬见他谄媚地讨好颜君旭，一眼就识破了他的意图。

安如意也不生气，像是个孩子似的晃了晃手中的金牌，得意地纵马离去："两位兄长，过几日在英明殿见呀。"

颜君旭莫名其妙就成了他口中的"兄长"，挠着脑袋目送他离去，觉得这个疯癫的富家子弟竟比机关还难懂。

他们在长街上往复走了两次，才各自回家。秋天的风萧瑟清寒，但颜君旭被众人簇拥着，根本感受不到一丝寒冷。

他刚走入坊中，便听远处遥遥响起了鞭炮声，正是平时居住的闲院的方向。待他策马而至，果然见珞珞和几位邻居正聚在门口放鞭炮庆祝，珞珞眼睛亮得如同星子，脸也因兴奋变成了淡淡的绯红色，活泼而美丽。

"我中了！我真的当了武考状元！"他翻身下马，喜不自胜地握住了珞珞的双手。

"果然是'事在人为'呢！"珞珞似早已料到这个结果，笑嘻嘻地答，"不过你有状元之命护身，没准能帮我渡过天雷之劫呢！"

颜君旭挠了挠头，脸红着道："就算没中状元，我也舍不得让你被雷劈的。"

"幸好你还有点良心，早上还担心你高中了状元就看不上我这只山野小狐，根本不会回来了呢。"她垂着眼帘，娇羞地嘟囔。

颜君旭这才明白清晨时她为何会心事重重，笑着摸了摸她的脑袋："不要说是状元了，让我跟你分开，便是神仙都不做。"

两人窃窃私语，邻居的大婶已备好了酒菜，众人拥着他们就走进了院子。平时萧瑟寂寥的小院像是被泼了水的油锅般热闹喧嚣，觥筹交错之声，道喜之声不绝于耳，直至夜深方休。

隐晦的月光下，墙头却匍匐着一只黑色的狐狸，将这一幕尽览眼中。它毛发黝黑，宛如裁下的夜的一角，跟黑暗完全融为一体。只有一双幽蓝的眼睛，在暗的底色中发出淡淡的光芒，彰显着邪恶和野心。

壹拾贰

第三本书

秋日的凉风像是冰冷的水般无处不在,清晨时分,颜君旭便被冷风吹醒。他套了件外袍,坐在檐下看院子里凋落飘飞的梧桐叶,在地上洒下片片金黄,正是:一声梧叶一声秋,一点芭蕉一点愁。

眼前的萧瑟凋敝,让他恍然觉得昨晚的热闹繁华似南柯一梦,格外不真实,竟如庄周梦蝶般,不知哪里是真,哪里是幻。

珞珞听到他醒了,也披着件厚厚的大氅,陪他坐在檐下看秋色。见他眼神空茫,忙逗他说话:"我们是不是该去大慈悲寺拜访空明大师,他真是料事如神,说你会高中状元呢。"

"没错,你想得真周到。"颜君旭抬起头看她,笑着道,"还得去莫大哥家登门道谢,若不是有他照拂,我估计在京城中过得颠沛流离,也不会有今日。"

他们青春年少,精力充沛,简单梳洗了一番就走出了院子。哪知刚刚打开大门,便见一辆华丽的马车等在门外,车前正站着个身穿青色锦衣的童子,他似乎已经等了很久,车顶上落着几片枯黄的梧桐叶。

"颜公子,我家公子叫小的来送些平日用的物事给您,如今天凉了,公子要事缠身,怕是没空去采买秋冬用的东西吧?小的怕打扰公子休息,不敢叫门,已经在此恭候多时了。"他面上敷着粉,穿戴名贵,一看就是安如意家的仆人。

颜君旭想摆手拒绝,珞珞却悄悄扯了扯他的衣袖,悄声道:"咱们已经囊空如洗了,总不能一直靠着方思扬来接济吧?再说安如意这小子差点盗走了属于你的功名,也该让他付出点代价。"

虽然心中别扭,可是想到羞涩的钱袋,他还是不得已地点了点头。

青衣仆人哪管他是不是肯收下礼物,门一看就朝身后的车夫挥了挥手,车夫跳下马车,不知从哪里又走出来两个穿粗布直身的粗使仆人,他们打开马车的车门,流水般搬下来各种奇异的玩意儿。

有照明的珊瑚灯、熏香的铜炉和几匣香料、十几匹厚实的锦缎面料、一黑一白两件狐裘大氅、轻薄又温暖的云丝被、挡寒风的千重纱、新制的干花枕。

更有银丝炭、熏肉、美酒、果干、茶具茶叶、各色果子等十几匣。

他们络绎不绝地将礼物搬入了房中,还顺便将各色家什都摆放了一番,换下了被夏阳晒黄了的旧帷帐。转眼陈旧杂乱的闲院就变得焕然一新,生机勃勃,空气中弥漫着温暖宜人的檀香气息。

"我家公子说视颜公子为兄长,都是些不值钱的玩意儿,若颜公子还缺些什么,尽管说话便是。"青衣小仆笑意盈盈地鞠躬离开,仿佛颜君旭收了礼物,便是给他的恩德一般。

珞珞拉了拉颜君旭的衣带,娇笑道:"你这新认的兄弟还不错,再多认几个便好了。"

颜君旭哪见过这场面,在房里房外绕了一圈,新置的家什用品有的他见都没见过,又琢磨了会儿如何使用,直至晌午时分,才终于走出了坊门。

昨晚回来就忙着与邻里庆祝,他还没跟珞珞说起自己在宫中所见,便兴奋地跟她分享。珞珞听到船上那脾气古怪的"光熙君"就是当今天子时,也惊讶得瞪圆了眼睛。看来不光狐狸会骗人,人的骗术竟更高一筹,居然连她这只如假包换的狐狸精都被蒙在鼓里。

可平时只需走一炷香工夫的路,今日他们却足足走了快半个时辰,坊中居民都知道出了个机关状元,见他出来便远远跟着。有热情百姓的送他些瓜果和菊花;有读书的学子来讨要他身上的衣饰,以求下次科举能高中;更有将家中婴儿抱出来要他起名。

颜君旭本就乐于助人,谁有要求都不忍拒绝,很快两人身边就围满了人,几乎寸步难行。

而等走出了坊门,街上竟有更多的百姓涌向了他们,纷纷高声欢呼,如过节般热闹。

颜君旭知道不妙,急得满头大汗,他虽满肚子主意,此时却根本想不出脱困的办法。

珞珞眼珠一转,指着街道跟他们相反的方向,高声叫道:"快看,皇上钦点的文科状元过来了,可比这机关状元货真价实多了。"

众人纷纷奔向她所指的方向,拥挤的人群像是流泻的水一般,出现了一丝缝隙。

珞珞忙拉着颜君旭疾奔,百姓们反应过来,也拔脚追了上去。

可他们跑了一会儿,发现在无遮无掩的街道上根本无法脱身,身后的"尾巴"还未甩掉,前面就又出现了不少看热闹的人。就在他们走投无路之时,斜里突然伸出一双有力的大手,将他们拉进了一条阴暗的窄巷中。那人还顺势捡起两个竹筐,罩在了他们身上,总算躲过了热情的京城居民。

他们恍若劫后余生,过了一会儿才战战兢兢地从竹筐中爬出来,只见救他们的青年浓眉大眼，穿着靛蓝色的精干短打衣裳，腰悬佩刀，竟是张陌生面孔。

"皇上早料到会如此，便拜托我家主人照顾你们。"青年面带笑容，朝颜君旭鞠躬道，"这位新科机关状元，请随小人走吧。"

"京城的百姓……都这么热情吗？"想到方才的一幕，颜君旭仍心有余悸，战战兢兢地摘下书生巾蒙住了头脸。

青年似见怪不怪："这算什么？前两年曾有一位状元孤身上街，被围得水泄不通，竟活活被看杀了。"

"看杀？"珞珞奇道。

"就是被人给看死了，可能那日天气寒冷，这位状元又体弱了些，晚上回到家中就卧病不起，还未等到封授下来，就一命呜呼了。"

颜君旭和珞珞相视一眼，不由觉得后怕，更跟紧了青年的脚步，生怕被他落下。

此时此刻，颜君旭才终于明白什么叫树大招风，比起现在这种万人追捧盛况，他更喜欢过去无拘无束做机关的日子。青年走出巷口便叫过来一辆不起眼的马车，马车停在了小巷附近，颜君旭和珞珞如做贼般爬上了车，在看到周围没人发现他们后，才终于松了口气。

拉车的并非骏马，走的路也不是宽阔的大路，车子慢悠悠地在紫云城中从南走到北，终于停在了一间大宅的后门处。

"颜公子不嫌寒酸便暂且在此落脚，已有婢女为你布置好了客房。"青年跳下车，推开漆着亮漆的大门，热情地招呼他们。

颜君旭和珞珞抬头看着眼前的大宅，只见围墙高达两丈，长度一眼望不到头，他们站在墙下，只有秋风呼啸而过，竟连个人影都看不到。

颜君旭从未见过如此雄伟的宅院，仰着头看了又看："这，这宅子真大，是皇宫吧？"

青年"扑哧"地笑出了声，将门口挂着的灯笼转了个圈，只见淡黄色的灯笼上，一面写着"平安"两字，另一面是个端端正正的"蒋"字。

他方才恍然大悟，原来此处国师蒋华璋的住处，一直悬着的心才终于落入肚中。

珞珞却留了个心眼，说自己还有些姑娘们日常用的衣裙胭脂留在了住处，想回去取一趟，青年也并不推脱，还让她乘着马车回去。

这下连一向警惕的珞珞也松了口气，看来对方对他们毫无歹意，否则怎能任她自由来去。

颜君旭走进国师的府邸，双脚如踩了棉花般摇摇晃晃，立刻有身穿杏色锦衣的婢女走来，扶住了他的手臂。在前面带路的青年微微一笑，似已猜到了他的反应。

府邸中花木繁茂，假山嶙峋，此时正值晚秋，随处可见争奇斗艳的各色菊花，枫叶染上秋霜，绿中带黄，还透着些鲜妍的红。几栋小楼起脚飞檐，像是一只只展翅欲飞的鹤，立在一片斑斓秋色中。

颜君旭长这么大，从未见过比春日还绚丽多姿的秋景，一路左顾右盼，觉得一双眼睛都不够用。

从后面走到客房就足足走了一刻钟，穿过九曲回廊，青年终于将他带到了几间风姿各异的屋舍前。他刚刚走到,便已经有三名中年仆妇出来迎接,见到颜君旭满脸堆笑。

"小公子是新科状元,正是蟾宫折桂,就住在桂香阁吧,景色清幽,寓意也好。"

颜君旭哪敢不从,恍如在梦境中行走,被人拥着踏上了温厚舒适的地板,在回廊上转了两个弯,走进了一栋小楼。

小楼共有两层,楼下厅堂推窗即是几株高大的桂花树,九月初正是桂花绽放之时,冷风里都飘着甜腻的香气。除了桂树之外,庭院中还摆着十几盆怒放的金菊。一个硕大无朋的水缸中,几条红色的鲤鱼游弋戏水。

仆妇们伺候颜君旭沐浴更衣,羞得他满脸通红,最后还是自己擦了擦身体,换上了新衣。

等他歇下来已近酉时,秋日的夜来得匆匆,晚霞似只在西天晃了一下,朦胧昏暗的夜幕便笼罩了天地。

珞珞也回来了,她并未带任何珠玉首饰,只将颜君旭为她打造的铁琴背了过来。

"我将咱们新搬来的地方告诉了邻居的大婶,免得方思扬和莫大哥找不到咱们。我还打听了一下国师,听说他精通天文地理,更擅长机关术,是个千古难寻的奇才。如今的'明帝'是在他辅佐下才顺利登基,制定国策还需他的首肯。他这么大一个官,要什么有什么,应该不会对咱们有何企图吧。"

珞珞比他想得周到齐全多了,颜君旭忙拉住她的手,感激地说:"我整日埋首于机关,什么也不懂,幸而你聪明机警,若是没有你,我真不知该怎么办。"

两人坐在厅堂中絮絮低语,珞珞还拿起铁琴弹了几下,可是琴弦既硬,琴身又是铁做的,弹出的琴声尖锐刺耳,再好的曲子也听着跟杀猪似的。

他们听着这怪异的曲声,笑得捂着肚子跌成一团。而就在这时,有仆妇过来请他们,说国师正在偏厅等他们一起用饭。

秋夜清寒,颜君旭和珞珞牵着手来到了一间偏厅,到了门口,两人才依依不舍地松开了紧握的双手。国师正坐在窗边的榻前,皱眉盯着榻上的物事,似陷入了沉思。旁边的饭桌上摆着丰盛的菜肴,他却连看都不看一眼,眉间皱纹如刀刻斧凿,仿佛满含着再烈的酒也化不去的千古忧愁。

昨日在英明殿后的机关房中,颜君旭不敢直视如此位高权重的国师,此时看到换了常服的他,竟觉得他更像一位忧心忡忡的迟暮老人。仆人通报之后,他将榻上的物事收了锦袋中,珞珞眼尖,只见那是一根根长短一致的细竹签,不知是做什么用的。

国师见到他们,眉宇间的忧色一扫而空,笑着招呼颜君旭和珞珞坐到桌前。菜肴每人一份,都是冷菜,待吃完了仆人撤下了餐盘,又端上了热菜,最后才是汤羹和果子。

国师遵循着"食不言"的礼仪,直至吃完了饭,仆人来为他们烹茶时,他才热心地问颜君旭和珞珞住得好不好。

颜君旭连忙道谢,见国师如此和蔼,一直紧绷的心弦才放松了几分。

"你孤身在外,在京城也没有家人,就把此地当成你自己的家吧。"国师捋了捋花白的胡子,慈蔼地笑道，"以后在宫外就不要叫我国师了，叫我'蒋翁'即可。"

珞珞见他一点架子也没有，又如此照顾他们，顿生好感，娇俏地道："'蒋翁'是将您叫老了，您精神健旺，懂得又多，我们小辈人少不得要跟您学习，便叫一声'蒋先生'，您别嫌弃我们蠢笨无知就好。"

她听颜君旭说国师独自设计出可行动自如的机关甲人，便知他想要学木甲人的做法，逮着机会便跟国师套近乎。

"'蒋先生'也好，有很多年没人叫过我'先生'了……"国师笑呵呵地答应，"小姑娘是不是想要学什么，嘴这么甜？"

"不是我，是他！"珞珞指着身边脸色通红的颜君旭，"他见过您做的木甲人之后钦佩至极，日夜都想学习呢。"

国师却皱了皱眉："此木甲人并非老夫的独创，所有的机关原理，皆来自半本昔日机关之神公输子的书……"

他说到一半，颜君旭和珞珞同时倒吸一口凉气，脑海中不约而同地浮现出"公输造物"四个字。

"此书上记载了木甲人中的动力机关，这是木甲人中最重要的秘密，只需做出此机关，其余的四肢头颅都简单至极。"国师完全没发现他们表情的变化，仍娓娓道来，"五年前，为了在华国弘扬机关术，皇帝特别下令修整了公输子的墓地。此书就是那时发现的，但书册不全，我得到的只有下半本，只能靠推演做出了动力机关。可又寻不到书中驱动机关的血石，直至三个月前，才在黑龙谷找到了血石矿，得以完全做出了'白泽力士'。"

颜君旭紧张地听着他的话，将每一个字铭记在心，看来国师只有残卷的最后一部分，并不知此书共有三本。

"竟然有如此厉害的书！"珞珞摇了摇头，假装懵懂无知的模样，"不过公输子都是二百多年前的人了，为什么过了这么久，书还没烂呢？"

"书页是特殊的纸做的，公输子学识广博，应该想了特别的办法。"国师端起茶杯喝了口茶，笑着对他们道，"皇帝得知公输子留下了一本奇书，名为《公输造物》，猜测老夫手中的半本书，便是《公输造物》的一部分，也派人去民间找了许久，可却一无所获，真是可惜。"

颜君旭和珞珞互视一眼，不敢再轻易说话。

国师胸有成竹地摩挲着茶杯："此书记载的机关术太过惊世骇俗，所以老夫将它藏在了一个秘密的所在。"

秋风清，秋月明，一个灵敏的影子，像是片被风吹到半空的树叶，在金钩般的月影上一闪而过。那是一只狐狸，它双眼闪烁着兴奋的光，越过高墙奔出了国师府。它的毛发漆黑，像是凝聚这世间见不得光的欲望和邪恶。

壹拾叁

风卷残刃

FENGJUAN CANREN

秋天的夜晚,即便是热闹的京城都透着凄寒之气。街上卖酒的姑娘们收起了夏日里的青梅酒,卖起了酒性浓烈的菊花酒和梨花白。街上的摊贩早早就收了摊,路上游玩取乐的行人也寥寥无几。

蓝夜身穿披风,一袭黑衣劲装,站在一个清冷的路口。时近亥时,路边只有一个双目失明的枯瘦老人,在唱着悲凉的歌。

"胡未灭,鬓先秋,泪空流。此生谁料,心在天山,身老沧州。"老人的胡琴声吱吱呀呀,像是个鬼魂在夜风中飘荡,听得蓝夜牙齿发酸。

他最讨厌这无病呻吟的调子,恨不得冲上去把他的胡琴夺过来折断。

就在他等待得不耐烦之时,身后的小巷中,传来了几乎轻不可闻的脚步声,即便他是狐妖,还将耳朵放大了才能听到。

"你来了?"一个穿着织锦黑披风的男人,像是夜雾般悄无声息地出现在了巷口。

蓝夜想要回头,却被他喝止了。他站的位置恰到好处,巧妙地将自己藏在了墙壁和墙壁的暗处,即便有人路过,也只能看到孤身一人的蓝夜。

"长老,您突然叫我过来,是不是有急事?"蓝夜以手遮面,低声问道。

阴影处的人声音低沉,宛如风吟般轻轻说了一句话。

蓝夜惊讶得瞪圆了双眼,眼中既有期盼,又满含野心,随即他做出恭顺的模样,朝身后的小巷鞠了一躬:"我定当不负长老期望,拿到此书。"

可当他再抬起头时，黑暗的巷子里只有秋风徐徐，吹起了几片枯黄的落叶。寂寥的街口，月光将他的影子拉得如愁绪般悠长，拉着胡琴的老人眯着眼，仍唱着悲伤的歌，为秋夜更添几分凄凉。

颜君旭在国师家安顿好的第二日，便等来了圣旨，授予他工部员外郎官职，三日后进宫面圣谢恩。

他没想到自己竟与莫秋雨平起平坐，大为惶恐，直到莫秋雨来国师府探望他，他才终于松了口气。

"因为选拔出你这位机关状元，皇上对我大加赞赏，而且在武考前我赶赴全国各地的书院宣讲机关术，令学子们对机关燃起了浓厚的兴趣。就在你殿试那日，我的官位就进了一级，如今已是工部郎中，以后你我同在工部，可要携手合作呀。"莫秋雨走在国师府中，一边欣赏着府中的各色美景，一边跟颜君旭拉家常，"入宫领了封赏后，你就不能再住在此处，得另外找个地方住了，若有需要帮忙的，就来听雨小筑找我。"

"谁知道我会住在哪里呢？反正对衣食住行我都不挑剔。"颜君旭想到李睿焦急的眼神，隐约觉得这位年轻的天子另有安排。

莫秋雨在他的住处小歇了一会儿，便有急事不得不离开，他才得知方思扬被封为翰林院修撰，可以随时面圣，也要在三日后进宫。

听到方思扬不像他一样被众人围堵，平安无事后，他总算松了口气。但莫秋雨走时脸色严肃，似有什么重要的事不便宣之于口。

之后的两天，他不是在桂香阁中研究机关，就是去找国师请教机关术。国师虽然公务繁忙，但只要有空都会跟他探讨一番。见得久了，他才发现国师总是随身携带着几十根竹签，整齐地装在锦袋中，得空就拿出来摆一摆。

他认得这竹签是算筹，只有精于算术之人，才会筹不离身。可纵然国师许他不拘礼节，他也不敢擅自发问，只能将疑惑咽入肚中。

而就在他沉浸在机关的奥秘中时，珞珞却眯起了一双杏眼，像是只小狐狸似的，整日在国师府中赏景游玩。仆人都知她是国师亲自请来的客人，还是皇上特别关照保护的娇客，兼之她又生得玉雪可爱，对她有求必应。如此一来，不过半日，她就摸清了国师府所有的屋舍，甚至连国师的作息习惯都打探得一清二楚。

"喂，呆瓜，你不想看看第三本《公输造物》里写着什么吗？"入宫前一日的傍晚，珞珞倚在舒适的靠榻上，望着院子里盛放的金菊，唇边含着笑说。

颜君旭一见她机灵的笑容，便知不妙，连忙摆手："一点也不想，况且我这次入宫就是去改进'白泽'，很快就能得知动力机关的原理，又何必急于一时片刻？"

"万一……他没跟你说真话怎么办？书上真的只有动力机关的做法吗？会不会还有别的玄妙的机关术？"珞珞一跃而起，叉着腰得意扬扬地道，"这几日国师每晚半夜都去府中荷塘中心的沉水亭，他那么大的官，连个仆人也不带，真是太奇怪了！我猜最后一本残卷，就被他藏在沉水亭里。"

"此处他的宅院，他随便何时去哪里咱们也管不着。再说每个人习惯不同，擅长做机关的人动手能力都强，他可能更喜欢亲力亲为，才不带奴仆的。"颜君旭忙拉着她的手，哀求道，"姑奶奶，是国师助我们脱困的，你千万不要惹祸，咱们不能恩将仇报呀！"

珞珞噘起小嘴，不满意地扭了扭头："我又没说要去偷书，我只是想借来看看，哪有你想的如此龌龊？"

颜君旭辩不过她，只能给她找些好玩好吃的，分散她的注意力，让她打消了去盗书的念头。

可珞珞吃喝玩乐之余，还拈着酒杯，看着天空的月影。今晚月光晦暗，明月被一层淡淡的光晕笼罩，似包裹在水中的半枚珍珠。

"要起风了啊……"她红唇微启，轻轻地说。

当晚夜色深沉，果然如珞珞所说，刮起了大风。风从亥时乍起，起初只有挂在檐角上的风铃被吹得叮当作响，过了半个时辰，连院子的桂树都随风轻颤，枝丫风中摇摆，宛如张牙舞爪的鬼手。

灯火阑珊，风声呜咽，颜君旭和衣睡在厅堂的榻上，发出轻轻的鼻鼾，脸正朝向大门。

可即便他守住了出口也难不倒珞珞，子时将近，一个苗条纤细的身影翩然从二楼跃下。她像是一片逐风而舞的淡红枫叶，只在地上轻盈地沾了一下，便已轻飘飘地跃出了园子。

风夜里月朗星稀，秋月像是一只冷彻的眼，凝视着月下的广厦华宅。一个高大矫健的身影翻墙而入，穿过假山和花丛，向池塘奔去。

而就在他落地的刹那，竹榻上沉睡不醒的少年书生，宛如感应到某种呼唤般，骤然睁开了双眼。

沉水亭建在国师府后院的荷花池中，池塘占地约十亩，池心一座三层楼高的秀美小亭，立在水中央，恰似少女临水照花。夏日在亭中乘凉赏花最是惬意，但此时已是深秋，池中花朵早已枯萎，风冷水寒，轻易根本无人登亭了。

而通往亭子的只有一条狭窄的木桥，蜿蜒在水面上，在夜晚看来，宛如一条黑色的水蛇。

风里像是藏着个张牙舞爪的鬼怪，呜呜地叫着，肆无忌惮地撕扯着池边的枯黄的柳枝和池中骨爪般的枯荷，显得夜晚的荷花池既凄凉又阴森。

一点飘摇的灯火，却缓缓穿透夜色，如迷路的萤虫般在风中颤巍巍地飞上了窄桥，向池心的沉水亭靠近。提灯的是个穿着锦袍的老人，风吹起他花白的胡须，风灯照亮了他皱纹丛生的脸，让他看起来像是一幅穿越了几十年光阴的沧桑的画。

老人正是国师，他不再似白日时精明强干，眉头深锁，在寒风中露出老态，满眼皆是疲惫。

他走到亭前，将风灯挂在了门前的铁钩下，又从怀中掏出火折，点亮了亭中的蜡烛。

烛光从一层亮到三层，明亮的光线将精致的起脚飞檐的亭子，照得如同琉璃灯般璀璨剔透。

灯光不仅点亮了夜色，也照亮了一个站在亭子上的人，那是一个魁梧的男人，像是只苍鹰般停在三层的屋檐上。

"糟糕！"珞珞躲在花木的暗影中，以夜幕为掩蔽，用风吟藏起了脚步声，从国师的住处一直跟到了桥前，在看到屋檐上的身影时，登时吓得脸色惨白。

即便距离遥远，且夜色幽深，她也认出屋檐上的人影正是涂山会的蓝夜。如此深夜，他突然现身必无好事，而且多半跟她的目标一样。

但此时沉水亭中灯火通明，也照亮了窄桥，如果她此时过桥，身影在灯光中无可遁形，必然会先被蓝夜发现。可若是不过桥，国师多半性命不保。

她的身体像是一根紧绷的弦，小腿绷得笔直，只等蓝夜出手的一瞬，便能冲过去阻止他。

秋风似都察觉到了夜幕中剑拔弩张的杀气，如海浪般涌过花园，吹得黄叶纷飞，金菊凋零，一时间"沙沙"之声不绝于耳。

遥遥可见，蓝夜已经弯下腰，足尖挂在屋檐上，头朝下窥视着三楼的动静。珞珞见他面向亭中花窗，知道机会来了。她双足一点，便如一只矫健的鹿，轻盈地奔向亭中。

幸而楼上的蓝夜毫无察觉，她来到亭前，忙藏身于门后，在确定自己没被发现后，才敢蹑手蹑脚地踏上楼梯，向二楼走去。

楼梯是不易受潮的紫竹制成，稍微受力便"咯吱"轻响，珞珞屏住呼吸，提着一口气才能保证自己不会发出任何响动。

走的每一步都如踏在钢索上，只要稍有闪失便会坠入万丈深渊，届时不仅是自己，连国师都会性命不保。

如此当她的纤足踏上三层的地板时，衣服都被冷汗浸透。她擦了擦额头上的汗水，才悄悄走到紧闭的雕花门前，从门缝中看向室内。

微明灯火中，只见国师正坐在书案前冥思，他时而自言自语，时而又连连摇头，一副愁肠百结的模样。

过了大概有一刻钟，他终于站起身，在房中负手转了几圈，走向了一个靠在墙上的书架。他双手抵着书架的边缘，稍一用力，书架发出"隆隆"轻响，居然移动了三尺多，露出了个一尺见方嵌在墙中的暗格。

国师珍而重之地从暗格中捧出了一个物事，放在了书案之上，灯影之下，可见那是一只暗紫色织锦袋子，里面装着些物事，轻薄得恰似一本书。

锦袋出现的一瞬，珞珞的眼睛登时瞪圆了，琥珀色的瞳仁骤然放大，凄寒的夜风中，夹杂着浓郁的杀气。

刹那之间，一个黑影从窗外窜了进来，宛如苍鹰掠食般冲向书案。国师反应机敏将袋子拿在手中，打了个滚就钻到了桌子下。黑影一记重击，将坚固的红木书案断成了两截。

然而他还想再给国师致命的一击时，突然斜里蹿出一道寒气，他连忙躲避，只见点点寒光从颊边闪过，击到了墙上，发出"叮叮"轻响，竟然是几把飞刀。

就在他闪躲之时，一条红色的丝带从门缝中蹿了进来，卷住了躲在桌下的国师。丝带上似有蓬勃力量，国师何等聪明，顿时明白这是来了救兵。他纵身一跃，丝带登时绷紧，顺势往外拉着他，他便借力冲出了门外。

他脱险之后，大门瞬间被阖上，只见一个红裙少女拿着把铁琴，从琴尾拽出把钢刺，横在了门闩上，将门从外牢牢闩住。

少女黑发如云，肤光胜雪，一举一动都明媚活泼，正是珞珞。如此紧要关头，她脸上仍挂着一丝戏谑的笑。

她将房门闩好后，拉起国师就往楼下跑。可他们刚跑到二层，便听楼上传来轰然巨响，木屑飞扬，随即连梁柱都塌了下来。

"这个疯子！他居然根本不在乎门，而是把三楼整个拆了！"珞珞骂了一句，一把将国师推下了楼梯，"不得了，快跑吧！"

国师脚下一滑，直接从楼上滚了下去，虽然姿态不雅，却比走下去要快许多。两人连滚带爬，很快便到了一层，珞珞拉着国师便跑向了湖中窄桥。而在他们身后，精巧别致的沉水亭发出轰然巨响，激起烟尘滚滚，被拆得分崩离析，真应了"沉水亭"这名字。

通往岸边的小桥狭窄，珞珞本来跑在前面，突然一把将身后的国师拽过来，跟他侧身交错，把他推到了前方。

"快跑！我来挡住他！"她冷静地说了一句，将铁琴横在手中。

沉水亭的废墟中，窜出了一个宛如鹰隼般的张牙舞爪之人，长风猎猎，他竟顺着风势，径直向他们扑来，遮蔽了明月星辉。

国师却根本不后退，仰望着半空中狰狞的狐妖，飞快朝珞珞道："他无处借力，此时出手为佳！"

珞珞调转铁琴，按住弹簧机栝，琴尾射出点点寒芒，十几把飞刀齐齐射向蓝夜。

蓝夜看透她的企图，将斗篷拽到身前，顿时生出强劲的罡风，将飞刀尽数弹开。国师忙拉着珞珞闪避，蓝夜"砰"的一声落在了窄桥上，桥登时塌了半边。

他长臂一展，一把抓住了珞珞的脖颈，饶是珞珞机灵百变，在绝对力量的压制下也束手无策。她娇小的身躯被提到了半空中，痛苦地扭动不停。

"你这小丫头，三番四次坏我好事，这次绝不能饶你活命。"蓝夜狞笑着，五指变成利爪，就要插进珞珞的脖颈。

珞珞明眸中泛出泪水，满含不甘心地怒视着他。

"敢瞪我？就先挖了你的眼睛！"他尖利如刀的手指，转而按在了她的眼皮上，像是猫好整以暇，玩弄着老鼠。

然而就在这时，一个黑影从沉水亭的废墟中跳了出来，这人穿着如鱼皮般贴在肌肤上的革衣，勾勒出玲珑有致的身材，一望便知是个美人。她一扬手便有一道弧光朝蓝夜背后袭去，逼得蓝夜不得不回手自保。

桥上所有的人都愣住了，谁也不知这女人是何时来的，又在亭中藏了多久。

而几乎在刀光抵达的同时，她也以迅雷不及掩耳之势冲到了蓝夜身前，一刀便划向蓝夜的脖颈。她的身材明明比蓝夜矮许多，但足尖一落地便跳到了半空，如燕子穿林般敏捷利落，这一刀竟让他躲无可躲。

蓝夜只能一把掷开珞珞，抽出银鞭跟她缠斗起来。蓝夜将手中银鞭甩动得如灵蛇狂舞，但黑衣女人手持戴在臂肘上的一双奇异的月牙弯刀，也防守得滴水不漏。

一时之间，风中只余"叮叮当当"的脆响，兵刃交击之声奏出惊心动魄的曲子，每个音符都敲在人紧绷的心弦上。

珞珞死里逃生，咳嗽了两声，推着国师便跑。两人在窄桥上竭力奔跑，很快国师就踏上了岸边坚实的地面。

被黑衣女人缠得无法脱身的蓝夜，在看到他们顺利上岸后，手一挥，一把匕首就朝珞珞的后心射去。

珞珞以为自己脱险，根本没发现他的偷袭，然而就在这电光石火的瞬间，一个人影冲上了窄桥，一下就拽住了珞珞的手臂。

珞珞身子一偏，身侧斜背着的铁琴恰到好处地挡住了刀锋，发出"叮"的一声脆响。

她这才知道自己遇袭，吓出一身冷汗，再一抬头，明月下正是颜君旭清秀白皙的脸庞。他满脸关切，额上满是汗水，仿佛他匆忙而来，就是为了救她脱离死亡的刀锋。

颜君旭见她安然无恙，激动地抱住她，带着哭腔说："我睡得正沉，突然做了个梦，梦到你浑身是血倒在地上，幸好你没事……"

"呆瓜，梦都是反的呀！"珞珞既后怕又觉得甜蜜，拍了拍他的后背。

沉水亭倒塌的声音引来了家丁和护院，十几个护院拿着刀棍赶来，一时间荷花池旁火光燎天，叫嚷之声不绝于耳，堪称热闹非凡。

而桥上两人的身形也在灯笼火把的照耀下无所遁形，跟蓝夜打得难解难分的黑衣女子突然向后一跃，也不知是使了何种法子，竟然如飞鸟般跃到半空，又翩然离去，转瞬便消失在夜色中。

蓝夜抢书失败，又被困在水中央，毫无出路，眼见只有乖乖就擒的份儿。他眼睛一转，突然掉头奔向沉水亭的废墟，捡出两块木头扔到了池水中。

珞珞暗叫糟糕，忙唤人阻止，可已经来不及了，只见他跳到了一块圆木上，不等站稳便又跳上另一块圆木，几下借力就如大鹏展翅般蹿上了岸。家丁仆人们呼喝着追过去，可夜黑漆漆的，风又吹得草木哗哗之声不绝于耳，哪里还寻得到人？

而刮了半宿的风，终于缓缓平息了下来，国师府中慢慢变得井然有序，护院们彻夜搜查国师府，工人仆妇们也忙着整理乱成一团的花池。

壹拾肆 运筹帷幄
YUNCHOU WEIWO

国师惊惧交加，不知为何会有人来杀他，还以为是自己在朝堂中树敌太多，得罪了什么厉害角色。颜君旭和珞珞对望了一眼，觉得不能再瞒住他了，否则再引来狐妖他也毫无防范，便将狐妖也要夺取《公输造物》的事和盘托出。

"所以？他是觉得我这是《公输造物》，才来抢夺的吗？"国师听完了他们的话，冷笑着道，"你们且看这是何物？"

他打开锦袋，从里面倒出些物事，却是根根一样长短的竹签，但竹签显然被人摩挲已久，透着油亮的紫色。

"这是什么？"珞珞也以为袋子里的是《公输造物》的残卷，见是平平无奇的竹签，未免失望。

国师把紫竹签又放入锦袋，朝颜君旭和珞珞招了招手："此处人多眼杂，夜风又冷，我们去书房中说话。"

此时已近亥时，这晚显然是睡不成了，颜君旭本想阻止珞珞去盗书，可哪想她竟阴差阳错救了国师一命，心中也再无挂碍。

夜深风寒，早有仆人闻听消息，在书房里燃上了炭炉，又熏上了暖香。书案上还放着温好的酒，煮得香气四溢的茶，以及几样点心果子。

国师坐在宽大的太师椅上，目光犀利如电，在他们身上流连："今晚多谢你们及时出现，救了老夫一命。可是……夜深人静，你们为何想起去沉水亭呢？"

颜君旭面露愧疚，刚刚要说话，却被珞珞悄悄按住。她袅袅婷婷地走到国师面前，笑得像是个纯洁无辜的孩子："蒋先生关照了我们几日，再说小女子前几日也认了先生为师，明日就是离别之时，小女想跟先生拜别。可不想正看到先生一人提灯外出，不便打扰，就跟着先生来到沉水亭，哪想到会遇上如此可怕之事呢……"

珞珞很少如此文雅地说话，又做出楚楚可怜的姿态，仿佛在沉水亭中打打杀杀的并不是她。

国师凝神看了他们一会儿，紧抿着嘴，最终他的面容呈现出放松的模样，看样子珞珞的理由虽然荒谬，但他也不打算追究了。

颜君旭始终小心翼翼地看着他，待见他表情舒缓，才终于松了口气。

国师将锦袋放在书案上，袋中的紫竹签散落在灯光下，散发着温润隽永的辉光，仿佛有生命似的。

"这是我珍爱的紫竹算筹，陪伴我已有多年，老夫有不解之事，便喜欢去沉水亭中算上一算。因沉水亭建在水中，时时都很凉爽，使人头脑清醒，我便将一套用久了的算筹放在亭中三层，没想到却引来宵小觊觎。"他摇头叹息，"如你们所知，如今内有狐妖肆虐，外有夷国挑衅，实乃多事之秋。"

珞珞好奇地看着紫竹签，歪着头问："算筹是做什么用的？"

"此物用处可广博，正如《孙子算经》中所书：夫算者，天地之经纬，群生之元首，五常之本末，阴阳之父母，星辰之建号，三光之表里，四时之始终……天下万物，皆逃不过一个'算'字。大到廓地、分利、运输、贵贱、兵役；小到买卖租赁、日常赶路，甚至你们这些小姑娘买些胭脂水粉，是不是也要算上一算？"

"那此筹是如何之用？"珞珞仍迷惑不解，"蒋先生您晚上去沉水亭算数，是要算什么呢？"

国师对她的问题笑而不答，将算筹摆在桌上，出了道算题："今有鸡兔同笼，上有三十五头，下有九十四足，问鸡兔各几何？"

鸡兔都是珞珞喜欢的美食，她饶有兴致地摆弄着手指，开始算了起来，过了一会儿才答，"兔十二只，鸡二十三。"

国师点了点头，赞许地说："小姑娘很聪明。"

"您过奖了，只是恰巧这些都是我素日里爱吃的。"

接着他拿起竹签在桌上摆了摆，为她解释如何用算筹解题："假设砍去每只鸡，每只兔一般的脚，则鸡仅余一足，兔余两足，九十四足变为四十七足，但头的只数不变，由此可推出鸡头数与脚数之比为一比一，兔为一比二，所以独脚鸡与双脚兔的脚的数，与头数之差，便是兔子的只数……"

他边说边摆弄着竹签，竹签在他手中变化，不过眨眼工夫就完成了算题，比珞珞算得快了几倍有余。颜君旭也从未见过人如此行云流水般运用算筹，也赞叹连连，越发觉得国师知识渊博，心中暗生敬佩。

"方才我说过，天上星辰，天下苍生都可列为筹算，我去沉水亭，便是去算这风云骤变的时势，所谓见微知著，观察水中泥沙中便知河水是否会泛滥。况且今朝奇星迭起，我当然要去算上一算。"国师收起算筹,隐晦地说,他仿佛什么都没说,又像是说了所有。

珞珞只觉他话语中的"奇星"似在指什么人,又不好追问,只能垂着头慢慢思量。

颜君旭则又挠起了蓬乱的头发:"国……不,蒋先生,算筹如此神奇,是不是能算尽世间万物?"

"只要有足够的时间。"

"那有何物无法算?"

国师讳莫如深地笑了,似很满意他会问出这个问题,字字如凿地答道:"人心!只有人心,便是再高明的算师都无法算透。"

风像一只手摇起了窗棂,发出"吱呀"轻响。

国师静听风吟,轻轻地叹了口气:"秋日刮飓风,是万物衰败之相啊……"

颜君旭见他说的话越来越少,知道他疲惫至极,忙跟珞珞一起起身告辞。在他们临出书房的门时,耳边却传来国师轻飘飘地一句叮嘱。

"到了皇宫里,可不要随便窥探啊。"

颜君旭听到这话,连耳朵都烧得通红,明白国师早已识破他们的谎言,此番是在有意提点。他又跑回去朝国师恭恭敬敬地鞠了一躬,才拉着珞珞逃也似的离开。

回到住处,两人怎么也想不通阻止蓝夜的黑衣女子是谁,她虽弱质纤纤,却能跟蓝夜势均力敌,随机应变能力极强,更像个杀手。珞珞觉得如此身手只有狐妖才有,而且修炼得炉火纯青的涂山狐,身上根本没有任何狐狸的味道,与人类完全无异,朱雀和释心便是例子。

两人百思不得其解,窗外的天空已经透出了淡淡的蟹壳青。

卯时刚过,就有一辆黑色的马车,悄无声息地停在了国师府门外。赶车的正是风生,他是奉李睿之命来接颜君旭的。跟上次入宫不同,不再大张旗鼓,也没有烈火烹油般的热闹,而是如静水深流般悄无声息,秘不可宣。

珞珞不能跟颜君旭同去,便送他到门外,两人正依依惜别之时,只见凄寒的清晨,竟有一个灰衣僧人穿透晨雾而来。僧人浓眉大眼,面容憨厚,正是大慈悲寺的和尚释意。

"释意师傅,你来真是太好了,我果然科举高中了,还想去寺里拜谢空明方丈,可哪知竟然一出家门就被围住了……"颜君旭一见他便迎上去,高兴得说个不停。

可释意却面无喜色,双手合十道:"阿弥陀佛,空明大师已于昨日圆寂了。"

颜君旭的笑容凝在脸上,只觉冷风凄寒,带走了身上的温暖。昨日大风骤起,似有一袭杏黄色佛衣,随风飘然而去。

"为什么……"他颤抖地问。

"生老病死,本乃人之常情,方丈被狐妖侵害已久,心智身躯皆有损伤,能撑到如今已是不易。"释意从包袱中拿出了几本经书,"方丈圆寂前,命我把他亲手抄的经书赠给小施主,还要我代为嘱咐小施主一句话。"

颜君旭眼眶通红,没想到空明大师临死前还想着他,恭敬地双手接过经书,拭泪道:"大师想告诉我什么？请释意师傅转达吧……"

"前途多舛，且自珍重。心中无我，方渡天劫。"释意双手合十道，"这是师傅生前最后的预言，望小施主铭记在心。"

颜君旭捧着经书，连连道谢，释意却似已看淡生死，并未太过悲伤，安慰了他几句，便转身离开了。

灰衣飘飘，孑然一身，如来时般毫无挂碍。

长街中响起了辘辘的车轮声，车轮碾碎枯黄的树叶，如命运支配众生般无情。颜君旭恋恋不舍地从车窗中探出头，看着长街上一抹红色的身影，直至那抹红像是水滴般融化在一片金红的霞光里，才端正地坐好。

马车向初升的红日奔去，等待着他的，将是新的征程。

昨夜刮了大风，天幕如湖水般碧蓝，旭日冉冉升起，洒下金光万道，照得皇宫中的红墙绿瓦都熠熠生辉。更有北雁南飞，排成一行直上青天，为这肃穆庄严的景致添了几分灵动。

辰时刚过，颜君旭便跟着风生来到紫宸殿门口候着，方思扬已经先到了一步，但在寂静的皇宫中不好寒暄，只朝他挤了挤眼睛，算是打了招呼。不过片刻，殿下高高的台阶上，爬上来一个气喘吁吁的人。那人跑得满头大汗，一张娃娃脸都憋成了猪肝色，却是安如意。

"两位哥哥，你们来得好早！"他在阶下远远地朝他们挥手，脸上堆满了笑容，像是跟他们自小就认识似的。

颜君旭和方思扬不约而同地打了个冷战，还好很快就有内监过来，阻止他大声呼喝。安如意这才老老实实地提着袍角，一步步走上来，跟他们并肩站在一起。

不过片刻，换上了金甲，腰悬环首刀的风生就从紫宸殿中走出来，将三人带入殿中。紫宸殿是皇帝的书房，素来只有肱股之臣和皇上的亲信才能进入，与英明殿的宽阔雄伟不同，紫宸殿内屋顶跟寻常人家差不多，装饰古朴柔和，连个耀目华贵的摆件都没有。

颜君旭好奇地打量着狭小温暖的书房，想起国师说过天子的书房与普通人家的差不多大小，甚至比高官贵胄家的还小些，因为可以"聚气"，在小书房中办公精力更加集中。至于没有显眼的装饰，也是为了避免分心。明帝李睿也做家常打扮，穿着件绣团纹的紫色常服，头戴金冠，乍一看像是个京城中常见的富贵公子，正站在殿中，笑意吟吟地等着他们。

三人要对他行跪拜礼，却被李睿阻止了。

"紫宸殿是朕的书房，除了朕没有人会来此处，你们在此就不必拘礼了，就跟咱们在船上见面时一样吧。"他负手转身，坐在了宽大的书案后，打量着三人，"如何？这三日你们可考虑好了？是不是要参与'白泽'的制造和改进？"

颜君旭早就摩拳擦掌，迫不及待了，方思扬和安如意也一口答应。

李睿见三个少年眼中兴奋的目光，满意地点了点头，说："好！朕看到你们英雄年少，心怀家国，也很是欣慰。夷国的勇士将于两个月后进京，今年有了'白泽'，朕特意命人装饰京郊猎场，机关比武将在猎场举办。"他欣赏的目光在他们朝气蓬勃的脸上流连，又继续道，

"从今天开始,你们吃住都在宫中,除了改造'白泽',你们还要进行特训。"

"特训?"方思扬和安如意互相看了一眼,但在对方眼中看到的皆是迷茫的神色。

只有颜君旭默不作声,他想到了几日前曲铭浑身被汗水浸湿,从"白泽"的背上爬出来的那一幕。

李睿拍了拍手,从后殿走出一个身姿窈窕的女人,她的皮肤是淡棕色,而非华国女子推崇的羊脂白,眼梢微微上挑,嘴唇也不着口脂,透出原生的深粉,像极了一只波斯猫。

她身量高挑,跟几人中最高的方思扬差不多高,身体纤柔有度,而且穿着一件柔软贴身的纱衣。衣服像是茧丝般遮住了她的胸口和臀部,纤长的四肢毫无遮挡地暴露在他们眼中。

颜君旭哪里见过女人穿得这么少,脸涨得通红。他瞥眼一看,方思扬和安如意都是一副泰然自若的样子,忙也装得毫不在意,却悄悄把视线从女人身上挪开了。

"这位是水舞,也是我特别找来的柔术师,你们叫她水姑娘即可。她曾在天竺学过十年柔术,身体蜷缩到极致时,能塞进一只小木桶中。以后三位在研发机关之余,都要跟她学习柔术。"

"我们为什么要学这个呀?"方思扬挠了挠脸,大概是不想高挑俊朗的自己被塞进个桶中。

颜君旭忙接话道:"操作间太窄小了,若是不能把身体折叠塞进去就无法操纵'白泽'。"

李睿赞许地看着颜君旭,轻轻点了点头。

"由水姑娘来操作不行吗?"方思扬悄悄地问他。

"她不懂机关啊……"颜君旭也如蚊蚋般回答。

水舞含笑走到他们面前,抓起颜君旭的手指就往后拗,颜君旭没想到她一声不吭就出了手,只觉手指快被掰断了,痛得嗷嗷直叫。

接着她放下颜君旭的手,又把方思扬和安如意如法炮制了一番,转身朝李睿道:"皇上,这位安公子的筋骨柔韧度最高,颜大人次之,最差的便是方大人了。属下会因材施教,请皇上静候佳音。"

"切,谁说我的筋骨硬了……"李睿平易近人,方思扬也忘了君臣之别,不满意地道。

他话未说完,水舞就绕到他的身后,扳住了他的脖子,接着纵身一跃,两条长腿就盘到了他的腰间。

她这一下兔起鹘落,众人还未反应过来,方思扬就被她掰得腰向后弯,"扑通"一声倒在了地上,活似一只四脚朝天的蛤蟆。

李睿看他滑稽的模样,忍不住抚掌大笑。颜君旭和安如意也不再强忍着,跟着笑得弯了腰。

可方思扬盯着水舞如波斯猫般充满异域风情的面孔,竟然猛地睁大了双眼,像是发现了什么宝贝似的:"水姑娘,你的长相真是别致,让我为你画幅画吧,你的芳容一定会流传千古!"

水舞从未见过如此画痴,被他说得一愣,而看热闹的三人笑得越发开心。

壹拾伍 有猛士兮

颜君旭进宫的当日,珞珞也搬离了国师府,回到闲院中独自居住。天气越发寒冷,院子梧桐凋敝,黄叶遍地,这本是深秋常见的景象,但她孤身一人摆弄着颜君旭留下的机关,一颗心彷徨而无所依。

一片枯叶被风吹落,发出几乎轻不可闻的声音,她急忙抬起头,只见院子里已经多了一个衣袂飘飘的白衣美少年。

少年眸如黑玉,站在萧瑟的秋景中,纤尘不染,像是一株挺拔轻盈的竹枝。

珞珞见到他,激动得小脸通红,泪水盈盈。因为这少年竟然是去而复归的无瑕,他依旧温文尔雅,唇边含笑,仿佛之前的争吵从未发生过。

"你回来了……"她欢喜得像只出笼小年般扑到庭院中,因为太着急,连鞋都来不及穿。

无瑕看着她莲瓣般雪白的双足,无奈地摇了摇头:"你怎么还是冒冒失失的,永远都长不大似的。"

无瑕拉着她的手走到厅堂中,拿起软缎鞋给她穿上,像是个哥哥在体贴地照顾自己的妹妹。

珞珞想起在青丘时,小时候她比别人缺了颗灵珠,干什么都不如同龄的姐妹们,她爬不上山崖时,都是无瑕背着她攀缘而上。也是无瑕教导她,若是在灵力上比不过别人,不如在学识上多下些工夫,她才着意背诵天文地理的知识,时间一久别的狐妖见她懂得颇多,也不敢小觑于她。

"谢谢你,谢谢你还来看我。"她回想往事,拉着无瑕的衣袖,感动地说。

"以为我是真想来吗？是狐狸奶奶派我过来的。"无瑕逗着她，但见珞珞脸色不佳，忙又道，"不过你一个人在涂山狐肆虐的京城中我也不放心，就过来瞧瞧。"

珞珞这才又笑逐颜开，问道："你将京城的事告诉给狐狸奶奶后，她必然记了你大功一件吧？"

无瑕的笑容消失，忧心忡忡："她老人家一知晓此事，就派出人手探查，没想到发现了惊天的秘密。"

"是什么？"

"涂山狐不止渗透了华国，还有另一个国家，你能猜到吗？"

珞珞瞪着琥珀色的双眸，惊讶地问："难道是夷国？"

"没错，所以每三年一次的机关演武，才胜负平均，都是涂山会在背后操纵的结果。他们花这么多心血，你猜是为了什么？"

"鹿城？"珞珞一拍手，飞快地说。

无瑕满意地点了点头："狐狸奶奶也是这么想的，她已派人去鹿城附近探查，看这边陲小城到底有何玄机，值得涂山会下此心血。"

珞珞没想到涂山会竟牵扯到如此惊天的秘密，只觉秋风绵绵，像是一张阴谋的网，将他们笼罩其中。

藏在暗处织着这张网的是谁，他到底要做什么？

无瑕又嘱咐了她几句，拿出了一个包裹："这里是青丘一块被雷劈焦的神木，你的琴碎了，可以用它做个琴身。"

珞珞欢喜得拍手，她背着沉重的铁琴实在是腻歪至极，刚好想换个轻便趁手的。

"还有这个……"他从胸前掏出一个锦袋，又从锦袋中拿出两个蓝宝石指环，将其中一个递给了珞珞，"这是狐狸奶奶借给我们的，你我分别佩戴此物，你在危急时便能借到我的灵力救命。她说这是年轻时一个英俊的男狐仙以血淬炼的灵物，两情相悦时送给她的，轻易还舍不得外借呢。"

无瑕说到一半就笑了起来，珞珞想到在青丘时，狐狸奶奶每次都会装模作样地拿出个宝物，说是有情人所赠。而据她所知，狐狸奶奶始终独来独往，身边从未见过亲密之人。

两人正有说有笑，便听院外响起了叩门声，无瑕将指环套在她的手指上，翻然一跃便跳上了高大的梧桐树，身影一晃，便消失在了层叠黄叶中。

不过街坊们都知道新科状元已经进宫了，又是谁会来这偏僻的闲院呢？她好奇地走过去拉开门，只见门外站着个袅袅婷婷的文静美人，她眉眼间隐含愁色，脸上蒙着月白色的面纱，竟然是幽莲。

"幽莲姐姐，你怎么会来此处？该是我去拜访你的。"珞珞惊讶至极。

幽莲身子轻扭，已经走进了闲院，看到院子里厚厚一层落叶，又见厅堂中横七竖八地摆了一堆玩意儿，不由掩嘴轻笑。

"我就猜你不会打理家事，平时这房子定然是君旭收拾的。"她走入厅堂，很快就将凌乱的物事收拾好，还搬出被子晒在阳光下。

珞珞在书院中当婢女时，就觉得人类婆婆妈妈至极，每日打扫完了又怎样，时间一久还不是灰尘满布？

可虽心中不愿，面对幽莲她仍满脸感谢，热情地接待这位不速之客。

"听说君旭进宫了，我怕你一个人寂寞，便来瞧瞧你。"院子里只有他们二人，幽莲解下了面纱，露出了脖颈上红色的狰狞的疤。

"谢谢幽莲姐姐，莫大哥呢？是不是也在宫中？"珞珞眼珠一转，便已猜到她为何回来，"听说皇上要研发个厉害的机关，以莫大哥的能耐，必不能置身事外。"

幽莲点了点头，望着窗外秋色，叹息道，"不知何时才能见到他了。"

两人坐在厅堂中闲话家常，珞珞眼珠一转，想起了莫秋雨的走马灯，便将一直盘亘在心头的疑问说出了口。

幽莲愣了一下，似没想到她心细如发，竟看出自己就是灯上的女人，随即点头道："他做走马灯，就是为了帮我寻多年前失散的弟弟，可没想到过了这么多年，仍然没有寻到……可怜我年幼的弟弟……"

"我看灯上的画都是战乱之景，莫不是你们姐弟是在战乱中走失？"

幽莲以手帕擦拭着眼角泪水，轻轻点了点头。

"那么……战争发生在哪里呀？"珞珞嘴上虽问着，心底却有个答案呼之欲出。

"鹿城。"

秋风清寒，吹进衣领袖口，像是冰冷的手游走。一只乌鸦掠过墙头，带来一丝不祥的阴影。

霜降之后，紫云城便被肃杀的气氛笼罩着。不仅是皇宫中的人，连宫外的百姓都知道年轻的明帝派人整修京郊的围猎场，要在猎场中举办跟夷国的机关演武。

向来机关演武都在鹿城附近的偏僻空旷之处举办，而且每次演武之时两国都派军队驻守，以防备比武的双方会趁机发动战争。此次举办地点离紫云城如此之近，令城中百姓都惴惴不安，生怕燃起战火，会受到波及。

一时间京城中热闹非凡，有胆小的富商忙着举家南迁，有经历过战火的老人为囤粮囤药奔走不休，只有年轻人斗志激昂，个个摩拳擦掌，恨不得跟夷国决个胜负。

在这剑拔弩张的氛围中，蓝夜摊开四肢，躺在水雾萦绕的温泉里。温泉位于京城北边的山中，既能治病又能解乏，是京城富人秋冬最爱的去处。

他身形高大，独占了一个泡池，仰头望着朗朗夜空。寒冬将至，不过酉时天色便已黑得如同泼墨。

"你说奇怪不奇怪？为什么我这次又失败了，长老却没有责备我？"他回想着前几日一向对他严苛的长老，在得知他再次失手后，居然只挥挥手让他离开，而且当他提到阻止自己的打扮怪异的黑衣女子，他仿佛也丝毫不感兴趣。

旁边为他搓背递水的一个瘦小属下，忙赔着笑道："定是长老倚仗蓝将军，才不忍苛责您的。"

蓝夜皱着一双砍刀似的浓眉，觉得属下所说的理由站不住脚，但以他的脑袋，也实在想不出真正的原因。

"那女人调查得如何了？"

"小的们已经在竭力追查，虽然还未找到她的住处，但以她那晚留下的踪迹查看，此女是个如假包换的人。"

"人？"蓝夜暗暗松了口气，四相中朱雀玄武皆已露面，只有白虎始终如藏在水下的暗礁般隐蔽而危险。黑衣女既然是人，想来不是白虎，可能是国师那糟老头子请来的暗卫。

他泡得舒爽至极，从温泉旁放着的锦袋中掏出了块黑黝黝的石块，在泉水中洗了又洗，又借着澄明的秋月清辉，端详着石头上的纹路，似要在繁复的花纹中看出某种玄机似的。

只有他瘦小的属下，看着他对月望石的侧影，像极了山里盯着蜂巢的狗熊，觉得最近顶头上司痴傻得厉害。

寒风像是一只手，轻抚着宫中上林苑的金黄色的银杏叶。树叶发出沙沙轻响，宛如千万只手，摇出一片起伏不定的金色海潮。

明帝凝神望着杏林中奔走的机关甲人，眼中露出期许的神色。他的身边站着国师、曲铭、莫秋雨、方思扬等人，众人皆面现欢喜。

甲人是被皇帝寄予了众望的"白泽"，经过半个多月来的改造，它已经改头换面。身量高三丈三尺，木身被废弃，已经全部换成精钢铁甲。原本圆形的头颅被加上了个尖顶，危急时刻也可做武器御敌。

"白泽"背上背着特制的锋利长刀，威武地踏着黄叶而来，它走的每一步都激起枯叶纷飞，灰尘四起，连地面都微微颤抖，像是从远古的神话中走出的神魔。

"好好好！不愧为朕的"白泽"，希望它真的能如传说中的瑞兽一般，庇佑我华国。"明帝李睿看着威不可当的庞大甲人，忍不住拊掌夸赞。

"白泽"大步而来，停在他们面前，遮蔽了天日。它覆盖着钢铁盔甲的后背被打开，只穿短打衣裤，浑身被汗水浸湿的颜君旭，从"白泽"的躯体中爬了出来。

早有宫女等候，为他拿来厚厚的棉披风裹住了身体，李睿见到他欣喜万分，忙将他扶起来。

"'白泽'有了你们参与，果然更上一层楼，朕的眼光没错。"他欣慰地看向颜君旭被汗水浸得发白的面庞，"君旭，听说是你提出的加强动力机关？"

"是！小生……不，臣研究了动力机关，发现是由血石产生的热量产生的水汽驱动的，就冒险将机关做得大了一倍，如此一来'白泽'体型就会更庞大，而且也能带动更为沉重的铁甲，比之前的木甲更坚固安全。"颜君旭这半个月来一直沉浸在机关中，仿佛又回到了在山中跟鱼翁废寝忘食地研究机关的日子，浑然忘了自己已经是个工部官员了，"不过改造动力机关一事，我一个人是做不成的，还要多谢曲大人从中指点，还有思扬画的一手好图。其实我还想加个小机关备用，但大家都反对，也只能作罢……"

李睿满意地看着眼前头发蓬乱的少年，说道："你倒是很好，不会将功劳全揽在身上。"

"我，不，臣说的都是实话呀……"颜君旭纳闷地挠了挠头，似根本没想到这一层。

李睿看到他毫无心机的模样，更是喜欢，曲铭和方思扬也连连说着谦让之词。

"我的柔术不是最好的，让安公子来操纵'白泽'，舞剑给皇上看看吧。"颜君旭从众人身后拉出了安如意。

经过这段日子的历练，安如意身上少了纨绔之气，眼神中多了刚毅。他早就换上了短打衣裳，跃跃欲试。

李睿点头微笑示意，安如意在众人的瞩目下缓缓爬进了"白泽"的操纵舱内。

静止的铁甲力士缓缓动了起来，它拔出长刀，一刀便砍断了一棵粗壮的银杏树，树干轰然倒塌，激起尘烟无数。

众人皆为之色变，不得不以袖遮面，才能挡住它的刀风。"白泽"向后退了两步，下蹲又跃起，再落地时震得地面颤动不停，而后它又弯下腰，举起了银杏林中的一座假山，轻易就举过了头顶。

"它目前只能做些简单的动作，还需微臣和君旭慢慢调试完善。"曲铭拈着山羊胡，得意扬扬地道。

他虽说是简单动作，可"白泽"只需一抬手一投足便带起罡风阵阵，激得林中飞沙走石，烟尘四起，更有蛰伏的野兔被惊出洞穴，仓皇地奔跑逃窜。

"但歌大风云飞扬，安得猛士兮守四方！"李睿仰望着威武如神祇的"白泽"，连连抚掌，"朕得此猛士，定能庇佑我华国国泰民安。"

颜君旭也心情激荡地望着伫立在金色海洋中的宛如神祇般的"白泽"，它如此辉煌，又如此完美，他仿佛又变成了半年前在小镇中憧憬着机关术的少年。

他孤独地坐在屋顶，眺望着眼前层峦叠嶂的山脉，想要在遥不可及的远方，找到藏在心底的期望。而如今，梦想已触手可及。

壹拾陆

JIJIANG ZHIFA

激将之法

初冬已至,细雪飘飞在夷国的都城堪拉,像是一匹上好的克丽丝纱,轻柔地覆盖了每一寸土地。

皇宫中回响着炭火燃烧的"噼啪"声,金枝吊顶照亮了宫殿高高的穹顶和瑰丽的琉璃窗,身穿黑色貂裘的国王多摩罗,正斜倚在他宽大的缀满宝石的王座上。

多摩罗今年已经七十岁了,就在三天前,夷国举国欢庆为他庆祝了七十岁大寿。虽然他高大的身躯已经因严重的风湿而佝偻,健壮的肌肉早已消失,脸上的皱纹如密布的蛛网,但蓝紫色的双眼,仍如坚硬的宝石般,散发着坚毅而智慧的光芒。

他青年时金色的头发已经灰白,被侍女们编成精巧的辫子拢在脑后,无论少女们如何修饰,他的额发还是越来越后移,露出他如果核般鼓鼓的遍布皱纹的额头。但这些都无关紧要,因为他的头上戴着一顶缀满宝石的皇冠,虽然这顶沉重的皇冠压得他像是抬不起头似的,但也象征着最高的权力和荣耀。

他坐在高不可攀的王座上,看着花岗岩地面上跪着的两名少年。他们都有着同样刀刻斧凿般立体的五官,一模一样的淡绿色瞳仁和碎金般的秀发。唯一能区别他们的是头发的长短,留着长发辫的是哥哥荻秋,梳着短短的羊毛卷的是弟弟荻川。

"你们准备好了吗?"多摩罗沙哑的声音在穹顶下回荡。

"回禀至高无上的王上,所有的机关已经包装好,明日即可出发。"荻秋恭谨地回答。

"听说华国的小皇帝,不知从哪里找来几个跟他差不多年纪的毛头小子,在拼命研发机关呢。大概是做出了自以为必胜的机关,才如此自负,将演武的场所安排在了京城旁边……"多摩罗低低地笑了,"我倒挺喜欢这小皇帝的,真想看看他抱头痛哭的样子。"

荻秋和荻川互相看了一眼,默不作声。

"小皇帝既然如此期望取胜,我就如他所愿,给他添了把火。"多摩罗低笑着,看向荻秋和荻川,"你们不用怕,很快就能知道华国的底细了。毕竟庇佑着我们的太阳神无所不在,阳光照耀之处,便没有能瞒住我的秘密。"

笑声在宫殿高高的穹顶下回荡,掺杂在飘飞的落雪中,像是毒蛇吐信子发出的嘶嘶声。

惊起了几只藏在暗处的狐影,狐狸摇摇尾巴,纵身一跃,跳出琉璃花窗,消失在乱花飞雪之中。

京城也迎来了今冬的第一场雪,城中一片肃杀之气,天河岸边都行人寥寥。呼啸的北风中,颜君旭脸色通红,仍在调试着"白泽"。

这段日子里,"白泽"被他们镀上了一层喑哑的银色,比起之前黝黑沉重的模样,显得更为轻盈圣洁,真有几分《山海经》中瑞兽的模样。

他蜷缩在操纵间中,将右臂套进一个气囊里,用尽全身的力气抬起了手臂,而站在林中的"白泽",右臂也跟着缓缓抬起。

虽然动力机关可以将他的力量放大二十倍左右,可操纵沉重的"白泽"仍然很费力,如果不是跟随水舞姑娘学了些柔术,稍一不留神,就会被机关折断肢体。

他练习了一会儿,很快就满头大汗,几近脱力。狭窄的操纵间中,空气潮湿而闷热,寻常人最多能待一刻钟,需闭气的高手才能多待一会儿。他很快就有些头晕,忙推开了暗门爬了出去。

门一打开,冬日凛冽清冷的空气,像是一匹沁凉的丝绸,瞬间将他包裹,充盈了他几近干瘪的肺。

他又贪婪地大口呼吸了几下,在因憋气造成的头晕缓解后,才熟稔地从"白泽"身上爬了下来。

可他的脚刚一落地,便见弥漫着冬雾的林中正站着个脸蛋狭长的青年,他眼梢微微上挑,不怒自威,正明帝李睿。他身后没有仪仗,甚至连陪伴的内监也无,竟是孤身而来。

颜君旭自入宫以来,从未见过李睿单独一人。他不知发生了什么,一头雾水地走过去便要参拜,被李睿一把扶住。

冬日的天空总是灰蒙蒙的,昔日黄叶如金的银杏林,也只剩干枯的树枝,让身穿着素色常服的李睿,比平日多了几分清冷脆弱,像是个失意的落魄青年。

"君旭,今日你我无君臣之别,你只当朕是个朋友。"李睿裹了裹衣领,寂寥地道,"陪朕在上林苑里转转吧。"

颜君旭挠了挠头,笑着提醒他:"皇上,我的朋友们从不自称为'朕'。"

李睿忍不住笑出了声,脸上的抑郁之情也少了些。

"皇宫之中能说得上话的人，只有你们三人跟我年纪相仿，方思扬擅长交际，安如意惯会曲意逢迎，只有你心思纯净，说的都是肺腑之言。"

"其实我也骗人的，只是从不骗自己的朋友。"颜君旭被他夸得不好意思地垂下了头。

两人专拣偏僻的地方走，很快就来到了池塘边。池边梅影斜疏，池水碧蓝如洗，映出天光云影，恰似一块晶莹剔透的琉璃，嵌在天地之间。

"今日朕得到夷国递送的文书，他们的机关队伍已经出发了，大概一个月后抵达紫云城。"李睿站在塘边，淡淡地说道。

颜君旭偷瞧着他，不知他是不是在担忧夷国做出了厉害的机关，才如此烦恼。

"其中还有一封文书，你知道是什么吗？"李睿看向颜君旭，黑玉般的瞳仁中，隐现薄怒。

"不知道。"颜君旭摇了摇头。

"夷国的多摩罗王，居然要求娶长平公主，而且并不是为自己的儿子求娶，是要公主嫁给他自己。多摩罗王已经年逾古稀，而皇妹她今年才十八岁，此人身为一国之君，怎能如此下作！"李睿将拳头握得"咯咯"直响，双眼也因愤怒而充血，"两国联姻后，自然就再无边境之争，机关演武也就没必要举办。可我怎能用皇妹的一生，来换取这屈辱的太平？"

"国师怎么说？"

"这也正是让我生气之处，他居然同意联姻，说是以最小的代价，换取最大利益的好办法！"

颜君旭点了点头，国师每日不离筹算，自然利益为先。

"那你呢？"李睿看向他，眼中满含期待，他虽然是天子，此时更像个需要人支持的孩子，"换了是你？你会怎么办？"

"能用机关决胜负，为什么要躲在女人的裙角下？"颜君旭笑了笑，一双狐狸眼中闪耀出慷慨无畏的光，"而且即便靠和亲平息了战乱，也要被天下人耻笑，还不如竭力而战。"

李睿点了点头，拉住了他的手："朕也是如此想的，此战只许胜，不许败！不论付出多大的代价！"

天子的手温暖而有力，但却像是一只看不见的枷锁，架在了他的肩膀上。机关演武的胜负，不仅关系到边境和平，甚至还牵系着一个少女的人生。

冬日里的雪像是无穷无尽般，一场连着一场，羽毛大的雪花随冷风漫天飞舞，似要将偌大的京城掩埋。

但再冷的天也盖不住赌客们的热情，斗鸡场中，一堆红了眼的男人，正层层叠叠地挤在柜坊中下注。

此时虽已是夜晚，柜坊里燃着的上百根小臂粗的明烛，将装饰得美轮美奂的赌场照得如同白昼。斗鸡场是一片单独辟出来的两丈余宽的空地，铺以细沙，围挡的栏杆有两人多高，皆以坚牢的铁棍做就，防止输不起的赌客闹事。

而在这一群肥头大耳的赌客中，站着两个身穿青色锦袍的富贵公子，他们年约十七八岁，

◇ 君子，命中有狐 ◆

一个生得明媚英气，一双杏眼顾盼神飞；另一个则清俊出尘，皮肤白得如美玉一般，看谁都是爱搭不理的模样。

这两个公子一走进大门，就吸引了赌客们的目光，甚至连侍弄着斗鸡的仆人，都看直了眼，差点将关在竹笼中的鸡给放出来。

两个莹玉般的少年从柜坊这头晃到那头，对什么押宝骰子类的都不感兴趣，却在斗鸡场旁停下了脚步。其中那生着双琥珀杏眼的少年，望着笼子里跃跃欲试、活蹦乱跳的鸡，美目熠熠生辉，似看到什么宝贝一般。

随着一声锣响，笼中的鸡被放了出来，在斗场中扑杀不停。而他们每次押注，都能次次押对，不过半个时辰，便已经赢了三次。

场外的赌客见他们是新客，运气顶好，也纷纷跟着下注，可任弄鸡的奴仆如何下药作弊，这对少年仍每次都能押对，眼看着赌博已经无法再继续下去了。

"是哪里来的竖子捣乱？"柜坊看场子的见生意没法做了，只能带着几名大汉赶人。

可这对少年见了比他们高了几头的壮汉却丝毫不怯，甚至眼中还闪烁出兴奋的光芒。

"怎么，输不起便要使下三烂的手段吗？"杏眼少年吐着舌头，把他们当顽童似的逗弄。

"你们使奸作弊！"

"谁作弊了，明明是你们给鸡喂了药！都是这些鸡告诉我的！"少年拍着手，指着其中一只鸡，"你看这鸡吃药吃得眼眶都红了，毛全炸起来，它活不过今晚了。"

看场子的见他将柜坊的秘密说破，一声令下，大汉们都卷袖扑了上去，眼见这两个玲珑剔透的小公子像是灯上的美人般，就要被这些莽夫当场撕碎。

众赌客刚要出手相助，却见三个高如铁塔的汉子齐齐被打飞，重重摔在了地上。而再看方才两个俊美的少年竟不翼而飞，只有一扇花窗不知何时被推开了，雪花如精灵般飘进了柜坊，似在嘲弄着世人的愚蠢。

"是狐妖！一定是狐妖！"不知是谁起了个头，众人皆大骇，纷纷惊叫不停。

如今京城中流传着狐妖作祟的传说，据说连皇宫中都有狐妖潜入，此时一见异状，都不约而同地想到了狐妖。

而在柜坊对面的酒楼里，珞珞和月曦看着乱成一团，竞相夺门奔逃的赌客，笑得合不拢嘴。

两个赌博的美少年正是她们乔装的，方思扬和颜君旭进宫已经月余，她们在宫外寂寞无聊，便结伴出来玩耍，偶尔捉弄一下坏人。

"哎，颜君旭这头猪，居然连个消息都不给我递，枉我得空就往莫秋雨那儿跑，结果莫大哥都回了几趟家了，也只是说猪在里面很好。"

"咦？你还没进过皇宫吗？"月曦诧异地看着怒气冲冲的珞珞，指间的酒杯差点跌落，"我已经进宫三次了，他们暂住在侍卫住的院子旁，得空还跟一个长得像胖山羊的老头喝酒呢。"

"什么？他竟过得如此自在？"珞珞气得一把拍碎了桌子，杏眼瞪得溜圆，"那地方在哪儿？明日我就要去探访一番，万……万一里面有涂山狐妖呢！"

月曦笑眯眯地,伏在她耳边,将自己所知道的细细叮嘱。珞珞听到宫里还有美人,越听越气,酒杯发出"啪"的一声轻响,被她捏得粉碎。

夷国要公主和亲的消息,像是凄寒的冷风般,在皇宫中不胫而走,很快就传到了每个人的耳中。

改进"白泽"既费力又费心,每逢得空休息时,曲铭经常带着三个少年在院子里炙肉喝酒。李睿对他们有求必应,上好的羊腿和美酒取之不尽用之不竭,可近日来就连这难得的闲暇时光,都被叹息声笼罩。

"我们这战不仅关系到边境的三年和平,看来还有公主的幸福呀。若是输了,皇上会不会杀了我们给公主送行?"其中安如意最为惶恐,他从小到大锦衣玉食,拥有的最多,当然舍不得失去。

"皇上才不会,他虽然年少,却是个英明的天子。"曲铭虽然嘴上这么说,但双眉紧蹙,一副忧心忡忡的模样,"我更担心的,是夷国竟提如此非分要求,怕是做出了厉害的机关,我们不得不防啊。"

他惯来为老不尊,年纪虽长也如少年般率性行事,连他都面有愁色,可见事情之严重。

"长平公主到底长什么样呀?"方思扬摸着下巴,向往地说,"若是能为她画幅肖像,再配上个悲戚的故事,定能流传千古。"

"宫苑深深,后宫是男子不能涉足之地,老夫进宫多次,也从未见过公主……"曲铭说了一半,才发现不对劲,突然一拳打在方思扬头上,"你说什么悲戚的故事?是不是在诅咒咱们这仗要输?"

方思扬连连告饶,忙殷勤地跑去炉边为他们炙肉。只有颜君旭丝毫没将他们的话听在耳中,趴在窗边,托腮望着窗外的一轮明月。

他已经很久没有见到珞珞了,不知她一人过得好不好?穿得暖不暖?是不是还会烤半焦不熟的鸡?

他的思念最终化为一声叹息,被冬夜的冷风吹散,像是破碎的心,飘零在皇宫的重重宫苑中。

◇ 君子，命中有狐 ◆

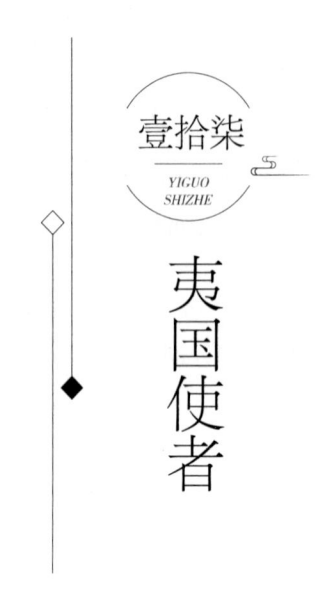

壹拾柒 YIGUO SHIZHE

夷国使者

不日之后，有快马来报，夷国的机关使者在华国禁军的护送下，即将在三日后抵达京城。李睿吩咐礼部官员因循礼制接待，将夷国的机关队伍安置在早已整修好的京郊猎场附近。

虽然谁都没说什么，但英明殿后的机关房中，所有人都绷着脸，工人们忙碌不停，都在完善着机关。冬日冷冽的光，宛如肃穆的眼波，透过剔透的琉璃窗，将整个机关房都笼罩上了一层肃杀的氛围。

"白泽"经过颜君旭和曲铭的精心改造，高度已经不适应在机关房中操演，他们只能天不亮就来到上林苑，调试着庞大的机关。

颜君旭坐在操作室中，操纵着"白泽"拿着剑舞了一会儿，又做了个前滚翻，就已经累得大汗淋漓。

他不得不跳出了操作室，由安如意接替，但安如意也只动作了一炷香的工夫，便几近虚脱了。

"机关演武迫在眉睫，使用'白泽'只能速胜，若是不能速胜又该如何？"曲铭见他们浑身被汗水浸湿，显然已经尽力了，急得直挠头。

方思扬抱着胳膊叹息道："那只能一败涂地了！"

所有人都知道他说的没错，他们绝望地看着林中银光闪烁，如神祇般高不可攀的"白泽"，仿佛在看着一道无法破解的难题，一座无法逾越的高峰。

"此时已是午时，你们去休息吧，我要去机关房里再好好想想……"曲铭摇了摇头，背着手踏着皑皑积雪，缓缓离去。

他依旧不修边幅，衣袍上皆是油污，但却仿佛在短短一个月间就显出了老态，添了许多白发。

方思扬和安如意也要离开，却见颜君旭又不死心地爬进了"白泽"的操纵舱内，仿佛根本不知疲惫。他们早已见惯了他为了机关痴狂的模样，只能摇了摇头，相携离去。

颜君旭坐在狭窄的操作舱中，透过铜镜看向外面的风景。跟渺小的自己不同，"白泽"的视角是高远辽阔的，能看到层层叠叠的树梢，看到高高的宫墙，还有宫外的如黛影般的山峦。

山峦和山峦间，隐约有冬雾弥漫，雾里似藏着一个人身着青衫的背影。他从山间小镇来到这天下之都，一路上都在追随这个缥缈的背影。如果换了是他，会怎么做呢？

《公输造物》中的话，像是潮水般在脑海中浮现，他想起"机关之要义，在于事半功倍""臂长一分，则力省三分"等句子，似在黑暗中行走的旅人，窥到了一线光明。

他突然有了巧思，一下就跳起来，可却忘了自己正坐在狭窄的操纵间中，登时撞在了坚硬的壁顶，磕得头昏眼花。

他捂着脑袋往外爬，刚爬出暗门，便见上林苑里居然冒出了几缕烟雾。而且烟雾还是彩色的，红黄蓝绿各色尽有，飘荡在冬日如旧瓷般暗白的天空下，逶迤旖旎如京城少女的彩色裙摆。

他顾不上疼痛，好奇地往烟雾升腾的方向走去，大概一炷香工夫，便来到了一片梅园之中。梅园位于上林苑的杏林旁，他每天沉浸地在银杏林中调试机关，竟然不知道此处有个梅园。

此时并非梅花绽放的季节，梅园中梅枝横疏，园中摆放着造型各异的假山，和几座展翅欲飞的仙鹤铜像，虽然没有红梅点缀，也颇有情致。

他走进梅园，便听园中传来嬉闹之声，听着像是几名女子在游乐玩耍。他想起曲铭曾对他说过，皇宫中的女人大多都是皇帝的妻妾，就算不是妻妾，也没一个他能惹得起的。

他头皮一麻，摸了摸自己的脖子，踮起脚就要开溜，生怕被这些女人们发现性命不保。

"侍星，你说那个呆瓜会喜欢这七彩烟花吗？"冷风中，送来了一个娇俏的声音，像是根看不见的绳索，绊住了他即将离开的脚。

侍星？那不是在黑龙谷时，跟在雪盈身后的小婢女吗？怎么她会出现在皇宫中？

他躲在假山后，悄悄地探头看去。只见皑皑积雪中，正有一个身穿淡青色的宫装少女背对着他坐在软垫上。梅枝斜疏，遮住了她的身形，看不清她的模样，而在她的身边，侍星正垂着头，将一个暖炉放到她的手中。

不仅是侍星，为她以梅上落雪烹茶的正是弄月，还有几个脸生的小宫女，正忙着收拾放完烟花的残骸。

"会喜欢的，颜公子不就喜欢这些稀罕玩意儿。"弄月娇俏地笑，将泡好的茶递到了少女的手中。

当听到"颜公子"三字时，颜君旭只觉心骤然一紧，仿佛被只温柔多情的手紧紧攥住，大脑变成了一片空白。

眼前的所有景致和人都化为一片虚无，只有少女身穿青色衣裙的背影，是窈窕而鲜明的，宛如一幅浓墨重彩勾勒出的画。她在他的眼中，缓缓转过头，接过了茶杯递到唇边。

她的脸是长圆形的，晶莹得像是一粒被牡蛎紧紧包裹的珍珠，凤眼含精，鼻子挺拔精致如葱管，秀发梳成个灵蛇髻，坠以蓝宝石凤钗。精致华贵的雪貂围领，将她略方的下颌衬托得贵气万方。

颜君旭看到这张脸，虽心中已经猜到了个七七八八，还是震惊得目瞪口呆，因为这少女正是在黑龙谷大发神威的雪盈。

而接下来这几名少女的对话，就更令他魂飞天外了。

只听侍星捂着嘴笑道："公主，如今颜公子就在宫中，你要不要去瞧瞧他？"

"我才不去呢，他若是心里有我，怎么也能找到我；若是没有，我凑上去又有什么意思？"雪盈执拗地偏过了头，"而且上次在贡院门外我答应助他拿回名牌，没想到会被皇兄扣在手中，实在有些丢人。"

"公主这话说的，你从未对他表明自己的身份，他是个满脑子机关的呆书生，又怎能找到你呢？"

"是啊是啊！今年的机关武状元是他，公主不如求求皇上，让他做驸马吧。刚好可以推了和亲……"弄月说了一半，忙捂住了嘴，接着"扑通"一声跪在地上，"小婢该死，不该提烦心事。可我是为公主着想，如今也只有这个法子了。"

雪盈抬起了头，洁白的下巴像冷冬中的一弯孤月，眼如寒星，冷笑道："多摩罗那老头子想得美，想要借此羞辱皇兄跟我？若皇兄真的同意和亲，我便跟死老头同归于尽。"

十几名少女都惊骇得纷纷下跪，异口同声地向她请罪。

雪盈却毫不在意地挥了挥手："人固有一死，有什么好哭哭啼啼的？时候不早了，咱们准备回宫吧。"

颜君旭躲在假山后，不知过了多久，才终于找回了神智。他动了动手脚，发现已经被冷风吹得毫无知觉，忙向住处跑去。

雪盈一行人早已离开，雪地被婢女们打扫干净，仿佛根本没人来过一般。

他失魂落魄地跑在萧瑟的银杏林中，只觉方才的所见所闻，都虚幻得像一场梦。怎么雪盈就是那个要和亲长平公主？他们口中可怜的女人？

这都是假的！她如此洒脱又骄傲，哪像个久居深宫的公主？倒像是个被宠坏了的富家娇憨小姐。

他想到她说的"同归于尽"那句话，她如寒星般决绝的双眸，心中像是被什么刺了一下。仿佛有调皮的雪花，不小心飘到了他的心底，让心也被冻得似猫抓般地痛。

他在上林苑中如没头苍蝇似的跑着，只觉眼前都是一模一样的凋敝的树木，草木飞霜的苍荒，不知去路在何方。

就在他心慌意乱之时，却听耳边传来悠扬的琴声，琴声宛如温暖的低语，在林中回荡。

他听到琴声，立刻欣喜若狂，心头的悲伤和压抑跟着一扫而空。他循着琴声找去，很快在一棵古松下，看到了那抹熟悉的樱红。

珞珞盘膝坐在莹莹白雪中，一袭红色衣裙宛如雪中初绽的红梅。她似沉醉地弹着膝上的狐尾琴，面庞被雪光映得晶莹剔透，如美玉雕就。

颜君旭已经月余没有见过珞珞了，此时见她风姿绰约地在雪中抚琴，眼眶不由红了，只觉重逢的这一刻，竟比金榜题名之时还欢喜。

他忙朝珞珞奔去，因为太激动还差点跌了一跤，珞珞早知他来了，见状嫣然一笑，将琴放在雪地上。

"这是谁呀？是不是小呆瓜？"珞珞见他笨拙的样子，开他玩笑。

颜君旭立刻破涕为笑，用手指弹了弹她的脑袋："我要是小呆瓜，你就是小猪，就知道吃。我看你比上次见面胖了一圈，是不是最近吃了不少好吃的？"

两人左一句呆瓜，右一句小猪，在雪地中闹了半天才停下来。

颜君旭突然像是想起了什么，拉着她就往住处走："皇宫里的鸡可好吃了，我这就去让曲大人给你烤一只，说到曲大人他不仅擅长机关，做菜也是一绝。每天不是给我们炙肉就是炖肘子，连皇宫里的御厨都满足不了他刁钻的口味，所以他时常自己下厨。"

"切，谁要去见什么曲大人？我们这么久没见，就不能陪我说会儿话吗？"珞珞一甩手，不满意地噘起了嘴。

可此时天寒地冻，上林苑中冷风萧萧，除了机关房外，他又不能在宫中乱走，难道要他们坐在冰天雪地里促膝而谈吗？

他突然想起了什么，拉着珞珞就跑向上林苑的杏林，才走进杏林，便见巍峨高大的"白泽"，正伫立在空地上。

此时阳光刚刚西斜，"白泽"周身都沐浴着夕阳的辉光，银色甲胄散发着流动的光芒。如此辉煌，又如此生动，仿佛它是拥有生命的，随时都能自己动起来。

珞珞被这美丽又强大的机关甲人震撼了，满脸欣喜，不由自主地走到了"白泽"的脚下，伸手摸了摸它冰冷而坚硬的盔甲。

"这就是你进宫之后做出来的机关？"她惊叹地说："天啊，它简直是神的杰作，怎么会有人设计出如此绝妙的甲人？"

"咳，我只是将它改进了一些，真正的设计者，是公输子！这个铁甲人就是国师根据第三本《公输造物》造出来的。"

"公输子他老人家真是神通广大呀！"珞珞忍不住感慨。

颜君旭拉着珞珞的手，带她从"白泽"的腿上爬上去，打开了"白泽"身后的暗门，邀请她一起坐在操纵间中。

狭小的操纵间里，两人紧紧地挨在一起，几乎没有转身的余地。他们从水晶镜中看着落日沉入西山，余晖如海涛般笼罩着京城，沉醉在这壮阔辽远的美景中。

他们都没有说话，却又像是说了千言万语，情愫在两人间流动，他们相视一笑，便已知道对方在想什么。

颜君旭打开了动力开关，一阵蜂鸣后，微微的轻颤传遍了"白泽"的身体。他将双手放在了操纵机关中，用力抬起，"白泽"的双臂缓缓随着他的动作上升，做出了双手互捧的手势。

"我要出去站在上面！"珞珞像是一只出笼的小鸟般打开暗门跑了出去，身姿轻盈地从"白泽"的后背跳到了头顶，随即一个空翻就轻飘飘地落在了它宽厚的手心上。

风吹起她的裙角，红色的衣裙跟流动的霞光融汇交融，仿佛整个天幕都化为她的裙摆。

沉默高大的机关巨人和娇弱窈窕的少女，形成了鲜明的对比。金色的霞光像是海，京城鳞次栉比的楼宇是海浪的波澜，银杏树被风吹响的声音恰似海涛拍岸，他们站在这广袤无边的世界之海的中央，眺望着天边一轮红日缓缓西斜，时间仿佛也在这一刻静止。

明帝五年，腊月初八。

夜幕降临，春熙殿中灯火通明，年轻的明帝端坐在王座上，打量着站在殿中的夷国使者。

使者是两个金发的高挑少年，他们大概十七八岁，容貌是夷国特有的高鼻深目，五官仿佛一个模子印出来的，竟然是对双胞胎。两人都斜披绛红色镶紫貂绒的披风，披风上绣着只金色的狮子。跟华国的衣饰不同，两人身着的白衣虽绣着精致的花枝图案，但衣摆长不及膝，袖子也是窄口的，方便行动。此时两人并肩站在辉煌的灯火中，金发熠熠生辉，肩上绣的狮子栩栩如生，倒颇为赏心悦目。

站在殿中迎接的国师和曲铭互相看了一眼，都觉得这对兄弟太过华美，哪像擅长机关的匠人？

但两个人少年并不怯场，他们按照华国的礼仪对明帝李睿行跪拜礼，说着蹩脚但恭敬的华国语言，似在来之前做了充足的准备。

"两位使者远道而来，与我国匠人切磋机关之术，特赐迎宾宴席。"李睿沉着声说，声音在春熙殿中回荡，颇有威严。

"宴席已经备好，两位随我去后殿吧。"礼部员外郎邀请他们。

荻秋和荻川却犹豫了，他们昨晚接到了多摩罗国王的指示，还没来得及说出口，脚下像是生了钉子般一动不动。

"怎么？两位还有话要说？"国师见他们踌躇不定，已猜到他们心事。

"我国尊贵的皇帝陛下多摩罗，想修改本次机关演武的规则。之前几次演武，皆是一战决胜负，如今机关术日益发展，一次演武不能展现两国的机关术实力，不如改成三战式……"

荻秋话未说完，已经被国师打断："演武就在月底，距今日不过十几日，贵国突然要修改规程，意欲何为啊？"

"不错，你们早已准备好了，想要打我们一个措手不及吗？"曲铭也冷笑着捋了捋山羊胡子。

"不瞒两位，我们也是昨晚刚刚收到皇帝的指示，同样需要在这十几日内另外设计出两个参战的机关。"荻川比哥哥的华国话说得更好，上前一步道，"我们身在异乡，带来的材料也有限,尚且没为之发愁。难道贵国身为东道主,竟然在十几日内,连两个机关都准备不出来吗?"

曲铭朝他们翻了个白眼,不屑道:"谁知道你们说的是真是假,搞不好在夷国就有此意,特意跑过来演了这出戏。"

他声音不大,但殿中空旷,回声恰到好处地将这句话送入了每个人的耳中。

获秋被他说得脸色涨红,上前一步,高声道:"我若有一句谎言,就让我被天打雷劈,不得好死!"

他说的华语虽然蹩脚,但紧绷的脸庞,清澈的蓝眼中散发着慷慨激昂之气,让人不敢出言嘲弄他。

国师还想再说,却见坐在龙椅上的明帝李睿朝他摆了摆手。

"如此这般,就将演武改为三战式,三战两胜者,即为本次机关演武的胜者。"李睿的声音依旧平静如深潭,听不出一丝波澜,"多了两战,朕也很期待今年的机关演武。"

夜黑风寒,殿中的烛火摇晃不定,将殿中人的影子投影在墙壁上,宛如一个个张牙舞爪的妖魔。

他们各怀心事,离开了春熙殿,很快就有丝竹歌舞之声在后殿响起。空旷的春熙殿中,响起了一声悠长的叹息。

国师独自站在殿中,望着夜空中飘飞的落雪,眼中满含愁色。命运残酷如北风,即便权倾天下,在它的面前也如这飘零的雪,也只能随风曼舞,不知将零落在何方。

他的手指抚摸着袖中藏着的算筹,似想要用这些细细的竹签,算出命运的脉络。

◇ 君子,命中有狐

壹拾捌
JIGUAN YANWU
机关演武

京城的街头,飞雪如花。除夕将近,又因夷国使者到来,家家户户门口都挂着五颜六色的彩灯,将紫云城映得如天上宫殿,颇有几分如梦似幻的不真实感。

万佛塔中,一个披着黑色大氅的人,正站在高塔的第九层,俯瞰着脚下的万家灯火。

寂静的雪夜中,传来了簌簌之声,他缓缓转过身,朝身后黑暗的深处问道:"你来了?"

对方轻轻敲了敲塔中冰冷的石壁,算是回应。雪光透过小窗,映入塔中,照亮了石壁上画着的婀娜多姿的飞天仙女,瑰丽而圣洁。

"白虎,你一直是我最信任的手下,不似朱雀那么任性,也不似玄武那样避世,更不似青龙般莽撞。"身穿黑衣的长老将一张纸条递给了躲在黑暗中的人,"这是你的任务,此事至关涂山会的存亡,更关系到鹿城,所以务必要完成。将事情办得圆满些,把此物做得天衣无缝,千万别露出马脚。"

那人将纸条缓缓展开,借着雪光看清上面的字后,似惊讶至极,倒吸了一口凉气。

"去吧,我心中自有打算。"

风吹进石窗,雪花如精灵般飘进塔中,但塔中已经空无一人,只有石壁上的仙女怀抱琵琶,唇边蕴着一丝笑容,似在嘲笑着愚昧的世人。

同样在这个雪夜,京兆府的仵作阿四,喝到了一壶上好的酒。酒是酒馆中一个素不相识的年轻公子赠的,这位陌生的公子穿着一身素白,几乎要与雪融为一体。在京城中,身穿素衣白服很是晦气,总让人忍不住想到丧事。

可阿四没想到的是，他刚刚在京兆府附近的小酒馆坐下，白衣公子就请他喝了壶美酒，还点了两碟牛肉做下酒菜。

他多喝了两杯，难免有些话多，尤其是眼前这位俊美得似不沾人间烟火的公子，居然对他验尸的活计不嫌弃，还好奇地问个不停。

"听说京城里曾有位天音娘子，唱起歌来宛如天籁，可是我初来乍到，怎么到处都打探不到她的踪迹了呢？"

"嘿嘿嘿，这事你可问对人了，将天音娘子毁容了的那个凶徒的尸体，还是我验的。"阿四拍了拍胸脯，得意地笑道。

"啊？怎会如此？"公子惊讶地道，"凶徒是如何死的？"

"都说他是在打斗中被自己手中的刀不小心割到了脖子，可我看啊……嘿嘿，未必如此……"

白衣公子眼含疑惑地看着他，似不明白他话中的意思。

"此案已经过了三年多，那凶徒也没有家人，应该无人再追查了，我只告诉你一个人啊……"阿四环顾四周，随即压低声音说，"他根本不是死于意外，而是被一个用刀的好手给宰了。"

飞雪似片片梨花，装点了漆黑的夜色，白衣公子走出了简陋的酒馆，刚来到街道上，便见一个身穿红裙的美貌少女，正手持紫竹伞站在彩灯下。

缤纷的光芒中，少女琥珀色的双眼眸光流转，肤白胜雪，明艳不可方物，恍如画中美人。

"怎样？"珞珞走向无瑕，举起伞为他挡住风雪。

无瑕点了点头："果然有问题，现在只等鹿城那边的消息了。"

珞珞秀眉微颦，叹道："还有七日便是机关演武了，只希望不要出什么变故才好。"

无瑕见她仍心心念念地关心颜君旭，眼中的光彩黯淡了些。他从珞珞手中拿过竹伞，替她遮蔽了落雪，"放心吧，我会尽力保他平安。"

机关房中，颜君旭已经几日不眠不休地制作新的机关，得知雪盈就是公主后，他觉得肩上的担子更重了，停下来就是罪孽。不得不歇息的时候，他便跟国师、曲铭以及莫秋雨商量着做出怎样的新机关，才能应对夷国的三战式演武。

最终四人决定选择一守两攻的策略，此策略最为保险，所谓最好的防御便是进攻，若是对方以进攻为主，也可随机应变，用进攻的机关抵御。

李睿也心急如焚，一下朝就来机关房跟他们一同制作机关，熬红了双眼也不愿去休息。

众人见皇帝如此重视机关演武，皆知此战只能胜不能败，斗志越发昂扬。

而颜君旭不仅要钻研新的机关，还要着手改进"白泽"，他一有空就往上林苑的杏林中钻，每次都只有方思扬跟他同去。

安如意也没能闲下来，他日日跟着水舞姑娘练习柔术，能将身体首尾相接团成一个球，看样子将自己塞进罐子里的那天也指日可待。

如此到了第六日，其余两个机关已经准备妥当，而"白泽"的改造也接近尾声。几日来众人同吃同睡，熬得眼睛乌青，蓬头垢面，身上也尽是汗臭味，就连一贯爱干净的莫秋雨和方思扬，都沾得满脸油污。

在机关演武的前一日，明帝李睿赐宴于西山温泉，要为他们一洗尘垢，鼓舞士气。但即将出发之时，还是没人找到颜君旭。

冷风萧瑟，杏林被风吹得"沙沙"轻响，摇曳不停。颜君旭正孤身一人，坐在"白泽"的操纵间中。

他将手脚放进柔软的操纵装置中，只轻轻一抬手，"白泽"的手便跟着举上了半空。他又向前迈了一步，"白泽"也抬起了右腿，落在地上，发出"咚"的一声闷响，震得地面微微轻颤。

可随着这两下动作，操纵间中越发闷热，有蒙蒙白色水汽从"白泽"厚重的银甲中飘散而出。

今日又是个阴天，天边云层密布，似在酝酿着一场大雪。他眺望着壮美的景色，恋恋不舍。

明天使用"白泽"的应该是比他肢体柔软，而且身量也小一些的安如意，这可能是他最后一次操作"白泽"。

他既担忧安如意无法随机应变，又担忧如果真的输了，雪盈就要远嫁夷国，她性子如此烈，万一做出自戕之事可怎么办？

而且望着阴云密布的天空，他心里始终惶恐不安。夷国使者突然要求修改的三战，似在暗示着什么，他像是在迷雾中行走，想了很久也猜不透真相。

他正坐在狭小的空间中发呆，却听耳边传来"叮当"之声，似有人在敲打着"白泽"。

他推开暗门向下望去，只见雪盈身穿一袭宝石蓝男装，头戴貂绒装饰，将一头秀发高高挽起，正在用佩剑敲着"白泽"的腿。

"颜君旭，你这臭小子，我知道你在里面，快给本姑娘出来！"她边敲还边高声叫嚷着。

颜君旭哪敢不从，像只灵活的猴子般从"白泽"身上溜了下来。他站在雪盈面前，挠了挠头，不知该如何称呼她。

"你这小猴子，几天不见身手练得如此好了？"雪盈笑嘻嘻地看他，"是不是怪我没给你取到名牌，所以才不说话呀？"

颜君旭向来是个直肠子，不似方思扬般能掩饰自己的情绪，他的脸涨得通红，仿佛害怕似的，不敢抬起头看她。

雪盈脸色一沉，已经明白了他的畏惧从何而来："你知道了是不是？"

"不！公……我什么都不知道……"他连连摆手，可还是不小心说漏了嘴。

雪盈猛地拔剑出鞘，气道，"没错，雪盈是我的化名，因为我出生在白雪飞舞之时。我真名叫李盈，封号为长平，是祈愿国家平安之意，当今的皇帝是我的亲哥哥。而且我也是被夷国指名要和亲，世人口中的可怜公主……"她说着眼中泛出泪光，"我才不要你可怜！不就是和亲吗？我就算嫁过去也是风风光光地做王妃，你不要用那种像是怜悯小狗的眼神看我。"

颜君旭知她性子火暴,但没想到他就说了一句话,就令她如此生气,急得不知所措:"我哪里用什么看小狗的眼神看你了?我根本连看都不敢看你。哎呀,你别哭了,我一定会赢得机关演武,不会让你去和亲的。"

李盈忍住眼泪,将剑还入鞘中,瞪了他一眼:"不要我去和亲,也未必只有赢得机关演武一个办法……"

颜君旭没想到她一见到自己就嫌弃成这样,才说了两句话就被她翻了几个白眼,越发不敢吭声了。李盈见他跟个榆木疙瘩似的,一点都不明白自己的意思,突然生气得一跺脚,脸色绯红地跑走了。只剩下颜君旭一人,疑惑地看着她的背影,不知她这无名怒火从何而来。

而在林中的树枝上,正停着一只毛发火红的小狐狸,它微眯着琥珀色的双眼,将这一幕尽收眼底。

当晚李睿赐宴西山温泉,说是为了他们洗尘除垢,祈求胜利,也是演武之前的誓师大会。

众人皆慷慨激昂地宣誓向皇帝效忠,无论如何也要赢得此次机关演武。酒到酣时,莫秋雨醉眼迷离地对颜君旭说:"当初你说什么来着,做机关是为了造福百姓?若无法在战场上取胜,连妇孺都无法保护,今日你总该明白我的用心良苦。"

颜君旭想到此战如果输了,不仅会输掉鹿城,连公主都不得不和亲,不由忧心忡忡,觉得他说的也没错。

战争宛如困兽,若是没有力量加固这具牢笼,它随时都会夺笼而出,将和平的生活践踏在脚下。

酒过三巡,不胜酒力的他提前回到了住处,早已有宫女在门边等候,将他带到温泉池旁。

他年少慷腆,将宫女们都遣散后,才敢悄悄地脱掉衣服,钻进了温暖的池水中。

温泉的热气升腾,在积雪皑皑的冬日,化为一片苍茫的白雾,笼罩在泉水之上。他心思烦乱,不仅是为了机关演武,还有午后李盈奇怪的眼神,想着想着,不由长长地叹了口气。

可他的叹息刚刚在冷风中消散,便听温泉池中传来了细碎的水花声,他吓得连忙看向声音来处,只见珞珞正坐在池边,调皮地用脚拍打着池水。

"你什么时候来的?"他羞得满脸通红,忙钻到了水里,只露出个脑袋。

"瞧你小家子气的模样,水汽这么大,我能看到什么呀?而且你当本姑娘是什么人?就是你光着身子站在我面前,我都不会瞧一眼的。"珞珞偏着头嘲笑他,双脚像是莲瓣般,浸在温暖的池水中。

颜君旭放心地稍微坐直了些,小声说:"我正想告诉你,如果明日我死在机关演武中,你就将我体内的灵珠拿走吧,千万不要手软。你还会活很久很久,只当我是你生命中的一个过客,无论发生了什么,你一定要活下来,替我看看将来的日子。"

"当然不会!"珞珞露出犬齿,做出凶恶的样子,"我一定会剖开你的肚子,拿走属于我的东西。"

"那就好……"他一点也不害怕,仿佛很放心的模样。

珞珞提起一串水花，溅在他头上，娇俏地笑道："呆瓜，你不会死的。"

"呵，机关演武是以性命相搏，每次举办皆有死伤，而且若是畏死，又怎能取得胜利呢？"

"说你是呆瓜，你还真是呆！相信我，只要有我在，你定不会死。"珞珞笑吟吟地说，眼中满含笃定。

颜君旭似被她眼中的笑意感染，轻轻地游到她的身边，红着脸拉住了她的手。两人望着层云密布，无星也无月的夜空，心却慢慢变得平静安宁。

仿佛只要他们在一起，再大的困难也不过是浮云蔽月，终有云开见月，辉光朗朗之时。

京郊的猎场本为皇家狩猎之用，林木茂密，豢养着不少野兽禽鸟。其中有一大片空地是猎狐的，每逢秋冬，皇室子弟便在此举办猎狐竞赛，而机关演武便在这片空地上举办。

演武场周围，摆着上百盆花草，虽此时正值隆冬，花房中培育的花却盛开得正艳，竞相在冷风中绽放，一片姹紫嫣红，点缀了空茫的雪色。除了花草，演武场附近还摆着几个高大的铁笼，装着各色奇珍异兽，有珍稀的白虎，绿羽孔雀，还有象征祥瑞的白鹿。

五品以上官员皆可带家眷围观助威，所以天还没亮，就已有不少马车赶到了猎场，年少的公子们都恨不得抢到一个观看的好位置，其中还夹杂着些女扮男装的官宦小姐，个个都英姿飒爽，颇有巾帼不让须眉之势。

明帝远远坐在高台之上，身穿干练的短打猎装，以千里镜望着演武场地，问向身边的国师，"如何？这几日有没有打探到他们的消息？有几分把握？"

"夷国的机关房看守很严，连日常吃食都是带来的厨子准备的。"国师捋了捋花白的胡子，虎目含威，"但是据我推断，他们的机关应该是'三攻'，过于追求攻势，急于求成，已是埋下失败的根基，我们的胜率应在七成。"

高台上不仅坐着明帝，还有几位王爷和公主，长平公主李盈正坐在皇兄的下首。

她身穿件瑰紫色的锦裙，裙边袖口皆绣着金色花纹，一头秀发梳成望仙髻，坠以金色凤钗和宝石花朵，既华美又端庄，宛如一株绽放在寒冬中的虞美人。她听到了国师的话，唇边浮现出舒心的笑容。

机关演武即将开始，工部的工匠们在空地上搭建出一面三丈高，五丈宽的木制墙垛。以此墙为界，若是夷国的机关攻破此墙，便是胜方；而若没有攻破此墙，将华国的三个机关破坏两个也算是胜利。华国亦是如此，守住木墙算胜，或破坏了夷国的三个机关也算胜。

木墙搭好后，正值巳时，礼部的烟花队伍集结而出，在空地上摆好阵型，放出了七彩烟花。烟花升上天空，发出巨响，惊得笼中的走兽飞鸟鸣叫不停，宣告着机关演武的开始。

夷国的荻秋站在高台上，拿出一面黄色绣狮子的旗帜，朝本国的机关队伍挥了挥，很快就有一辆蒙着黑色油布的机关车从队伍中被推了出来。

"请华国出示第一战的机关。"荻秋又挥了挥手中的旗帜，夷国的机关队同时用华语叫起了阵。

夷国此次派出的人足有百人之多，叫阵的声音如雷鸣般在猎场中久久不绝。

颜君旭站在曲铭身边，心已经提到了嗓子眼，曲铭精通机关术，正在低声跟莫秋雨商量。

"看他们拉动机关毫不费力，而且行进有'辘辘'之声，此机关有轮，长约三丈，高约三丈，宽两丈，应为弩机或者云梯。"

"云梯的可能性更大，咱们就用那个家伙。"曲铭拍板决定，朝高台上站着的传令兵士做了个手势。

传令兵士拿出了面绿色绣金龙的旗子摇了摇，华国同样推出了一个巨大的机关，同样也盖着油布。

"你觉得是云梯吗？"跟颜君旭在一起观战的方思扬，悄声问他，"以我看不大像，虽然用油布盖着，也能看出结构不一样。"

"确实不像云梯，如果是云梯，底座应该更长些。"颜君旭也皱了皱眉，"可能是他们研发的新机关。"

他们话音刚落，夷国的队伍中响起了急促的战鼓声，机关上的油布被揭开，只见那机关前所未见，是一个高达三丈的带轮木架，木架上嵌有十条木板，每条木板上都插着长长的尖锐刺刀，每柄刀都长约两尺，粗约五寸，刀锋在冬日冰冷阳光的照耀下，闪烁着阴森的气息，像是巨兽尖锐的獠牙。

演武场外观战的人都不约而同地倒吸了一口凉气，站在高台上的李睿也激动得站起来观战。

"是刀车！"颜君旭皱起了浓眉，"这机关更适用于守城，看来对方猜到了城墙是由木头搭建，才特意做出如此大的刀车，用它进攻个五六次左右，木制城墙就会彻底倒塌。"

曲铭和莫秋雨忙上前指挥，只要能挡住第一轮攻击就有胜算。两匹骏马嘶鸣着飞驰而来，停在了华国的机关前，油布被兵士们撤下，露出了一张宛如床一般大的木板。

最奇怪的是，木板上空空如也，居然什么都没有。演武场中登时变得鸦雀无声，所有的华国人都阴沉着脸，而跟他们截然相反的，则是夷国的队伍中，已经有人忍不住发出了嘲弄的笑声。

"带着张床来比赛，是要在上面睡上一觉吗？"他们还特意扯着嗓门，用华语喊了出来。

曲铭和莫秋雨对他们的嘲讽充耳不闻，指挥着兵士将木床对准城墙的大门固定好，随即两名骑兵又赶来了一辆罩得严丝合缝的马车，一切都在有条不紊地进行。

站在高台上的荻秋似发现了蹊跷之处，他高高地举起黄旗，又重重地放下。旗帜被风撕扯，发出尖锐的破空之声，他的金发也宛如波浪般在风中翻涌。

战鼓声再次响起，几十名夷国士兵齐声呐喊，同时推动了刀车。刀锋在寒风中闪烁，杀气蓬勃，大战一触即发。

壹拾玖 SHIJIUN LIDI

势均力敌

　　刀车发出隆隆巨响，宛如一个长满了利齿的怪兽般扑向了简陋的城墙。在刹那间，场外围观的官员同时屏住了呼吸，真正的战争跟他们想的完全不一样，充斥着杀戮气息，仿佛有死神的影子伏在机关之上，向他们扑来。

　　只听"咣"的一声巨响，刀车撞在了木板城墙上，将墙戳了几个尺把宽的大洞。夷国兵士振臂欢呼，将刀车推出去，要开始第二次进攻。

　　而在城墙的另一边，曲铭和莫秋雨也忙碌不休，他们揭开了马车上的油布，露出了十几根成年男子手臂般粗细的箭杆，嵌在箭杆上的四角箭头皆是钢铁铸造，也足有成人人头般大小，每个角都磨得锋利如刀刃。

　　"全力进攻！"站在高台上的荻秋，最先看到了城墙这边的动静，疯狂地摇起了手中的黄旗。

　　刀车再次被推动，宛如陨石般带着千钧之力，冲向了城墙。城墙发出"嘎嘎"轻响，紧闭的城门竟然被撞掉了一扇。

　　演武场外观战的华国人皆扼腕叹息，觉得己方实在是太窝囊了，对方进攻了两次，他们竟毫不知反击。

　　而曲铭仍不慌不忙，命令兵士们将箭放在了木床的轨道上，又从两侧抽出一根婴儿手腕粗细的牛筋，紧紧地扣住了箭尾。

　　他肥胖的身躯轻轻一跃，便跳上了木床，通过破了一半的城门，瞄准着对方的刀车。

"拉！快点拉！"

莫秋雨在一旁指挥着骑马的兵士开了牛筋绳，众人这才明白，原来这张木床竟然是个巨大的弩机。

华国的人群中，不知谁大喊了一声"必胜"，其余的人皆跟着振臂高呼，与此同时，华国的机关队伍中，跟着响起了急促的战鼓声。

鼓点似催命般在空旷的猎场中回响，荻秋将手中的黄旗晃得飞快，此时除了进攻，已经再无退路了，就看刀车和床弩谁先发动。

夷国的兵士大声呼喝，推动刀车发起第三次进攻，几十人同时奔跑，激得沙尘漫天飞舞，遮天蔽日，让本就阴霾的天气更加压抑。

刀车以凌厉的攻势冲向了城门，像是个势不可挡的猛兽。颜君旭望着这一幕，原本悬着的心忽然平静了，在他眼中，以疾速运转的刀车慢得如同静止，在一寸寸向前移动。

当它离城门只有一丈多远时，他猛地握紧了拳头。与此同时，曲铭大叫了一声"放箭"，粗壮的箭携着雷霆万钧之势冲向了刀车，激起罡风阵阵。

两股巨力相撞，发出"砰"的一声巨响，刀车被巨箭射中，最脆弱的上半部分已经裂了道口子，侧翻在地。

莫秋雨立刻又指挥兵士装箭，第二次的箭竟同时射出两只，刀车转动不便，兼之形状庞大，像是个靶子般竖在演武场中，眨眼间便被粗壮的箭射成了两截。而更有推车的兵士躲避不及，也被箭射中，立刻身首异处，血染沙场。

床弩攻击的速度极快，眨眼间便连发了十几箭，一只只巨箭宛如摧枯拉朽般将刀车撕成了碎片，还将夷国的兵士射死了几名，刹那间空地上便一片狼藉，鲜血横流，连风中都弥漫着刺鼻的腥气。

观战的华国人起初还高声喝彩，但当战况越发惨烈时，喝彩声也变得越来越低，还有胆小的姑娘被这残忍的一幕吓得晕了过去。

"一战，华国胜！"振聋发聩的锣声骤然响起，盖过了夷国兵士的呻吟。

站在高台上的明帝满意地坐回了王座，赞许地朝国师点了点头。

颜君旭也是第一次看到如此惨烈的杀戮，当夷国的兵士拖来草席，捡走地上的断肢残臂时，他强忍着才没吐出来。

而安如意年纪最小，吓得脸色惨白，连站都站不住了，拉着他的衣袖道："怎么办啊？如果到了第三战，我若出战，会不会也惨死沙场啊？"

"不会，如果第二战仍是我方胜利，'白泽'根本不用出战。"一贯漫不经心的方思扬，凝着脸安慰他，"而且'白泽'如此强大，根本不会输。"

虽然华国胜了首战，颜君旭却丝毫不觉得欢喜，从夷国要求改成三战制时，他就隐约觉得不安，如今在看到横尸遍野的惨状后，这不安越发强烈，像是一匹藏在心底的野兽，几乎要将他吞噬了。

冷风萧瑟，积云如同铅块，沉甸甸地坠在天边，也压在每个人的心头。细碎的飞雪漫天飞舞，将所有人都困在苍茫的天地熔炉之中，无人能逃脱出这张命运的网。

第二战随着鸣锣声拉开了序幕，跟第一战一样，双方都推出了盖着油布的机关。

这次由华国先揭开机关，是一个折叠的，宛如帘幕似的庞大机关，黝黑而沉重，静静地搁置在马车上。此为几人商量决定后，而做出的守城机关。

此墙名唤"鸱吻"，以坚硬又避火的老竹制成，用颜君旭在《公输造物》上学得的，以河底黄泥加胶做成的涂料层层厚涂，又由方思扬绘上了避火神兽"鸱吻"的图案。置于城墙上，可抵挡火攻和箭矢。

夷国见他们的机关古怪，但猜也猜得到这并非是用来进攻的，也揭下了蒙着机关的油布。

飘飞落雪中，只见油布下露出一个一丈来长，两尺宽的铁箱子，上面嵌着一个头部尖尖的金属管，管子后还有一根细细的手柄，似是用来操纵控制的。

曲铭和莫秋雨从未见过如此奇怪的机关，两人低声商议，不知该如何应对。

可颜君旭在看到这机关的一瞬，半个多月来，藏在心底的不安突然如地底岩浆般蓬勃涌出。

"是黑水……他们如何会得知黑水的……"他喃喃自语了一句，突然像是想到了什么，奔到了曲铭身边，急切地道，"快跟夷国那边说，此机关一旦启动，不可再添黑水，以一箱燃料为界。否则我们也会不停地换'鸱吻'墙，此战将绵绵无尽，不知何时方休。"

曲铭诧异地打量着这青涩而激动的少年："你说这是个火焰机关？可我们也没有准备更多的'鸱吻'呀。"

"就按君旭说的做吧，他们又不知我们有多少'鸱吻'，此乃'兵不厌诈'。"莫秋雨也赞许地点了点头。

曲铭将颜君旭的意思告诉给了传令官，果然对方高台上的荻秋皱了皱眉，他似乎真的想以持久战取胜。但听说华国也准备了不少鸱吻机关，也只能勉为其难地答应了。

进攻的鼓点再次在夷国的阵营中响起，华国的几十名兵士出列，爬上了高梯，将'鸱吻'挂在了木制城墙上。'鸱吻'乃龙之第九子，是传说中吞火的神兽，方思扬的精心描绘的鸱吻，周身都覆盖着碧绿鳞甲，赤眼金爪，在漫天飞雪中栩栩如生，似要从竹片中跃出来，吞没世间业火。

雪愈发大了，华国的王孙公子们坐在伞下观战，在看到这威武壮丽的鸱吻墙时，皆忍不住喝了声彩，为方思扬精湛的画工倾倒。

鼓点响过，十几名夷国士兵跑到了铁箱子前，掏出火折，点燃了机关前段宛如鸟嘴般的管子，另有一人在后面不停地推拉着手柄。

刹那之间，管中喷出了一条火舌，像是条鲜红的巨蟒般凑近了鸱吻墙，瞬间就将墙面烧成一团漆黑。

"此墙能撑住吗？"坐在高台上的明帝李睿，皱着眉问向国师。此战虽然不如第一战精彩，但却更令人心焦。

"撑不住，此战必败无疑。"国师长长地叹了口气，"鸱吻墙可挡硝石火药，连火箭也不怕，可哪能抵挡烈火持续的灼烧呢？"

"看来……也只能用朕的'白泽'了……"李睿朝国师道,"传令下去,让安如意做好准备。"

演武场上,颜君旭站在漫天飞雪中,紧张地咬着手指。火焰燃烧的"噼啪"声,宛如老鼠般啃噬着他的神经,风雪中都弥漫着一股焦臭的气息。

如今只希望他们精心制作的'鸱吻'能多撑一刻是一刻,起码要将对方燃料箱中的黑水耗尽。

所有人都凝神观望着喷火的燃烧机关,偌大的演武场安静得宛如无人之地,只有风声呼啸不停。

'鸱吻'被烧了一个长约两尺的大洞,随即威武神兽身上的鳞甲片片剥落掉下,有华国兵士不畏死地扑到了火焰前,眨眼间就被烧成了个火人。在兵士们的惨烈的哀号声中,鸱吻墙已经变成了一张焦黑的网,最终这网也断了,携着一团庞然火焰,像是个燃烧的神兽般,张开双臂扑在夷国的喷火机关上。

夷国兵士吓得纷纷丢下机关掉头便跑,跑得慢的便被烈焰吞噬,烧得在地上不停地打滚。

随即传来轰然一声巨响,喷火机关竟然爆炸了,热浪掀起庞大的气流,将木制城墙炸出了个大洞。

"二战,夷国胜!"尖锐的锣声宛如一把锐利的刀,割在每个华国人的心弦上。

战场比上一战更为惨烈,初战时庞然如坚不可摧的木墙,此时已在雪中摇摇欲坠。

虽然'鸱吻'墙被烧毁,但万幸的是它的残骸落下时也引爆了喷火机关,已是出乎所有人预料的最好结局。

眼见第三战即将开始,颜君旭忙催促身后的安如意快去更衣操纵"白泽"。

"不!我不去!我后悔了,战争太可怕了,我不该贸然地自请参战……"安如意坐在地上,抱着头颤抖地说,"我不想死,求求你不要逼我!"

曲铭看他这模样,气得胡子都翘起来,一路小跑过来,抓起他的衣领就给他一个耳光,"你再不去,我就禀明皇上,说你临阵退缩,立刻将你斩了!"

安如意捂着肿起的脸,嘴巴一扁,竟然哭了起来,流露出娇生惯养的富家公子本色。

曲铭眼睛血红,急得还要打他,却被颜君旭拉住了扬起的手。

"算了,如意还小,我去吧!"他脱下外袍,里面穿着柔弱贴身的皮革衣服,正是操纵"白泽"专用的革衣,"咱们如此逼他,就算他上了战场也无法全力发挥。"

方思扬惊讶地道:"你早就准备好了是吗?难道猜到安如意会临阵脱逃?"

"没有……"颜君旭不好意思地挠了挠头,"我只是想万一需要候补呢?毕竟是演武比赛,什么事都可能发生。"

曲铭拍了拍他的肩膀,勉励道:"好孩子,你一定会活着回来……"

他说到一半,语声已经哽咽,似在为他担忧。

颜君旭朝他行了个礼,又跟方思扬拥抱了一下,像是之前数次一样,义无反顾地转身离去,奔向了死神的怀抱。

方思扬望着他远去的背影，也忍不住擦了擦眼角，小声道："哎，怎么有雪花落到了眼睛里，真是讨厌……"

颜君旭一路跑到了位于华国机关队伍最后方的"白泽"身前，熟练地打开了操作间的暗门，但当他钻进暗门之前，还是恋恋不舍地看了一眼连绵不绝的山峦，和宛如水墨画般动人的雪景。

这可能是他最后一次看到雪了，雪花似也感知到他的眷恋，温柔地落在他的身上，宛如片片碎玉。

最令他遗憾的，是仓促之间没来得及跟珞珞告别。她来去如风，也像风一般无拘无束，或许离开自己这个只懂机关的傻书生，会活得更逍遥快乐吧。

而且如果他死了，她就能再无挂碍地取走灵珠，是他们这段缘分最好的结局。

已有兵士在催促他，他走进了操纵间，紧紧关上了金属暗门。

雪落如花，仿佛将整个世界都笼罩在一片幻境中，杀戮和火焰都在雪中变得不真实。华国的观众蜷缩在风雪中，似乎连心都被冻结了，第二战失利挫败了他们的锐气，而心情最沉重的，莫过于坐在高台上的长平公主李盈了，她绷着一张俏丽高傲的脸，眼如寒星，恨不得将夷国的兵士瞪出个窟窿。

而就在这时，地面震颤，从他们身后传来"咚咚"巨响。她激动得站起来，向身后望去，只见一个银色的机关武士，正向他们走来。

它像是一条劈碎了浪涛的白鲸，又像是一只划破苍空的鹏鸟，带着不容置疑的强大力量，穿越风雪而来。

华国的观众看到"白泽"，先是愣了一下，随即欢呼着鼓起掌，高傲的官宦少年们激动得爬上了栏杆，多情的少女们捂着嘴，流出了激动的泪水。

"白泽"走到明帝所在的高台前，屈膝朝他行礼。它庞大的身躯为他低头，更显出他的尊贵荣耀。

"去吧！去为朕，为华国，取得无上荣光！"李睿站起身，举起酒杯，将杯中的酒倒在了脚下，以示为它践行。

"白泽"起身离去，只迈了几步，便站到了演武场中央，如一座不可跨越的玉山般，站在了城墙之前。

夷国的兵士却丝毫没有气馁，就在颜君旭做准备时，获秋不知何时已经离开了己方负责发信号和瞭望的高台，取而代之的是个留着络腮胡子的老兵。

老兵举起了红色绣狮子旗帜，在半空中晃了一晃。而在华国的高台上，兵士也举起了红色的绣龙旗帜。

红色旗帜在本次演武中代表两国力量最强、最尊贵的机关，在第三战中，双方都要竭尽全力了。

跟"白泽"的早早亮相不同，夷国的机关拖延着久久不出场，引得观战的众人嘘声一片。

颜君旭坐在操纵间中，只觉得越来越气闷，恨不得推开暗门去透口气。对方仿佛知道"白泽"的弱点，才有意拖延。

渐渐的围猎场中嘘声迭起，一辆黑黝黝的机关小车才从夷国的队伍中开出来。这是一个怪异至极的机关车，机体是圆圆的，乍一看像个螃蟹，还嵌着四个圆球状的轮子，让它跑起来速度飞快。

这个怪里怪气的小机关车，在"白泽"面前显得如此渺小，宛如一只老鼠在仰视着大象。

华国的人皆忍不住放声大笑，笑声在山峦中回荡，如海潮般连绵不绝。可坐在操纵间中的颜君旭，额上却渗出了冷汗。

他想到了在初次改造"白泽"时，跟方思扬的对话。彼时方思扬正埋首画图，边画边感慨道："'白泽'如此强大，在这世间该没有对手了吧？"

他皱了皱眉，挠头答道："那可未必。"

"怎么说？"

"你还记不记得，咱们在白鹭书院时，夫子曾给我们讲过南诏之战？南诏有象军，横行林中，无往不胜，后来有军师出了个主意，以老鼠克制象军……"

"老鼠？"方思扬抬起头，诧异地问。

"没错，如果'白泽'将体型庞大、行动缓慢，以力量为绝对优势的'白泽'比作大象的话，那么克制它的并非是另一个更大的机关，而是如老鼠般行动迅疾，且携带着高伤害力武器的机关。"当时他还轻松地答道，"不过除非对'白泽'极其了解，否则没人能想到这个办法。"

仿佛为了印证他的心声似的，在空地上跑来跑去的球形车上，弹出了两个一尺多宽的锋利齿轮。

齿轮像是它的两只螯足，在冷风中转动不休，他只低头看了一眼，便知对方也用了血石驱动的动力机关，仅以人力根本无法达到如此快的转速。

球车加足力量，疾向"白泽"冲去，颜君旭操纵着"白泽"抬起脚去踩它，却一脚踏了个空。它沉重的腿踏落在地，发出"咣"的一声巨响，像是一道平地惊雷，震到了每个人的心里。

此时雪越发大了，天幕上层云密布，如铅块般摇摇欲坠。黯淡的光线中，过了午时也无人觉得饥饿，所有人都全神贯注地看着演武场上的激斗。

"踩死它！踩死它！"

"用手按呀！"

围猎场中，华国观战的少年们在振臂高呼，但很快他们的声势就越来越低了。

因为任谁都看出了不对劲，庞大的白银甲虽力大无穷，但辗转腾挪却十分笨拙。它踩了几次也踩不到灵活的球车，甚至拔出剑来也无法砍到对方。球车巧妙地在它如擎天之柱的双腿间盘旋，"白泽"提剑来砍，很容易就会误伤自身。

而且它还不时地齿轮在"白泽"的腿上割一下，每次切割都会在坚硬的盔甲上留下一丝裂痕。

甲胄的缝隙中溢出缕缕白烟，那是"白泽"的动力机关过热了。

明帝李睿紧张地握紧了拳头，李盈再也顾不上尊严，提着长裙走下高台，紫色裙摆曳地，宛如雪中盛放的牡丹，一双美目含着盈盈秋水，关切地望着雪中战况。

在操纵间里的颜君旭，遇到了生平最大的危机，狭小的空间中，温度急剧升高，空气越来越少，他每喘一口气，都累得大汗淋漓，胸口如针扎般疼痛。

观战的方思扬，也急得摩拳擦掌，不知该如何是好。跟颜君旭一样，当对方灵动敏捷的机关小车出场时，他就知此战必败无疑。

如今只能想办法给机关车设置障碍，才能阻止它不停地破坏。他离开华国的阵营，贴着演武场的围栏行走，走到孔雀笼旁停了下来。

此处是"白泽"视线最好的地方，他要给颜君旭打手势，让他想办法在地面踩出几个坑，把机关车陷进去。

风雪之中，他刚刚要举起手，便听耳边传来一个熟悉的声音："快点告诉我，如何开启机关甲胄身后的暗门。"

贰拾 疑窦丛生
YIDOU CONGSHENG

观战的人群中，混着个身材高大，双眉浓密的男人，他身穿黑色大氅，将自己紧紧地包裹。大家的注意力都被"白泽"吸引，谁也没留意到这男人是何时来的，又是何时混入人群之中。

风帽下，露出他藏不住的方方的下颌，他仰望着"白泽"，眼中满含向往。怪不得长老费了那么大力气，也要得到机关术，原来竟能做出如此强大的机关甲胄。

此人正是蓝夜，他也懂些机关术，怎能错过机关演武？但他的目光在演武场中转了一圈，就落到了高台之上，站在皇帝身边的国师身上。这个消瘦颀长的老头，手中也有《公输造物》，他越看越觉得心痒难耐，仿佛饿狼看到了一块摆在眼前的肥肉。

他悄无声息地离开了人群，向高台的方向走去。风雪是他的屏障，场上激斗的机关分散了卫兵的注意力，转眼之间，他就如鬼魅般来到了高台近处，仰视着身穿紫色官服，身材消瘦的老人。

国师蒋华璋也想到了制止夷国机关的办法，他急得直搓手，却无法把信息传递给颜君旭。

他跟李睿说了一句，忙向站在瞭望台上的传令兵走去。其实他可以派别人来传达命令，但此事事关重大，关系到华国成败，他万事求稳妥，决定亲自跑一趟。

风雪茫茫，长袍绊脚，他在两位亲兵的搀扶下，好不容易来到了传令台下，突然眼前银光闪烁，竟然有一物疾向他腰间袭来。

两名亲兵忙抽刀保护国师，可哪里是蓝夜的对手，瞬息之间就被打倒在地，血溅当场。

"快说！《公输造物》被你藏在了哪里？否则我现在就杀了你。"蓝夜狞笑着，"你只有一息的时间。"

国师却根本不怕他，微微一笑，指了指自己的脑子。蓝夜突然明白了他的意思，他心下一横，一鞭就向国师抽去。他宁可毁了这本书，也不想长老得到。所谓飞鸟尽，良弓藏，如果长老拿到了所有的书，等待自己的不知将是什么。可眼见这一鞭就要将国师打得脑袋开花，斜里却飞出了一柄弧形的刀，"唰"的一下将他的长鞭荡开，重重地落在雪地声，激起了雪花飞溅。

卫兵们发现有人偷袭，也拿着刀枪纷纷赶来保护国师。蓝夜一见这刀，便知那晚的神秘女人也在左边。他知再难下手，转头奔入了风雪中。一时间华国的阵营乱成一团，兵士们纷纷叫嚷着捉拿刺客，就连演武场外的观众的目光都不由向皇族们所在的高台处聚拢。

皇帝的贴身侍卫金甲卫士怕有人浑水摸鱼，刺杀皇帝，手持长刀将高台围了个水泄不通。

混乱之间，无人再关注演武场，一个红影从雪中蹿出来，轻盈地跳上了"白泽"的后背。"白泽"仍在跟机关球车周旋，但它的动作越来越慢，似随时都会倒在地上。

操纵间里的颜君旭，浑身被汗水浸透，视野也渐渐模糊。他知道自己就要死了，但即便如此，也要坚持到最后一刻。突然有沁凉的风吹进来，风像一只温柔的手，抚慰了他昏沉沉的头脑。他急切地吸了几口气，干瘪的肺被清冷的空气填满，头脑也变得清晰起来。

仿佛溺水的人被拉上了岸，他贪婪地呼吸着，只见一抹红影携着雪花从暗门中钻了进来。

但见她身量纤纤，琥珀色的美目神采奕奕，唇边还含着一丝调皮的笑容，却正是珞珞。

颜君旭见到她几乎要哭出来，扁了扁嘴："珞珞，我是不是要死了？快把灵珠拿走吧，如此起码你还能活下去……"

"呆瓜！说什么死啊活啊的！你是不是憋太久，把脑子憋坏了？"珞珞抬手就给了他一个爆栗，笑道，"我是帮你捉老鼠的，你就知道扑啊打啊，难道连如何捉老鼠都忘了？"

颜君旭突然抬起了头，才发现自己如此愚蠢，他在看到机关球车时就因恐惧失去了神智，只知使蛮力，而不会用巧思了。

华国阵营的骚乱已被平息，观众又聚精会神地看着演武场。可令他们失望的是，方才还竭力战斗的"白泽"，竟然呆呆地站在空地上，一动也不动。倒是夷国的球车趁机忙碌不停，用齿轮锯起了它的左腿。

华国这边个个心急如焚，李睿在高台上团团转，围观的人喊破了嗓子，几名亲王也坐不住了，纷纷冲下高台，跑到近处观看。而最激动的就是长平公主李盈了，她泪流满面，如果不是有贴身侍女拉着她，估计她会冲到演武场中。在这绝望的时刻，操纵间里的颜君旭却喜气洋洋，珞珞关上了门，跟他挤在一起，两人商量着如何捉"老鼠"。

"方思扬的意思，是让你利用'白泽'体型的优势弄些障碍，卡住它的轮子，便能将它一举歼灭了。"珞珞微笑着偏着头，"但是我觉得这法子太笨拙了，而且天寒地冻的，挖坑谈何容易？"

"鼠夹子！"颜君旭脑中灵光一现，惊喜地说道。

"没错！真是个聪明的家伙。"珞珞开心地拍了拍手，"但是你得在夹子上放点诱饵。"

颜君坐直了身体，再次启动了"白泽"。

蒸汽从甲胄的缝隙中冒了出来，方才还呆若木鸡的"白泽"又动了，它抬起左腿，想要躲避机关球车。而就在这时，可怕的事情发生了，它被锯了一半的腿承受不了如此大的冲力，竟然发出"咔咔"巨响，它的左腿竟然断了。"白泽"轰然倒地，如玉山倾倒，激起一片蒙蒙雪雾，可即便如此，它仍张开双臂，保护着身后的城墙。

操纵球车的正是荻秋，球车中也很闷热，他金色的长发已经被汗水浸湿了。但高温也无法阻挡他膨胀的野心，棕黄色的双眼中，闪烁着残忍的光芒。情报都很准确，"白泽"已经倒下，只需要将它位于腹部的动力机关破坏，它就会变成一堆废铁，而自己轻易就能赢得这次比赛。

他嘴边挂着残忍的笑，加速冲向了倒在地上的"白泽"，瞅准了"白泽"腹部的缝隙，将齿锯准确无误地插了进去。

在场的华国人都倒抽一口凉气，而夷国的阵营传来了热浪般的狂欢呼叫。机关齿距是为了拆解"白泽"特制的，他又仔细背记眼前庞大甲胄的机关结构，还没等"白泽"的手抓到自己，他就将球车撤离，换了个角度又冲了上去。

这次他的齿锯落在了跟上次同样的地方，坚硬的盔甲被打破，他准确地命中了动力机关。

汩汩的沸水从甲胄中流出来，"白泽"的蜂鸣声消失了，它的手软软地落下，头歪到了一边，变成了一摊废铁。

李睿不可置信地站起来，也跑下了高台。但根本没人留意天子的举动，所有人关切地望着演武场上的"白泽"，它周身银盔，如书中的祥瑞神兽般高贵强大，此时它却动也不动，任落雪将它覆盖。

围观的人中已经有少女忍不住悲伤，发出了恸哭之声，哭声引得笼中的孔雀和白鹿都随之发出悲鸣。

"白泽"输了，夷国三战两胜，华国不仅失去了鹿城，还有娇艳美丽的长平公主。

公主李盈看到这一幕，眼中现出决绝目光，她从衣袖中抽出把金柄匕首，就要刺向自己的脖颈。

"鸣金！鸣金！鸣金！"夷国的队伍中掀起了声浪，他们在催促华国敲锣的人宣告这场战斗的结束。

荻秋没想到自己如此轻易就取得了胜利，他满意地要将机关齿锯从"白泽"的机甲中拔出来，即便他胜利了，也要当着华国人的面，将这被他们奉为神祇的机关甲人割成碎片。

可他发动机关，齿锯一阵轰鸣后，竟然纹丝不动，似卡在了对方的铁甲中。冷汗滴入他的眼中，视野变得模糊，他急切地擦了把汗，再次发动机关，可齿锯仍然拔不出来。

恐惧在他的心底浮现，宛如潮汐退却后，狰狞在月光下的可怕海兽。

而下一瞬间，他突然听到了熟悉的蜂鸣声，方才还瘫倒在地的"白泽"，竟然动了。

他惊恐地睁大了双眼，像是一眼看到了自己生命的尽头。为什么？为什么他明明已经破坏了动力机关，这可怕的甲胄竟然还能动？

战局的扭转只在一瞬间，瘫倒的"白泽"身上再次冒出了白气，它一把抓住了被卡在自己腹部的球车。两手将它捧起，用尽全力扔了出去。

球车携着呼啸声飞出了演武场，发出一声轰然巨响，重重落在十丈开外的雪地里，摔得变形扭曲，成为一摊废铁。

夷国的狂欢戛然而止，变故发生得太快了，所有人都不知这一切是如何发生的，为什么眨眼间就由胜转败？

过了一会儿，华国人才意识到己方的胜利，发出震耳欲聋的狂欢，声音一浪高似一浪，宛如潮水般要将猎场淹没。

"呵呵……他怎么能想到呢？"坐在操纵间中的颜君旭擦了擦头上的汗，长长吁了口气，"我改装了'白泽'，给它装了一个备用的动力机关，还好这事儿几乎没人知道。"

"哼，我就知道你会留一手。"珞珞刮了刮他的鼻子，赞许地说，"老鼠这不就捉到了！"

雪落如花，颜君旭望着被雪染得苍茫一片的山峦和林木，心中却没有一丝喜悦。

只有深深的恐惧，如刺骨寒风般吹进了他的心底。

风雪如晦，夜色沉沉。夷国的兵士们坐在温暖的厅堂中，脚下放着装满了炭火的暖炉，桌上摆着各色点心，都是紫云城的特产。可他们却个个面容枯朽，阴沉着脸一言不发。

两个身穿白袍的医师在厅堂和卧房间奔忙不休，他们急得满头大汗，但也无力回天，朝呆坐在宽大木椅上的荻川道："他实在是伤得太重，从那么高的地方摔下来，内脏都破了，便是太阳神也救不了他了。"

荻川原本双眼木然，宛如行尸走肉，听到此话突然跳起来，疾向卧房奔去。

卧房中燃着十几支手臂粗细的明烛，将狭窄的房间照得如同白昼。可他一走进去就闻到一股浓郁的血腥气，血气被炭火的热气一蒸，闻着令人作呕。

宽大的木床上，锦绣缎被浸染鲜血，床上躺着一个人。但此时他看起来已经不像个人了，原本俊美的脸高高肿起，嘴中全是血沫，昔日顾盼神飞的蓝眸，也变成了深灰色，像是荡漾在阴霾天空下的海水。

"哥哥……"荻川走过去，跪在床前，拉住了荻秋的手。他的手绵软无力，仿佛身上的骨头都碎掉了，整个身体宛如一堆败絮。

"情报错了……"荻秋虚弱至极，声音低得宛如一声叹息，"我活不下去了……"

荻川已经无法说话，他将头抵在哥哥的手背上，咬着牙强忍住了眼中的泪水。

"你要替我，打败华国……不要……让可恶的家伙们得逞……"荻秋抽搐了一下，突然不知哪里来的力气，将身上盖着的锦被掀起。

当花团锦簇的锦缎落地之时，他也长长地吐了口气，呼吸随之停止，灰茫茫的双眼微微睁，似满含着不甘和对命运的怨怼。一直压抑忍耐着的荻川，此时才敢放声大哭，守在厅堂中的夷国人，听到哭声都纷纷跑了进来，哀悼着刚刚逝去的年轻勇士。

荻川哭了一会儿，从靴中拔出匕首，将哥哥金黄色的发辫割下来，缠在了手腕上。

"我发誓，一定要打败华国，杀了颜君旭那小子！"他跪在地上，咬牙切齿地说。

而窗外的夜色里，却炸开了一朵朵五颜六色的烟花，缤纷的烟花驱散了冬夜凄冷，照亮了黑暗，也照进了夷国人血红的双目中。

恰逢除夕，京城内外正大肆庆祝，守岁迎新。

烟花照亮了郊外的围场，也将雪中的京城照得晶莹华美，宛如天上宫阙，更照亮了颜君旭和珞珞满含欣喜的双眼。

机关演武结束后，华国兵士凯旋，声势浩大，进入京城后百姓皆夹道欢迎，街道上流光溢彩，京城的居民无不喜气融融。安如意的父亲浑不知儿子临阵脱逃，还以为他立了大功，特别在主街上铺了十里红绸，迎接入城的机关队伍。

明帝龙颜大悦，决定首开先例，要在春熙殿中赐宴，与今日参加演武的功臣们共度除夕。合宫上下张灯结彩，就连宫女们也都换上了淡红色绣金云纹衣裙，在飞雪中忙碌不休，宛如一朵朵凌霜傲雪的红梅。

颜君旭对着机关能忙碌几个时辰，可对着人他就多说几句都会脸红，趁宫宴还未开始，便跟珞珞一起在暖阁中躲懒。天幕尽黑，飞雪如漫天散落的梨花花瓣，两人推开花窗，看着夜空中的火树银花，只觉白日里险象环生的机关大战竟宛如幻梦。

横流的鲜血、烧焦的尸体，狰狞的刀车和喷火的火龙，似都被欢喜祥和的氛围冲散，变得缥缈而模糊起来。

珞珞伏在窗沿上，秀发如云，娇俏地看着颜君旭："经此一战，你这个呆瓜更会受到重用，会不会平步青云呀？"

颜君旭用力摇了摇头："我不想当官，只想研究些对百姓有益的机关便好……"他说到一半挠了挠头，以轻不可闻的声音说，"若是你能陪在我身边，就更好了……"

珞珞的耳朵高高竖起，听得清清楚楚，却又装作没听到的模样："你在说什么呀？大点声，此处又没有旁人？"

但颜君旭却死活也不肯再说一遍了，两人笑闹了一会儿，珞珞依偎在他肩膀上，才想起来说正事。

"有一件事很奇怪，机关演武之时，我怕涂山会的黑狐捣乱，特意藏在了不远处的树林中观战，哪知竟没有发现黑狐的踪迹。"

"哦？那不是很好吗？"颜君旭却没觉得有什么不妥。

"涂山会多年来在华国根基颇深，甚至要潜入朝堂，是要作乱祸国吧？怎么会放过机关演武这么好的机会？如果此番华国输了，便免不了一场战争，他们趁乱掌控国家，岂不美哉？"

她说得头头是道，听得颜君旭只有点头的份儿。

"而且虽然那个可怕的蓝将军又出现了，但他的目标是国师，还是想抢夺《公输造物》，难道涂山会的人跟你一样，是个痴迷于机关的呆瓜？"珞珞皱着秀眉，百思不得其解。

颜君旭叹了口气道："听你这么一说，有件事我也觉得奇怪，此番演武中，夷国使用了黑水机关,而且最后一战怪里怪气的机关球车,明显是为了对付'白泽'的,如果我方不用'白泽'上场,他们的球车根本无用武之地……"

珞珞眨了眨明媚的大眼,低声问:"有奸细?"

颜君旭轻轻点了点头,叹道:"或许涂山会没把功夫做在表面,毕竟太过明显。"

想到此节,他们脸上的笑容消失,取而代之的是忧心忡忡。

门外响起了的敲门声,是有人来催促颜君旭赴宴了。珞珞单手扣住窗沿,窈窕的身子轻轻一跃,已经跳出了暖阁。

窗外雪落如花,转眼就将她的身影淹没在梨花瓣般的飞雪中,只留下一串奇怪的足印。足印起初是少女的蔷薇缎鞋的印子,渐渐就变成了梅花般的足印,消失在苍茫雪夜。

颜君旭忙打开暖阁的门,只见方思扬身穿件金棕色的毛大氅,连浓眉长睫上都覆着层白霜,正笑着站在门外。

"宴会快开始了,别人都忙着应酬交际,偏你会躲懒,窝在这暖和的地方看烟花。"

"我又不像你那么会说话,为免麻烦,还是少说几句的好……"颜君旭拿起厚厚的棉披风,跟他走出了房间。

因是除夕,皇宫中遍是欢庆的气氛,廊下的蜡烛也都换成了掺着甜腻香气的红烛,驱散了浓漆似的夜色,也为方思扬深棕色的头发,白皙的肌肤镀上了一层金辉。

颜君旭望着他颇有夷国风情的长相,脑中不受控制地想起了李睿曾说过的话,他说即便在皇宫中,也不可万万轻信他人;更想起了战前他跟方思扬闲聊时,曾说过的老鼠与象的故事;以及曾在人鱼湖火烧黑狐机关的黑水。

恰在此时,一朵绚烂的焰火在空中炸开,宛如在漆黑的绸缎上,绣出了朵蓬勃怒放的金菊。

光线照进方思扬的眼中,让他瞳仁中一抹幽暗的蓝,熠熠生辉如湛蓝的宝石。颜君旭忙别过脸去,像是被那幽幽的蓝光刺痛了心,手也不由捂住了胸口。

方思扬丝毫没有看出他的异样,为避免耽搁宴会,拉着他在皇宫中跑了起来,有禁军看到这两个少年在宫中放肆地奔跑,知道是皇上心尖上的红人,也只摇头一笑,并未制止他们。

洁白的雪似要洗清他心中的疑虑,落在他身上,扑在他的脸上。瑰丽的烟花飞焰下,他望着方思扬爽朗的笑脸,两人赶考以来的惊险历程,凝固在心底的寒意,像是阳光照耀下的冰晶般,消融于无形。

贰拾壹 人心难测
RENXIN NANCE

春熙殿是皇宫中常见的待客之地,是诸多宫殿中最为奢丽明亮的一座。今晚的春熙殿更是被布置得宛如人间仙境,虽然门外细雪飘飞,殿中却温暖如春,角落中随处可见盛开的鲜花,浓郁的花香熏得人昏昏欲醉。

李睿也未着龙袍,换上了绣金丝蝠纹的淡紫色锦袍,是借此家宴与众臣亲近之意。

席间坐着的都是参加了此次机关演武的臣子,坐在下首首席的是国师,之后依次是曲铭和莫秋雨,颜君旭和方思扬因资历尚浅,位置在他们身后。而安如意自在演武场受了惊吓后,就发起了高烧,一直在太医的陪伴下养病,缺席了宴会。

席间觥筹交错,美食美酒流水般端上来,曲铭每吃一箸就忍不住点评两句,一张嘴就妙语连珠,惹得众人忍不住发笑。

依据华国礼仪,在皇上面前要端正行止,否则就是御前失仪之罪,但今晚李睿龙颜大悦,酒一杯又一杯地喝下去,时而开怀大笑,谁还敢追究他的罪名?

宴席过后,又有宫廷内的舞姬表演胡旋舞、拓枝舞,舞姬们姿容秀丽,身段婀娜,跳的舞也如诗如画,裙摆翩跹彩带飞扬,将偌大的春熙殿变成了一幅旖旎瑰丽的画卷。可惜席间众人皆是爱好机关的,对歌舞一窍不通,除了偶尔点点头,露出些赞许神色的国师外,只有方思扬神采奕奕,双眼一刻也不离神女般的舞姬,还向颜君旭借来了草纸和炭笔,边看边临摹着佳人们优美的姿态。

时至亥时,庆功酒宴方才结束,工部经此一役声名大噪,兼之明帝又表现出要在全国推行机关术，提升武力的想法，更是令工部的年轻人摩拳擦掌，跃跃欲试。

颜君旭垂着头，在内监的带领下离开了宴席。演武之战已经结束，像曲铭和莫秋雨在宫外有住处的，都可以离宫回家暂歇，方思扬多半是要去找月曦，他挠了挠头，似乎也只能回到莫秋雨借给他暂住的闲院。

他跟在内监身后，万分不舍地又看了眼雪夜中的皇宫，被积雪装点过的宫殿晶莹高洁，宛如天宫之景。

几名内监提着风灯，为他打着伞，伴着他向宫门走去，可寂静的夜色中，竟传来了急促的马蹄声。

皇宫乃是禁地，连禁军侍卫都不能骑马，谁敢在宫中策马狂奔？众人连忙驻足停步，只见一个英姿飒爽的金甲卫士，骑着一匹黑马疾驰而来，正是明帝李睿的贴身侍卫风生。

"皇上请颜大人移步，去紫宸殿一叙。"风生翻身下马，朝他行了个礼。

风雪如晦，颜君旭的心惴惴不安，不知在这个辞旧迎新的雪夜，天子为何要单独召见自己？

除夕夜，辞旧迎新，京城的百姓家家户户张灯结彩，女人们剪窗花贴春联，孩童们在街上燃放爆竹，将漫天飞雪也染上缤纷的华彩。

几只黑狐矫健地跃上墙头，在积满了落雪的屋脊上跳跃奔跑，向京城中的某处汇集而去。

接着更多的黑狐从四面八方奔过来，跳过高高的围墙，消失在深深庭院之中。

黑狐们如百川汇海般钻进了庭院中一处隐蔽的地道里，落雪很快就淹没了它们的足迹，庭院复又变得幽深静谧，松树在风雪中傲寒而立，假山嶙峋如怪兽，点缀了这风雪之夜。

地道之中别有洞天，虽通风稍差，却温暖而干燥。上百只黑狐钻进甬道，长满黑毛的爪子一落地，就变成了一个个身材瘦小，精悍强干的黑衣人。

他们悄无声息地在甬道中穿行，很快就来到了一个宽敞的厅堂。厅堂建得如同宫殿，高高的穹顶上，以七彩宝石缀着北斗七星，壮观而耀目。

通明灯火下，厅堂宽大的木椅上，正坐着个身穿黑袍，戴着银色狐狸面具的男人。他的肩膀上还装饰狐爪形状的银色盔甲，显得他既威严又魁梧。

他的身侧各站着一个机关木人，拱手捧着两个木匣，灯光照在木人的脸上，虽五官栩栩如生，皮肤上却遍布木纹，看起来十分诡异。

"机关演武已经结束，一切都在涂山会的掌握之中，将来我涂山会必将威望更胜，无往不利！"他举起酒杯，声音低沉而沙哑，鼓舞着座下的黑衣人。

黑衣人们皆面露欣喜，齐声高呼："涂山会万岁！长老万岁！我涂山黑狐一族繁荣昌盛，绵延万代！"

厅堂中的地面传来"咔咔"轻响，地板弹开，缓缓升上来十几张木桌，上面摆满了美酒佳肴。黑衣人们席地而坐，欢天喜地地用手抓取着菜肴，行止粗鄙，毫无礼节。

身穿黑袍的长老看他们大快朵颐的模样，满意地点了点头，走进了厅堂后的甬道中。

悠长的甬道由青石铺就，在白烛的照耀下，散发着青幽幽的光，宛如蛇腹。而在灯光照不到的暗影中，站着个身披青色披风的人。

"都安排好了吗？"长老轻声问道。

"如您吩咐，在演武之时已经布置完毕。"对方低声回答，声音沙哑。

"有些功夫未必要做在表面，迷茫的小鸟已经飞进了笼中，接下来我们只需斩断它的羽翼，就能将它牢牢抓在手心里，拿到我想要的东西了。"

青衣人低着头，斗篷下露出小巧秀气的下颌："可是这世间，真的会有'天雷'和'地火'吗？"

"公输子是个谨慎稳妥之人，连张供世人膜拜的画像都不肯留下，怎么会留下三本书？如果怕机关术失传，他大可广招徒弟，或者将书编纂详尽，放在一处，他却特意将书藏在了不同的地方，明显是在掩盖什么。我想来想去，估计只有'天雷'和'地火'的奥秘。而且书都在他生活和居住过的地方，要想找到书，必须了解他的事迹，跟他的精神共鸣……"长老轻轻地说，"此人深谋远虑，即便他已死去百年，他的灵魂仍然在指引着他的追随者，找到他深藏的宝物。"

青衣人点了点头："明白了，属下定当竭尽全力助您完成大业。"

"还有一件事我很忧心……"长老摘下了狐狸面具，却仍将脸藏在暗处，"哎，只有在你面前，我才能露出真面目透口气，便是面对蓝夜我也不敢呢。说起蓝夜，过去很多事不告诉他，是怕他性子鲁莽，如今他分外不听话了，竟然在演武时贸然行动……"

"长老在忧心什么？"

"此次演武，夷国的表现很奇怪，他们似知道华国的一举一动似的……"他轻轻地吐出了三个字，呼出的气也化为白烟，"有奸细！想办法查出来是谁。"

青衣人一声不响地离开了，像是他来的时候一样诡秘。长老叹了口气，也戴上了面具，缓缓离开了。甬道在烛光的照耀下，泛出青幽幽的光，如蜿蜒的青蛇般，通向了黑夜的尽头。

紫宸殿虽然狭窄，却布置得温暖舒适，也无珠玉金器装点，乍一看与寻常人家并无不同。

颜君旭跪坐在紫宸殿中，鼻翼间萦绕着松木的香气，炉中响起了炭火燃烧发出的噼啪声，这都让他恍如回到了自己位于山下小镇的家中，像是被一只看不见的温柔手臂拥在怀中，眼帘也变得越来越沉。

他昏昏欲睡，在炭火温暖的怀抱中打起了盹，不知过了多久，他猛然惊醒，竟发现年轻的皇帝正坐在案前秉烛夜读。

"颜卿，你醒了？"李睿听到衣摆摩挲的动静，抬起眼看着他，"今日从早操劳到深夜，难为你了。"

"皇上，我这是殿前失仪吧？你不罚我？"颜君旭挠着头，不好意思地问。

李睿搁下笔，从宽大的书案后绕出来，弯腰将他扶起来："你我如此称呼实在是太拘束了，以后朕还是叫你'君旭'吧，你就当朕还是在蜃楼之舟认识的光熙君。"

颜君旭哪敢如此称呼帝王，吓得连连摆手，白皙的脸庞也涨得通红。

"如此深夜召你过来，是有事要与你商量。"李睿坐回书案后，指了指下首一方矮椅，示意他坐在自己身边。

摇曳的灯火映入李睿的黑瞳中，似在他的眼中点燃了一簇燃烧的火，他嘴角向下微撇，问道："此次机关演武，你不觉得夷国占了太多先机吗？从多摩罗王提出三战制时，他们就是在设置陷阱。"

颜君旭的脸登时变得煞白，背后冷汗涔涔，似有冰冷的蛇爬过。

"你虽然性子里有股痴劲，但并不是傻，否则也不会偷偷在'白泽'身上装了第二个动力机关，而且没有告诉任何人。"李睿眯了眯眼，笑道，"所以我才深夜召你过来，你既有此举，就说明我们的担忧是一样的。"

烛光昭昭，照亮了他的心底，他点了点头，无奈地说："一同做机关的都是我的朋友，我实在难以想象里面会有夷国奸细。"

"恶人常常会做出善良的样子，可若不将此人揪出来，怕是会害死更多的人，甚至江山社稷都被动摇。你忍心看到战争爆发，我国的兵士在战场上被敌人杀戮吗？"

颜君旭想到了在莫秋雨院子里看到的走马灯，灯上可怖的战争场景，即便只是凝固的画面，也足以令人心惊。

"我如今能信的也只有君旭你了，最后一战是你操纵着'白泽'险胜，我想你不会拿自己的性命冒险。"

"会不会是狐妖？"颜君旭像是看到了一线光，急道，"咱们这两个月忙着研发机关的人里，可根本没有狐妖。"

"涂山黑狐？"李睿皱了皱眉，"我不那么认为，此人明显跟涂山黑狐不是一路的。演武当日，黑狐也出现了，但却胆大妄为地去袭击国师，如果他们真的想让华国落败，就不必有如此贸然举动，一定会在暗中下手。"他说罢又轻笑了一声，"再说了，涂山狐千方百计要渗入华国朝堂，想要的是控制华国，并不是摧毁华国，否则它们多年来的布局，岂不是白费了？"

李睿跟珞珞的猜想十分相似，颜君旭垂首不语，不知该如何是好。方思扬、莫秋雨、曲铭以及安如意的脸在眼前闪过，他根本不敢想象，这些被他视为挚友的人，会是夷国的奸细。

"你不用为难，我已经派国师去查办此事，应该很快就有结果。你需要做的，就是像往常一样，万万不要对他们任何一人吐露此事。"李睿看出他脸上的悲伤，忙安慰他，"你没有跟谁谈过奸细吧？"

颜君旭连忙摇头，在宴会前他差一点就要去问方思扬了，但心中的怀疑，却融化在方思扬爽朗的笑脸中。

见他神情抑郁，仿佛为了鼓励他一般，李睿唤来了宫女，为他们奉上点心瓜果和葡萄美酒，宫女们巧笑倩兮的姿容，美酒的香气，驱散了压抑沉重的气氛。

此时已近子时，颜君旭心情不佳，喝了几杯酒神智也变得模糊。李睿将手搭在他的肩膀上，笑呵呵地道："朕的皇妹长平公主，美艳过人但性子却很刚烈，已近双十年华，今日机关演武中，朕见她对你颇为中意。等夷国之事平息，朕就给公主指婚，让你做个风风光光的驸马爷……"

他原本醉眼惺忪，听到天子的话，登时吓得清醒了，连一双狐狸眼都瞪得溜圆。

但李睿误会了他惊惧的眼神，以为他被这突如其来的喜悦震惊："皇妹曾在宫外跟你见过，黑龙谷的血石矿也是你发现的，她都在回宫后一一禀报给我。也是因为她的褒奖，朕才对你的机关术感兴趣，出了道为你量身定做的文考之题……"他说到此处，方发现颜君旭仍不发一言，且眼神空茫，似受到了惊吓，忙问道，"怎么？你不愿意？"

颜君旭满心都是珞珞明媚的笑脸，他的心口突然传来了一阵揪痛，如果自己娶了公主，珞珞又该怎么办？她会不会因为缺少一颗灵珠，无法渡天雷之劫？

他朝李睿摇了摇头，弓身拜谢："臣年纪尚轻，况且夷国虎视眈眈，国家尚在危难之时，臣实在不想娶亲。长平公主身份尊贵，定会觅得佳婿。"

紫宸殿的后殿中，传来"啪"的一声脆响，似有物事被砸到地上摔碎。寂静安宁的气氛再次被撕裂，李睿望着跪在地上的颜君旭，叹了口气，坐回到了龙椅上。

颜君旭离宫时已是大年初一的清晨，他深一脚浅一脚地踏着厚厚的积雪，穿越了大半个京城，在晨曦破晓时回到了位于城南的闲院。

昔日破败的院落被装点一新，裂了缝的院门上贴着大红的春联，仅剩枯枝的梧桐树上，缀满了巴掌大的红灯笼。

他推开门，见厅堂的木窗上也贴着喜上眉梢的窗花，厅堂的门微敞，冬日清冷的晨光，像是个顽皮的孩子般跃入室内。照亮了珞珞明媚的脸庞，她正伏在桌案上，桌上摆着一只变得冰冷的烧鸡和几碟菜肴，还有半壶残酒。

看样子她是等了自己一晚，他心存愧疚，又舀了些炭装进炭炉中，将熄灭的炭火点燃。

声音惊醒了珞珞，她揉了揉眼睛，睡眼惺忪地看着他笑了笑："你终于回来了？"

颜君旭想起昨晚在紫宸殿中和李睿的谈话，心中惶恐不安，走过去将珞珞紧紧地抱在怀中。

他们不发一言，灵珠却在两具年轻的身躯中产生了共鸣，赐予了他披荆斩棘的勇气。

窗棂上冰花闪烁，刺痛了他的双眼，可只要有珞珞在身边，前途即便再艰难，他也无所畏惧。

贰拾贰 完美罪证

最近位于边境的鹿城颇不太平，十几年来的和平，让这座小城像是野草般蓬勃蔓生着。它是位于华夷两国间的枢纽，忙碌不休的商队，将华国的丝绸和瓷器源源不断地运往夷国和其他的国家，又将夷国盛产的宝石和珍稀马匹，运进了华国，像是个心脏般，为邻近的国家输送着新鲜的血液。

商业繁华，使此地不仅有正规的贸易市场，黑市也随处可见，商人中不乏金发碧眼的夷国人，还有黑皮肤的商人，在兜售着最近价格飞涨的矿石。

谁也不知道，那些驻扎在离鹿城二十里的夷国军队是何时出现的，大概是在入冬前后，他们就如乌云般悄无声息地降临了。高大的林木是他们的掩体，他们沉默而危险，宛如藏在海面下的巨鲸，随时都会浮出水面，吞噬游弋的鱼群。

但他们很守规矩，并不越过境一步，更不会骚扰互市的商人们，时间一久，百姓们都放松了警惕，可嗅觉敏锐的商人们，却在悄悄囤积制造武器的工具。

天气渐寒，鹿城依旧宛如母亲宽广温厚的怀抱，接纳着来自世界各地，形色各异的商旅。

没人发现，一个裹着白色裘皮的神秘女人，孤身出现在了城中。她并不住店，只跟当地的百姓打听着附近的风土人情，在抵达的当天，就如闲云野鹤般远离了人群，来到了位于鹿城附近的一座荒山中。

此山高耸而荒僻，是传说中的火神栖息之地，山脚下黑林悚然，山腰间却遍布凝固的岩石，植被也甚为稀少。大家只知道这山曾在百年前冒出冲天大火，融化的岩浆绵延十几里，宛如死神般收割了所有它经过之处的生命。从此这座山便被认为是不祥之地，被一位见过此惨剧的僧人命名为"那罗伽"，即是梵语中"地狱"之意。

身披白裘的女人，如一朵轻云般登上了那罗伽山，奇怪的是，这植被不生的山中，竟然有灵敏的黑狐在岩石间奔跃。她异常灵敏，总会在黑狐即将到来时，躲到岩石之后，巧妙地藏起了自己的身形。

越往山顶走，黑狐的数量越多，到了一个环形山口时，竟有百只之众。狐狸们宛如卫兵般竖起双耳，幽绿色的眼中满含警惕，巡视着光秃秃的山。

她不知使了什么法术，将身体变得如雾气般稀薄，随着山顶萦绕的云雾潜入了环形山口。山口中温暖而潮湿，洞窟口处竟还长着点点野花，跟山口外凄寒的冬日形成了鲜明的对比。

洞中满是积水，她踏进水中，暖意融融的水浸漫了她的脚踝。昏暗的水底似藏着奇异的生命，她凑近看清晰后，惊骇得睁大了双眼。

女人拉下了白裘上宽大的风帽，露出了尊贵美丽的脸，她虽看起来年逾六旬，却仍风姿绰约，正是青丘的狐族族长。她从怀中掏出面铜镜，将水中的景象照入镜中，随即化为烟雾，随风而去。

除夕之后，所有的官员都有七日的假期，颜君旭和珞珞也迎来了在京城度过的第一个新年。他们根本无暇休息，先是受到了国师的邀请，让他们去国师府中小住。颜君旭哪敢拒绝，珞珞更是觉得国师府比这简陋的闲院舒服多了，两人高高兴兴带着简单的家当搬了家。

接下来的几天，曲铭和莫秋雨又盛情邀请他去赴赏梅宴，但在宴席中两人望着满园的红梅却愁眉不展，原来住在京郊的夷国机关队伍，竟提出因雪山崩塌，回去的道路受阻，他们要逗留到道路上的冰雪消融之时。所谓请神容易送神难，现在朝中上下都担忧携带着机关武器的队伍会对京城构成威胁，又不敢明说，只等出了正月就找个借口将这些瘟神们送走。

跟曲铭和莫秋雨的忧心忡忡不同，方思扬和安如意的邀请就轻松愉快多了，他们从不谈国事，方思扬带着他们赏遍京城胜景，安如意则是个标准的纨绔子弟，专门领着他们往戏院、柜坊中玩乐，而且为了投珞珞所好，他还包了座酒楼，请了京城最有名的师傅，专门为她烹饪各种以鸡鸭为主的菜肴。

虽然他不敢再对珞珞有非分之想，可看着她的眼神仍充满仰慕，像是个孩子眼巴巴地仰望着自己无法企及的玩具。

变故是在初七的清晨发生的，当日清晨，天还蒙蒙黑，月曦就出现在了桂香阁，将尚在酣睡的颜君旭吓了一跳。他睡觉时只穿着贴身衣服，慌张地拿着被子左遮右挡，可月曦却根本无视他的狼狈，坐在地上就号啕大哭。

珞珞从楼上下来就看到颜君旭衣衫不整地跟个少女拉扯不休，气得秀眉倒竖，不由分说一巴掌朝颜君旭打去。

◇ 君子，命中有狐 ◆

"喂，是她突然跑到这儿哭的，关我什么事啊！"颜君旭捂着被揍得生痛的脸，终于明白什么叫"人在家中坐，祸从天上来"。

月曦哭得眼睛红肿，楚楚可怜，仿佛又变成了在人鱼湖中彷徨无依的小美人鱼。颜君旭想到两人初识时，她宛如精灵般躲在水洼中的模样，一肚子的气登时消了，关切地问："你突然来找我们，是有急事吗？"

珞珞在看清月曦的脸之后，才知道自己误会了颜君旭，眼珠一转就猜到了原委："是不是方思扬出事了？他怎么了？"

月曦点了点头，擦干泪水，美丽的面容也变得皱巴巴的："他、他今早被一队禁军带走了，说他私通敌国，是夷国的奸细……"

"什么？"颜君旭和珞珞异口同声地惊呼。

颜君旭顾不上害羞，将被子一抛，抓了件衣服就往身上套，他要去找国师，还要去面见皇上说明一切。经过几个日夜的思考，他已经能肯定方思扬不可能是夷国的奸细。

可他去找国师，却被告知国师天还未亮就去上朝了，至今未归。珞珞和月曦已备好了马车，三人一同赶到皇宫，却连宫门都无法靠近。

机关演武结束，他自由进出皇宫的令牌早就被收走，此时眺望着红色的宫墙，宛如一道险峻巍峨的高山般无法逾越。

"我等不了了，谁要去求那愚蠢至极的皇帝，我要去找父亲，让他出手救思扬。"月曦气得一跺脚，就要转身离去。

"喂，你若是贸然将他救出来，方思扬的冤屈就洗不清了，所有人都会以为他是夷国的奸细，他如此高傲，怎能忍受自己被万人唾弃？"颜君旭忙拉住她的衣袖。

"本姑娘才不管！"月曦一把将他甩开，"你们这些人类总讲究些没用的虚名，要是没了命，气节骄傲还有什么用？"

她说罢长袖一挥，激起千层积雪，如浪般扑到了颜君旭脸上，颜君旭被雪蒙住鼻眼，费了好大劲才抹掉了满脸的雪，再看长街上只有来往的百姓，美丽的人鱼少女早已不知去向。

从方思扬被抓后，情势便急转直下，国师进了宫就再没回来，曲铭和莫秋雨也被困在宫中配合调查。没丧失自由的只有安如意一人，但他除了胡乱说废话之外，没有丝毫用处。

两日后，方思扬与敌国通信的消息不知如何从大理寺的牢狱中流传出来。家中存着他的画的达官贵人纷纷将画烧毁，书画世家的名声一落千丈，连他父亲和祖父的作品都受到牵连，只有大慈悲寺的影壁上，仍留着他的飞天作品。但为了避免香客们将怒气撒在寺中，主持也不得不用红布盖住了影壁，以求暂时平安。

而自那晚之后，李睿再也没有召见过颜君旭，他一筹莫展地坐在桂香阁中，望着夜晚的雪色发呆，终于明白什么叫"君恩如水向东流"。

风雪之中，颜君旭和珞珞并肩站在城北大理寺牢狱外的柏树上，看着下面的光景。深牢大狱,砖墙坚硬厚实得如同铁铸,重重围墙中亮着几盏幽暗的灯,缥缈宛如鬼火。

珞珞乌发上束着蔷薇花金环,背上背着颜君旭新为他做的焦尾琴,樱色锦裙在夜风中飞扬,宛如一朵绽放在冰雪中的蔷薇。

颜君旭冻得脸色铁青,双手死死地抓住身边一根树枝,生怕脚一滑就从树上跌下去。

"这大理寺的监狱也不过如此,轻轻松松就能将方思扬救出来。"珞珞指着巡逻的一队卫兵,"卫兵每隔一个时辰交班一次,交班之时就是机会。"

"若……若是将他贸然救出,岂不是坐实了奸细的罪名?他……他不会同意的。"颜君旭抽了抽鼻涕说。

"你怎知他不想出来,我们先探探再说。"珞珞摸索着右手拇指上的蓝宝石戒指,自从得到了无瑕的一部分力量,她的胆子也大了许多。

她一把拖住颜君旭的胳膊,纵身一跃,将他带离了树枝。颜君旭只觉身体飞速下坠,忍不住要高声尖叫,连忙用手捂住了嘴巴。

两人"扑通"一声落在了墙根下的雪堆中,刚一落地,便听到了交班的梆子声响彻夜空。

珞珞拉着他便往牢房中摸去,也不知她使了什么伎俩,看守牢门的狱卒睡得深沉,或倚着门框,或躺在地上,宛如死人一般。其中一个被颜君旭不小心踢了一脚,居然也未醒,只是不耐烦地翻了个身。

颜君旭起初还惴惴不安,但越走胆子越大,还轻轻地呼唤方思扬的名字。两人找了一刻钟的工夫,才终于在牢狱的最深处找到了方思扬。

不过短短几日,昔日风流倜傥的方思扬已经变得憔悴不堪,头发散乱地坐在牢房肮脏的暗角,在看清是他们之后,慌忙站起来,扑到了牢门前。

跟其他牢房不同,关押他的牢房是以坚固的花岗岩砌成,牢门也是铸铁造就,只在门上留了个一尺见方的窗口,供狱卒送来清水和饭食。

"我就知道你们不会丢下我不管……"方思扬将脸贴在窗口,急切地道,"我是冤枉的,我不是奸细……"

他的脸遍布泥污,两颊凹陷,哪里还有高洁出尘的模样?只有一双幽蓝色的眼睛仍明亮如昔,最终他满含希冀的目光也变得黯淡了:"月曦呢?她,她是不是不理我了?毕竟我如今是阶下囚,不再是众人追捧的'画仙',想来已经配不上她……"

"你放心吧,她去人鱼湖搬救兵去了,要去找你那本领高超的泰山岳父劫狱……"珞珞连忙安慰他。

她话未说完,方思扬便连连摇头:"不,我不能逃走,那样的话我就坐实了奸细的罪名,天下再大也没有我的容身之地,连我方氏一族都会受牵连。"

"我也是这样想的,一走了之虽然容易,却后患无穷,最好是能证明自己的清白。可是我不明白,为什么你会被指认为奸细?"颜君旭见他跟自己想到了一处,忙好奇地问。

"你竟不知?"方思扬诧异地问,但他很快就明白了,"哼,是不是他们见你我交好,所以才什么都不告诉你。"

颜君旭失落地低下头，他不敢再看方思扬消瘦憔悴的脸颊，更不敢告诉他方家如今已受牵连，而自己连进宫面圣，为他申诉都不可能。

"你相信我不是奸细？"

"当然……"颜君旭点了点头，"虽然你我谈论过老鼠和大象的事，但只有你知道我在临近演武时为'白泽'多加了个动力机关，因为图纸是你为我画的，连曲大人和莫大哥都对此事一无所知。如果你是奸细，不会对夷国隐瞒如此重大的秘密。"

方思扬眼中含泪，从铁窗中伸出手，紧紧握住了他的手："幸好你还相信我，说起我被诬陷，是因为一幅画。"

"画？"珞珞皱了皱眉。

"是的，听说除夕夜，我们前脚刚离开皇宫，住处就被皇上派出的侍卫彻查，从我的房间中搜出了一张机关图纸。"

颜君旭猜到了端倪，颤抖地问："难、难道，是夷国球车的图纸？"

方思扬点了点头，悲痛地阖上眼帘："对！而且图纸画得十分详细，一看就是出自我手，对方模仿我的运笔习惯，手段高明至极。就连我自己，在看到那张画时，都觉得百口莫辩……此人心思极重，看画上的墨迹，应是早在我刚入宫时就准备好了，坐实了我是看到'白泽'后，才想出此球车的罪名。"

"你放心，我一定会去见皇上，将我知道的都说出来，为你洗清冤屈！"颜君旭也紧紧抓住他的手，激动地说，"我明天就去城门下跪，他若不见，我就不起来！"

珞珞琥珀色的眼珠一转，心中顿生一计，悄声朝他们道："不用那么麻烦，你只需让人传一句话，皇上必会见你。而且我想了个法子，保管真正的奸细会自投罗网！"

两人都不敢相信有如此好事，都诧异地看着她。珞珞凑到了牢门的小窗前，朱唇微启，说出了自己的计谋。

她的絮语如诗篇般在冷夜中流淌，仿佛被赋予了魔力，颜君旭拧成一团的眉毛缓缓舒展开来，而方思扬疲惫失落的眼中，也逐渐现出奕奕神采。

当晚颜君旭和珞珞连夜赶回了国师府，还好忙碌了一天的国师已经回到了府中，而且还招待他们在厅堂见面。

颜君旭为方思扬焦虑了几日，终于有人肯听他说话，如竹筒倒豆子般将能证明方思扬清白的理由一股脑都倒了出来。

珞珞也对国师说出了自己的计谋，国师沉吟了一会儿，又拿出紫竹算筹，在桌上摆了又摆，苍老的眼中隐含精光，轻轻点了点头。

"胜算有七成，可以一试！待我明日面见皇上，再做决断。"

次日颜君旭在桂香阁中像是只热锅上的蚂蚁般在狭窄的院子里转个不停，珞珞被他晃得头晕眼花，心中烦闷，索性翻墙跃出国师府，去集市上排忧解闷。

可她刚刚走出国师府外的高墙，便被一只斜里伸出的手拉住了。

珞珞受惊,刚刚要掏出藏在衣袖中的匕首,却见那人容貌清冷出尘,不苟言笑,居然是久未谋面的狐妖无瑕。

无瑕竖起手指放在唇边,示意她噤声,拉着她便跃上了房脊,两人在寒风中奔走,冬日冰冷的阳光,宛如寒厉的剑光铺天漫地地洒下来,冻凝了珞珞的心。

无瑕走的路她竟无比熟悉,甚至连街边的铺子都是她经常光顾的,街角卖烤鸡的大娘,曾经每天都会为她特意留一只荷叶鸡。

最终他们停在了一个雅致的小院外,淡淡的幽香从门里传来,连寒冬都在香气中变得轻柔。

她望着门上的翠竹牌匾,不由惊讶地低呼了一声。正值新年,门外还挂着盏风雅的美人灯,灯上美人衣裙上沾了薄薄的积雪,似披件了雪裘华服,使她低垂着的头,含笑的红唇,都变得神秘而惑人。

午后的冬阳,恰似慵懒的目光,透过花窗照进了桂香阁。焦灼不安的颜君旭,也终于等来了他期盼已久的消息。

大理寺传出了风声,据说方思扬是被陷害的,他找到了能自证清白的办法,而且这证据一旦找到,便能抓到真正的奸细。

此消息一出,书画店的老板再次挂出了藏在箱底的方思扬的画,而且价格还翻了倍;昔日跟方思扬来往密切的人在龟缩了许久后,终于敢踏出家门;京城茶馆中的说书先生编出了各种关于他的怪谈,而且一个比一个离奇,最甚者说他是夷国圣女之后,身负异能,只需看谁一眼,便知那人心底的秘密。

流言不胫而走,随着寒风吹遍了京城,散落在每个人的耳中。一时之间,方思扬风头无两,上到皇亲贵胄,下到平民百姓,几乎无人不知他的大名,比中了文科状元时还风光。

如此两日过去,颜君旭却愈发焦灼不安,因为珞珞再次不告而别了。跟之前不同,两人没有发生任何口角和误会,她就如一片自由的云般飘离,也如云一般消失在天边,杳无踪迹。

他特意去了闲院一趟,在木人手中发现了珞珞留下的信笺,纸上画着一双潦草的鸡爪,代表的是她因急事不得不离开。

珞珞有事出走,方思扬也被诬入狱,此时他才发现自己的机关术竟毫无用处。命运诡谲多变,前几日他还为赢了机关演武而兴奋不已,今日便被困在这狭窄的院子中束手无策。

阴沉沉的天空似化作命运的影子,沉甸甸的,像是个庞大无边的铅块,阻住了他的前路。

贰拾叁 水下巢穴

方思扬在京城中风头无两,成为百姓茶余饭后的谈资,关于他的消息,自然也落入了蓝夜的耳中。除夕前他就一直躲在京城的胭脂楼里,每日不是观赏楼下姑娘们的歌舞,就是在房中闭门不出,摆弄着一块黝黑如铁的岩石。

他并未参加涂山会的除夕宴席,或许是因为心虚,他一见到长老就觉得脊背发凉,那日擅自行动被关在沙牢中的可怖经历,便如梦魇般浮现在他眼前。而也是自从被长老处刑之后,他对涂山会的忠心便不再如从前一般坚定了。

他为了涂山狐出生入死,对长老唯命是从,就算杀了朱雀又如何?那家伙被发现时已经只剩下一口气,即便他不动手也活不了多久。可没想到一直被他推崇如神明的长老,却对他如此残忍,令他心寒齿冷。

也是在那晚逃出生天之后,他才明白,力量要掌握在自己的手中才最可靠。

这次机关演武中,他没有得到指令就去暗算蒋华璋,长老一定会惩罚他,他才不会傻到去自投罗网。

可是出手阻止他的,使着奇怪兵刃的女人是谁呢?她身上没有狐狸的味道,身手却宛如鬼魅,难道就是涂山四相之一的"白虎"?但他从未听说,人类也能在涂山会中身居高位。

人类,不该是被狐妖肆意玩弄,弱小而愚蠢的存在吗?

胭脂楼中红袖添香,衣裙招展,每晚都有不同的节目,换着花样讨好客人。即便是见惯世面的豪商贵族,在楼中夜夜笙歌,也不会觉得乏味。

恩客们总会带来些新鲜的消息，在姑娘们的枕席间流传，即便足不出户，也能得到紫云城里重要的情报。

蓝夜的住处在胭脂楼的最顶层，手下的黑狐们不知他的小算盘，仍像是以往般尊敬他，供他差遣。这晚便有一个瘦小的狐妖，从屋檐跃下，落入他的房中时，已经变成了个鬼鬼祟祟，脸上长着黑毛的男人。

"蓝将军，我听姑娘们说，方思扬这小子知道《公输造物》的秘密呢，他跟姓颜的灾星走得那么近，连做机关的图纸都是他画的，怎么也该知道点什么吧？"

蓝夜眼珠一转，觉得他说得很有道理，但最近接连失手，他不敢贸然行动，便问："你这消息可不可靠，是从哪儿得来的？"

"楼里的桃芳、杏娘儿昨晚陪客时，遇到了个大理寺监牢的守卫，万万不会有错的。"探信的狐妖信誓旦旦地保证。

"你下去吧，我自有安排。"蓝夜朝他挥了挥手，眼中却涌现出笑意。

大理寺监牢中粗壮的栅栏，对他来说如同无物，更不会有人搅局，此行唯一的风险，就是空跑一趟。

就在他为得到宝贵的情报暗自窃喜时，桃芳和杏娘儿两个娇艳妩媚的少女，正躲在暖房中说悄悄话儿。

"你说那人为何让咱们这么说呢？"

"谁知道？反正只要银子给够了就行，总比陪惹人厌的客人好多了。"

"可不是呢，若是天天有这便宜活计捡就好了，不过那让我们传话的公子，看眉眼漂亮得像个大姑娘，不知他何时能再来？"

两个姑娘轻浮的笑像是银铃般飞出了窗外，散落在寒风中，点缀了苍茫的夜。

接连几天，大理寺的监狱都平静得像夏日里无风无雨的水面，但谁也不知道，明镜般剔透的水底，到底藏着怎样的秘密。方思扬风头正劲，居然还有年轻的姑娘们结伴而来，托狱卒为他带进去香囊扇坠等小玩意，以期能成就一段流传于众人口中的风流佳话。

此时已近元宵佳节，紫云城中家家户户都挂着彩灯，在天河旁还设有十里灯街。元宵之夜没有宵禁，更无贵胄百姓之分，京城中的所有人都能在街上赏灯玩乐，直至黎明方休，是一年中最热闹的节日。

颜君旭在国师府中度日如年，踏着积雪来到了大理寺监狱的门外，他心中焦灼，仿佛城中的繁华盛景都跟他无关。为了御寒，他买了包糖炒栗子暖手，孤零零地坐在街边，双眼始终不离大理寺监牢厚重的牢门，没事就从袖中拿出画着鸡爪的信笺看一看。不知为什么，他隐隐有种预感，珞珞一定会在此处出现。

他刚刚剥了几颗栗子，便听身后传来踏雪之声，最终脚步停在了他身边。他又惊又喜，忙回头去看，心中的期盼转瞬便化为泡影。因为雪中正站着个锦衣华服的贵公子，即便他竭力要将圆圆的娃娃脸藏进毛茸茸的围领中，仍然可以看到他脸颊红肿，上面还印着指痕，似刚刚挨过巴掌。

"颜、颜兄……"他萎靡不振，仿佛大病初愈的样子，"小弟是特意来此邀你去喝杯酒。"

"你怎知我在这里？去哪里喝酒？"颜君旭皱了皱眉，无论是安如意在演武场上的表现，还是在方思扬被诬陷后疏远了自己，都让他有些瞧不上这位金玉其外的公子哥儿。

"颜兄随我去了就知道……"安如意还生怕请不来他，将红肿的脸凑到他面前，"你看看这个，不觉得很眼熟吗？"

他忙看向他的脸，只见指痕纤纤，都打在他的下半边脸上，似出自一个少女之手。

他突然明白了什么，激动地说："别耽搁了，快带我过去！"

安如意见他答应，乐得笑开了花，在路上还特意绕到了指定的烤鸡铺子买了两只香喷喷的鸡，更证实了他的猜想。

果然，半个时辰后，他就见到了珞珞，或许是分别了两日，她看起来越发娇俏可人，穿着件簇新的樱色绣金蔷薇的夹棉锦衣，领口滚着白色毛边，裙子也是一色的夹棉绣花裙，梳着个俏皮的同心髻，只在鬓边簪了朵蔷薇玉钗，恍如一位京城的富家小姐，既端庄又文静，只有一双琥珀色的杏眼，仍灵动而满含狡黠，一不小心便流露出她活泼好动的本性。

"珞珞，你跑去哪里了？我好担心！"颜君旭本来为她的不告而别生气，但一见到她，所有的愤怒都被重逢的喜悦冲散了，恨不得拉着她的手将这几日没说的话都一并说了。

"我这不是派安如意去找你了？就猜到你一听到方思扬的动静，就会跑到监牢门口守着，生怕那些藏在暗处的歹人看不到你似的。而且我之所以没联系你，一是怕暴露行踪，二是要留在此处寸步不离地监视。"珞珞笑眯眯地解释这几天的失踪。

颜君旭皱了皱眉，鼻子也抽动了："可你却有空去找他，而不是我……"

"你能帮我在最短的时间内腾空这房子吗？要知道三日前，这家里可住着四口人，两条狗呢。"

颜君旭不吭声了，安如意听到她的话，不由自主地向他们靠近了些，被扇肿的脸上也露出了些笑容。

珞珞瞪了他一眼，似示意他不要凑过来，又朝颜君旭道："所谓'大丈夫不拘小节'，接下来能不能救出方思扬，就要看我们接下来的动作了……你不觉得，此地很熟悉吗？"

颜君旭这才想起一路过来，坊中车流如梭，屋舍相连，还有一家珞珞十分喜欢的烤鸡店铺。

"安定坊？是莫大哥的住处。"他方才心事杂乱，竟完全没有发现。

"没错，至于我这两日在干什么吗……"珞珞拉着他的手，沿着木梯走上二楼，将阁楼里一扇朝南的木窗推开条缝隙，"你看，对面是什么地方？"

颜君旭从窗缝中望去，只见隔着一条小街，是一栋别致的木制小楼，院子布置得文雅秀美，此时正值冬日，院中红梅绽放，傲雪凌霜。而正有一个穿着青色棉袍的女人，正埋头用竹帚扫雪，却是他再熟悉不过的茜桃。

"是听雨小筑？你为何要监视这里？"

珞珞小心翼翼地将窗缝阖上，冬日的阳光透过窗纱照得她长长的睫毛如鸟儿的双翼，在白玉般的脸庞上投下了暗影。

"因为，这里是所有恶的起源……"她长睫微动，叹息般说。

颜君旭倒抽了口凉气，脖颈像是被一只看不见的手攫住，震惊得几乎无法呼吸。昔日被他视为安乐窝的小楼，此时看起来却宛如藏在林中的猛兽，神秘而狰狞。

午后暖阳初绽，被寒风和冰雪裹挟了月余的紫云城，终于在冬日和煦阳光的笼罩下，露出了些温情脉脉的模样。

明日就是元宵佳节，茜桃打扫完院子，就挎着个竹篮出门了。而珞珞第一次现出紧张的模样，抿着小嘴在等待什么。茜桃离开不过片刻，一个裹着黑色披风的女人，也脚步匆匆地离开了。颜君旭看那女人身形正是幽莲，可跟他印象中的不一样，她不再纤弱哀伤，动作敏捷而利落，走路带风，连浑身散发的哀怨之气都荡然无存。

"无瑕成功将她引出去了！"珞珞见状又惊又喜，朝颜君旭道，"呆瓜，想不想探探她的老巢？"

颜君旭总觉得珞珞是哪里搞错了，幽莲怎么会是一切恶的始作俑者？她温柔而美丽，又有伤心往事，是个该被人捧在手心痛惜的美女，她跟方思扬连见都没见过，又为何要陷害他呢？

他糊里糊涂地跟在珞珞身后，走进了空无一人的听雨小筑，楼里的一切他都无比熟悉，两人就来到了二楼。

二楼是莫秋雨和幽莲的住处，只有经过莫秋雨的允许他才会上来，而且每次都是在莫秋雨的卧房中研究机关。但这次珞珞却毫不犹豫地走向了幽莲的住处，一个门口悬挂着水晶珠帘的房间。

"等等，你是不是搞错了……怎么会是幽莲？"房里传来淡淡的香气，光线透过藕紫色窗纱，洒在房中，流露出浓郁的女性气息。颜君旭脸色一红，止步在门外，怎么也不肯走进去了。

珞珞也不理他，走进房中转了一圈，但见屋中除了张舒适的绣床贵妃榻外，还放着个梨花木雕花衣柜和梨花木妆台，更有一具琴架，上面摆着张古筝。房间的装饰以紫色、灰色为主，既温柔又不失雅致。

"喂，你快进来帮我看看，这屋子里是不是有密室机关？"她眼珠一转，轻轻地叫着颜君旭。

果然，方才还在门口徘徊的颜君旭，在听到"机关"二字之后，兴冲冲地跑了进来。

他从随身携带的破布袋中掏出了只小木槌，在四面的墙壁上敲了敲，最终停在了衣柜前。

他仔细观察着衣柜，果然找到了可以搬动的痕迹，他蹲在衣柜旁，握住一块凸起的木块，轻轻一用力，沉重的衣柜就轻而易举地被推到了一边，露出了个一人多高的洞穴，里面还装着木质的台阶。

此时即便他再不想怀疑幽莲，也无话可说，这藏在衣柜后的通道，已经说明了一切。

"快下去看看！"珞珞拉着他钻进了洞穴，逐级而下，还不忘顺手将衣柜拉回了原处。

颜君旭只觉心不受控制地"怦怦"乱跳，跟在珞珞身后，只走了十几个台阶，就来到了一个密室中。

这只有上面房间的四分之一大小，四面无窗，即便在白日里也是黑漆漆的一片，他过了好一会儿，才慢慢适应了黑暗。

珞珞见状拉住了他的手，暗示他跟她调整心跳和呼吸的节奏，果然过了片刻，笼罩在眼前的黑暗如雾气般消散了，他又像是在蜃楼之舟上一样，获得了夜视的能力。

"你看，墙上的是什么？"

颜君旭顺着她手指的位置看去，只见西边的一面墙上，竟然挂着十几种武器，有常见的刀剑匕首，还有链子枪等他叫不出名字的兵刃，而挂在正中央的，是两柄如新月般雪亮的弯刀。这怪异的兵刃他太熟悉了，正是在沉水亭跟蓝夜交战的神秘女人用的。

"再看看别的。"珞珞又走向了一个五斗柜，拉开了抽屉，抽屉里装满了大大小小二十余个瓷瓶。

颜君旭拿起其中一红色瓷瓶，只见上面用小楷写着"鹤顶红"三字。他吓得忙将瓶子放回原处，再拿起其他瓶子看，果然都写着各色毒药的名字。什么"断肠草""鸩毒""迷魂散"之类的，看得他头皮发麻。

他环顾着这间弥漫着杀意的密室，不知有多少人被这些武器和毒药夺走了性命，晦暗的阴影中，似站着冤死的鬼魂；墙板的缝隙中，仿佛渗出浓腥的鲜血。他的心缓缓沉了下去，如果幽莲是个如此可怕的女人，那莫秋雨呢？他视为亲人的莫秋雨，会不会也是如此？

珞珞又查找着密室中其他的物事，先是在一面墙上发现了个能观察外界的活窗。拉开这扇巴掌大的精巧木窗，刚好可以看到一楼入口的动静，如果有人进门，便能立刻察觉。

接着她又还在一个精致的铺着干花的木匣中翻出了几截人骨，吓得她忙将骨头放了回去。装着匣子的柜子里，还放着个纸卷，她小心翼翼地打开，只见那是一幅画，画上的是个十岁左右的男孩。

男孩的乱发在头顶梳成一个小髻，脸上流露着灿烂的笑容。她收起纸卷，冷笑了一声。这魔鬼般的女人，竟也跟她说过真话，看来她确实有个失散多年的弟弟。

"想不到幽莲的真面目竟是如此……"颜君旭不敢再碰房间中的任何物事，心有余悸地打量着房中各色杀人工具，"你是如何发现的？怎么突然就怀疑到她的身上。"

珞珞拿起一支袖箭把玩，缓缓说道："你入宫之后她就来闲院找我聊天，似要打听些关于宫中机关的事，那时我才知道，她的家乡竟是鹿城，而她跟弟弟也是在鹿城最惨烈的那场战争中失散了。一个来自鹿城的女人，身世奇异，又对机关感兴趣，甘心做工部员外郎毫无名分的情人，你不觉得奇怪吗？"

颜君旭挠了挠头，他想不出其中的联系，心中却更加钦佩珞珞。

"之后我又跟无瑕打听，发现了一件了不得的大事，你曾说过她是因一件凶案被毁了容，还毁了嗓子，才不得不离开了烟花之地？"

"没错，天香楼的香奴儿曾说过，此事当时在紫云城中闹得沸沸扬扬，若不是那凶徒在争斗中被划破了脖子，怕是连她的清白都被玷污……"说到这香艳而惊悚的旧闻，颜君旭的声音不由自主地低了许多。

珞珞冷笑一声，将袖箭挂回墙上："毁容的是她自己，而凶徒也是她杀的。那人只是个可怜的替罪羊，不知她是在哪里找到的一个痴迷于她歌声的男人，不但一刀割断了他的喉管，还将这泼天的罪名安到了他的身上……"

"啊？她竟是自毁容貌？"

"是啊，当时应该是发生了什么事，让她急于从青楼脱身，才想出此计，毕竟没人会留下一个毁容又失声了的歌姬。她付出的代价虽大，却是最妙的法子，对自己都如此手段毒辣，怎能是个寻常的女人？"

颜君旭刚想接话，便听头顶传来了隆隆轻响，他跟珞珞体内灵珠相互呼应，不仅是视觉，连听觉都敏锐了许多。

这正是有人推开了沉重的衣柜，机关轮轴发出的声音。密室中逼仄狭窄，连个藏身之处都没有，两人躲无可躲，吓得脸色惨白。楼梯上传来"吱嘎"轻响，似有人正逐阶而下。

在这千钧一发之时，颜君旭悄无声息地一步就窜到了装着木窗的墙前，手指飞快地在墙面上摸索，果然找到了一个能扣动的机关。几乎在女人走进密室的同时，颜君旭和珞珞的身影，也消失在了墙壁的缝隙之后，被推开的墙壁又缓缓合上，天衣无缝。

他们浑身冷汗，蹲坐在密室外，连大气都不敢喘。院子里寂静得只有风声，吹得树叶沙沙作响，花灯在阳光下摇曳生姿，却无法给这阴森的院子装点上颜色。

"弟弟呀，姐姐为何找不到你呢……"门板中传来幽莲阴沉如呜咽的低语，还夹杂着"簌簌"轻响，她似乎在摆弄着装着人骨的匣子，"不过很快了，很快我就能找到你，就在明天。你不是喜欢看花灯吗？姐姐带你去看花灯……"

她说的话如此体贴，却令颜君旭和珞珞毛骨悚然，他们大气也不敢喘，紧紧贴着木墙站着，拉住了彼此的手。

不知过了多久，密室中再无声息，小楼上又响起了幽莲婉转徘徊的歌声：问莲根，有丝多少，莲心为谁苦？

昔日听来哀怨凄美的歌，此时却如地狱魔音般令人心惊胆战。两人踏着歌声的节奏，悄无声息地走出了小院，当站在院外，望着忙碌来往的行人时，笼罩在心中的阴森森的恐惧方才褪去，恍然觉得又回到了人间。

贰拾肆 JUZHONG ZHIJU

局中之局

次日冬阳初升，紫云城便被笼罩在热闹喧嚣的气氛中。天公作美，这个元宵佳节晨起便有轻云缕缕，到了中午果然下起了尘沙般的细雪。换了往日做生意的商人，搬运重物的脚夫都会咒骂天气，但今天就不同了。

"正月十五雪打灯"向来被视为祥瑞之兆，连皇宫中都为这雪欢欣鼓舞。明帝李睿一大早就去祭天，祭祀结束时雪飘然而下，皇上龙颜大悦，整个礼部都因这场雪得到了赏赐。

到了傍晚，天色刚擦黑，家家户户便张灯结彩，稍具规模的商户，甚至在店铺前摆上花灯车，招揽得客人络绎不绝地光顾。

紫云城中各处都洋溢着祥和喜悦的气氛，除了一个地方，就是位于城北的大理寺监牢。

守卫和狱卒们都提不起精神，毕竟在这阖家团圆的时刻，他们也不能回家休息，更无法喝上一杯暖酒。缤纷的灯光照得他们心痒痒，难免会让人放松警惕，当夜色深沉之时，紫云城中放起了烟花，已经有守卫偷偷拿出了准备好的酒瓶享用了起来。

犯人们今天也得到了特别的优待，他们不再吃酸臭的食物，每个人都得到了一块老鸡肉，还有一个沾满了肉汁的肉饼。

所有的犯人都吃得开心满意，毕竟他们中的有些人活不到春天，只有近日处于漩涡中心的风云人物方思扬，抱膝坐在牢狱的一角，对丰盛的晚餐看都不看一眼，一副愁眉不展的抑郁模样。

三日前珞珞孤身翩然而来，将一个罐子交给他，还特别嘱咐如果这两日若有人来监狱里杀他，便将这罐子的盖子打开，放到那人身上，他的冤屈便可昭雪。

罐子是整块玉石雕成的，上面有个淡淡的蜘蛛的图案，他心事重重，没事就摆弄着罐子，既期盼来人替他洗清冤案，证明自己的清白，又怕自己弄巧成拙，丢了性命。

他茶饭不思，恍如游魂般等了两日，越发憔悴了。直至元宵佳节，牢狱内外仍没有任何动静，他迷迷糊糊地靠在冰冷的墙壁上，进入了梦乡。

这一睡不知过了多久，隐约听到了有人撬锁的声音，那声音大得如同打雷，显然对方根本无惧于狱卒和巡逻的卫兵。

他也被巨响惊醒，只见坚固的牢门已经被撬开了一半，一个庞大的黑影正钻进他的牢房。

那人足有八尺高，肩膀宽阔得像一座山，兼之穿了件黑色的头蓬，身形高挑的方思扬，也被衬托得似个瘦伶伶的豆芽菜似的。

牢狱里太小了，他躲无可躲，一下就被这巨汉掐住了脖子，像是只被鸭子衔在口中的小虫，生死就在一瞬间。

借着纷乱的火光，他认出对方正是在人鱼湖畔见过的那位蓝将军，更觉得自己只有死路一条了。

"说，你是不是知道《公输造物》的秘密？"可蓝夜手上并未使劲，急切地问道，"书上是不是有'天雷'和'地火'的制作方法？"

"有！不仅有'天雷''地火'，还有别的玩意儿呢。"方思扬根本听不懂他在说什么，但为了保命只能胡说八道。

蓝夜一把将他拎起来，宛如拎着只小鸡般冲出了牢狱。这是他十几天来第一次来到牢房外，只见高墙之中灯火通明，雪花化为千万只蝶，翩翩然飞舞于北风中。

方才还玩忽职守的守卫，都不再玩乐，拿出了手边的长刀，个个都恢复了精悍的模样，大理寺的监牢里三层外三层地围得水泄不通，墙上还埋伏着手持小型连弩的弓弩手。

"中计了！"蓝夜一见便知今夜凶多吉少，他将方思扬拎在身前挡箭，纵身一跃便跳向了围墙。

方思扬终于明白，皇帝和国师做了个陷阱，而自己便是陷阱中的饵，他心中坦然，觉得十几日来的委屈都不算什么了，便是将自己这条命豁出去也值得。他掏出手中的罐子，将罐盖打开，悄悄扔到了蓝夜身上。可奇怪的是，罐子居然是空的，而且蓝夜也没有受到丝毫影响。

墙上的弓弩手碍于方思扬不敢发射弩箭，蓝夜跃上墙头，一脚就踢飞了两个弓弩手。

方思扬的脚根本踩不住窄窄的墙壁，手舞足蹈地就要跌下去。蓝夜见他这模样，便知带着这累赘根本无法突围，索性将他推到墙下，双足一蹬，已经如展翼的蝙蝠般跃上了半空。

众卫士纷纷大呼小叫地追赶，可哪里追得上？

方思扬摔得屁股生痛，便被人扶起，他一抬头却见扶他的正是颜君旭，而俏面如花的珞珞，正站在他们身边。

"干得不错，把青丘山蛛顺利地放到他的身上，就算这家伙藏得再好，咱们顺着蛛丝便能找过去。"

颜君旭挠着头，皱着眉道："虽然用放假消息的方法引出了敌人，可是为何会是这家伙？不是我们猜的那个人呢？"

他担忧地看着珞珞，因为他们都以为今夜会来的是幽莲，怎么也没想到来的居然是蓝夜。

"或许他们认识？"珞珞也百思不得其解，"咱们先追上去，走一步看一步！"

她说着拉起了颜君旭的手，几乎在跟她的手接触的同时，他便看到了一缕淡青色的蛛丝，如不散的烟气般，飘在漫天飞雪中。

他跟上珞珞的脚步，向蛛丝飘飞的方向追去，身后的卫士们也纷纷追随着他们而去。

方思扬见状也要追上去，可刚刚起身便被两名狱卒按住。

"放开我！你们看到了我跟那家伙不是一伙的，我告诉你们哈，那家伙是个狐妖，而我可是个如假包换的人……怎么钓上了大鱼，连诱饵也不放过呀！我是清白的！"

可任他喊破嗓子也没人理他，短暂的自由稍纵即逝，他又被关进了狭窄的牢房中。

唯一的区别是，这次牢房中多了套干净温暖的被褥，还为他准备了一桌丰盛的酒菜。

他望着这些自己完全不想要的东西，欲哭无泪。

蓝夜这辈子从未如此绝望，哪怕被长老关进沙牢中，他都觉得有信心活下去。可今晚不同，他隐约觉得哪里不对劲，自己似被人算计，跳入了别人早就布好的陷阱中。

他不知到底是哪里出了差错，明明自己走的每一步都是对的？或许……或许从他去抓蒋华璋，在沉水亭失手之时，一切就都变了。

元宵佳节，灯光如海，烟花四起，他在苍茫的落雪中奔跑，不知归路。还好他腿脚够快，一双长腿跑起来像是风一样，简直能追得上奔流不息的时间。吆五喝六的虚张声势的侍卫早就被他甩在了身后，他狼狈跑回了胭脂楼，想取回自己要拿走的物事。

只要拿到了它，他就要脱离涂山会，再也不会回到京城。虽然听说长老心狠手辣，且对叛徒赶尽杀绝，甚至派人追杀一辈子。可那都是以后的事情了，当务之急是保命要紧。

今日的胭脂楼格外华美，小楼的起脚飞檐都挂着彩灯，院子里也满是七彩花灯，远远望去，像是一座矗立在雪中的璀璨花灯，晶莹闪亮令人心生向往。

他不敢走充满了人声和欢笑的大门，而是绕到了僻静处，一个纵越就翻过了高墙，又顺势跳上了二楼的平台。

他在楼上辗转腾挪地跳跃，以期避开所有人耳目，却完全没有发现，一只青色的蜘蛛正趴在他的后领，蜘蛛丝在雪中轻舞，像是殷勤的手，为所有人指明了他的方位。

蓝夜对被跟踪浑然不知，很快就攀到了自己所住的房间，即便没有灯，但他出色的夜视和街上的灯火也能让他看清房中的摆设。

一簇烟花飞升到半空炸裂，宛如在白雪和黑夜中绽开了一朵金色的菊花。花火的光太刺眼了，让他有一瞬间的失明，而就在这短暂的刹那，不知从哪里冲出来一个黑色的影子，扑到了他的怀中。

这一幕恍如昨日重现，在黑龙谷中，就有一个幽灵般的人冲出来，给了他致命的一击。如今可怕的幽灵再次出现，他只觉腹部传来灼烧般的痛，痛得他冷汗涔涔，肌肉也不停抽搐，即便高大健壮的他，也一头栽倒在地，再也站不起来了。

甚至连受伤的位置，都跟半年前那次一模一样。

"你是……"他捂着伤口，望着站在窗口的黑影，试探地询问，"你是白虎吗？"

"哼！算是吧。"

回答他的是个女人的声音，这声音他在哪里听过，却又偏偏想不起来。女人下手更加狠辣，他比半年前那次伤得更重，右腹部被隔开了尺把长的伤口，鲜血汩汩涌出，饶是他身强力壮，也承受不了大量失血，虚弱地瘫坐在地。

女人跃窗而逃，蓝夜用最后的力量抽出了腰间的钢鞭，疾向她后背抽去。他一贯不是君子，惯喜偷袭，何况这可能是他生命中最后一击，银鞭上凝结了他全部的力量，连岩石都会在巨力下分崩离析。

如此挟着雷霆之势的一击，当然不能落空，女人在即将离开窗台时，结结实实地被沉重的钢鞭击中了，她像是一只破败的风筝，轻飘飘地落到了元宵节的灯光中，不知所终。

楼下传来了喧嚣声，像是谁往滚油中浇了开水，呵斥声、求饶声、惊吓的呼声，各色声音一并绽开，吵得人心慌意乱。是颜君旭和珞珞带着卫士们赶到了，宾客和花娘们吓得纷纷奔走而出，上百名卫士转瞬间便将这晶莹闪亮如水晶的小楼围得水泄不通。

蓝夜只觉眼帘越来越重，他似能听到死神靠近的脚步声。不知是不是死之将至，让一辈子横冲直撞，鲜少思考的他，灵台也变得清晰如明镜。

他想到曾在黑龙山谷中，刺杀他的人的背影，在他模糊的意识中，跟女人站在窗前的背影重叠了。在黑暗中，他曾看到过那个人的瞳色，并非华国人所有，而是属于夷国人的眼睛。

他想到了沉水亭那场失败的刺杀，想到了在演武场阻止他的女人，突然凄惨地笑了。

他明白了一切，原来从很早之前，他就是长老的一枚弃子。或许只不是他，连朱雀和玄武，都是长老的垫脚石，他真正倚重的，只有"白虎"。

"咳咳……"他咳了两声，咸腥的血沫从嘴里喷了出来。

颜君旭和珞珞已经找到了他的藏身之处，正站在他的面前。卫士们点燃了屋中的灯，搜索着狭窄的房间，警惕他是否有同伙。

蓝夜望着颜君旭，这个他一直想要杀之而后快的少年，心中却对他产生了异样的感情。

他俊秀而略带稚嫩的五官，微微上挑的双眼，还有那一头乱发，都生机勃勃，宛如藏着希望的种子。过去这傻小子若是站在自己身前，他一定会跳起来将他撕碎。可此时此刻，眼前的少年却是唯一的寄托，是他复仇的火种。

"白虎就是奸细……"他艰难地说道，血沫充斥了他的口鼻，让他说一句都很费力。

可他突如其来的话语，和满含着期盼的目光，却将颜君旭吓得后退了一步。

"白虎是谁？"珞珞却不怕，急切地问。

"眼睛……不一样的颜色……去追楼下的女人……她是白虎……"他的瞳仁涣散,神智已经模糊,但仍执着地要吐露自己知道的信息。

"抓到奸细了?就是他吗?"国师也匆匆赶来,本来皇上不赞同用此计谋引蛇出洞,是他信誓旦旦地担保,明帝才勉强同意,还借了五百名禁军给他。

蓝夜看着包围着自己的人,眼前错落模糊的人影,最终只发出一声叹息:"长老,你骗得我好苦啊……"

他再无声息,双眼圆睁着,同生时一般大,但眼中却再无悲喜嗔怒,像是两枚灰白的蜡丸。

两行清泪,从他苍茫无光的眼中流了出来,最终在冷风中凝固。

又一簇烟火在雪夜炸裂,伴随着城中百姓的欢呼,也照亮了蓝夜的尸体,他高大的身躯软绵绵地瘫在地上,几乎占据了半个房间。

颜君旭望着死不瞑目的蓝夜,长长地松了口气,擦了擦额头的冷汗。方才他如此迫切地望着自己,眼中闪烁的热情让他畏惧,这可怕的家伙,像是要在临死前将所有的生命的力量都转移给自己似的。

"你听到他说什么了吗?他说楼下有个女人是白虎?"珞珞忙跑到窗口,果然在房檐的积雪上看到了几个足印,惊喜地道,"真的有人从窗口逃走,应该就是杀了他的人。"

然而还未等国师命令禁军,便有一个侍卫捧着个木匣来到国师面前,说:"回禀国师,在床头发现了这个,似是他跟同伙联系的信件。"

国师冷着脸打开了木匣,只见里面有块拳头大的,黑黝黝的岩石,而岩石下果然压着几张巴掌大的纸。

"这、这是……"他只看了一眼纸上的字,便惊讶地瞪圆了眼睛,"似乎是曲侍郎的笔迹。"

颜君旭忙凑过去看,果然,纸上的字体浑圆憨厚,确实出自曲铭之手。曲铭还曾为自己别致的书法得意,说是自创的"福圆体",取福德圆满之意。他每次看到这些圆圆的字,便像是看到了曲铭身材圆润,捋着胡子微笑的模样。

"难道奸细是曲大人?不可能!"他刹那间宛如被五雷轰顶,做梦都没想到,还没为方思扬洗清冤屈,就又将曲铭牵扯了进来。

珞珞跑过来拉起他的手,急道:"这是一个局中局,难道你看不出来吗?有人将计就计,将这个鲁莽愚蠢、只知横冲直撞的蓝将军引入监牢,再在他房中留下了证据,构陷曲大人!"

"有道理!当务之急是将逃走的女人抓回来!她应该是始作俑者!只有她才能还方思扬和曲大人清白!"国师眸中精光闪烁,咬着牙道,"禁卫军,听我号令,今晚将紫云城的地皮都翻过来,也要抓住这个女人。"

珞珞拉起颜君旭,纵身一跃,就从窗口跳了下去。颜君旭只觉耳边寒风呼啸,还没等明白怎么回事,双足就已经踏在了冰凉的雪地上。

他被珞珞拉着,如纸鸢般在夜色中奔走,不知为何,他越跑越觉得迷茫,竟觉得自己渺小如虫蚁,被一只看不见的手操纵着,奔向未知的前途。

珞珞鼻子极灵，即便风中都弥漫着爆竹的气息，她还是嗅到了一丝淡淡的血腥味。

"她受伤了，咱们快追，应该能追得上！"她皱了皱眉，急切地说，生怕这神秘的女人重伤而死，就再无人证明方思扬和曲铭的清白了。

原本包围着胭脂楼的禁军，也在国师的率领下，骑着马尾随而来。百姓见到全副武装腰悬佩剑的禁军皆纷纷避让，颜君旭和珞珞也分到了一匹马，两人共乘一骑，走在最前面为禁军带路。

血的气息像是一缕断断续续的丝线，在风中飘飞着，有时珞珞甚至会以为，她是故意留下血气，而不去包扎自己的伤口的，她在引他们过来，或许又是一个陷阱，但此时也只能硬着头皮踏入其中了。

前方的路越走越熟悉，即便灯火将街道装点得如同天宫，他们也认出了这是安定坊。

"听雨小筑！"颜君旭伏在马背上，惊讶地说。

珞珞眯着眼，琥珀色的瞳仁中，流露出野兽的凶性，雪白的獠牙也从她的檀口中生了出来，似已准备好要迎接一场恶战。

跟往日的雅致秀美不同，今晚的听雨小筑，连一盏灯都没有燃起，宛如一个行将就木之人，孤零零地伫立在万家灯火中。

禁军的到来，吓得百姓纷纷奔逃，不过转瞬之间，整条街道的居民都被清空了。方才的喧嚣热闹被肃穆压抑取代，门前的彩灯照亮了禁军的盔甲和刀剑，闪烁出阴森的寒光。

房门微敞，点点血迹如梅花般蜿蜒到门内。禁军们将颜君旭和珞珞推到了身后，拔出长刀，就要推门而入。

"你们退后，让那两个孩子进来……"黑洞洞的小楼，像是只蛰伏的怪兽，从里面传出一个低沉如风吟的声音，"否则，嘿嘿嘿，你们拿不到任何想要的东西……"

国师也赶到了，他纵马上前，朝珞珞和颜君旭摆了摆手，提醒他们不要中计。

颜君旭咬了咬嘴唇，想到了被关在牢狱中的方思扬，还有被冤屈的曲铭，将珞珞推到了国师身边，拜托国师照顾好她。

国师看到他藏在乱发下的坚毅而决绝的眼神，便已明白他的心意，他翻身下马，将珞珞带到了禁军之中。接着他从腰间拿下一柄匕首，交给了颜君旭。

"保重！一定要活着出来。"

"一定。"

他接过匕首放入袖中，青衣迎风飞舞，像是只展翅欲飞的大鸟般遁入黑暗的楼门中。

珞珞望着他风雪中的背影，只觉十分熟悉，似在哪里见过。她偏着头想了一会儿，才想起他的身影竟与璇玑收藏的公输子的画像十分肖似。

他们看似都是文质彬彬的书生，却可以为了自己的朋友，甚至是素未谋面的天下苍生，义无反顾的舍生忘死。

颜君旭一踏进楼中，就闻到了一股刺鼻的味道，那是黑水混杂了火药的气息，浓郁得几乎无法呼吸。

　　他在心中暗暗叹了口气，知道此行凶多吉少，多半是出不去了。一楼的厅堂空荡荡的，只有雪光照亮了黑暗。他小心翼翼地拾级而上，向二楼走去，边走还边摸着随身携带的布袋，想着怎样能就地取材，做出个保命的机关。

　　每走一步，楼梯都发出"吱呀"轻响，在寂静的夜色中听来，像是一声声幽怨的叹息。

　　他来到二楼，只见夜色之中，幽莲正托着腮坐在闺房的窗边，眺望着夜空中的烟火。

　　一袭革制的夜行衣，恰到好处地勾勒出她玲珑的身段，她乌黑的秀发以黑绸高高地束在脑后，像是个随性的少女般，未佩戴任何钗饰。雪光映在她的侧脸上，她长睫微颤，面容坚毅而清冷，再也不是他印象中那目光如泣如诉的幽怨女人了。

　　她就像一只破茧而出的蝶，凭栏倚在窗边，万家灯火和绚烂烟花，都成为衬托她的背景，世间万千华彩，都无法夺去她周身散发的光芒。

　　颜君旭望着这摄人心魄的一幕，不由暗自赞叹了一声，想着若是方思扬在这里，定然会忍不住描摹这美丽写意的景致吧。

　　"没想到你胆子倒大，竟敢一个人来了？"幽莲回过头，只见她脸色苍白，唇边还凝着一抹血色。

　　而她说话的声音也不再嘶哑低沉，竟如黄莺般婉转悦耳。

　　"只有我一人便够了，我是来请姑娘下楼，为我的朋友们洗清冤屈的。"他期盼地望着夜色下的幽莲，觉得她比深沉的夜色更神秘莫测。

　　幽莲笑了笑，眼中神采飞扬："你怎么不问我，为何会害你的朋友？又为何会骗你？"

　　颜君旭摇了摇头："那些我都不在意，无论姑娘之前做了什么，只要迷途知返，便能为自己洗清罪恶。"

　　"你说话怎么跟个老和尚似的？"幽莲尖声笑道，像是听到天下最有趣的事，"如果如此轻易就能洗清罪恶，那也太容易了。按你这么说，夺去千百人的生命，只需惺惺作态地表示一下内疚，做点善事，罪恶便能洗清了吗？"她恶狠狠地又继续道，"我告诉你，真正能洗清罪恶的方法，就是以血还血，以牙还牙！"

　　颜君旭见她明亮的双眼中闪烁出凶光，仿佛一只发狂的豺狼，心下不由一颤，咬着牙坚持才没有掉头就跑。

　　"姑娘受了什么委屈，我可以禀报给国师和皇帝，定能为你讨回公道。你诬害方思扬和曲大人，岂不是损人又不利己？"

　　"你怎知是损人又不利己？况且为了找跟方思扬画工相似的画师，我可是费了不少工夫呢，怎能凭你几句话就作罢了？"幽莲冷笑一声，弯腰从窗边的矮桌上拿起了只盒子。

　　她的动作十分缓慢，仿佛动一下就要耗费全身的力气，颜君旭这才发现，她的后背受了很重的伤，右臂耷拉在身边，似已经被生生打断，而她选择在窗边侧坐，是为了掩饰自己的重伤。

　　她将盒子抱在怀中，轻轻地抚摸，眼中满含慈爱，仿佛里面装着的是个孩子似的。

　　颜君旭一眼就看出她怀中的是昨日在密室中看过的，装着人骨的盒子，脊背泛上凉意。

"如果你能将弟弟还给我，我就可以原谅一切……"她打开盒子，露出森森白骨，将一把干枯的花瓣放在颊边，"我永远不会忘记，春天的鹿城，那满山遍野的杜鹃，如今弟弟却再也看不到了。"

颜君旭看着她将苍白的脸凑在白骨之上，眼中满含依恋，脑中迸发出一个念头：这个女人疯了！她从头至尾就是个疯子！

"你觉得我疯了是吗？我才没疯！我本是华国的百姓，鹿城之战中我在死人堆中爬出来，我爬到城门下，但却没一个人敢打开城门让我进去……"幽莲眼中温情褪去，又涌上汹涌恨意，"华国抛弃了我，但是涂山会却救了我，给了我新生，长老派人培养我，我学会了识字和唱歌，更重要的是，我还是杀人的一把好手……"

"所、所以，你就是涂山狐的'白虎'？"颜君旭想到珞珞跟他说过的"涂山四相"，颤抖地问。

"没错，'白虎'代表着兵戈，是战神，而我则专攻暗杀，以歌女的身份为掩饰，替涂山会搬开一个又一个绊脚石。"幽莲的声音变得阴冷低沉，像是蛇在黑暗中吐着信子。

"可是你为什么又设计离开烟花之地呢？"颜君旭壮着胆子，问出了心底的疑问。

还未等幽莲回答，黑暗中就响起了一个清脆的声音，"因为她遇到了一个更大的机会，不再当杀手，却能渗入宫廷的机会，就是莫秋雨！"

珞珞绷着小脸，衣袖招展，像是一株绽放的嫣红蔷薇，走进了房间，警惕地站在了颜君旭身边。

颜君旭担忧地望着珞珞，幽莲将楼中淋满了黑水，做出了同归于尽的架势，无论如何也不能让珞珞置于险地。

"没错，我正是遇到了那个痴人，才自毁容貌，不再做歌姬。在他的身边我能得到更有利的资源，他是个好人，我不幸的遭遇更能激发他心中的怜惜，也更方便我行事了。"幽莲冷笑一声，"可怜他自始至终被我蒙在鼓里，若是没有他，我怎么能得知华国的机关机密？"

提到莫秋雨，她的笑容更加残忍，但很快她就吐了口血，脸色变得如金纸般蜡黄。

"呵，那个傻瓜……自始至终不知道我是什么样的人呢……"她的力气似被抽干，歪靠在窗沿上，宛如一只被风冻凝的蝶。

颜君旭忙一个箭步跑过去，扶住她的身体，焦急地说："你醒醒啊！你不能死，只有你活着，才能证明方思扬和曲大人的清白。"

幽莲的头歪在他的臂弯间，留恋地看了一眼夜空中绽放的璀璨烟火，眼底闪现出一丝狡黠的光。

这种目光他再熟悉不过，每次珞珞想捉弄人时，眼中总会闪烁着同样的光芒。他心中一凉，却见幽莲的左手无力地垂下来，手中捧着的匣子也跌落在地。

几乎在木匣落地的同时，火焰如精灵般蹿起，瞬息间就点燃了洒满了黑水的地面。

"问莲根，有丝多少，莲心知为谁苦？双花脉脉娇相向，只是旧家儿女……"

火起之时，宛如天籁之音般悦耳的歌声，从幽莲的口中缓缓逸出。颜君旭再也顾不上她，一把将她推开，连忙逃命。

浓烟随火势而起，他跟珞珞转瞬便被包围，两人慌乱中心跳根本无法达成一致，也无法激发灵珠的力量。

颜君旭袍角起火，头发和眉毛都被烧焦，再看珞珞也被呛得咳嗽不停。在这千钧一发之际，他突然想起了什么，纵身扑到了衣柜前，搬开了柜子底座的机关。

沉重的衣柜挪开了一隙，他就一把将珞珞推了进去，随即自己也仓皇地逃进了密室，紧紧拉上了柜门。

果然，就像他所猜想的那样，密室中没有黑水的痕迹。他连忙跟珞珞相互扑熄了身上的火苗，就又匆忙推开了密室中通往院子的墙壁，两人相携着奔出了听雨小筑。

雅致玲珑的听雨小筑，转瞬便被烈火吞噬，禁军们慌忙去提水灭火，生怕火焰扩散点燃了邻近的屋舍。

火光燎天，映得片片落雪如梨花飘飞，恍如春日盛景重现。火中犹回荡着婉转如莺啼的歌声，随风散入街巷，那是天音娘子最后一曲绝响。

"甚不教，白头生死鸳鸯浦？夕阳无语，算谢客烟中，湘妃江上，未是断肠处……"

歌声清雅出尘，随风飘散，悦耳得如同天籁，正是"天音娘子"最终的绝唱。

可这天籁之音却越来越低，最终消失在熊熊烈焰中，宛如这世间所有刻骨铭心，却又无迹可寻的相思。

贰拾伍 殿中密谈
DIANZHONG MITAN

  火树银花合，星桥铁索开。暗尘随马去，瑞雪逐人来。

  紫云城一年中最繁华喜庆的节日，随着太阳的升起迎来了尾声。这晚百姓鱼贯而出，在街上赏花灯、猜灯谜，看烟火，夜游整晚，尽兴而归。只有些消息灵通人，听说安定坊有个宅院被烧了个精光。

  但偌大的紫云城，每年元宵节总会有些走水的事故，谁也没将这事儿放在心中。

  黎明的晨光穿破层云，风雪渐歇，昔日婉约雅致的听雨小筑，已经仅剩漆黑的断垣残壁，像是一个黝黑狰狞的骨架。禁军们在废墟中寻找了一天，也只找出了些没有焚毁的刀剑，再无收获。

  这场莫名而起的邪火被扑灭，却有另一场火悄无声息地燃到了宫中，大理寺派人彻查曲铭的住处，搜出了价值不菲的黄金和珍稀的食器。

  谁都知道曲铭最爱吃，可炙肉的铜鼎，盛凉菜的水晶盘，装冰品的白玉碗和价值千金的犀角箸，却不是他的俸禄能买得起的，成了他通敌的佐证。

  曲铭还没等明白发生了什么，就被从宫中带走，关在了方思扬的隔壁，两人还皆被戴上了重枷脚镣，方思扬气得咒骂不停，最后被狱卒用麻核塞住了嘴。

  颜君旭为他们奔走鸣冤，可幽莲已死，他根本找不到能证明他们清白的证据。最要命的是，蓝夜的尸体在次日变成了一具狰狞的狐尸，而且他留下的木匣中不仅有曲铭的信件，还有方思扬的画的图，又为两人增加了与狐妖勾结的罪证。

又过了两日，颜君旭在被烧毁的听雨小筑外，见到了莫秋雨。他不再是昔日那风度翩翩的佳公子，变得形容枯朽，连看他眼神都空洞而苍茫。

"为什么？"昔日亦师亦友的他，如今只会反复说这一句话，"你能告诉我这是为什么吗？她为什么要骗我？"

颜君旭看到莫秋雨如此落魄，鼻中不由一酸。他也想知道为什么？明明他们赢了机关演武，为何会落得如此下场？

月余前，他们在宫中同吃同住，为了研发机关废寝忘食的时光，如今想来恍如南柯一梦。

他突然想到了空明大师临终前的嘱托：前途多舛，且自珍重。心中无我，方度天劫。

如果现在的处境皆是命中注定，他到底做错了什么，才会受到命运如此残酷的捉弄？

似乎在短短几日间，颜君旭就长大了，他脸上平添了沧桑，连身形都变得消瘦挺拔。

连那双微微上挑的双眼，也不再满含笑意，而是蕴藏了一层拒人于千里之外的冷漠。

国师怕他受的刺激太大，安排他和珞珞继续住在府中，在颜君旭的请求下，他还将如失心疯般的莫秋雨也接了进来，请来郎中每日为他调配安神镇定的药物，以期他早日恢复神智。

颜君旭一有空就陪伴莫秋雨，可他似不认识他了，甚至连机关也提不起他的兴趣，只会不停地问"为什么"，颜君旭每次见他，心中就越发凄楚难过。

想起两人初识，莫秋雨蓝衣蟒带，何等俊逸潇洒，想不到如今竟变成了个几近痴傻的人。

而在七日后，颜君旭终于得李睿召见，在紫宸殿面圣。紫宸殿依旧温馨舒适，李睿一身常服，歪坐在宽大舒适的椅子上，丝毫不似君临天下的天子。

可当他看到颜君旭瘦了一圈，眼中尽是悲伤，笑容立刻褪去，忙将对他跪拜的颜君旭扶了起来。

"君旭，几日不见，你怎么变成了这样？"李睿担忧地问道，一双剑眉都皱成了一团。

"陛下，曲大人和方思扬是冤枉的……"颜君旭这几日积蓄在心头的抑郁，似一并在此刻喷薄而出，泪盈于睫道，"如今能替他们洗清冤屈的，只有皇上你了。"

李睿将他扶起来，忧心忡忡地叹了口气，说："我何尝不知道他们是冤枉的，可是证据太充分了，我若是将他们放出来，岂不是视国法于不顾。此次科考我标新立异，破格提拔了你跟方思扬，那些老臣已经对我颇有非议，幸而你们赢得了机关演武，为华国争了口气，他们才闭上了嘴。"

颜君旭发现，李睿不再自称为"朕"，像是个朋友般在跟他推心置腹地谈话。

李睿转身来到书案前，搬出了几十个奏折："这些都是我昔日压下来的，反对我的奏折。若是你们输了机关演武，可能连我的皇位都不保。"

颜君旭这才明白，身为万人之上的天子，也有不得已的苦衷。最后一丝希望破灭，他万念俱灰地坐在地上，不知接下来该怎么办。

李睿招来宫女，命她们准备酒菜，一对满腹心事的君臣，躲在紫宸殿中推杯换盏地喝了起来。

颜君旭还未满二十，李睿也没比他大几岁，几杯美酒下肚，忍不住都朝对方吐起了苦水。

"君旭，跟你说实话，我是真的害怕啊。"酒气一熏，李睿脸色通红地压低声音道，"据我得知，夷国为何机关术突飞猛进，是因为他们整个国家都被涂山狐控制了。多摩罗只是个傀儡，他年纪大了，根本无力反抗，只能任狐妖们摆布。涂山狐也在慢慢渗透到华国，我万万不能让这大好江山，交到这些妖孽手中。若是它们掌握了权柄，妖孽们必将鱼肉百姓，胡作非为。"

颜君旭听得心怦怦乱跳，他万万没有想到，涂山会的势力竟然如此之大，甚至能掌握一个国家。

"从此次的机关演武，夷国的准备来看，在不久的将来跟我国必有一战。可恨的是朝中竟然有冥顽不化的老臣，居然反对我大力研发机关，还说'血石'是祸乱人间的力量，让我把好不容易得到的血石矿给封禁。如今曲卿和方思扬双双被诬陷，莫秋雨又神智失常，国师已经上了年纪，我能倚仗的只有你了。我这几日避免跟你相见，怕的就是将你也卷进来，还好你住在国师家中，免于被陷害。"

颜君旭听他对自己展露心声，多日来的委屈和怨愤都一扫而光。他灵机一动，突然想到了个主意。

"皇上，若是我有个宝贝能献给朝廷，能不能将曲大人和方思扬换出来？"

李睿犹疑地打量着他，但见他一身布衣，脸庞又稚嫩如少年，怎么也不像身怀秘宝的模样。

"你还记得过去跟我提过的《公输造物》吗？得到了这本书，就能令华国的机关术突飞猛进。"

"此书我听国师说过，听说是本失传已久的奇书，他也只有一部分。"李睿突然欣喜地说，"难道你有其余的部分吗？"

"嗯！此事我只告诉皇上你一个人，除了珞珞外，再无第四人知道！望皇上为我保密，此书被我藏在了一个十分安全的所在，只需给我三日时间，定可交在你的手中。"

李睿激动地握住了他的手，感动地说："君旭，每次都是你帮我解决麻烦，我拿到书后定会想个法子，说是曲卿和方思扬设法从夷国手中骗到的，他们是为了得到机关奇书，才假意与夷国交往。"

颜君旭的双眼闪烁出奕奕神采，他一刻也不想耽搁，忙跟李睿告辞，快步跑出了紫宸殿，在风生的护送下回到了国师府。

当晚他就挑灯夜战，默写起了铭刻在脑海中的《公输造物》，仿佛每写一个字，就看到一线希望。

自他得到了《公输造物》这本书，就想将它交给一个利国利民之人手上，而当今天子李睿，无疑是最佳人选。更何况还能一举两得，将方思扬和曲铭救出来。

桂香阁中温暖如春，窗外北风呼啸，他面带笑容，奋笔疾书，似在这严寒的冬夜，看到了春日的盛景。

夷国的皇宫中，温暖的炭火烧得"噼啪"作响，苍老的国王多摩罗，正躺在他铺着白虎皮的大床上，脚下匍匐着他新纳的美姬。美人一头红发鲜妍如火，更衬托得双眸碧绿如宝石，皮肤莹白似雪。

卧房外守着几个恭谨的内侍，虽然他们都低头垂首，却时刻关注着房中的动静。

火光将他们的身影映在花岗岩砌成的宫墙上，呼呼如鬼魅，其中一人身后露出了蓬松的狐尾，但只一闪，便又匆匆收了回去。

窗外日头将落，暮色透过琉璃窗，将卧房染上一层瑰丽的紫。就在这时，窗棂处传来轻响，一只灰青色的鸟收起翅膀，落在了窗口。那是一只猎隼，展翅可达三尺余长，可以飞过寒冷的山脉，此时它的羽毛尚沾着寒露，显然是从远道而来。

红发美人忙跑过去，修长的双腿在罗裙下跃动，像是只欢快的小鹿。她将鸟儿腿上的信笺取下来交给了多摩罗，又从柜子里拿出清水和新鲜带血的肉条犒赏它。

多摩罗打开了信，连连点头，似十分满意信笺的内容。接着他提起笔，在一块细绢上写下回信，交给了红发美姬。

她姿态轻柔地将信绑在了青隼腿上，又低语着什么，这猛禽似能听懂她的话似的，停留了一小会儿，振翅离去。

"哼，那些死狐狸，以为能盯着我的一举一动呢，可惜他们却没有翅膀，看不到太阳神的领地，那广袤的天空！"他望着窗口，凝视着鸟消失在金光霞蔚中，冷笑道，"华国，很快就有一场大乱，而我这把老骨头，也将为我的子孙赢回属于他们的一切……"

冷风萧瑟，身披黑袍的长老，站在高台之上。他手持千里镜，眺望着冬日的星空，星子如璀璨的宝石点缀在天幕中，似也要被冷风冻凝。

他长叹口气，放下千里镜。身后的木人依旧躬身守护着他，但却不见了蓝夜高大威猛的身影。涂山四相一一折损，更令人遗憾的是，他们竟有三人是死于自己人手中。

虽然他很喜欢这四方相互争斗，互相制衡的局面，但却不希望他们斗到同归于尽。可正如养蛊似的，在揭盖之前，谁也无法预料是毒虫们是死是活，他能做的，就是留下最健壮的那只。

"小鸟的羽翼已经剪掉，现在就要看看它在笼中，能为我跳出怎样的舞蹈了。"他轻笑着走下高台，身后的木人同时发出"嘎嘎"轻响，弯腰朝他鞠躬。

"要善于利用手中的资源，让我看看，手边有什么呢？夷国驻扎在郊区的军队……一个负隅顽抗的老国王……还需要一个我的影子……"

他喃喃自语着，消失在黑暗中。只余冷风扬起积雪，在天地间撒下漫天细碎如花瓣的细雪。

而在次日清晨，青隼划破黎明灰黑色的天空，穿过京郊的密林，落在了一个金发青年的手臂上。他的发色宛如绚烂的朝阳，照亮了幽暗的树林，而他的手臂上，也戴着一个以金发编制成的手环。

他拿下青隼脚上的竹筒，抽出纸条看了一眼，笑意浮上了如海水般湛蓝的瞳仁。

"青哥儿，太好了，你带来了我期盼已久的消息，总算赶在积雪融化之前。"荻川眼中闪现着残忍的光，"哥哥，我终于可以为你报仇了！"

他的希望似随着展翅而飞的青隼被带到了清晨碧蓝的苍穹下，轻易就能送到万能的太阳神身边。

他薄唇微动，喃喃祈祷着，似期盼着神的眷顾。

国师府中，颜君旭仍在埋头默写着《公输造物》的前两卷，为了保证绝对的准确，他连纸张都选择了跟原书同样大小的，连字体都尽量保证相似。

他擅长机关，做机关久了，眼睛如尺子般准确，况且将书焚毁前，他也留下了精确的尺寸。

书只有薄薄的两本，但因为他要求太高，默写的速度难免会慢许多，足足花了两天时间，才写完了第一册。

这日他书页间抬起头，望着窗外红梅绽放，落日余晖，发现竟然整日没有见到珞珞。

他心下落寞，揉了揉酸胀的肩膀，像是寻常一样，去探望莫秋雨。

当他穿过回廊，来到莫秋雨的住处时，却见一只毛发火红的小狐狸，正躲在屋檐上，探头探脑地观察着房中的动静。

颜君旭一见这小红狐就知是珞珞，开心地朝她摆了摆手。可一贯跟他亲热的小红狐却扬起毛茸茸的尾巴摇了摇，似在示意他不要出声。

颜君旭不知她葫芦里卖的什么药，只能照例去探望莫秋雨。

跟每天一样，莫秋雨正呆呆地坐在厅堂中，冷风萧瑟，院中积雪皑皑，他却只穿了件单衣，桌上还放着冰冷的饭菜，看样子连一口都未动。

颜君旭见他如行尸走肉的模样，心中酸涩难过，他替莫秋雨披上了件棉袍，又为他梳理了乱发。

看着莫秋雨凹陷的双颊，空茫的双眼，想起了昔日初来京城，他谈笑风生地为自己介绍风土人情的模样，当初也正是有他的帮助，懵懂无知的他们，才未流落街头。

想到此处，他眼前又浮出泪光，强忍着才没哭出来，又将冷饭热好，喂着莫秋雨吃了几口，才放心地离开。

他刚刚走出莫秋雨的住处，便见眼前红影一闪，珞珞翩然落下，娇俏地站在他的面前。

她一袭红衣，俏生生地站在皑皑积雪中，宛如红梅幻化而成的仙子。

"你最近怎么总往外跑？现在外面太不安全了。"颜君旭不满意地道，"还有，你去莫大哥的住处干什么？是也在担心他吗？"

珞珞伸出纤指，捋了捋乌黑的发梢，偏着头笑道："我出门自然有我出门的理由，你有没有看过傀儡戏？"

颜君旭摇了摇头，他来到京城就忙个不停，哪有空像她一样天天游玩？

"傀儡戏就是台上有个傀儡在翻跟头做把戏，但实际上操纵它们的，是躲在黑布后的人。傀儡和幕后的人互相成就，缺一不可。"珞珞朝他挤了挤眼睛，"我近日出门，就是为了要演好自己的傀儡戏。"

颜君旭听得越发糊涂，挠了挠头，无奈地道："算了，只要你别出事，爱演什么戏就演什么戏吧。"

"将来你就知道我在干什么啦！"珞珞笑着伸指掐了掐他的脸，指间一个蓝中带绿的宝石戒指在阳光下闪烁着如猫眼般灵动的光芒。

颜君旭凑过去瞧她的戒指，他记得似乎还在皇宫中改造"白泽"时，珞珞就戴上了这枚戒指。可不知为何，今日这戒指亮得晃眼，连一贯对珠宝首饰毫不留意的他，也免不了多看两眼。

"我怎么记得，它过去不是这个颜色呢？"他挠了挠乱发，好奇地问道。

珞珞举着白皙的手在他面前晃了晃，手指上的宝石折射出华美璀璨的光辉："这可是我演傀儡戏的玩意儿呢，你就等着瞧好戏吧。"

颜君旭早已见惯了她古灵精怪的模样，也没有追问，只想着如何尽快把《公输造物》默写出来。

"是不是还有三天，你的书就要默写完了呢？"两人的身影被慵懒的残阳拉得悠长，珞珞走到回廊处，拉着他的手问。

"嗯，应该后天晚上就差不多了，三日后的清晨，风生会率领宫中侍卫来国师府，确保此书能安全送到皇帝手中。"

珞珞望着园中傲雪凌霜的松柏，轻轻叹了口气："真希望我的戏永远不会上演呢。"

她琥珀色的双眼中满含落寞，像是怕冷似的，紧紧揽住了颜君旭的腰。

而此时，方才还在西天摇摇欲坠的日头，仿佛眨眼间就被黑暗吞噬，夜色如深沉的幕布，笼罩了天地万物。

贰拾陆 奇袭业火
QIXIYEHUO

元宵节后,新年的氛围如潮汐般褪去,百姓们收起了挂在家门口的花灯,摘下了祈求平安幸福的窗花,紫云城又褪去华妆,恢复了平日里庄严肃穆的模样。

因积雪未融,夷国的兵士仍驻扎在京郊,他们多是机关匠人,时而也会进城采买些吃穿用度。京城百姓本就见惯了形形色色的人,见他们除了生得高大些,发色和眼眸多为异色,行为举止都彬彬有礼,跟本国人也没什么不同。

从此紫云城中便多了些发色各异的夷国人,他们从不闹事,面对士兵的盘问也很有耐心,时间一久,大家便习以为常,连街头玩耍的顽童,也不再追着他们玩耍作乐了。

他们就像春雨般润物细无声,自然而然地融入了紫云城的百姓之中,谁也没发现有什么不对劲。

这晚雨雪霏霏,街上的夷国人比平日多了一些,他们都穿着蓑衣,遮住了发色,却掩饰不了高大的身形。但道路泥泞,百姓们忙着赶路,商户们急着关铺子,谁也没将此事放在心里。

夷国兵士们不少在前几日便进了城,住在客栈和花街上,丝毫也不惹眼。今早雪花一飘,余下的人又分别从不同的城门进了城。而到了暮色沉沉之时,这些人都各自从隐身的所在出现,如百川汇海般,向城北的贵胄居所走去。

寒冷的天气是他们最好的掩护,风雪既让人瞧不清他们,也让巡逻的兵士和坊门的守卫惯于躲懒,只想留在炭火温暖的房子里。他们结伴而行,贴着墙根的阴影,一言也不发,宛如昼伏夜出的鬼魅。为首的一人头戴斗笠,露出一缕金色的短发,正是荻川。

火起之时，颜君旭正在灯下缓缓默写着《公输造物》，明早就是约定之时，会有宫中侍卫来国师府迎接他，护送他和这本意义非凡的书一同入宫面圣。

可就在他即将写完之时，前院突然传来喧嚣之声，他推窗一望，只见夜空都被熊熊火光照亮，浓烟随风而散，落到桂香阁中，呛得他口鼻发痒。

"好像是失火了！"珞珞在二楼正睡得迷迷糊糊，揉着惺忪的睡眼道。

"府里的仆人那么多，无妨。"颜君旭说罢，低头继续默写，颇有几分泰山崩于前而面不改色的气度。

其实是《公输造物》中的所述机关精妙，他越写越觉得跟初读不同，又有了新的感悟，忍不住对国师手中的最后一册书也心生神往。

可窗外的声音却越来越吵，而且不仅有救火的声音，还有呼喝打斗声，凄惨的哀号声。

"糟糕！"珞珞轻盈地从楼上翻身而下，拉起他就往外跑，"有人趁乱进来了。"

"书！我的书！"颜君旭逃命之余，还不忘将即将收尾的两册书小心翼翼地放了布袋中。

当他们跑出桂香阁后，果然见国师府已经乱成一团。飞花般的落雪中，十几个头戴斗笠的人，手持装着黑水的火筒机关正在府中放火。

他们将装着黑水的容器背在背上，手持着喷火的金刚管，火焰喷射而出，距离可达四五尺。这些人身形高大，宛如魔魅般穿行雪夜，走到哪里，就将烈火和死亡带到哪里。

侍卫和仆人们纷纷去阻拦他们，跑得快的被烧得眉须皆焦，跑得慢的则变成了个火球，哀号着在地上打滚。平日静谧安宁的国师府，转瞬间就变成了一片火海地狱。

"要活捉颜君旭那小子，还有贼子蒋华璋！这是太阳神的命令！"为首一人见势如破竹，忍不住振臂高呼，火光中他一头金发灿若金丝，双眼碧蓝似海，竟然是夷国的机关队长荻川。

珞珞眼尖，见到荻川便知大事不妙，拉着颜君旭便钻到了墙壁的阴影中，贴着墙根要溜出去。

"看来是奔着你来的呀？"事态紧急，她仍临危不乱，悄声对颜君旭道，"你说他们指名要捉你跟国师，是为了什么？"

颜君旭慌忙捂住了腰间的布袋，脸色煞白："《公输造物》！"

"没错，看来黄毛崽子们消息还挺灵通，定是得知《公输造物》分别在你和国师的手中。"

"他们对此书如此执着，难道真的跟涂山会互通消息？看来皇上说得没错，夷国果然被涂山黑狐控制。"

珞珞琥珀色的双眸在火光中如珠似宝，目不转睛地望着他："记住，无论如何你都要保住这本书，保住了它，便是保住天下苍生免遭战火涂炭。"

"好！"颜君旭紧握住了她的手，珍而重之地说，"你放心吧，我最近从书中得到灵感，正在琢磨一个机关，可以令你免遭天雷之劫。等夷国战乱平息，我们就去一个人迹罕至的地方，我也不要当什么工部的官员，只，只想跟你在一起……"

或许是危机迫在眉睫，他心情激动，不由说出了藏在心底的话。虽然他在武考上拔得头筹，当上了梦寐以求的机关状元，还在机关演武中大获全胜，但却感受不到半分快乐。

皇权的冷酷，尔虞我诈的陷害，都让他疲惫至极。尤其是身世悲情，又对他温柔体贴的幽莲竟然是涂山会"白虎"，更是令他心寒。

被他视为大姐姐般温柔美丽的人毒如蛇蝎，他曾经眷恋的温暖和关怀，如家一般温馨的听雨小筑，到头来都是一场骗局。

"我明白……"珞珞像是看穿了他的心事，柔声道，"等所有的事了结，我们就去一个谁也找不到的地方，你做机关，我来烤鸡……"

她话未说完，颜君旭想到她引以为傲的烤鸡，将头摇得似拨浪鼓，像是听到这世间最可怕的事。珞珞见他吓得惊慌失措的模样，忍不住也"扑哧"一笑，两人心意相通，将此刻的危险都置之度外。

国师府眨眼间就变成了人间地狱，仆妇哀号着逃命，雕梁画栋被烈火吞噬，颜君旭和珞珞手拉着手，用布沾上融化的积雪捂着口鼻，贴着墙根缓缓向大门的方向行走。

可刚走了一半，却见斜里冲出来一个人，抽刀就向他身上砍去："颜君旭你这小贼，今日就让你给我哥哥偿命！"

来人正是荻川，他的斗笠不知丢到了何处，金发在火光的照耀下，变成了狰狞的火红色。

颜君旭见他穷凶极恶的模样，吓得纵身扑在了雪地中，堪堪躲过了这一刀。珞珞见状拿出匕首，宛如一只鲜红的火鸟般，冲到他的身前，疾刺向他的胸口。

可她这一刀却砍到了个坚硬的所在，根本刺不到他的皮肉。

"是铁藤甲！珞珞小心！"颜君旭见荻川蓑衣下鼓鼓囊囊，显然是穿着盔甲，而看他身手灵敏，行动自如的样子，应该是穿着以坚硬的古藤编制的藤甲。藤甲以干枯的百年古藤编制，涂以避火的胶，既轻便又刀枪不入。

他话音未落，荻川突然举起了手中的火筒，一按机栝，火舌如龙般窜出，扑向了珞珞。

珞珞毕竟是只狐妖，动物都最是怕火，吓得她花容失色，再也不敢恋战，躲在了颜君旭的身后。

荻川蓝眸中露出凶光，举起刀就朝颜君旭扑去："虽然不能杀你，卸掉你两条腿，也能平我心头之恨！"

颜君旭只见眼前寒光闪烁，突然摸到了布袋里有个铜环，正是他在玄武碑的石匣中得到的奇怪物事，想都没想抓起铜环就挡在了刀刃上。

荻川没想到眼前这稚嫩的少年书生会随身携带着兵刃，一刀砍下去只觉似砍到了个硬物之上，随着"当"的一声轻响，他的刀竟被震开。

他已经杀红了眼，接连失手让怒气无处宣泄，像是个疯狂的豹子般要从囚禁的铁笼中咆哮扑出。他双手举起刀，朝颜君旭当头劈去！

雪光中的少年脸色惨白，微微上挑的双眼满含恐惧，脆弱得仿佛是一棵会被暴风雪吹折的细松。命运太不公平，竟然让他威猛睿智的哥哥，死在这不堪一击的家伙的手中。

他心中愤怨如火山爆发，大喊一声，长刀裹挟着风声，化为一道闪电，眼见就要落在颜君旭的右肩上。

这一击之势宛如雷霆，颜君旭再也无法用小花招躲避，吓得呆若木鸡，不知该如何是好。

然而就在这时，一个人影从浓烟和飞雪中扑出来，像是只苍鹰般伸开双臂挡在了他的身前。

温热的血溅在颜君旭白净的脸上，他惊诧地瞪圆了双眼，只见替他挡了一刀的人眉须皆白，剑眉星目，眼中满含慈悲，竟然是国师蒋华璋。

"蒋先生！"他焦急地喊道，紧紧抱住了国师高瘦的身躯。

还好很快就有护卫从四面八方而来，他们手持刀枪等长兵刃，将杀红了眼宛如困兽般的荻川围得水泄不通。

"我们快走！这些夷国人有备而来，将府中的大门都封死，还烧了兵器库，上百架弩机全部被焚毁，咳咳咳，否则我才不会让他们如此嚣张……"国师后背受伤，咳出了几口血，苦笑着说。

颜君旭和珞珞忙将他扶起来，带着他跑向了府中的园林，夷国人的火暂时还未烧到这僻静的林子。国师一得到喘息，便让珞珞替他解开衣带，从身上卸下了一个做工细密的连环锁甲，也正是有这护身甲他才没被荻川一刀劈死。但刀上的力量震伤了他的骨骼，兼之他又上了年纪，稍一动弹便喘息不休。

"快，带我去西院，我们去'闸门隧道'中暂避一下。"国师身体虽然虚弱，语气却不失沉稳，如屹立在暴风雨中的岩石般沉稳可靠。

他临危不乱的气度，像是一只看不见的手，安抚了颜君旭和珞珞心中的慌乱。他们按照国师的指引，搀扶着他穿过园林，来到了位于府中西侧的放置杂物的院子。

院子里堆满了荒草和落叶，显然很久都没有打扫过，空地上还放着个闲置的大木架，似乎是个废弃的戏台装饰，像是黝黑的龙骨，在夜色中狰狞着。

"去中间的房间……闸门隧道就在里面。"国师脸色苍白，虚弱地指向位于院中的三座废弃的房屋。

房屋紧紧相连，最东侧的那间连木窗都破了，歪斜地挂在黑洞洞的窗口，流露着阴森诡异的气息。

颜君旭和珞珞看到这幅景象不由心下忐忑，这废园哪里像个能逃生的地方，倒十足十似个墓地，是个葬身的好去处。

但他们仍扶着虚弱的国师走到了最中央的房门前，推开了虚掩的木门。

废屋不知多久没人来过，门被推开的刹那间灰尘四起。国师走进去，顺手摘下了挂在门边铁钩处的风灯，用火绒将它点燃。

暖黄的灯光如绝妙的画笔，将阴森空旷的房间也染上了几分温馨。只见房中堆满了杂物，都是桌椅家什，再无其他。

国师走到一面墙前，搬开了堆放的椅子，不知搬动了什么机栝。只听房中传来"隆隆"轻响，整面墙向右侧移开，居然露出了一个生了锈的铁门。

"这就是'闸门隧道'，在府邸初建时，为防万一我就建了条逃生的密道，想不到竟有用上它的这一日。"

国师说罢,让颜君旭将铁门向侧边拉开,果然露出了一条青石铺就的台阶,里面漆黑一片,不知通往何处。珞珞嗅了嗅隧道中的空气,秀眉微颦,但她什么也没说,跟着国师走下了台阶。

不过片刻,三人便来到隧道中,虽然它被国师称为"隧道",实际上宽敞而干燥,顶高足有两丈,更像是一道幽闭的长廊。

国师走入隧道,将一块位于隧道口的凸起青砖按下。三人身后再次传来"隆隆"巨响,颜君旭和珞珞回头一看,只见一块庞大沉重的青石缓缓落下,恰好堵住了他们身后的路,即便有人发现了隧道的入口,也无法搬走挡路的巨石。

"此隧道之所以叫'闸门隧道',便是有这块断闸石,此石一落下,外敌便无法攻入,可保平安……"国师似用尽了最后的力气,在隧道中走了一会儿,虚弱地瘫坐在地上,他脸如金纸,目光涣散地望着这对少年男女,"你们去找找,隧道中应该有食物和水,还有照明的蜡烛……"

颜君旭和珞珞忙在隧道中搜寻,发现这隧道宛如蛇腹,如迷宫般在国师府下蜿蜒,隧道中还有紧闭的门,不知通向何处。

珞珞鼻子最灵,很快就在一扇虚掩的门后找到了干粮和清水,以及照明用的蜡烛。

颜君旭捧着一捧蜡烛,将它们一一放在青石墙的烛台上点燃,烛光照亮了黑暗,方才还阴森可怖的隧道,在烛光的照耀下,散发出淡淡的如青玉般的光辉。

珞珞盯着燃烧的烛焰,轻声道:"隧道有通风口呀,否则蜡烛怎么会烧这么久?"

颜君旭点了点头,他惦记国师,拉着珞珞跑回了隧道的入口附近。可他只看了国师一眼,心就缓缓沉了下去。

方才光线昏暗,他看不清国师的脸色,此时只见老人面如金纸,眼眶乌黑,紧闭着双眼,倚在冰冷的墙壁上,似已经陷入了昏迷。

他素日的威严和气度,宛如秋日的枯叶般,在雨打风吹中零落成泥。一袭象征着高贵的紫色锦衣,也无法为形容憔悴的他增添半分光彩。

他缓缓朝国师走过去,不知为什么,眼前国师的身影,竟和记忆中鱼翁的奄奄一息的样子重合。

而更令他感到锥心之痛的是,这个慈蔼的老人,是为了保护自己才受了如此重伤。

他跪在了国师面前,双手捂脸,发出了悲鸣般的哭声,第一次觉得自己如此渺小而无力。

◇ 君子，命中有狐 ◆

贰拾柒
SHUANGSHENG GONGSHENG
双生共生

国师听到他的哭声，艰难地抬起了眼睑，轻轻地说："别哭……听我说……此事事关重大……"

颜君旭慌忙擦干了脸上的泪水，连连点头，认真地倾听他接下来要说的话。珞珞也赶了过来，跟颜君旭并肩跪在一起，一双琥珀色的明眸中也隐含泪光。

"《公输造物》……你默写完了吗……"

颜君旭忙从布袋中掏出了即将完成的书："只差一点，只需一刻钟就能写完……"

"我的书从未销毁……这么多年一直随身携带，片刻不敢离身，上面除了记载着机关甲人的做法，还有转射机，攻城车等机关武器……"国师费力地笑了笑，眼中闪烁出狡黠的目光，"现在交给你了，你拿走吧……"

颜君旭惊讶非常，没想到国师会将如此重要的书托付给自己，但他很快就明白了，老人是觉得自己命不久矣，才有此一举。珞珞起身走到国师身前，果然在他的怀中拿出了一本用油布珍而重之地包裹着的薄薄书册。

她从油布中拿出书册，翻开给颜君旭看。颜君旭只见第一页写着一行字：兵者不祥之器，非君子之器，不得已而用之。引用的是《道德经》上的话，也是公输子一贯对待战争的态度。

他点了点头，珞珞将书紧紧抓在手中，仿佛生怕被人抢走似的。

"你将书默写完之后，去隧道的尽头，那里有个通风口……"国师喘了两口气又道，"通风口很窄，但是小姑娘应该能钻出去，外面就是府邸附近的一条暗巷，出去了就安全了……"

珞珞抬起头，美目中精光闪烁，犹疑地问道："您是让我一个人带着书逃走吗？那你跟君旭怎么办？"

"躲在隧道中只是权宜之计，你一定要逃出去，将书送到皇宫！"国师的声音拔高了几分，像是使尽了他全部的力气，"我们的性命是小事，但此书至关重要，一定不能让它落入宵小之手……"

他神色严厉地说完这些话，便虚脱般倚在墙上，连头都抬不起来了。饶是如此，他仍满含期盼地看着眼前的少年男女，似在他们青春稚嫩的脸庞上，看到了能穿透重重黑暗的光。

"快点写吧……"珞珞拉了拉颜君旭，冷静地道，"蒋先生说的对，当务之急是要将书送到皇帝那儿，不能在隧道中坐以待毙。"

颜君旭擦干了眼角的泪水，从布袋中掏出笔，将还未写完的《公输造物》也拿了出来，摊在膝头将最后的部分写完。时间紧迫，他没法依照记忆中的格式慢慢写，只能一挥而就，匆匆收尾。纸上墨迹未干，他就将两册书连同国师交给珞珞的那册一同包在了油布中，又从布袋中掏出了一卷细绳，仔仔细细地捆好。

"你千万拿好书！我跟你一起去找出口！"他恋恋不舍地望着珞珞，此去一别，不知何时才能相见。

国师看出两人眼中的缠绵，轻轻地道："通风口……在东北方，你们去吧，我想好好歇歇……"

颜君旭喂了他两口清水，又用衣裳给他垫了个枕头，服侍他躺下，才不放心地离去。

珞珞对环境细微的变化都异常灵敏，她在隧道内朝东北方走了十几丈，就嗅到了新鲜空气的气息。果然，他们走到了隧道尽头，发现了位于头顶，同样是青石砌成的通风口，还有零星碎雪缓缓飘洒而入。

正如国师所说，通风口十分狭小，只有一尺来宽，即便珞珞身姿窈窕，要钻过去也十分不易。

"太好了，虽然窄了点，但是只要你变成狐狸，就能轻易钻过去。"颜君旭激动地说，"你跳在我的肩膀上，快逃出去吧！将书交给皇上之后，别忘了告诉他国师府并非寻常失火，而是有夷兵来袭，让他派禁军支援！"

他说罢将油布包珍而重之地交给珞珞，又不放心地替她绑在腰上。

珞珞抬头看着头顶离地六尺多的通风口，坚定地拉住了他的手，眼神坚毅地道："不行，要走咱们一起走！你留在这里太危险。"

"你快点逃出去，叫来援兵救我就好了！"颜君旭哪肯让她留下，二话不说将她抱起来扛在肩上，要将她从通风口送出去。

珞珞双手攀住了通风口，双臂用力，纤腰一扭，便如水蛇般灵动地钻了出去。颜君旭见她身姿曼妙，好似燕子穿柳，忍不住赞叹了一声。

"这里果然是国师府外，你快将布袋里的机关铁爪扔上来，我拉你上来。"狭窄的通风口中，很快露出了珞珞冻得通红的笑脸。

"可是我钻不出去……"

"不试试如何知道？"

颜君旭见她是万万不会撇下自己走了，只能依她而言，将拴着坚固钢链的铁爪扔了上去。

珞珞不知将铁爪拴在了何处，招呼他向上攀爬，她又在上面使劲拉着铁链，不过片刻，颜君旭就将头和一侧肩膀从通风口钻了出来。

正如国师所说，眼前是一条狭窄的暗巷，似离国师府有段距离，连府中燎天的火光都无法照亮这漆黑的小巷。巷中冷风轻舞，落雪如片片飞花，点缀了丝缎般的夜，显得幽静而安宁。

然而就在这时，耳边传来踏雪之声，如此深夜，竟有人朝他们走来。颜君旭忙看向声音的来处，只见那人身穿黑色披风，以风帽遮住头脸，像是一艘静默的船，从夜海中缓缓驶来。

他一把抓住了珞珞的手，低声道："小心……"

可他话音未落，那人便如鹰击长空般迅捷地扑向了珞珞，手中刀光闪亮，划破了沉沉雪夜。珞珞连忙在地上打了个滚，躲开了他的攻击，可他一击未中，身子一弓，又朝珞珞扑来。

颜君旭见他运刀的姿态，心中不由一惊，因为他突然想起，自己在黑龙谷中曾看过同样的动作。那曾刺了蓝夜一刀的人，当时也是弓身蓄势，发起了致命的突刺。

珞珞本就没站稳，根本躲不开他的一击，她闷哼一声就倒在雪地上，再无声息。

"珞珞！"颜君旭脑中登时变成一片空白，不知哪里来的力气，居然将手从狭窄的通风口中伸了出来，继而双臂一撑，眼见就要爬出通风口。

那人却视挣扎着的颜君旭如无物，走到珞珞身前，弯腰拿走了她藏在腰间的油布包，转身要走。而就在此时，一直倒在地上的珞珞，突然如敏捷的野兔般跳起来，一把扯掉了他的披风。

瑞雪如银，照亮了那人的面容，居然是一张他再熟悉不过的脸。消瘦而清秀，瞳仁隐含一抹淡棕，左眼上还挂着块透明的水晶镜片。

"莫、莫大哥……"颜君旭结结巴巴地说。

与此同时，他的心底似乎有什么东西在寒风中破碎，那么痛又那么冷，再也不会复原。

莫秋雨清俊的脸，在瑞雪的辉光中，如冰雕般精致冷漠。他淡棕色的眼珠毫无感情，像是冷彻的宝石般，漠然地看着颜君旭。

"为什么？"颜君旭仍然不敢相信眼前所见，"为什么会是你？"

"因为他才是涂山会真正的'白虎'！"珞珞捂着腰站起身，长长地叹了口气，"或许也可以说，涂山会的'白虎'其实是两个人。"

莫秋雨摇了摇头，瞥了一眼珞珞："小丫头，早知道你这么聪明，就该想办法解决了你。"随即他皱了皱眉，颇为疑惑地偏着头，"可我不懂，明明一切都布置得天衣无缝，怎么还引起了你的怀疑？"

珞珞红唇微翘，轻笑了一声："因为幽莲，她死前焚烧了听雨小筑，根本不是为了跟我们同归于尽，而是为了保护一个人，那个人就是你。"

提到幽莲，他如雪雕般冷漠的表情似裂开了一隙，眼中流露出一丝不易察觉的温情。

"本来我没怀疑，但是她临死前话太多了，还刻意将所有的罪责都揽在了自己身上。"珞珞打量着莫秋雨，"莫大哥，我自在书院跟你相识，见你进退有度，举止沉稳，颇为理智自持，怎么也不像是个轻易能被女人蒙骗的人呢。"她叹了口气，又继续道，"在听雨小筑被焚毁的那晚，我越想越不对劲，猜测你们是不是一伙儿的。可当听说你因受到刺激太大，得了癔症，神志不清的时候，我已经肯定了内心的怀疑。"

莫秋雨听她分析，颇为赞许地点了点头，说："你说得对，我确实做得太多了，过分地掩藏自己，反而显得刻意。"

颜君旭听着他们的话，仿佛雷霆般接连轰在他的脑海中，但他神智很快恢复清明，跟幽莲相关的景象，如纷叠走马灯般，出现在眼前。莫秋雨给他们看过的走马灯，幽莲抱着匣中骸骨的模样，还有听雨小筑中，两人互无干扰的房间。

他突然明白了一切，但因太过惊骇，连说话都变得结巴："难……难道说，你跟幽莲并不是情人，而……而是姐弟？所以她在跟你重逢后，毅然决然地离开了欢场，哪怕毁容也在所不惜？为了保护你，她宁愿引火自焚？因为听雨小筑如果不烧毁，只需稍加探查，就能猜出你们真正的关系，那样你是涂山会的'白虎'这个秘密，就会宣之于众了。"

莫秋雨的薄唇轻颤，似坚硬的内心也跟着动摇，他点了点头："对，幽莲是我的姐姐，从十几年前鹿城一战，我们姐弟就失散了。但是有一点你说错了，不是我先找到的她，而是她找到了我，她本来是涂山会豢养的杀手，根本没资格担任'涂山四相'之一。可是有了我就不同了，我精于机关术，又在朝中任职，我们一明一暗，一文一武，涂山'白虎'之位非我们莫属。那些傻狐狸只知内斗，我连挑拨都不需要，只要将自己藏得更深些，有耐心一些，就能轻易得到一切。如果，如果姐姐她不是太心急，要去杀掉一直追查她的蓝夜就好了……或者她不失手被打伤，一切都不会如此。"

"可是我不懂……"颜君旭迷茫地看着莫秋雨伶仃的身影，"你们是人类，为什么要加入涂山会呢？"

"人类？人类又怎样？"莫秋雨摇了摇头，似在嘲讽他的浅薄，"君旭，我跟你说过很多次，这世上最可怕的罪就是'弱小'，自古以来弱肉强食，弱者会被强者吞噬，成为他们的骨血。如果有个强大的组织可以依附，哪怕他们是狐妖，只要能让你活下去，而且还能活得不错，又何乐而不为呢？"

他的话跟当日在书院中讲的何其相似，颜君旭仿佛又看到了两人初识时，他站在金光如海的沙地中央，英姿勃发地为众书生宣讲机关的模样。那时他在自己的心中，就是一道光，替他拨开身边迷雾，照亮远大前程的光。可如今这道光消失了，还变成了黑暗本身。

也或许，光从未存在过，围绕着他的，只有漫无边际的黑夜。

他垂下头，默默不语，过了一会儿，才轻声道："所以从一开始，你就是在骗我？什么跟我结拜为兄弟？都是假的？"

"没错，甚至连你们在京城无处可去，也是我安排的，毕竟你们住进我的闲院，才能让我更方便地掌控。还有方思扬……呵呵呵，他估计做梦都没想到，我在他一抵达京城之时，就在找人模仿他的画技了，再找个合适的时机，让姐姐用伪作陷害他。"

"可我一直把你当成唯一的依靠。"

"那就是你的不幸了……"莫秋雨叹了口气,"如果人一旦产生了把别人当成依靠的想法,就是不幸的开始。"

风雪萧萧,颜君旭从未觉得如此寒冷,伏在了结了冰的通风口上。莫秋雨向他走近了一步,珞珞忙扑过去,紧紧握住了颜君旭的手。

"放心吧,我不会杀了你们的。"莫秋雨的又变成了平日亲和的模样,笑着看他,"我已经拿到了全部的《公输造物》,你们没有任何用了,对于没用的人,我是不会费半分力气的。"

他弯下腰,像是过去一样伸出手,轻轻揉了揉颜君旭的乱发。在恍惚间,颜君旭有一瞬间的失神,仿佛又回到了白鹭书院铺满金光的沙场,那时他就是如此亲昵地揉着自己的头发。

可莫秋雨很快捡起掉落在地的披风,将自己紧紧包裹住,朝他摆了摆手,大步离去。

风雪模糊了他的足迹,黑暗吞噬了他的身影,暗巷中很快就恢复了寂静安宁,仿佛他从未来过一样。

颜君旭似被抽干了所有的力气,宛如行尸走肉般伏在冰冷的地上,连动都不想动一下。

他失去了一直守护的书,失去了信赖的朋友,也失去了为之奋斗的信念。

珞珞急得不停地拍打着他冰冷的脸颊,想要唤回他涣散的神智:"快点从通风口里爬出来呀,你一定能行的……"

可颜君旭面如死灰,双眼茫然,像是根本听不到她的呼唤。

"你记得我说过的'傀儡戏'吗?我在猜到他是白虎时,就留了一手,做了跟他同样的事。"珞珞伏在他耳边,絮絮低语,轻柔的话语如魔咒般唤醒了他的意志,"你再想想,为何他会如此巧妙地等在通风口,因为他早已知道,我们会带着全部的《公输造物》来此处。可又是谁潜移默化地暗示我们这么做的?此局一环扣一环,早已暗中布下,如果今日没法从此地脱身,你我的下场会跟方思扬一样凄惨。"

颜君旭瞳仁转动了一下,上挑的双眼恢复了神采,他握住了珞珞的手,像是在汪洋大海中抱住了一根浮木。

灵珠的力量相互感应,气血在体内流动,他恍如变成了一只柔软灵动的狐狸,轻而易举地就从狭小的通风口中跳了出来。珞珞喜不自胜,双颊在风雪中冻得通红,眼睛却明亮得如珠似宝。她拉起颜君旭,两人相携着离开了暗巷,跑进了乱花飞雪中。

而不过片刻,就有一队装备森然的禁军纵马而来,将狭窄的小巷围得水泄不通。

"快点搜!国师府被烧,国师遇袭!刺客只能从这通风口逃出去,他不会逃远,应该就在左边。"

禁军的首领大声呼喝着,灯火照亮了黑暗,撕碎了宁静的夜,而他们要找的少年男女,早已不见影踪。

贰拾捌 生死一线
SHENGSI YIXIAN

　　国师府的大乱，在次日清晨才终于被平息，壮美如园林的府邸被夷国人烧得七零八落，禁军连夜赶来只逮住了作乱的夷国人，却仍无法令国师府免遭被毁。

　　罪首荻川负隅顽抗到最后一刻，在被乱箭射死之时，也只嚷着要为哥哥复仇，仿佛一切祸端都是因私仇而起，跟夷国毫不相干。而其余被捕的夷国兵士也口径一致，都说此举是为了在演武场枉死的荻秋报仇，还大骂华国人在机关演武中佯装失败，以骗术取胜。

　　原本太平无事的紫云城，虽然表面上跟过去并无不同，宛如一个胸怀宽广的母亲般，张开怀抱迎接着天下来客。但城门口的门禁盘查变得烦琐，又开始了严厉的宵禁，甚至天刚刚擦黑，百姓们就闭门不出，商铺也早早地打烊。

　　流言蜚语如乍暖的春风般吹遍了大街小巷，有人说国师重伤，凶手就是新科武考状元；还有人说华国和夷国正为此事交涉，战争一触即发。

　　风云巨变，茫茫天道之中，万物皆为蝼蚁。紫云城中的行人都变得脸色阴郁，脚步匆匆，没人再爱玩笑，花街变得冷清，售卖宅院的多了不少，当铺前排满了人，大家都想将带不走的大件物事换得几两碎银，去远离夷国国境的泉州避一避战祸。

　　风暴在风云际会中酝酿，而风眼却格外平静。

　　颜君旭此时就在风眼之中，他坐在一位于紫云城城南的竹楼中，埋头在默写着《公输造物》。虽然他写完的两本书被莫秋雨夺去，可不知为什么，他总觉得该将书写完，而且书中的话语，巧妙的机关设计，似能源源不断地给他力量，无形中安抚了他失落的心。

从国师府中逃出去后，珞珞就带他来到了这座偏僻的小楼，其实此处更像荒宅，家具物事都残破不堪，窗沿上挂着蛛网。仅有一只破旧的炭盆，燃着呛人的黑炭，勉强可以取暖。

可他坐在凄冷寒风中，却丝毫不觉得冷，只因心底比残冬更冰冷几分。

他正聚精会神地写着，楼下传来轻响，似有人上楼来了。他急忙探头看去，只见珞珞正抱着只喷香的烤鸡，笑着朝他招手。

而当他看到珞珞身后的人时，心中不由一沉。因为这人身穿蓑衣，头戴斗笠，竟跟焚烧国师府的夷国人打扮十分相似。

此时斜阳如血，照得楼中疏影阑珊，这人恍如站在一片血光之中，勾起了令他心有余悸的回忆。

可珞珞不以为意，三步并做两步跑上来，拉着蓑衣人对他道："之前跟你说过演傀儡戏，我呢……就是在台上唱念做打的小傀儡，而这位就是在幕后提绳之人。"

蓑衣人也跟着走上来，颜君旭后退了两步，但很快便发现他藏在斗笠下的双眼漆黑如玉，似乎在哪里见过。

蓑衣人摘下斗笠，解开蓑衣，露出一袭不染尘垢的白色衣袍，以及黑如绸缎的秀发和清冷如白玉般的脸庞。

"颜公子，咱们不是第一次见了，可记得黑龙谷的卖狐人？你还欠着我五千两黄金呢。"这美少年从袖中掏出一张皱巴巴的纸，递到他的面前，只见上面果然是他匆匆用炭笔写的欠条，正是他在黑龙谷前千金卖狐时写的那张。

他恍然大悟，又惊又喜地道："你，你是……"

"我是珞珞的朋友，你唤我无瑕即可，虽然你是第一次跟我见面，我可是在暗中观察了你很久了。"无瑕说罢，三条洁白的狐尾如蓬云般露出衣袍，一晃即逝，跟颜君旭亮明了自己的身份。

颜君旭知他是狐妖，但见他生得俊美清冷，又是珞珞的朋友，心下再没有丝毫畏惧。

"颜兄，不想知道我们的戏法吗？还是你不在意呢？"无瑕坐在破桌前，手往桌上轻轻一敲，破桌上已经多了本书。

珞珞巧笑倩兮地凑到他身边，美目流转："快看看这是什么？"

颜君旭一头雾水地拿起书，翻开扉页，映入眼帘的正是"兵者不祥之器，非君子不器，不得已而用之"这句话。

他惊喜交加，如获至宝地捧起书，往后翻了几页，只见里面详细地记载了利用血石为动力机关，制作机关甲人的方法，竟跟国师手里的第三部《公输造物》一模一样。

唯一不同的是，国师那本书纸页泛黄，墨痕模糊，而这本书纸如白雪，还透着墨香，显然是新写就的。

"无瑕公子，你，你怎么会有这本书？"他简直不敢相信自己的眼睛，明明在暗巷中，莫秋雨已经将三本书当着他的面全部夺走。

"嘻嘻,当然是因为这个!"珞珞伸出纤指,在他眼前晃了晃,指间宝石在夕光中流光溢彩,"无瑕通过这戒指,借给了我部分灵力,像是在牢中迷晕了狱卒呀,还有给方思扬的蜘蛛,都是从他那里借来的力量。他是三尾狐妖,不像我本事不大,只知蛮干。而我在隧道中接过公输造物,就仔细翻了一遍,跟他共享了视力。我们看到的他也看到了,在那时就利用法术将书的内容给盗走了。"

颜君旭想起了在青石隧道中,一贯没什么耐心的珞珞,特意将书一页页翻开,让他判定真伪,原来竟是早有预谋。

"太好了!你们真是太聪明了!原来这就是你说的傀儡戏,你居然连我都瞒着?是什么时候就开始互相配合了?"颜君旭立刻高兴得手舞足蹈,几乎语无伦次了,"可你又怎么猜到国师交给我的,会是真正的第三本书,而不是假的呢?"

珞珞得意地挑了挑眉:"涂山会意图控制华国,祸乱天下,此等大事我青丘狐怎能坐视不理。会玩一明一暗这种把戏的,可不只是莫秋雨和幽莲,而且他们住在一起,很容易就会被识破,我跟无瑕就不同了,我负责吸引敌人的目光,他负责暗中调查,连脸都不露,最先查出幽莲底细的也是他。至于书吗,国师要骗你拿出手中的两本书,必先以自己手中的书为饵,若他拿的是假书,被识破后就会暴露自己,他不会冒这个险的……"

提到国师,颜君旭眼中一黯,他这两日一边默书,一边思索着整个陷阱,他并不傻,很快就猜到了真相。

"真是没想到,国师竟然也是涂山会的人……"他苦笑了一下,"原来他们对我的好意,都是为了骗我手中的书。"

"其实不是为书,而是为了'天雷'和'地火'。"无瑕的声音也如他的人一般,冰冷而理智,"传说中最厉害的机关,就藏在这三本书中。"

"可是我还有一事不明白,为何你猜到了莫秋雨会抢书,却在一边旁观,怎么不拦住他呢?"

无瑕笑了笑,宛如透过寒冰的光线,也带着几分冰冷:"此举可以让莫秋雨免于对你们的追杀,他得到了书,你在他眼中就再无利用价值。还有我们正秘密追踪莫秋雨,有趣的是,他并没有去见国师,而是往夷国的方向去了。"

"难道说?"颜君旭惊讶地问,"他是双面奸细?同时为涂山会和夷国效力?"

"此人阴险狡猾,不知道他真正的目的是什么。"无瑕皱了皱眉,"如今三本书已经到手,你先专心研究其中的秘密吧。邪恶如藏在泥土下的种子,总有破土发芽之时,我们只需静观其变。"

颜君旭摸了摸布袋中的铜环,将它掏出来放在桌上。这是他从玄武碑下拿到的铜环,他之前琢磨了许久,也不知这怪里怪气,有缺口和凸起的铜环是做什么用的。

或许只有搜集到所有的书,才能解开这个谜题。

晨光辉映,虽然天气仍然寒冷,阳光却透着默默温情,隐约有了春天的气息。烛台上烛泪成堆，颜君旭在雪白的纸上写完了最后一个字，搁下了笔，长长地舒了口气。

他待墨迹风干，将三本书珍而重之地放在了一起。珞珞听到声音，跑过来看他，两人在辉光中相视一笑，心有灵犀一点通，都为集齐所有的《公输造物》而欢喜。

颜君旭望着晨光之中珞珞灵动晶莹的脸庞，想到一路来奇诡曲折的经历，心情激荡地拉住了她的手。两人依偎着看向窗外萧瑟的冬景。虽然此处偏僻败落，可眼前的枯竹和破栅栏，却像是他们此生看到的最美的景色。

之后的日子，颜君旭埋头钻研铜环和书之间的联系，每日茶饭不思。倏忽之间，月余的时光便匆匆而过，窗外的竹枝泛出绿意，墙角的迎春悄悄绽放，像是在一片灰蒙蒙的底色中，洒下点点黄色星光。

可就在这春光乍现的美好时节，珞珞却带来了一个不幸的消息。方思扬和曲铭，将在三日后与火烧国师府的五十名夷国士兵，在午门前斩首示众。

他听到这个噩耗，手中一个不稳，铜环咕噜噜地滚落在地，恰似沉郁坠落的心。

三日后，如静水般暗潮涌动的紫云城，再次变得喧嚣热闹。可跟节日里喜庆欢悦的氛围不同，这次紫云城的百姓义愤填膺，即便天空积云如铅，春雨又湿又冷，街边仍挤满了愤怒的人群，朝游街示众的囚车上扔泥巴和烂菜。

为首的是夷国的五十余名士兵，最近两国交涉不下，朝中大臣愤怨迭起，主战派提出干脆将这批兵士杀掉，哪怕是引起战火也不能如此窝囊；而主和派则认为这些兵士毕竟都是夷国人，为免引起干戈，不如将这些士兵送回夷国，由夷国处决。

两派大臣吵个不休，夷国却传来了国王多摩罗病重的消息，最终主战派的大臣占了上风，不仅要将这些兵士杀掉，还要将通敌的方思扬和曲铭一同斩首，以儆效尤。

雨路湿滑，载着方思扬和曲铭的囚车正通过闹市，拥挤的人群便不受控制地冲到了囚车前，维护秩序的侍卫根本就拦不住。

一个身穿破旧灰衣，背着个布袋子的少年书生被挤出了人群，"哎哟"一声大叫，扑倒在囚车上。

侍卫见状就要拎着他的衣领将他拽走，而就在这时，方才还行驶得稳妥的囚车，突然发出"嘎嘎"轻响，一个轮子居然滚了出去。方思扬还未等明白发生了什么，随着囚车一同栽倒。

冒冒失失的少年书生也跟着倒下的囚车顺势一扑，刚巧扑到了关押曲铭的囚车上，囚车的车轮也随即松动，也从车身上滚落。

此时方思扬就算再傻，也明白了发生什么，只见那灰衣书生脸上抹满了泥灰，一双微微上挑的狐狸眼神采奕奕，正是颜君旭扮成的。

颜君旭朝他使了个眼色，示意他不要出声，又将一个硬硬的铁片塞到了他的手中。

随即他便如一尾灰色的鱼，消失在人潮的洪流。

三日前颜君旭和珞珞得知噩耗，急得如热锅上的蚂蚁，想来想去如今只有劫法场一途。可他只懂机关，珞珞就算力气再大也只是个孤身少女，如何能从侍卫如云的法场上救下两个大男人呢？

他们彻夜琢磨着囚车从大理寺监狱到午门法场的路线，决定在最大的一个十字路口下手。颜君旭负责破坏囚车，并助两人从囚车里逃出来，而珞珞就负责将重获自由的他们带走。

事情进展得很顺利，大理寺的囚车结构简单，对于颜君旭这种机关高手，只需动动手指就轻而易举地将车轮的轴承卸下，并将一把他近日研究的，可以打开所有构造简单的锁的钥匙偷偷交给了他们。

他的任务完成了，便躲入人群，暗暗求神佛保佑珞珞进展顺利。

天冷路滑，侍卫们将车轮找回来，却怎么也装不上，固定车轮的轴承不知被熙攘的人群踢到了何处。而这么一耽搁，关押着夷国囚犯的囚车已经通过路口，缓缓驶向法场。

就在此时，路口处却传来喧哗之声，只见一匹马发疯了般冲了过来，街上的人群皆纷纷避让，马如巨鲸分水般，转瞬便冲到了囚车之前。

此时仵作和侍卫们才看清，原来这马身后还拴着五个三尺来宽的木头辘轳，辘轳一同滚起来气势磅礴，泥浆飞扬，谁也进不了马身，所以这匹疯马才跑了这么远也没人阻拦。

囚车附近登时乱成一团，众侍卫守车的守车，拦马的拦马，谁也没留意囚车中的方思扬和曲铭已经悄悄地摘下了脖子上的木枷和脚上沉重的脚镣。

可一匹马还没拦住，又一匹瘦黄的马又从另一个路口狂奔而出，侍卫们举刀威胁，但哪拦得住发疯的马。

"小心，有人要劫囚车！"为首的侍卫发现了不妙，振臂高呼，可是已经太晚了。

一匹矫健的黑马如流星赶月般越过了人群，稳稳地落在了地上。马背上的是个穿红色短衫的少女，她似跟马心意相通，操纵着马巧妙地躲避着拦截的侍卫，几个纵跃就来到了囚车之前。

她朝方思扬伸出了手，方思扬急忙握住，顺势上了马背。

"喂！还有我呢！"曲铭急得哀哀直叫，可他话音方落，瘦黄马便俯身以头蹭他，似听得懂人话一般。

他急忙翻身上马，跟上了前面的健壮黑马。

"咱们跑得掉吗？"方思扬紧抓着珞珞的腰，回首一望，只见身后侍卫退开，换上了训练有素的禁军追袭。

他们都骑着高头大马，而且佩戴着弓箭，似随时都能将他们射成个刺猬。

珞珞却不答话，呼哨一声，黑马一转头钻入了小巷中，黄马也撒开四蹄跟了过来。

巷中狭窄曲折，每次禁军们提起弩机想要射向飘飞雨丝中的两匹马，他们都会恰到好处地拐弯。

如此追了半刻钟，终于跑到了一条笔直的巷子，两侧灰黑的墙壁宛如天堑峭壁，一线天光像是劈开了天幕的剑，洒落在众人头顶。

禁军们一边纵马前行，一边不约而同地端起了弩机，在这种地势击中两匹没有拉开距离的马，简直是手到擒来。

他们势在必得，为首的一人笑容已经浮现在了唇边。

可就在他们即将扣动弩机的一瞬，一根麻绳突然从地上绷起，离地刚好两尺高，恰在马的膝盖处。

禁军们毫无防备，胯下坐骑嘶鸣着被绊倒，一时间十几匹马纷纷摔倒，将窄巷挤得水泄不通。

颜君旭见计谋得逞，松开了绊马索的机关，撒腿就跑，像是只灰色的松鼠般从街巷的暗处溜了出来。

这是他跟珞珞早已设计好的营救之策，珞珞身为狐妖，擅于御马，她将方思扬和曲铭接走后，便将追兵引到这条狭窄的小巷，由他启动绊马索绊倒追兵，便能逃之夭夭。

"浑蛋！"为首的禁军摔倒在地，咬牙切齿地举起弩机就往颜君旭奔跑的背影射去。

颜君旭正为计谋得逞而沾沾自喜，完全没有发现身后的杀意。然而就在这时，一支箭划破长空，挟着千钧之力，呼啸着贴着颜君旭的身侧飞过，射向了偷袭的禁军。

箭气如虹，刹那间将即将爬起来的禁军们再次带倒，而他们手中的弩机也被箭上的力量击成木片。

颜君旭知有救兵来援，惊喜地抬起头，只见细雨纷飞的小巷中，正站着个一袭青衫，面如冠玉的中年美男。

他手中拿着把宛如明月般莹白的长弓，眼中含笑，姿容出尘，居然是人鱼族长璇玑。

贰拾玖 铜环之谜

"哪有你那样救人的？"璇玑放下弓，嘴上虽然贬斥，眸中却隐含赞许，他衣袖一挥，千万雨丝化为一张晶莹的网，封住了小巷，将追兵们阻在了网的另一边。

璇玑既然来了，月曦自然也在。珞珞已经下了马，月曦正担忧地照顾着虚弱不堪的方思扬。

"这马太惹眼了，你们换上寻常衣服，混进人群中分头离开。城中侍卫太多，没必要跟他们缠斗不休。"璇玑朝月曦使了个眼色。

月曦拿出一个包袱，让方思扬和曲铭二人将惹人注目的囚服换下，又用头巾包住了他们的乱发。转眼间方思扬就变成了个朴实的庄稼汉，只是曲铭的山羊胡还有些惹眼，珞珞从怀中掏出匕首，手起刀落就将他的胡子剃了。

曲铭气得直瞪眼，但估计想到命是他们救的，而且没了胡子总比没了脑袋强，如一只委顿的山羊般垂下头，没再多说一句。

而珞珞在跟他们二人交代好城南住处的方位后，便钻入了小巷的暗处，再出来时已经变成了一只毛发火红的小狐狸，双眼弯成了月牙，喜滋滋地跳到了颜君旭的怀里。

巷子里的小路四通八达，未免太过惹眼，他们分别选择了不同的道路，又改变了装扮，很快便如水滴融入水一般，消失在混乱的人群中。

街上的禁军明显多了，在挨个盘查每个行人，众人皆知有两名囚犯被劫走，都惶恐不安。颜君旭将珞珞用布裹着背在背上，即便被盘问了两次，也没有被人发现。

细密的雨丝渐渐停歇,阳光如锋芒般刺破层云,不知不觉间,午时已经到了。法场上传来了嘹亮的号角声,之后是围观百姓的欢呼声,随即濡湿阴凉的风,送来了血腥的气息。

颜君旭望着眼前的如海人潮,激动雀跃的人们,知道那五十名夷国士兵已经都被砍了头。

他茫然四顾,不懂为什么这些人会为了死亡欢呼,更担忧的是,死亡无法终结仇恨,反而会带来新的杀戮。

恰在此时,一个穿着披风的人匆匆从他身边掠过,重重地撞到他的肩膀。他被撞得后退了几步,却见那人回了下头,竟是一张他熟悉至极的面孔。

他从人群中挤出去,跟着穿着披风的人拐进了一条满是泥泞的小巷,那人拉下了风帽,露出一张清俊的脸,左眼的镜片散发着阴寒的光,正是月余不见的莫秋雨。

"你来做什么?"颜君旭咬牙切齿地问,紧紧地按住了布袋,里面装着一把珞珞给他的匕首。

而他背后的珞珞也发出"呼呼"低吼,似也怒不可遏。

"我来观看战争的序幕,方才你看到了吗?夷国人被砍头的瞬间,血花冲上了半空,又染红了地面,他们的头颅滚落在泥地中,却死不瞑目,仍愤怒地睁着双眼。"莫秋雨张开手臂,仰天长笑,仿佛欢喜至极,"我看到这场面,就像看到了战争爆发,华国战败,生灵涂炭的样子,只有如此方能解我心头之恨。"

颜君旭见他癫狂的面容,听着他狰狞的笑声,看样子他已经得意忘形,忙趁机问道,"这么说,你跟涂山会不是一伙的?"

"涂山会?他们只是被我利用的棋子!那些蠢狐狸总想在华国和夷国间取得平衡,以避免战争,可却不知'不破不立'的道理,两强并立,像是狮子跟老虎同笼,只有分出胜负,将一方打得落花流水,才能换来几十年的太平。"莫秋雨冷笑道,"我是战争的信使,是多摩罗王派我来到华国,蛰伏了近十年,就是为了窃取华国的机关术,为的是有朝一日燃起战火。如今我已将全部的《公输造物》送到了夷国,剩下的就是为一触即发的战争找个火星了。可哪想到华国的皇帝竟如此愚昧,直接杀了这么多夷国人,真是蠢不可言。"

"所以,你就是那个夷国的奸细,是你将演武机关的秘密交给夷国人,害得我差点丧命?"

莫秋雨朝他行了个礼,优雅而高傲,算是默认了。

颜君旭满怀恨意地看着他:"可你明明就是华国人,为何要背叛国家?做个不齿的叛徒?"

"你说错了,我不仅是华国人,身上还流着夷国人的血。我出生在鹿城附近,介于两国之间,国家的概念对我来说太过虚无。十几年前的鹿城之围的战争中,年幼的我被当作俘虏驱赶到了鹿城之下,华国兵士却将紧闭城门,甚至在夷国退兵后,也不曾开门相助。那天我从死人堆里爬出来,就明白了力量的重要性,而且发誓要向华国复仇。"

此时颜君旭才终于明白,为何蓝夜临死前特别提到奸细是混血,估计他想通了一切,已经猜到了在山谷中偷袭他的,才是真正的奸细。

可他这语焉不详的一句话,却祸水东引,让大家怀疑到了混血特征更明显的方思扬头上。

"你深为战争所害,却又要挑起战争……难道你希望安居乐业的百姓像你一样,经受与亲人生离死别的痛苦吗？"颜君旭厉声质问他。

小巷的冷风吹起了颜君旭的灰色的袍角，他的脸庞褪去青涩，显出了青年人的棱角，眼神也变得冷冽。

"呵，过了这么久，你还是没长大呢。"莫秋雨走到他面前，冷笑道，"我说过很多次了，战争是对弱者的惩罚，却是强者的功勋。如果有人因战乱受苦，只能怪他们太弱小。"

颜君旭握紧了袖中的匕首，恨不得冲上去杀了他。

"君旭，知道我为什么特意找你说这番话吗？"莫秋雨似看出他眼中的恨意，惋惜地摇了摇头，"有时候我觉得我就是你，你就是我，像站在镜前的人，我们看到的对方，其实都是自己……"

颜君旭愣住了，不明白他为何突然说出这没头没脑的话。他们怎么会一样？自己喜爱和平，而他是个嗜血的战争狂？

就在此时，寂静的街巷传来了马蹄声，莫秋雨警惕地抬头看向声音的来处，裹紧了披风，转身便跑远了。

颜君旭忙要去拦住他问个清楚，却听身后传来了一个惊诧的女子声音。

"你这个小贼！果然是你劫的法场！"

他回头一看，只见一个男装丽人骑在一匹雪白的骏马上，正是长平公主李盈，而她身后还跟着两名侍卫，分别为梅生和兰影。

三匹马牢牢地堵住了狭窄的小巷，呈"品"字形将他包围，让他无路可逃。

李盈一见到他就气得咬牙切齿："你骗了皇兄，说要献书给他，结果却设计令国师重伤，连他手中的书也骗走了！"她扬起马鞭就往他身上抽去，"亏我还一直为你说话，想不到你竟如此卑鄙……我猜到你会出现在法场附近，却没想到你还劫走了犯人！"

颜君旭背上的小红狐窜到他的肩头，就要扑向马背上的李盈。他慌忙将它紧紧抱在怀中，生怕它再惹出事端。

他仰望着李盈明艳而愤怒的脸，像是看到了一线希望，这是他跟天子唯一的沟通的渠道。

李盈高举着手中的马鞭，美目含泪，却久久未曾落下。她漆黑的瞳仁中映出了颜君旭的脸，清俊而又坚毅，让她想起了在黑龙谷时快乐的时光。

颜君旭在她的表情中看到了一丝不忍，忙冲过去说："我是被陷害的，国师是涂山会的人，你一定要相信我！将此事告诉皇上，我会证明给他看的！"

李盈扬着的手终于放下，怔愣地问："不可能……国师他为华国鞠躬尽瘁，我识字开蒙时，他还嘱咐我女孩子要多读些书，才能开慧明智，连皇兄都曾坐在他膝上写字，他怎么会是涂山会的人？"

颜君旭灵机一动，突然想起了方才莫秋雨的话，忙抓着她的腿道："他机关算尽也没有拿到书，一定会回来找我……"

他话未说完，怀中的小红狐就探出了头，轻轻地呼啸了一声。

刹那间李盈胯下的马发出嘶鸣，人立而起，几乎要将她甩脱马鞍。而她身后两名侍卫的

◇ 君子,命中有狐 ◆

马也像是发了疯,撒开四蹄,横冲直撞个不停。

颜君旭知道珞珞是在为自己创造逃脱的机会,连想都没想,拔脚就冲出了小街,转眼就消失在熙攘的人群中。

偏僻的小楼许久未曾如此热闹,春雨霏霏,如烟似霭,又像是生命之源,将院中的杂草染上一层淡淡的青绿,野花也绽放出它们娇羞的容颜。

方思扬和曲铭狱中被关了近两个月,头上长满了虱子,饿得瘦骨嶙峋,还好月曦擅长御水,为他们烧水沐浴,很快就将他们打理干净。

颜君旭和珞珞是最后回来的,但他们在躲避禁军之余,还没忘买了些烧酒和烤鸡。

夜幕降临,几人聚在一起,席地坐在简陋的主席上,望着窗外破败的景色,却比置身于奢华舒适的皇宫更为喜悦。

珞珞口齿伶俐,将跟颜君旭这几日的经历与二人说了,当说到莫秋雨和国师的真正身份时,惊得二人目瞪口呆,完全不敢相信。

尤其是曲铭,为了研发机关甲人,他曾跟国师通力合作了近五年,而工部尚书也由国师兼任,他在任这些年兢兢业业,从不因位高权重而苛待下级。

他除了过分痴迷算术,到老仍是孤身一人以外,可以说毫无缺点。当然,这个缺憾对曲铭来说根本不算什么,工部有大把只爱机关不爱红颜的痴人,他早已见怪不怪。

可事实摆在眼前,能如此一环扣一环地算计他们的,也只有国师了,而且每一步众人的反应都被算到,在他们被捕后,颜君旭果然如被剪掉了羽翼的鸟儿一般,不得不投入了他早已备好的牢笼。

"哎,白首相知犹按剑,果然防人之心不可无。人不活到最后,实不知你认为是朋友的人,真正的面目又是什么啊!"

最终他长长叹了口气,灯影之中,消瘦了许多的他,皮肉都松松垮垮地挂在身上,似一瞬间就变得苍老。

几人的心情都压抑沉重,吃过饭后,颜君旭将铜环和三本书拿了出来,跟他们一起研究如何破解书中的奥秘。

方思扬和曲铭提出用火烧一下铜环,或者将它挂在窗前,看看它的影子随着十二时辰会不会有变化,月曦插嘴说看看能不能试试浸水的办法。

可都一一被颜君旭否定了,在这一个月来,这些法子他跟珞珞都试了一遍,却仍然没有头绪。

"真的书已经被你烧了,是不是纸张有玄机?"曲铭下意识地要捋胡子,却发现胡子被珞珞剃了,只能摸了摸下巴道。

"烧之前我特意仔细看过,纸没有什么特别的。"颜君旭立刻摇了摇头。

方思扬拿起桌上的铜环,放在灯光下观察,他身为画师眼睛比寻常人毒辣,很快就被铜环上不规则的凸点吸引了,皱眉问道:"这是做何用的?"

"似乎只是装饰的花纹。"

"一点美感也没有，公输子聪明绝顶，欣赏美的能力应该不错，怎能用这种花纹？"他突然像是想到了什么，用墨汁点在凸点上，又拿出一张白纸，在上面轻轻一滚。

三排大小各异的墨点印在雪白的宣纸上，像是积雪中留下的飞鸿的足迹。

"真的很奇怪！"颜君旭也摸着下巴说，"公输子不会无缘无故地在铜环上弄出这些凸点的。"

珞珞忙把三册书拿出来，跟月曦凑在一起，将印记在书上比来比去。女孩子的心比较细，她们叽叽喳喳地议论了一会儿，突然珞珞发出了一声惊呼。

"第一排的凸点对应是页数，第二排的凸点对应的是行，第三排是字的位置！大的凸点代表前的数，小的代表后面的数字！"

几人听她这么一说，忙将三本书摊开，发现书不多不少，刚刚好是一百零八页纸。既与天上星宿同数，又代表了佛教中的圆满之意。

按照她所说的，第一排的凸点为一大一小，是为第十一页；第二排为六个凸点，为第六行；第三排有五个黑点，对应的是第五个字。

颜君旭忙翻看书册，第十一页第六行引用了一句诗：我欲志诸墓，有言何敢私？而第五个字，刚好是个"墓"字。

这句话他当初就觉得引用得突兀，此诗像极了一首挽诗，但后面跟着的"有言何敢私"又有将所知倾囊而尽的意思，他便没有多想。

如今看来，这竟然就是藏在书中的奥秘！

珞珞高兴得摩拳擦掌，又开始数凸点，这次的凸点数完，对应是第八十八页第八行的一个"地"字。

"墓地！"几人异口同声地说。

而只有颜君旭和珞珞，脑海中浮现出了位于紫云城郊外的祠堂和佛龛上威武的公输子塑像。

"公输墓？"颜君旭望着纸上的字，激动地说，"是了，是了！公输子他还活着的时候，便已想好要用'天雷'和'地火'作为他的陪葬了！我怎么没想到呢？"

"可是国师不是说过，他是在皇上重修公输墓地的时候发现的第三本书吗？难道他没有发现墓地里还有其他的物事？"珞珞歪着头，疑惑地问。

"墓地有第二层！"颜君旭微微上挑的双眼中闪烁出晶亮的光，"如果我是他，一定也会修第二层墓地，机关匠人们都讲究'留一手'，公输子一定也不例外！"

窗外月影微斜，像是个白纸糊的灯笼似的挂在天边，为这些处于绝境中的人，照亮了缥缈莫测的前路。

◇ 君子，命中有狐

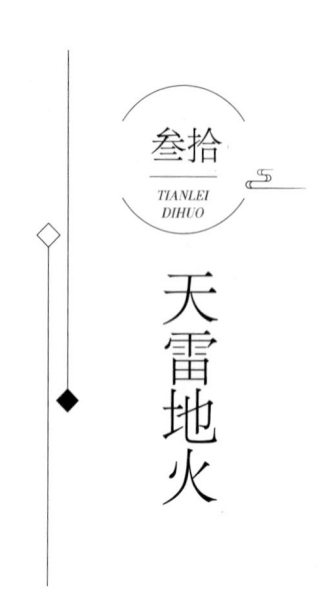

叁拾 天雷地火
TIANLEI DIHUO

　　机关武考后，公输祠堂拜者寥寥，但机关演武之后，围观了"白泽"风采的贵族公卿皆纷纷赞叹机关之妙，祠堂就又迎来了一段游者如云的日子。

　　春寒料峭，日头刚刚落入西山，风中便渗出湿冷的凉意，祭拜祠堂的游人在日落前离去。在青山翠峦的环绕下，只有祠堂后的两根立柱孤独地伫立在空地上，宛如忠诚的巨人，守护着公输墓地。

　　苍茫夜色中，有两个人影蹑手蹑脚地走进了祠堂，稍高一些的背着个方形的箱子，虔诚地朝祠堂中的公输子跪拜了一番。

　　"小生颜君旭，偶然学得先生的机关术，今夜探访先生安息之处，实在是为天下苍生不得已而为之，望先生宽宏大量，原谅小生的冒犯……"

　　"说够了吗？快点走吧！"

　　他话未说完，身边的珞珞便不耐烦地推了他一把。

　　颜君旭背起机关箱，拉着珞珞向祠堂后的墓地走去。耳边山风呼啸，吹得草木哗哗作响，虽然空无一人，却无处不透着阴森。

　　珞珞本来胆子极大，此时也有些害怕，虽然公输子在他们眼中宛如圣人，但这毕竟是墓地呀，万一跳出来个鬼魂可怎么办？

　　她大眼睛警惕地左顾右盼，像是块人形的膏药般贴在颜君旭身上，两个人的影子几乎都融为一体。

上次跟莫秋雨游览过，他们知道立柱后就是公输子的埋骨之处，很快就朝着那青石坟冢而去。

坟冢如他们记忆中般简单，颜君旭绕着将近一丈高的坟冢走了一圈，已经发现了上次修补过的入口。他从轻便的竹制机关箱中掏出了把凿子，一阵"叮叮当当"之声过后，两块青砖被他凿开，露出了个两尺见方的黑洞。

"好黑呀，会不会有鬼？"珞珞打起了退堂鼓，她突然有些后悔，早知道让方思扬和曲铭同来就好了。

可是他们都在牢狱中被折磨得虚弱至极，尤其是方思扬，曾经丰神俊朗的他现在已经瘦得形销骨立，实在不忍叫他做挖坟盗墓之事。

"应该没事……"颜君旭朝黑洞里探头望了望，也有些害怕。不知为什么，他觉得在机关演武场中跟夷国人对战，都没有钻墓地可怕。

他从机关箱中拿出一只巴掌大小的琉璃风灯，用火折点燃，先将灯探了进去。灯光一亮，像是一只无形的手，拨云散雾般驱散了黑暗，也驱散了他们内心的恐惧。

只见墓中陈设简单，也铺着青色的石砖，放着棺材的位置上只摆着个两尺见方的石匣。

珞珞松了口气，率先钻了进去，可她转了两圈，却发现墓中除了石匣子外什么都没有，称得上简陋至极，连寻常人家的墓葬都比这位大名鼎鼎的公输子要隆重些。

颜君旭提着灯走到石匣前，轻轻掀开了沉重的匣盖，只见里面放着一条青色的书生巾和同样颜色的粗布衣袍，因时间过得太久，袍子上都烂出了洞，堪称褴褛。

正如莫秋雨所说，此冢是公输子的衣冠冢，世人根本无法知道他的埋骨之处。

"看来我们找错了地方，这里根本没有第二层，只能再多探查公输子的事迹，看他最终葬于何处。"珞珞长叹口气。

颜君旭却不死心，他从机关箱中掏出个小锤子，又"叮叮当当"地在墙壁上敲个没完。可他累得满头大汗，也没有找到任何异样之处，心灰意冷坐在地上。

珞珞将匣盖盖上，顺势搬动了一下石匣，石匣发出"咔咔"轻响，被她移开，扬起了细密尘灰。

"珞珞，不要对公输子不敬！"颜君旭见她居然移动了宛如棺材似的石匣，忙要去阻止。

可珞珞却低着头，明眸如星，一动不动地看着方才摆放石匣的青石台。

颜君旭见她如此，知道她一定是发现了什么，忙也好奇地凑了过去，只见台上有一个圆形的凹槽，嵌在台子中央。

若是在过去，他一定会以为这是个防滑或者沥水的机关，可此刻的他，一看到这奇怪的图案，手就不受控制地轻颤。

他摸了摸凹槽，接着从片刻也不离身的布袋中，掏出了沉甸甸的铜环。铜环被他竟日琢磨摩挲，上面的每一块凸凹，都被他铭记在脑中。他屏住呼吸，将铜环放入了凹槽。

绽放着赤金色光芒的铜环，发出"咔"的一声轻响，完美地嵌入凹槽中，就像它天生就该在那里一样。

珞珞也屏息凝神地观察着这奇异的一幕，寂静的墓中，似能听到两人紧张的心跳声。

颜君旭将手放在露出寸许边缘的铜环上，用尽全身的力气按了下去。铜环下的青石台发出"咔嚓"脆响，一下就沉下地面寸许。

而几乎就在同一时间，他跟珞珞站立之处的青石板突然向两侧分开，他只觉脚下一空，身体不由自主地就掉落下去。

刹那间黑暗如潮水般将他包围，耳边还回荡着珞珞惊恐的尖叫。

他重重跌落在地，发出"扑通"一声闷响，可还未回过神来，就有一个柔软的身体砸到了他的身上，痛得他哇哇大叫。

很快就有一只手捂住了他的脸，正是愤怒的珞珞："你鬼叫什么？吵死人了！"

珞珞抓住了他的手，让他跟随自己呼吸的节奏调整心跳。颜君旭明白她的意图，长长地深吸了两口气，两人体内的灵珠产生了共鸣，伸手不见五指的黑暗如帷幕般缓缓被拉开，露出被深藏其中的景致。

只见他们正在一个狭窄逼仄的通道中，洞中积满了泥水，浸湿了的衣袍。他手忙脚乱地从泥坑中爬出来，拉着珞珞的手，小心翼翼地蹚着泥水，向通道里走去。

机关箱被他落在了公输子的坟墓中，绳索、伞盾和钩子都一起被遗落，他身上只有一个平时背着的布袋，里面装着简单的工具。

他心中忐忑，不知该如何脱困，却又得装出镇定的模样，免得珞珞也跟着害怕。

通道的尽头是两扇对开的石门，石材黝黑沉重，触手冰冷，竟然跟玄武碑用的是同样的石料。

颜君旭像是只壁虎般贴在高大的石门上，将门的每处都摸了个遍，也没有找到任何开门的机关。而且这黑玉般的石门连个门环和扣手都没有，仿佛一块不可转移的磐石。

"推一下试试呢？"躲在他身后的珞珞轻声说，琥珀色的眼睛在黑暗中也闪闪发亮，像是只警惕的小猫。

"别说傻话了，怎么推得动呢？"

"不试一下怎么知道？此门没有机关，焉知它的重量可能就是机关。"

颜君旭挠了挠头，突然觉得她说得有道理，再说确实也没找到别的办法。他沉腰弓步，双手抵在门上，使出了吃奶的劲。

果然，就像他想的那样，门纹丝未动。

珞珞伏在他的肩上，身体温暖又柔软，轻轻道："再试一次，这次我会帮你。"

颜君旭很少跟她如此亲近，脸腾地就红了，连忙使劲拍了拍脸颊，才没有胡思乱想。

心跳如鼓，生机勃勃的力量像是泉水般源源不断地从他身体里涌出。他甚至能看到自己和珞珞都被一层淡淡的荧光笼罩，黑暗中怎会有荧光？

可他来不及细想，用尽全身的力气推向了大门。方才还重逾千斤的门，在他手下轻如鸿毛。

门发出"隆隆"巨响，宛如一个好客的主人般，向他们敞开了怀抱。金色的光，如利剑般劈碎了黑暗，又如海潮般裹挟了他们的身影。

颜君旭目瞪口呆地望着眼前的景致，只见门后是一个宽敞的厅堂，中间有条甬道，积满了清澈的水。甬道两边放着十几口大缸，缸中装满了油，每一口缸中都有一根灯芯，灯芯上跳跃着一簇精灵般的火苗。

缸中的油脂宛如白玉，仿佛千百年来都如此燃烧着，无止无休。

而在通道的尽头是一座黝黑的高台，台上摆放着一具棺木。

"这里才是公输子真正的墓地……"珞珞喃喃地说，宛如被迷住了魂魄般，缓缓向高台走去。

颜君旭忙上前追上她，生怕她不小心触发了暗藏的机关，两人踩在甬道的清水中，像是溯回了悠悠百年的岁月，走向了所有未解之谜的起源。

但直至他们拾阶走上高台，也没有遇到任何机关，只有油缸中的火光，宛如一只只慈蔼温和的眼，默默地注视着这对来探墓的少年男女。

"想不到公输子一生精通机关，却在自己的安息之处没有设下任何机关……"颜君旭走在荧荧火光中，心中的恐惧渐渐消失，"他竟对人毫不设防。"

公输子真正的墓地没有任何阴森之气，倒似一个满怀耐心的长辈，在迎接来探望他的追随者。

珞珞点了点头，一张俏脸在灯光下明媚如花："确实，或许是因为这些引路的灯的原因，我居然一点也不害怕了。"

不知为什么，颜君旭心中竟隐隐觉得，公输子早就猜到有人会来他的墓地，而且等待已久。他留下的三本《公输造物》，藏在玄武碑下的铜环钥匙，都是他留给这永远不能谋面的客人的请柬。只有心中热爱机关，追随他留在漫长岁月中宛如传奇般的残段片影之人，才能依循草蛇灰线的线索，找到他真正的埋骨之处。

他满怀虔诚，像是个朝圣的信徒，一步步走上台阶，跪在了宽大的棺木前重重磕了三个头。

公输子的棺木是沉重的檀木做的，如铁一般黝黑沉重。珞珞走上去查看了一下，奇道："这棺材上没有钉子，我记得在青丘看人类下葬，都会在棺材盖上钉钉子。"

颜君旭走到棺材前，将手按在了位于棺材头部的一个凹槽中："他唯一的机关，便在此处了。"

"会不会有毒箭射出来？"珞珞战战兢兢，又满含期待地问。

"应该不会，以公输子的本领，如果他不欢迎有人踏入墓地，估计我们连大门都进不来。"

"也是呀，你说得没错，快按下机关试试。"

颜君旭手掌用力，将木制凹槽整个推进了棺木。沉重的棺盖缓缓颤动，发出阵阵脆响，随即宛如紧闭蚌壳般的棺木现出了一线缝隙。棺盖开启，露出了里面的葬着的人。

珞珞急忙用手捂住眼睛，却又忍不住好奇，从手指缝中偷看。而颜君旭在看清棺木中的尸体时，也倒吸了一口凉气。

只见棺木内的是一个年约四十岁的中年人，他身穿一件青色的粗布长袍，一副文士打扮，而面容却栩栩如生，清秀中又透着几分英挺。他的头枕在玉枕之上，双眸紧闭，甚至连脸颊上还泛着丝丝红晕，仿佛根本不是死了，而是睡着了一般。

"这就是公输子？"一贯爱闹的珞珞，也压低了声音，像是怕将在棺木中安眠的人惊醒，"他真的死了吗？如果没死，为何会睡在棺木里？"

"我也不清楚……"颜君旭更无头绪，又挠起了蓬乱的头发，他眼尖地发现，公输子的双手叠放在胸前，右手食指向上，指着自己的下颔。

而他掌间微微鼓起，似捂着什么物事。

他鼓起勇气，弯腰俯身入棺内，拨开了公输子叠放的双手。他的手也软绵绵的，除了冰冷如玉，毫无温度之外，跟活人的手并无不同。

公输子的手掌被移开，露出了一簇棕色的毛发，依稀是某种动物的毛。他疑惑地看向珞珞，珞珞朝他点了点头，示意他把毛发拿出来看看。

可他刚伸指要取，不知从哪里吹来了一缕清风，毛发竟然在风中如烧焦了般变成了黑灰。而且不只是毛发，宛如活人般的公输子，身体也瞬间变成了黑色，随即化为了一摊黑灰。

颜君旭被这突如其来的变故吓了一跳，差点就跌坐在地，只见棺木中再无公输子的尸体，甚至连灰都被风吹散，只余一具空棺，一只冰凉玉枕，仿佛他方才所见的都是一场幻梦。

"怎么会这样？"珞珞扒住棺材边，颤抖地说，"我们方才明明什么都没碰到。"

"可能是公输子前辈不想让人再打扰他吧……"颜君旭失落地摇了摇头。

方才看到宛如生人般的公输子，他甚至以为这位前辈只是假死，只要方法得当，他还会坐起来，跟自己探讨机关，为他解惑。

时光宛如奔涌的洪流一去不回头，即便精于机关术，近乎神明的公输子，也在悠悠的岁月中化为尘烟。

他想到人生苦短，在苍茫天道中，宛如蜉蝣蝼蚁般渺小，难免心中酸涩，悄悄拭去了眼角的泪水。

珞珞看出他的难过，跳过去轻轻抱了抱他："现在时间紧迫，我们是不是也该找找'天雷'和'地火'呢？"

她的话宛如晨钟暮鼓，令颜君旭不再沉湎于悲伤的情绪中。两人各自分头在墓地中探寻，可是半个时辰后却一无所获。

"照明的缸有十二口，奥秘会不会在缸里？"珞珞趴在缸上，把每只巨缸都查看了一遍，仍没有找到任何端倪。

颜君旭胆子稍大，一番磕头叩拜后，就围着公输子的灵柩研究起来，但同样没有任何线索。

转眼两个时辰过去，他们依偎着坐在冰冷的青石砖上，不知该从何处再寻找。难道"天雷"和"地火"不在公输墓中，或者墓地里有新的线索，指向收藏着它们的地点？

忙了半宿，颜君旭既失望又疲惫，一闭上眼，眼中浮现的都是公输子躺在灵柩中的模样。

他面容清俊，手指也很修长，叠放在胸前，右手食指指向下颔，宛如壁画上画的佛手。

等等！右手食指指向下颚！他猛地跳起来，抬头望着灯火眷顾不到的墓顶，不由又惊又喜，

"珞珞,在黑龙谷中,你是不是曾说过,如果你藏东西,便将它藏在高处?"

珞珞点了点头,立刻明白了他的意思,拍手道:"你的意思是说,墓顶有玄机?"

"是的,硕大无朋的油缸,明亮的火光,在阴暗的墓地中,人的注意力会不自觉地被灯火吸引。但真正的宝物,却被公输子藏在了灯光照不到的黑暗中……"

他边说边撕下衣袍的一角,用布袋中拴着铁链的机关小爪抓牢,将袍角凑在灯火中点燃。

接着他奋力一甩,抡了半圈后,将一团火球掷上了墓顶。火光宛如一道流星,照亮了漆黑的穹顶,可见青灰色的石砖上,画着红色的,宛如图腾般的花纹。

即便是短短一瞬,他们也看出花纹有的如尺矩般笔直,还有弯曲的齿轮,赫然是一张复杂烦琐的机关图纸。

"'天雷'和'地火'……"火球落在地上,墓顶复又被黑暗包围,颜君旭却仍目不转睛昂首仰望,仿佛连灵魂都被攫走。

就像初次启程的旅人,第一次看到星图浩瀚的夜空;又像是凡人偶然窥到了天道的一隙。

令他震撼又神往,浑然忘我。

叁拾壹 空中楼阁

KONGZHONG LOUGE

春雨迷离，宛如一袭柔软滑腻的纱，无声无息地笼罩了紫云城，为这肃穆庄严的城市，添了些许柔情和含蓄。

可跟往年不同，少年们不再鲜衣怒马地在街上奔走，他们更多是聚在一起，谈论着一触即发的战争。姑娘们则是愁容满面，衣裙都以朴素的青色为主，生怕自己和家人要经受战乱流离之苦。

过去春季生意最好的脂粉铺、裁缝店、车马行、百花园等都门可罗雀，倒是京城百姓素来不怎么光顾的铁匠铺一日比一日热闹。

刀枪剑戟流水般卖出去，街上随处可见佩戴着武器的年轻人，甚至分不清他们是游侠还是寻常百姓。

而一个身穿灰色布袍的少年，斜挎着个破布包，便如一只不起眼的灰鹌鹑般，穿行于全副武装的行人之间。

他左一个铁匠铺看看，右一个铁匠铺走走，跟别的客人不同，他不买兵刃，问的都是麻绳、锁链和铁镐之类的工具。他的足迹遍布了每个铁匠铺，从晨起逛到了日落才离开，若不是急促的市鼓声响起，怕他还是流连忘返，不肯离去呢。

一只黑狐从街边的破箩筐中探出了头，绿眸中闪着幽幽的绿光，它的视线如蛛丝般粘在灰衣少年的身上。

少年顺路又去了趟车马行，定制了一辆如今京城最流行的六轮马车，才满意地踏上了归程。

春天的风是温软的，吹得夜色也如美丽姑娘的长发般温柔缠绻，一个身穿黑色长袍的人，正站在高台上，眺望着春夜的浩瀚星图。

"西天的白虎星，这几日真是格外耀眼呢……"他长叹口气，忧心忡忡地说，"白虎是兵戈纷乱之星，也是战神之星，或许冥冥中自有天意……"

他正在感怀心事，却听高台下传来喧哗之声，是几只黑狐闹得正欢。他拾阶走下高台，一只狐狸立刻变成了个身材瘦小、鬼头鬼脑的男人，扑过去伏在他的脚边。

"前日属下发现了小书生，可这些家伙却阻拦我，说长老正在观星，不喜人打扰……"他急切地要邀功。

"哦？你是在何处遇到他的？"

"在铁匠铺附近，之后他还去了订了车，看样子似乎是为离开京城做准备。"

"哦？"长老微一沉吟，"那打探到他的住处了吗？"

"属下无能，半路杀出来了个穿红裙子的小姑娘，她拉着小书生在人群中走了几步就不见了，所以还没有找到。"

"如此说来，他是心灰意冷，产生了还乡的念头？毕竟还是年轻呀……"长老朝他挥了挥手，点头道，"做得不错，下去领赏吧。"

他反身又回到高台之上，眺望着满天繁星，天空几近透明，星子近在咫尺，似乎一伸手就能摘到。

正如诗中所云：危楼高百尺，手可摘星辰。不敢高声语，恐惊天上人。

危楼？高百尺？他突然像是想到了什么，对了！那个地方恰好能为他所用，即便暴露了身份也不会被任何人得知！或许这是扭转劣势的良机？

春光明媚，天朗日清，一辆六轮马车晃悠悠地驶出了紫云城的北城门，赶车的是个头发蓬乱、长着双狐狸眼的清俊少年，而一个身穿红色纱裙的少女，正娇俏地坐在他的身边。

两人有说有笑，似为离开京城而欢喜不已，少女边走边哼着歌，一路上洒下不知多少欢歌笑语。

官道上车马众多，为了躲避风雨欲来的战争，不少京城百姓正在举家南迁，将道路堵得水泄不通。马车在车流中走走停停，驶得很慢，到了傍晚时分，才走到京郊附近。

位于城北的郊外山峦环抱，景色清幽，树荫亭亭如盖，被夕阳镀上金辉，宛如一把把金色的罗伞。

伞下正停着一辆马车，宛如一个殷切盼望的人，已在此等候多时。

颜君旭的车刚在路口出现，马车立刻迎了上去，车上跳下一个青衣侍卫，朝颜君旭行礼道。

"国师听说公子要离京，特在离此地两里外的青秀峰悬天阁中为公子送行。"

颜君旭本想摘下赶车用的手套，下车跟他回礼，却被身边的珞珞一把拉住。

"别去，小心有诈！"

◇ 君子，命中有狐 ◆

"悬天阁乃京城奇景之一，因道路奇险，每年都有游人失足坠崖而亡。二十几年前，国师便提议将此地封禁，寻常人根本无法游览，公子不想去看看吗？"侍卫也不生气，耐心地劝他。

颜君旭看了看珞珞紧绷着的小脸，不知该如何是好。

"此番离京，公子不知何年才能再回来，还是不要留下遗憾为好。况且国师位高权重，又是真心邀请，若是公子不去，可能也会在下一段旅程中重逢呢。"

他的话似在暗示颜君旭，国师必须要见他一面，即便这次推拒了，他也会继续在路上截他。

颜君旭无奈地摇了摇头，只能摘下手套，跳下马车。珞珞跟着跳下来，一双杏眼瞪得溜圆，紧紧地抓着颜君旭的衣袖，一副无论如何也不跟他分开的模样。

晚霞宛如一道瑰丽的绸带铺满西天，红的、紫的、黄的，缤纷的光影环绕着陡峭的青秀峰，将山峰映照得如梦似幻。

颜君旭跟在青衣侍卫的身后，足足爬了快半个时辰，才登上了山腰处，看到了著名的悬天阁。

悬天阁顾名思义，一座悬在半空的楼阁，建在青秀峰一块狭长的石梁上。阁下是云雾萦绕的深渊，阁顶上只有几株长在峭壁上的矮松，阁楼上不接天，下不接地，只有飞鸟和云烟环绕，险峻至极，又奇异至极。

颜君旭走到宽约一尺的石梁前，望着脚下的深渊，双腿不由发软。可就在这时，离他两丈多远的悬天阁的木窗被人推开，现出一个身穿黑色披风的人。

他突然来了勇气，不再看脚下，从衣袋里掏出带链条的机关小爪，一段紧紧绑在石梁上，另一段则拴在腰际，缓缓走了过去。

石梁虽然险峻，但对珞珞来说却是平平无奇。一贯与颜君旭共同进退的她，这次却没有跟着过去。

她盘膝坐在石梁前，将狐尾琴放在膝上，弹起了一首清歌，她绯红色的衣裙随山风飘扬，像是一朵花，绽放在烟霭之间。

"燕燕于飞，差池其羽。之子于归，远送于野……燕燕于飞，颉之颃之。之子于归，远于将之……"

这是一首送别女子的诗歌，不知她是为颜君旭所唱，还是在抒发心中情意。歌声随山风飘落四散，为青翠的山峰都添了离愁。

颜君旭衣袂飘飘，以她的清歌为伴，摇摇晃晃地走在狭窄的石梁上，像是一只迎风搏击的灰鸽子。

最终这只鸽子收拢了羽翼，一头钻进了悬天阁中。与此同时，长日落入西山，凉夜伴着清风，像是一只倦极了的鸟儿，将连绵起伏的山影，都拢在了自己磅礴无边的羽翼下。

悬天阁中只燃着一盏灯，明亮的灯光透过喜鹊闹春的灯罩，喜鹊和春花便似活了过来，将影子映在房檐墙壁间。

一个身披着斗篷的男人，正伏在灯前等着他。他仿佛已经等了很久，山风吹起他风帽外花白的鬓发，露出了岁月留下的痕迹。

"你来了？"他声音低沉地问。

"是！我来了！国师……"颜君旭眸光郁郁地答，"听说涂山会有位位高权重的长老，或许也该叫您'长老'？"

清凉的山风送来了珞珞温柔悦耳的歌声，她唱的是离别，听久了即便相知相守之人，心中也多了些离殇。

"知道我为何选悬天阁跟你见面吗？"长老摘下了风帽，露出了一张矍铄精悍的脸。

他跟国师明明是同一个人，气质却南辕北辙，他不再慈眉善目，嘴紧紧抿着，眼底流露着含霜般的冰冷，连眉心间的皱纹，都如刀刻斧凿般犀利。

呵！颜君旭想起平日他对自己的亲切热情的模样，在心底暗叹一声，或许这才是他的本来面目吧！

"因为此地不接天也不着地，你不用担心我们的话被人听到，没人知道你真正的身份，你还能回去做你那一人之下，万人之上的国师。"

国师打量着悬天阁，感慨着道："不仅如此，你可知此阁是如何建造而成？"

颜君旭皱了皱眉，轻轻摇头。

"是由能工巧匠将木材一一背上山，再由基础开始，以榫卯结构一点点拼装而成，不用任何钉子，大大小小的木料共用掉了三万多块，历时两年之久。"国师摸着窗棂上的木纹，"此阁便如千秋大业，要很多很多的明臣武将，历经百年之久，才能创造出辉煌全盛的国家。而一点点疏漏，便能毁了前人所有的基业。"

颜君旭环顾悬天阁，果然见木纹中透出淡淡的温润的光，都是由上好的木料建成，而且屋中摆设皆名贵古朴。案几上的仙鹤灯展翅欲飞，地上铺着牡丹团簇的波斯地毯，跟朴素端庄的国师府截然不同，显然此阁已被他据为私用，使用了多年。

"所以，你便占据了这悬天阁？"

"没错。"国师，或者说是长老，坐在了铺着兽皮的舒适的椅子上，"只有在这里，我才能卸下全部的伪装，密议涂山会的大事。就在此处，我派人去陷害了曲铭和方思扬，也是在这里，我密谋控制了夷国，还在此处下了毒杀华国先帝的命令……"

珞珞的歌声仍如挥之不去的相思，萦绕在冷风里、月华下，颜君旭身后高达屋顶的书架上，却传来"咔"的一声轻响，一本书跌落在地。

"你，你为何要这么做？"颜君旭脸色苍白地倚靠在书架上，似为这可怕的话震惊，"先帝，先帝原来不是病死的吗？"

老人望着山中的一弯明月，云淡风轻地答："当然是为了制衡！两国连年交战，只有将华夷两国的至高权力都掌握在手中，才能换来太平盛世。面对强权，摇尾乞怜是愚蠢的，奔走呼吁和平也是徒劳，就连睿智如公输子，他一生反战，即便设计出绝世杀器也将它们尘封于土，却依旧无法阻止战争。只有我洞悉了维系长久平安的办法，就是成为权力本身，让两个国家均衡发展，唯有如此，才能避免战争。为了达到目的，牺牲一个昏庸的国王又算得了什么？只有他死了，李睿这个年幼稚子才能被扶上皇位，我才能通过操纵幼帝，控制这个国家。"

颜君旭似震惊过度，后退了一步，重重撞在了书架上。书籍纷纷而落，发出细碎的轻响。

"你为何要做到这种地步？"他似不敢相信如此残忍的话语，惊诧地问道。

国师转过头，皱纹满布的脸上，居然现出了一丝沧桑："因为我们很弱小……"

我们很弱小？他似乎也听谁说过同样的话，当时他的心底也是如此震撼。涂山黑狐的暗网遍布天下，杀人如麻，又如春雨渗入干涸的土地般，无声无息地掌握了人类，怎么也不该用弱小形容！

但脆弱的表情一闪即逝，他又端坐了身体，眼中满含威严地看着颜君旭，宛如苍鹰凝视着爪中的猎物："我来切入正题吧，你也知道，我经营了多年的基业，出现了一丝纰漏，都是因为错信一个人的缘故。错不可怕，可怕的是错误得不到修正，我想你也不希望西天的白虎星赫赫闪烁，带来战争的阴云吧？况且你要离开京城，似要抛下拥有的一切……"

"你想要我手中的两本《公输造物》？"颜君旭打断他的话，直截了当地问。

"没错，你若交出书，我不仅能如你所愿化解战争，还可以用涂山会的势力，保你一生平安富贵。你可以带着那个漂亮的狐妖少女逍遥地游山玩水，如果你仍喜欢研发机关，我也会提供给你一切支持……"

"若是我不交呢？"颜君旭紧紧按住背着的布袋，目光灼灼地反问。

国师没有说话，只是低低地冷笑了一声，仿佛魔鬼的笑声，一切尽在不言中。

可颜君旭毫无畏惧，甚至踏上一步："长老，你有没有想过，或许惺惺作态要走的人，只是为了更好的留下来呢？"

"哦？我知道花街中的女子，擅用此'欲擒故纵'的手段。"国师揶揄着说，看向颜君旭的眼中满含嘲讽。

"或许此举就是为了诱你上当，揭露你的真面目呢？"颜君旭又上前一步，灯光照亮了他的双眼，神采飞扬又满含自信。

"你是想把一切都告诉皇上，但是别忘了，皇上是我一手带大的。他是会相信我，还是相信你呢？"国师自信地答道。

可颜君旭清秀稚嫩的脸上却毫无畏惧，唇边还荡漾出一抹笑容。

国师突然觉得有些慌乱，他打量着阁中摆设。无论是喜鹊闹春灯，名贵的秋水砚台，梨花木案几和椅子，青玉茶盏，这些再熟悉不过的物事，在他眼中都变得陌生。

最终他的视线停留在了牡丹地毯上，这块地毯似乎哪里不一样了？为什么姹紫嫣红的牡丹，少了绿叶的衬托？本该是花叶的地方，被沉重的书架挡住了，可书架为什么向前挪了一尺？

他惊诧地抬起头，只见书架缓缓被人搬动，从后面竟走出一个人来。那人身穿一袭明黄色常服，长圆形的脸庞不怒自威，眼中满含着悲愤，竟然是明帝李睿。

"是啊，若是君旭当面跟我说，我自是不会信他，可若是你亲口说的，就完全不一样了！"李睿双眼通红，愤恨地瞪着国师，"狐妖，你杀我父皇，还将我玩弄于股掌之间，今日就是你的死期！"

"这，这些都是你们做的局？"国师猛地起身，阴狠地瞪着他们，冷笑道，"但悬天阁不接天地，以为凭你们两人就能赢得过我呢？怕是明日就要改朝换代了！"

此时他终于明白，为何自己派侍卫去接颜君旭时，一贯听话的仆人，却以马车坏了为由，让他晚了半个时辰进山；还有珞珞无止无休的歌声，也是为了遮掩藏在书架后李睿的呼吸声；掉落的书本更是可疑，但被颜君旭巧妙地掩饰了。

"不错，做局又怎样？"颜君旭笑道，"既然是做局，你难道以为就只有这一环吗？我可是在你这里吃够了亏，才学会了连环局。"

国师面色大骇，还未等他反应过来，便似飓风吹过，悬天阁中六扇木窗皆纷纷掉落。

只见窗外正有十几个腰悬坚韧绳索的黑衣侍卫，手持着弩机刀剑，如飞鸟般悬挂在半空中。他们的弓弩皆指向了国师，只要他稍一动作，便会将他射成刺猬。

"悬天阁可未必是安全的地方……所谓不敢高声语，恐惊天上人。只需在峭壁上钉下结实的铁环，再用轮轴悬以绳索牢牢缚在腰部，将绳索缓缓降在悬天阁周围，便有了'天上人'。"颜君旭将食指竖在唇边，微笑道，"你说的话，可被他们也一句不漏地听到了呢。"

国师眼底闪烁出阴狠的光芒，突然捡起一块木窗挡在身前，大喝一声跳出了窗外。

侍卫们手指扳动弩机机栝，箭雨纷纷而落，却都被他手中的木窗挡住。他纵身一跃，披在身上的斗篷迎风招展，竟然宽幅足有两丈，如飞鸟的翅膀般带着他在风中滑翔而去。

山风呼啸，这只象征着罪恶和阴谋的黑色大鸟般转瞬便消失于苍茫树海。颜君旭和李睿却并不惊慌，仿佛一切都在他们的预料之中。

"且待来日……"两人望着窗外的明月，不约而同地说。

当春风染绿了紫云城时，位于高原的夷国都城，仍被皑皑白雪环绕。寒风萧瑟，似乎连春天的脚步都不敢涉足这被冰雪封印之地。

辉煌的太阳宫殿，伫立在半山腰上，民居被它的宏伟壮观映得渺小。它以倨傲的姿态伫立在高处，恰似明亮而无法触及的太阳。

像是每日一样，天还未亮就有一众臣子候在宫门外，等待着皇帝的召见。而多摩罗王近日身体欠佳，早朝总是会晚半个时辰。臣子们只能在寒风中等候，有的披着厚厚的裘皮大氅，有的抱着个炭炉，还有的时不时从怀中掏出个酒壶偷喝两口取暖。

但一贯迟到的老王，今日却十分准时，宫门很快被打开。冻得哆嗦的臣子们依循官位的大小，鱼贯走入了宫殿。

大殿中温暖如春，清晨的光线透过彩色琉璃窗，在大理石地面上映出五彩斑斓的光影。

多摩罗倚坐在王座上，厚厚的裘皮长袍裹住了他整个身体，只露出一张虚弱蜡黄的脸，他像是一个干枯的核桃，几乎要承受不了头上缀满宝石的沉重王冠。

站在前排的大臣很快发现，今日老王的身边多了个挺拔的年轻人。他消瘦而精干，生着张华国的面孔，却穿着夷国的服饰。他左眼上戴着个水晶晶片，人也如水晶般冰冷而剔透。

弄臣！几个大臣交换了一下眼色，便知对方跟自己想得差不多，鄙夷的笑容不自觉地浮上了嘴角。

"诸位常年为国操劳，真是辛苦了，这几天宫里来了几名华国的厨子，本王吃了他们做的菜，觉得跟我国的格外不同，别有滋味，也想让你们尝尝……"老国王说到一半，朝身边的年轻人道，"秋雨，你来说吧，该邀谁去品尝佳肴。"

年轻人正是莫秋雨，他从宽大的镶毛领口中掏出了一份名单，一口气念了七位大臣的名字，皆是肱股之臣，尤其还有两位手握兵权的将军。

被念到名字的大臣都面现得色，谢恩之后跟着内侍走向了内宫。一贯威严的多摩罗，今日也格外亲切，跟余下的臣子闲话家常，并不往国事上聊，臣子们都受宠若惊，对他有问必答，君臣一副其乐融融的景象。

如此过了半个时辰，站在多摩罗身边的莫秋雨，再次念起了名单，跟方才一样也是七个人的名字。

这些大臣万万没想到还有人能得到品尝佳肴的殊荣，惊喜之余连忙谢恩，忙不迭地跟内侍走进了皇宫。

宫殿中不过一个时辰，便已空了一半，而且受邀去用膳的重臣，竟没有一个回来。

当莫秋雨再次拿出名单时，余下的臣子已经面无喜色，他们都战战兢兢地看着莫秋雨清秀的脸，仿佛那是魔鬼的面孔。

靠近门边的臣子地位微末，想要乘人不备偷溜出去，可门外却有腰悬长刀的侍卫把守，根本无处可逃。

在他们毫无知觉之时，整座宫殿已经被内宫侍卫围得水泄不通，连一只苍蝇也飞不出去。

"圣王饶命呀！"

不知谁先跪下来喊了一声，众多臣子皆纷纷跪拜在地，磕头如捣蒜般朝王座上的君主祈求。

多摩罗眯着眼睛，像是只休憩的雄鹰，好整以暇地看着座下群臣，笑着道："只是请你们吃顿饭而已，怕什么？自己既然不能走着去，还要我抬你们过去吗？"

他轻轻招了招手，手上瑰丽的宝石戒指，闪烁出冰冷的光。宫殿沉重的大门被推开，二十几名侍卫鱼贯而入。宫内也涌出几十名手持弯刀的内侍，转眼就将大臣们控制住。

莫秋雨推了推架在左眼的水晶片，微微一笑，又念起了名单。跟方才不同，他每念一个名字，便有侍卫抽出刀一刀将人砍死，不过瞬息之间，就有两名肱股之臣横尸大殿，鲜血染红了冰冷的大理石地面。

群臣惶恐哀号，大多都不知发生了什么，但却有几人愤而起之，要抢夺侍卫的刀，可惜他们赤手空拳又以寡敌众，抵死挣扎不过片刻，便被砍成了个血葫芦。

眨眼之间奢丽缤纷大殿便被鲜血浸染，莫秋雨挺拔的身姿站在缤纷的光影中，宛如死神的化身，他薄薄的嘴唇中每念出一个名字，便有一个生命消逝。浓腥的血气被殿中的暖炉，熏得人作呕，已经有几个文弱的年轻人抵受不住趴在地上呕吐。

多摩罗满意地端详着座下的血池地狱，轻轻地颔首微笑，眼中满是赞许。

终于莫秋雨念完了最后一个名字，将名单收入了怀中，此时已近午时，这场杀戮竟足足持续了近两个时辰，殿中只余下十几名资历尚浅的官员，匍匐在地上瑟瑟发抖，连站都站不起来了。

"胆子如此小，怎么做我的臣子？睁开你们的眼睛看看，我杀的是什么怪物？"多摩罗仿佛病气全消，精神抖擞地站起来，金黄色的裘皮熠熠发光，他拾阶走下王座，身披无上荣光。

侍卫皆纷纷下跪高呼多摩罗的名号，尚存一命的臣子中有几个胆大的睁开眼睛，只见同僚的尸体中竟然夹杂着几具狐尸。

"本王杀的都不是人，而是狐妖，他们结成朋党祸乱我国十几年，根须如网，深深地扎在了朝堂之中，是非不分的大臣也渐渐被它们拉拢。连本王的内侍中都混入狐妖，我宠幸哪个妃子都由他们一手安排。本王忍了这些妖人多年，近日终于得到了狐妖们的具体名单，得以一举歼灭！"他仰天大笑，刺耳的笑声在穹顶下回荡，"而且你们为何害怕？狐妖被铲除，你们不是可以踩着它们的尸体得到晋升吗？"

他此话一出口，被吓得失魂落魄的大臣都缓缓爬了起来，眼中闪烁出兴奋的光。

"清肃狐妖之后的第一件事，就是整顿朝堂，而接下来我要建造出最厉害的机关，让狂妄的华国人瞧瞧我的厉害！"多摩罗张开双臂，乖戾地大笑，"华国的小皇帝万万不会想到，他引以为傲的机关术，多年来都源源不断地输送到我的手中！连他的'白泽'也不例外！"

所有人都跪拜在地，高呼"圣王"，只有站在他身边的莫秋雨没有跪下，只屈身朝他行礼。

他唇角微翘，消瘦的脸庞写满了残忍和疯狂，光线照亮了他的水晶镜片，闪烁出冰冷锐利的寒光。

让他看起来宛如一条蛰伏过漫长的凛冬，刚刚苏醒的毒蛇。

叁拾贰 落花有意

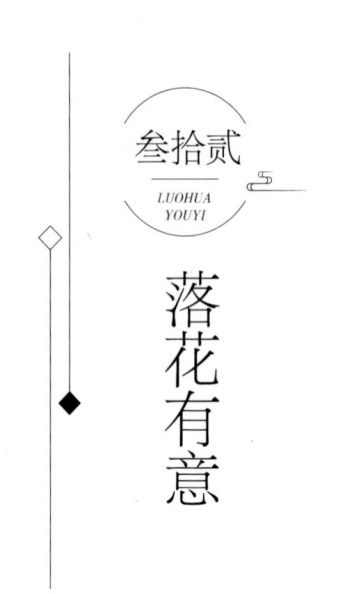

LUOHUA YOUYI

　　夷国的冰霜寒风仿佛越过高山，将寒意也送到了春意盎然的紫云城。几场湿冷的春雨过后，如烟霞般盛放的杏花，也凋谢委地，零落成泥。

　　战争的阴云笼罩在每个人的心头，春愁也比往年更加浓郁，街上每个人都步履匆匆，似乎走得慢一步，就会被愁绪缠住了一般。

　　跟民间的人心惶惶不同，皇宫中则呈现出一种泰然自若的从容大气。禁军们井然有序地巡逻换岗；内侍官女们忙着为即将到来的清明节做准备；大臣们天还没亮便依例早朝，奏完了赋税和闲杂事等，他们又针对起夷国，仍然是主战派和主和派吵成一团。

　　明帝李睿一下朝就匆匆忙忙赶回了紫宸殿，殿中温馨而古朴的书房，是他最为安心的所在。

　　今日却与往日不同，书房中竟然还站着三个人，而位于最中央的是方思扬，他竟然僭越地伏在只有皇帝能用的书案前，徐徐将一卷卷轴展开。

　　李睿见到这一幕，兴奋地提着袍角跑进了殿中，回手就关上了门，连陪伴伺候他的内侍都被通通关到了门外。他身上的皇袍冗繁沉重，只能自己摘下缀满珠玉的冠冕，凑到了桌前跟他们一起看着卷轴上的画。其余两人分别是颜君旭和曲铭，国师亲口说出方思扬和曲铭是被陷害的，总算为两人洗脱了冤屈。

　　"这就是'天雷'？"李睿激动地抚摸着画卷，那是颜君旭和方思扬进入公输墓后，用了三天三夜才临摹下的刻在墓顶的机关图。

　　"没错，现下只需皇上能全力支持我们，估计两个月就能让传说中最厉害的机关'天雷'

现世了。"颜君旭点了点头，为他讲解"天雷"的动力机关，"此机关颇为烦琐，不仅需要大量的血石，还需要有足够的电力，才能发挥最大的威力。"

"雷电？不是天惩吗？难道还能为人所用？"

"是的，惊雷可令良田变焦土，还能在瞬间同时夺走百人的性命，在公输子的理解中，它并非天公的愤怒，而是一种云和云摩擦产生的庞大能量。如果能擅用这奇异的力量，不仅能驱动武器，还能用之于民，方便百姓的生活。"

李睿听着颜君旭的讲解，望着消瘦的曲铭和脸上犹带着伤痕的方思扬，赞许道："你们心怀家国，为了'天雷'失去了太多，朕定会补偿你们。"

曲铭苦笑了一下，朝李睿行礼："微臣毕生沉溺于机关，连家人都没半个，唯一能排遣心情的爱好只有一个'吃'字，请皇上做主，将被罚没的食器还给微臣吧。食器有的是朋友赠予的礼物，有的是微臣遍寻紫云城才集齐的，个个都能说得清来历……"

他话未说完，眼角已有泪花。

不知为何，曲铭不同于以往的毕恭毕敬，竟令所有人都心生唏嘘。一切仿佛都没变，然而却又全变了，昔日在宫殿中彻夜研发机关的热血，在温暖的春风中变得冰冷。

李睿握住了曲铭的手："朕一定会替你主持公道。"

"不过此番幸而皇上手眼通天，跟君旭一起做了个局，揭露了国师的真面目，洗刷了我们的冤屈，小生感激不尽。"方思扬见场面尴尬，忙说起赞美的话圆场。

"若说此局，还要感谢一个人。若没有此人，朕每日都在宫苑之中，怎能跟君旭联手作局？"果然，悲戚的气氛转瞬即逝，李睿复又兴致勃勃地说起了引以为傲的连环局。

方思扬和曲铭面面相觑，不知他说的是谁，只有颜君旭眼神躲闪，不好意思地低下了头。

恰在此时，一抹俏丽的倩影从紫宸殿的内室走了出来，但见她身穿淡紫色锦缎男装，头戴金冠，举手投足皆落落大方，竟然是长平公主李盈。

"皇兄真是会卖关子，这么久才提到了我这个大功臣，若不是我在宫里宫外奔走，你怎能跟君旭他们联系上？更不能让国师府的侍卫配合做局。"李盈美目微斜，半是娇嗔半是责备地望着自己的兄长。

"你这么大了怎么还如此胡闹？天天穿着男人的衣服在宫里乱跑，成何体统？"李睿一见她的打扮就皱起了眉，又拿这个被宠坏的妹妹无可奈何。

颜君旭见她露面，忙向她行礼："多谢公主信任，而且公主聪明过人，当日在陋巷中只见了匆匆一面，公主就凭我的只言片语，推测出国师是涂山会的人。"

他巧妙地将一顶高帽送到李盈头上，既衬托出她的智慧，又显得两人没那么亲近。

果然，李盈眼中的笑意转瞬即逝，那日在陋巷中相见后，她就派出菊逸去探查到了颜君旭的下落。

当时颜君旭虽然找到了"天雷"的线索，却束手无策。她便将此事告诉了皇兄李睿，李睿着手派人协助方思扬去公输墓中描摹图纸，另一边在国师府中布下了自己的眼线。颜君旭再佯装离京，果然引得国师上当，邀他去自己最安心所在悬天阁密谈。

而当国师被揭穿之时，方思扬早已携带"天雷"的图纸，神不知鬼不觉地被接进了皇宫。

李睿凝视着复杂精密的机关图纸，眼中闪烁着希冀的光，低声道："朕要举全国之力，让'天雷'重现，定要给夷国个教训，华国成败就在你三人手中。"

他说罢看向颜君旭、方思扬和曲铭三人，目光在他们身上打量了一番，痛心疾首地说，"想不到陪朕长大的国师竟是涂山会的首脑，莫秋雨是夷国的奸细，朕再也信不过任何人了，只除了你们三人。从今日起，你们一步也不许离开皇宫，像是研究'白泽'之时一样，跟外界切断所有往来。"

颜君旭等三人忙躬身领命，尤其是颜君旭，在离开紫宸殿时，忧心忡忡地望着头顶积云满布的天空。

灰色的云层，仿佛幻化为莫秋雨阴郁冷酷的脸。他永远不会忘记，莫秋雨提到战争时狂热的眼神，他似乎迫不及待地发起一场战争，仿佛连一天都等不及了。

春风送来潮湿的泥土气息，隐隐夹杂着血腥的味道，令他步履变得如灌了铅般沉重。

从此颜君旭和曲铭以及方思扬三人，又过上了熟悉的闭门研发机关的日子。但跟机关演武之前不同，这次他们被安排在了接待使臣的房间，住所不但宽敞舒适，还有宫中禁卫日夜巡逻，连只苍蝇都不放过。

看样子李睿有了前车之鉴，怕"天雷"的机密被泄露，才加强了警戒。而且不仅是他们，所有的工匠都被禁止离宫，连跟家人联系都不允许。

在这滴水不漏的防守下，只有珞珞和月曦能趁夜深人静之时探望他们。

"天雷"的动力机关构造复杂，公输子留下的图纸只记载了机关，却没有留下定式的外形。颜君旭和曲铭琢磨了几天，才决定以定国安邦的瑞兽"麒麟"为其外形。"麒麟"是传说中的神物，集狮头、鹿角、麋身、龙鳞于一体，可攻可守，且与"白泽"的名字相互呼应。四足作为四个受力点，也比人形的两足更为稳定。

他们将构思交给了李睿，很快就得到首肯，各式各样的制作机关的材料源源不断地被运进了宫中，连铁匠铺的大半铁匠也被征用，他们日夜不停地铸造坚硬的钢铁，光是宛如鳞片的钢甲就打了几千片。

工匠们每个人都分到了"天雷"的一部分，构造图纸掌握在颜君旭和方思扬手中，秘不外传。方思扬每隔一阶段就给工匠们发下新的图纸，他们按图制作，却谁也不知自己夜以继日地忙碌，要完成的到底是何物。如此过了一月有余，颜君旭已经累得形销骨立，珞珞却在一个温暖的春夜，带来了不祥的消息。

这晚月华如霜，她翩然出现在宫苑墙头茂密的树枝上，宛如一朵绽放在春夜的蔷薇。

她紧绷着小脸，秀眉紧蹙，跟平日的开朗活泼截然不同。

"无瑕带来了来自夷国的消息……"她翩然落下，郁郁寡欢地看着颜君旭。

颜君旭拿出这几日为她攒的宫廷糕点，却满不在乎："是不是莫秋雨在为战争做准备？研发出了厉害的机关？"

"你怎么知道？"珞珞惊诧地看着他，近日颜君旭似成熟了许多，眼神变得坚毅沉稳，唇边生出了淡青色的胡茬。

他的模样看似没什么变化，却又跟过去判若两人。

"莫秋雨在华国潜伏了多年，掌握了最先进的机关术，当然想发动一场战争证明自己的价值。我前些日子还不懂他为何如此热衷战争，最近才明白，原来战争还能成为一些人晋升的工具，如果天下太平，他岂不是一辈子得不到重用，永无出头之日？"

"唉，真是利欲熏心。"珞珞摇了摇头，"不过据无瑕探查，他的进度非常快，最多再有一个月机关就能完成……而且夷国的涂山黑狐全部被清肃，政权重又回到了多摩罗王手中。可惜他们现在跟华国一样严防死守，即便无瑕本事高超，也探听不出什么了。"

"这么快？"颜君旭皱了皱眉，却并不慌乱，"看来他们早就已经在着手准备了，或许在机关演武后，就在进行机关的制造……"

珞珞点了点头，叹气道："毕竟他们筹谋了多年，如下棋般占了先手。"

"可有国师，不，是涂山会长老的消息？"颜君旭突然想起了什么，"他从悬天阁逃走后就杳无音信，连皇上派出暗卫寻找，也毫无收获。以他的性格，不会坐以待毙吧？"

珞珞又摇了摇头："没有，即便夷国大肆屠杀涂山会的人，也没见他出来阻止呢。不过说到涂山会，青丘狐族探得重要的消息，在鹿城附近有座山叫'那罗伽'，是梵语中地狱之意，此山中藏着涂山狐的至高玄秘。"

"又是鹿城？是什么秘密？"

"对，那座边境城市可不简单呢，不过这个秘密太过重要，我也不得而知，我去套过无瑕的话，他也对此一无所知。"珞珞叹了口气，"但是族长让我给你带个话，说你若是有一日发现了那罗伽山的秘密，一定要想想这句话……"

"青丘族长？他怎么认识我？还要给我带话？"颜君旭又惊又惧，生怕青丘狐族长跟国师一样阴险可怖。

珞珞白了他一眼："我们族长很美的，才不是国师那种阴险狡诈的坏老头。她让我带的话是'闺中独望月，遥怜小儿女'，我也不明白这话是什么意思，你记住了就行了，况且你也未必会去那罗伽山。"

颜君旭不自觉地挠着头，这话怎么听都像是该对一位思念稚子的母亲说的。他是男子，且无子女，青丘族长为何要带这种话给他呢？可狐狸的脾性一向难以琢磨，连珞珞的脸一天都能变几次，有时绞尽脑汁也没法猜到她的心意，何况是狐狸的族长，估计更是难以揣测。

他索性也不想了，陪珞珞坐在朦胧春夜中，一边欣赏着天上月影，一边分享着从宫中带出来的糕点，享受忙里偷闲的快乐时光。

而一向顽皮活泼的珞珞，今日竟然十分乖巧地依偎在他身边，还紧紧地抓着他的手，仿佛他一转身就会走丢似的。

他从珞珞的动作中发现了她的不安，紧紧握住了她温暖柔软的手，似在安抚她的心。

珞珞的担忧很快得到了验证，宫中的风声越来越紧，原本充沛的物资再无供应，之前堆满了木料和铁器的仓库很快就空空如也。

工人们也不再昼夜不息地赶工，"天雷"巨大的钢铁框架刚刚做完，就不得不停止了工事，它威武的雏形悄无声息地伫立在上林苑中，在幽幽林木中铁骨铮铮，宛如异界的妖兽。

在这紧张的局势下，即便终日埋首于机关的颜君旭等人，也听到了些风声。据说前几日李睿上朝时百官齐齐下跪，上奏反对倾全国之力研发机关，尤其是曲铭和方思扬曾被定罪为夷国奸细一事，被有心人拿来大做文章。众臣皆异口同声地说此次研发机关太过劳民伤财，很有可能是夷国拖垮华国的计谋，而且颜君旭虽在机关演武上立了大功，但他跟曲铭和方思扬过从甚密，立场不明，万万不能将如此千秋大业交在此人手中。

据传话的小内侍说，当日下了朝李睿便将紫宸殿砸了个稀巴烂，把所有奏折都付之一炬。

但即便龙颜大怒，反对的声音仍未停止，大臣们把持着朝中要事，即便李睿气得发狂，也不得不尊重他们的意见。为了安抚群臣，研发"天雷"的工事不得不一一暂停。

此番变故极大地打击了众人的士气，闲来无事，曲铭还经常跟他谈论朝代更迭，提到前朝曾有一名大将军擅长领兵，将侵略的蛮族打得落花流水。可当蛮族写下降书，退兵之后，等待着这位将军的并不是加官晋爵，而是一条白绫。

"此乃鸟兽死，良弓藏也。"曲铭边说边摇头叹息道，"只是如今这些文臣也太目光短浅，夷国大患未消，便要先自伤羽翼。"

"他们才不是目光短浅，我看他们是怕'天雷'在宫中研发，机关的力量太大，又只有我们能掌握，怕我们倒戈跟夷国里应外合吧。"方思扬嗤笑一声，戏谑地看着颜君旭，"君旭，要不我们就如他们所愿，跟莫秋雨搭个线？"

颜君旭痛苦地抓了抓头，望着林木萧萧，林中龙骨铮铮，忧心忡忡地说："如果我没有猜错的话，'天雷'还未造成，就要被加上枷锁了……"

此时此刻，他竟在春风中感到几分寒意，越发怀念昔日在山下小镇，为农夫们研发机关，逍遥快乐的日子。

工事暂停后，朝臣仍群议如沸，李睿来看过他们几次，一次比一次愤怒，双眼都满布血丝。听说他在朝堂上惩罚了些带头上书的大臣，但却有几名言官宁死不屈，要以死明志，少年天子本就根基不稳，又失去了扶持他的国师，很快便在僵持中落了下风。

就在双方争执不休之时，终于有一个人打破了坚冰，就是长平公主李盈。

春日杏花如烟似霭，李盈身穿樱粉色春装，宛如杏花幻化的精灵般坐在花下，一头乌发梳成了个慵懒的堕马髻，难得地做一回女儿打扮。

"君旭，今日要见你的不是朕，而是公主。"李睿坐在李盈身边，亲切地对他微笑招手，"你还愣着干什么，快点过来与我们一起品酒赏花。"

颜君旭刚刚从机关房出来，虽然为了面圣换了身翠青色新衣，但脸上还沾着泥灰，他一见到如此温柔妩媚的李盈，心就沉了下来。

"皇上是天子，我岂能与皇上同坐？"颜君旭连连摆手，心中已生出不祥的预感，看来枷锁无法锁住"天雷"，而是要锁住他了。

"以后我们就是一家人了。"这是李睿近来心情最好的一天，面上阴霾一扫而光，眼中也满含笑意，"我想了很久，大臣们反对的借口是你身份不明，怕你通敌，只要让你成为公主的驸马，便是朕的家人，看他们还能说什么？"

李盈娇羞地低下了头，但她抬眼一看，颜君旭清秀的面容变成了惨白，一双狐狸眼中也满含畏惧，笑容顷刻凝结在唇边。

"只是权宜之计……"她心中失落，却仍骄傲地抬起了头，"本公主千金之躯，怎会随便招驸马。"

李睿哪里看得出她少女心思的百转千回，只以为她身为公主，眼光过高，还劝解道，"君旭年少有为，长相清俊，又是机关武考状元。待他立功后朕会为他加官晋爵，你又有什么不满的？"

李盈哼了一声，别过头去不理兄长。

"此事就这么定了！"李睿起身离开，临走还拍了拍颜君旭的肩膀，"公主被朕和母后惯坏了，你不要往心里去，咱们男人应以大局为重。"

庭院中转眼便只剩下公主和颜君旭两人，服侍的宫女和侍卫都远远地躲开了，粉色的烟霭笼罩着这对少男少女的身影，远远看来，一个骄傲艳丽，一个谦卑清俊，堪称一对璧人。

春风吹过，杏花飘零，似下起了一场粉白色的雪，几片柔嫩的花瓣落在了颜君旭的身上，宛如一片片破碎的心。

"你不要有什么负担，此举是为了挽救国家于危难，也是身为公主的我该做的。"李盈嫣然一笑，落落大方，"当困境化解，无须公子多言，你我的婚约自会解除。"

颜君旭愣住了，他从未见过这样的李盈，温柔守礼而又妩媚动人，她不再瞪着眼睛对他说话，也不再刁蛮任性，她的小情绪和暴脾气都不再对他展露，悄无声息地藏在了一张端庄虚伪的面具后。

春风夹杂着花香，在他们身边拂过，像是一在两人中间，筑了一道看不见又无法逾越的墙。不知为什么，虽然李盈温婉的面庞近在眼前，他却觉得两人相隔万里，遥不可及。

一朵杏花落在了她的酒杯中，她玉手轻抬，将酒尽数洒落在地。

"今春的花是如此的绚烂，没有辜负这个春天，也没有虚掷它的生命。"她望着地上委顿的残红，宛如叹息，"可怜落花有意，君子无情。"

叁拾叁
ZHULONG CHUXUE

烛龙出穴

温暖的春风像是一位慈蔼的母亲，眷顾着她怀抱中的每个孩子，连位于高原的夷国也不例外，迎来了融融春意。

冰雪消融，化为滋润土地的养料，春草羞涩地从泥土中探出了头，杜鹃含苞待放，染红了山坡。

而位于都城十里外的一片密林中，气氛却仍如凛冬般肃杀，黝黑的林木遮天蔽日，树林被密不透风的铁板团团围住，像是一个巨大的阴森的棺木。

莫秋雨身穿白色绣绿色藤蔓的夷国短袍站在树荫深处，仰望着面前一个高达三丈，黝黑沉重的机关。

他左眼的镜片闪烁着寒厉的光，满意地点了点头，朝身边的工匠做了个手势。工匠快步离开，不知启动了什么机栝，庞大的机关动了起来，它伸展了修长的身体，露出了一个酷似人脸的铁制头颅。

"吼！"诡异的巨脸发出一声咆哮，钢牙铁嘴合上又张开，随即仰头喷出一道灼热的火焰。

火焰瞬间点燃了几棵树，立刻有工人慌张地提水灭火。

"很好！"莫秋雨张开双臂，眼中满含期待和兴奋，"尚未完工就有如此之大的威力，比我想象的更强大。你便叫'烛龙'吧，闭眼为夜，开眼为昼，吹为冬，呼为夏，是能呼风唤雨，能入幽冥之地的神！"

钢铁人脸似很满意这名字似的，缓缓阖上了庞大的嘴，双眼微闭，变得沉默而神秘。

莫秋雨走上前，眯着双眼，享受地抚摸着"烛龙"的面孔，他看向身后等待吩咐的工人，"去找两个画师，将这张脸画一下，神技般的机关，怎能有如此平庸的面孔？"

两个包着头巾的青年面面相觑，他们觉得这张黑色的钢铁人脸已经可怕至极，实在不需要再加工，但碍于冷酷残忍的莫秋雨，也只能诺诺称是。

清风穿林而过，宛如一只无形的大手，摇得树木沙沙作响。光影闪烁，忽明忽暗，映得庞大无匹的钢铁人脸似活了过来，唇边还蕴含着一丝笑意。

颜君旭被皇上点为公主驸马的消息，如春风般传遍了宫闱内外。有了驸马身份这个挡箭牌，大臣们反对的声音在一夜间平息，毕竟没人敢怀疑未来的驸马，他被公主看中，已是半个皇家之人。

暂停的工事又如火如荼地展开，工匠们为了赶上延误的工期，夜以继日地忙碌，打铁的工具都不知烧坏了多少。方思扬和颜君旭也熬红了双眼，饶是方思扬这等绘画天才，有时也无法准确地画出"天雷"的细节。闲暇时，方思扬时而会流露出风流浪子的本色，斜睨着颜君旭，像是在看一只无法掌握命运，待宰的动物。

"你真的会跟公主成亲吗？"

"当然不会。"颜君旭将头摇得似拨浪鼓，"公主也说了，待与夷国的战乱平息，便会跟我解除婚约。"

"我可不那么想……"方思扬扬眉道，"当你掌握了绝对的力量，他们又怎会轻易放你走呢？"

颜君旭愣住了，瞪圆了一双狐狸眼，这节他倒是没有想到。他心神恍惚，手一歪差点将锤子砸到自己的手指。因为他此时才发现，自己已经有三日没见到珞珞了。

夜深人静，万籁俱寂，他不去舒适的床上休息，却总是依偎在冰冷的墙边，一觉到天明；他不再合群，在指导完工人们如何安装后，就常常跑到空无一人的地方，似在等待着什么，又总是失望而归。

所幸珞珞遵循约定，在他枕边留下了一张信笺，上面潦草地画着一只圆滚滚的鸡腿。在闲院中她曾说过，鸡腿的意思就是代表她没有危险，只是去散散心。

思念珞珞时，他就将纸条拿出来看了又看，她没有忘记约定，就证明她心中仍有自己。

而正如颜君旭猜测的，珞珞确实是得知他要当驸马后负气出走。此时明月微晕，朦胧月影宛如涕眼，她正躲在紫云城的一家小酒馆中喝着闷酒。爽口的鸡胗，甘甜的青梅酒，都无法排遣她心中的烦闷。眼前晃来晃去的都是李盈冷艳华贵的身影，她高贵而美丽，是天之骄女，是她这山野小狐永远都比不上的。

可她又喝了几杯，发现李盈的影子消失了，取而代之的是一抹皎洁如月光的白色身影。

她吓了一跳，忙揉了揉眼睛，才发现面前站着的居然是无瑕。他悄无声息地到来，宛如夜风般轻柔。只是无瑕双眸含悲，薄唇也紧紧抿着，似乎随时都会哭出来。珞珞从小就跟他一起长大，他惯来喜怒不形于颜色，如雪山般高洁端庄，不要说哭了，便是大笑都很少有。

"无瑕，你怎么了？是发生了什么？"珞珞吓得酒也醒了，连忙去安慰他。

"你真的无法取珠了？"无瑕将她一把搂在怀中，紧紧抱住，仿佛要留住个即将消逝的宝物似的。

珞珞心思何等机敏，她见无瑕如此失态，已经猜出了几分。

她长长叹了口气，眼中含泪，唇边却挂着笑："是啊，谁让我那么喜欢他？我缺了一颗灵珠，自小就比同族狐狸笨拙，但是不知为什么，却觉得很幸福……"

说来奇怪，方才她还在嫉妒李盈，此时却又庆幸，幸好还有李盈的存在。

明月皎皎，似也感受到了他们心中的悲伤，月影西移，悄悄遁入云丝之后。黑暗笼罩了紫云城，仿佛毫无出路。之后的十几天中，珞珞一直没有出现，"天雷"却进展飞快，一个庞大威武的麒麟兽形，仿佛从远古的神话中走出来，盘踞在上林苑中。

它周身覆着青色的鳞甲，触须尖锐锋利，宛如利刀，双眼是由名贵的琉璃烧制，额前、耳侧和后脑各隐藏着一个琉璃暗窗，操纵者可由此窗看到对手的动作。而它坚硬而锐利的四爪，头上宛如枪戟般的角，以及钢鞭般的尾巴是它的主要攻击武器。颜君旭还特别为它设计了一双可以折叠的蝠翼，行动时毫不累赘，危急时刻却能挡住敌人的攻击。

春天的傍晚都温柔缠绻，草长莺飞，晚霞温婉得像是姑娘们颊边酒醉的酡红，让人忍不住沉迷其中。

颜君旭坐在柔嫩的春草中，眺望着"天雷"，却见霞光中出现了一个少女的影子。她婀娜灵巧，穿着件淡樱色的纱裙，秀发上金蔷薇发簪闪烁发光，漫天云霞将她衬托得如同神女。

颜君旭望着少女的影子，不可置信地揉了揉自己的眼睛，随即一下从地上跳起来，张开双臂向她跑去。

"珞珞！你终于回来了！"他边跑还边欢喜地大喊。

珞珞也笑着朝他招手，但却不似之前无忧无虑。颜君旭还以为她是在吃李盈的醋，忙举起手对她发誓："我绝不会迎娶公主，待打退夷国军队之后，一定会解除婚约。我若有一句虚言，便叫我天打雷劈……"

珞珞突然有些紧张，忙伸出纤纤玉指，按在了他的唇上："不，别发这样的毒誓，我会害怕。"

"那你为何出走？不就是听到我要做驸马不开心了吗？"颜君旭不明所以，偏着头问她。

"切，谁会为你吃干醋？瞅瞅你那有名无实的六品小官，既没爵位也无封赏，拿什么迎娶公主？"

"我就知道骗得过那些吵吵嚷嚷的大臣，也骗不过你这只小狐狸精。"颜君旭听她这么说，越发觉得两人心意相通，心里像是开了花般欢喜。

"哎，我不是给你留了信笺吗？你怎么还是夜夜跟游魂野鬼般在墙根下转悠，衣服都被露水打湿，我若是再不出现，怕是你要一直在外面风餐露宿了。"

"这就是苦肉计！"颜君旭拍了拍自己的胸脯，"你我虽各有身躯，但灵珠却能共鸣。我就知道你不会忍心看我受苦，早晚都会出现。"

珞珞忍不住笑了，但随即笑容又如春雨落入池塘般隐入眉间，无迹可寻："不过前两日无瑕找到了我，带来个不好的消息，族长夜观天象，位于西方的战神白虎星最近熠熠生辉，兵戈之争随时都会发生……"

她顿了一顿，又担忧地看向苍穹下被云霞笼罩的钢铁巨兽："你的'天雷'……做得怎样了？"

颜君旭脸上的笑容立刻凝固了，傍晚的斜阳将"天雷"的影子照得像一座巍峨的山，笼罩在他们身上。可它虽威武强大，却徒有其表，只是一具骇人的空壳，没有任何杀伤力。

如细雨滋润春草般无声无息，边境状况也不知不觉地发生了变化。热闹繁华的鹿城商旅日益稀少，连华夷两国的商户都关门了，纷纷逃去内地的亲人家避难。

鹿城外的山峦和森林中，时而会有烟雾升起，有经验的老人都说是有军队在暗中聚集。

而街上精悍的华国军人也与日俱增，还有大批人马连夜拉来用油布盖着的庞大无比的机关。

紫云城中也风声鹤唳，巍峨的城池被战争的阴云笼罩着，天边铅云重重，宛如大兵压境。

接连几场大雨后，夏日的脚步也日益趋近，可明媚的阳光也无法照亮宫墙坚厚黝黑的砖墙。

昔日反对机关研发的大臣皆闭上了嘴，然而为时已晚，边境不断送来探路兵送来的线报，夷国正在暗中屯兵，随时都会发起大举进攻。李睿派大将慕容贺率领十万精兵前往鹿城，而跟他们一同启程的，还有几十架被拆解的机关，以及上百名随军的机关匠人。

而尚未完工的"天雷"也不得不跟着一同启程，只能在边境附近完成它最后的工序。

颜君旭从未想过，会以这种方式离开紫云城，想起一路以来的离奇境遇，不由感慨万千。临行之前，他跟珞珞利用最后一点闲暇时间，去紫云城中散心。初夏本是紫云城最热闹的时节，可街上却人影阑珊，连珞珞最喜欢的烤鸡店铺都大门紧闭，老板不知所终。

只有街口卖唱的老人，仍在唱着悲戚的歌："闻道玉门犹被遮，应将性命逐轻车，年年战骨埋荒外，空见蒲桃入汉家……"

胡琴哀怨凄凉，宛如呜咽声声，在街巷中回荡，柔和的夏风也被染上了几分凄凉。

跟过去不同的是，双目失明的老人脚边散落着几十个铜钱，是路过的人随手丢下的打赏，比昔日多了许多，可他却根本看不到，仍自顾自地唱着多年不变的曲子。

"哎，今夏的风怎么这么冷啊……"他唱了一会儿，收起了胡琴，蹲在地上摸索着捡起铜钱，长叹道，"老头子身子骨一年不如一年，可能就要去见我的儿子们了……毕竟来日无多……"

颜君旭忙走过去，将铜钱一一拾起，放到了老人干瘦如枯枝的手中。老人道谢离去，像是一片枯叶般，身不由己地被时势的飓风裹挟着，消失在寂寥的街巷中。

他们都心有戚戚，珞珞挽住了颜君旭的手，望着天边斜阳："君旭哥哥，你能不能陪我去个地方？"

她从未如此亲昵地叫过他，即便过去要骗他灵珠，她也嫌弃地唤他"呆瓜"或者"傻小子"。

颜君旭听得一愣，仔细打量她，短短几日，珞珞似变成了另外一个人。她不再顽皮爱闹了，散发着沉静如水的气质，连琥珀色的美目中，都隐含着温柔平和的眸光。

"以后我就叫你'君旭哥哥'吧,你会介意吗?"她有些腼腆地问。

"怎会介意?我喜欢还来不及。"颜君旭忙点了点头,近日总惦念着战争,他心急如焚,此时却欢喜得似心底的一片焦土中开出了花来。

珞珞拉起他的手,笑靥如花,明眸似星。

两人乘车离开了紫云城,颜君旭才发现珞珞带他来的是公输子的墓地。

自发现"天雷"的穹顶图腾后,公输墓地已经被皇家的禁军团团围住,闲杂人等根本无法进入。珞珞拉着他爬上了离墓地最近的一座山丘,却见一个精致的软轿正停在高处,轿上漆着金色的花纹,在夕阳的照耀下,宛如一只金色的鸟笼。

颜君旭一看到这华美的软轿,就紧张得手心出汗,不知该如何是好。

"是我约她来的,怎么也要见一面。"一贯醋意滔天的珞珞,今日却意外地大方,拽住了颜君旭。

果然轿帘掀开,走出来一个身穿黄色衣裙,腰束紫色腰封的冷艳女子,正是李盈。

"公主……"颜君旭见到她就不由自主地要行礼。

李盈白了他一眼:"瞧你那没出息的样子,当初在黑龙谷就是看你不畏权贵,才觉得你与众不同,怎么才进京几个月,就变得跟我身边的人一样了呢?"

颜君旭红着脸道:"那是不知你是公主,再说你帮了我很多次,我一直没当面道谢呢。"

李盈嫣然一笑:"光嘴上道谢有什么用?你可又欠我一个人情,本公主牺牲名誉才让你这假驸马能上战场,你又要拿什么谢我?"

颜君旭被她问得支支吾吾,不知该如何回答。

珞珞仿佛看出他们有话要说,装作眺望风景的样子,身披斜阳霞光,远远地站在了山丘上。

李盈抬起明眸,望着局促不安的颜君旭,淡淡地笑了笑,说:"太狼狈了啊……"

"什么?"颜君旭不知她这没头没脑的话从何而来,好奇地问。

李盈释然地笑了笑:"总向一个人靠近,却被屡屡拒绝,这种爱恋真是狼狈啊,你说是不是?"

颜君旭愣住了,她明明是在说自己,却又像在说一个毫不相干的人,如此轻松而洒脱。

"或许世间有些人相遇过便已很好,正如不能奢求天上的流云能够停留……"她朝颜君旭伸出手,偏着头笑道,"颜君旭,我决定不再喜欢你了。明天你要作为一个战士上战场,我才对你说这番话。我不会恨你,只会祈祷你平安归来。若你要报答我,便打赢这场仗吧!"

她的笑容明媚坦荡,比瑰丽的霞光更为动人,宛如他们初识时一样高贵艳丽。

颜君旭也放下了心结,微笑着回握住了她的手。

李盈拉着他走到了珞珞身边,拉起珞珞的手,将他们的手紧紧握在一起,她扬起尖巧下颌,骄傲地说:"从黑龙谷初识到如今,我们一直是朋友吧?我身为公主,姻缘身不由己,希望你们不要误会……"她说着竟有些哽咽了,"若是有一日你们成亲了,别忘了邀请我这久居深宫,身不由己的公主……"

颜君旭被她的情义感动，连连道谢，珞珞也泪盈于睫，悄悄拭泪。

李盈不能在宫外久留，很快就有侍卫和婢女来接她下山，珞珞却支开了颜君旭，拉着李盈不知低声说了些什么。

李盈听着她低低絮语，起初愕然，后来竟激动地将珞珞抱在怀中。两人分开时相视一笑，似达成了某种不为人知的默契。

颜君旭望着两个少女，几乎要把自己的头抓破，他怎么也想不明白，珞珞一提到李盈就阴阳怪气，李盈也刻意忽视珞珞的存在，怎么两人突然就变成了知己密友？

不过多日来一直压在他胸口的大石却悄无声息地消散了，李盈骄傲地退回到朋友的位置，令他不再尴尬，也解开了珞珞的心结。

李盈在众人的簇拥中离开，颜君旭和珞珞的关系又进了一层。

他们坐在山区上，远远地眺望着落日斜阳中如巍峨卫士般立柱墓碑，一切的离奇境遇，钩心斗角，甚至膨胀无边的野心，都是因公输子而起，如今一切也要因他而结束。

颜君旭朝公输墓遥遥一拜，携着珞珞转身离去。在他们身后，一轮红日沉沉坠入林海，黑暗笼罩了世界。

启程的前一日，李睿特意为即将出征的将领举办了一场宴席，为了彰显颜君旭尊贵的驸马身份，连久居深闺的李盈都出席了。只是她隐蔽了身形，坐在一席竹帘后，薄薄的翠绿竹丝宛如青烟般遮挡了众人的目光。

席间不只有颜君旭，方思扬和曲铭等人，还有此次出征率军的慕容贺。慕容贺年方二十有五，足有七尺高，双眸狠辣如鹰隼，一身皮肤是铮亮的古铜色，宛如个铜人般结实有力。

他出身武将世家，之前五年跟父亲南征北战，醉卧沙场，见颜君旭和方思扬只是两个少年书生，席间一直沉郁不乐，连一句话都不肯跟他们说。直至李睿向他敬酒时，他铁板般的脸上才露出了几分笑容。

而坐在竹帘后的李盈不便说话，只能斟了一杯美酒，递给了颜君旭。酒是烫得微热的梨花白，像是一颗温暖关切的心。

颜君旭接过酒杯，一饮而尽，又行礼感谢了公主赐酒，结果是又引来了慕容贺的几个白眼。

次日清晨大军开拔，千军万马和如房子般大小的沉重木车，如一片浓重的乌云般离开了紫云城。

路上依旧有百姓在沿途观看，但与机关演武时不同，街上的百姓都面色沉重，还有上了年纪的妇人以袖拭泪，从京城出发的队伍，士兵大多为紫云城附近的青壮年。

这浩浩荡荡，宛如巨龙的军队里的每一个年轻的生命，不知是谁家的儿子，又是哪个孩子的父亲，又或者是哪位新嫁娘的郎君。

晨曦朝阳初升，宛如一只阴郁的眼，凝视着被阴云笼罩的紫云城。沉重而高大的城门缓缓打开，一行队伍沉默地走出了巍峨的京城，走向危机重重，而又遥远未知的北方。

大军启程之日，也有一个人端坐在临街的高楼上，手持着个小巧的金色千里镜，看着从楼下缓缓经过的队伍。他头戴金冠，一袭湖蓝色纱衣上缀满了珠玉，颈上还挂着个沉甸甸的金镶玉的如意平安锁，正是富甲一方的安家的公子安如意。

安如意的娃娃脸上满是惋惜，长长叹了口气，心中莫名泛起了些悲春的伤感。颜君旭和方思扬都随军赶赴战场，连珞珞也离开了紫云城，只有他一人没有接到工部的征兵令。偌大的京城，竟没来由地变得空旷而无聊了。

"公子爷，您看上的那座园子，主人终于肯卖了。"一个青衣仆人喜滋滋地跑上楼，跟他禀报，"估计是怕战火烧到紫云城，才着急脱手了。"

"哼，真是杞人忧天，以我对华国机关术的了解，此战如何能败？"安如意想到了在皇宫中操纵'白泽'的日子，每次他蜷缩着身体钻进小小的操纵间都会心潮澎湃。那掌握着万钧之力，睥睨天下的感觉，让他留恋不已。他挥了挥手，丝毫没将战争放在心上，"去找京城最好的花匠，将这园子种满蔷薇。记住，所有的蔷薇品种我都要，一个也不许漏下。"

仆人将用金箔纸封好的地契放到了他面前的桌上，小心翼翼地说："可是老爷也在忙着卖临街的铺子呢，种蔷薇的事，是不是等等……"

安如意皱了皱眉："怎么？父亲觉得紫云城会沦陷？"

"听商人们千金买来的消息，似乎夷国这次有备而来，也制作了厉害的机关呢……"仆人低声答道。

安如意不耐烦地打发了他，忧心忡忡地眺望着紫云城鳞次栉比的楼宇。这是他自小长大的地方，春草行行的天河、迤逦多情的花街、秋色尽染的郊外猎场，都曾留下他鲜衣怒马、年少轻狂的足迹。

巍峨繁华的紫云城，在他心中宛如一幅壮阔瑰丽的众生画卷，他怎能让这幅画毁于战火？

他越想越是气闷，起身跑到了楼下，纵马便向皇宫的方向奔去。被他甩下的仆人们大呼小叫地要拦他，却怎能拦得住，只能眼睁睁地望着他如展翅的蓝鹰般消失在长街尽头。

慕容贺带兵有方，军纪严明，队伍整齐有序，行军速度极快，骑兵每日可奔袭三百里，步兵也需每日百里。

而由曲铭率领的机关队伍由于负累沉重，很快就被大部队远远地抛到了后方。但慕容贺似很乐见于他们的笨拙冗繁，派出一队精兵保护他们的车马，自己则率领大军遥遥领先地直奔鹿城而去。

颜君旭和方思扬也身穿兵士的衣服混在队伍中，可跟别的兵士不同，他们几乎每天都在装载着机关的大车上爬来爬去，不断地测量尺寸。

"天雷"的身躯比"白泽"庞大沉重，需要足够的血石为动力支撑它的行动，而血石的量比一定要精确，否则会令汽缸过热发生爆炸，对战激烈时会自爆而焚。

更令颜君旭百思不得其解的是，"天雷"还有第二套动力装置，他按照图纸复原后，发现如果没有电力，此装置就是一个累赘，既沉重又占空间。

曲铭多次提出要将此机关换成另外一个动力装置，跟"白泽"一样即便一个动力装置被破坏，还有替补之用。

但颜君旭思前想后，还是严格遵循了公输子最初的设计，他相信公输子如此睿智，必然不会做无用之功。

如此走了十几日，越靠近北方天气就越是寒冷，沿途的树木笔直森然，地上薄薄地长着一层铁灰色的矮草，连风都是凛冽清冷的，与京城的花红柳绿，熏风如醉截然不同。

行军之路既劳累又艰苦，很快颜君旭就被在风吹日晒中变得黝黑精瘦，乱发也宛如枯草，越发显得憔悴。还好每逢夜深人静之时，珞珞总会陪他说笑，为了不惹人耳目，她每次出现都穿着步兵的棕黄色军服，还戴个大了两圈的头盔，宛如大头娃娃般可爱。

"月亮就要圆了，是不是等满月之时，我们就能到鹿城了呢？"春月澄明，春草芬芳，他们并肩坐在"天雷"的脊背上，眺望着一望无际的原野，和宛如玉盘般的明月。

北方的天空辽阔无边，风中都掺杂着泥土的气息，站在这片土地上，不由便会生出几分以天为盖，以地为席，苍穹之下，任我遨游的豪气来。

"没错，希望夷国那边有足够的耐心，不要在近期挑起战争……"颜君旭担忧地抿着嘴，他突然看向身边正在摆弄狗尾巴草的珞珞，仿佛发现了稀世瑰宝，眼中闪烁出希冀的光，"对了！你能不能让无瑕去帮点小忙，拖延一下夷国出兵？我看他本领大得很呀！"

"那可不行……"珞珞摇了摇头，"你没看璇玑那老家伙救了我们转身就走吗？过多干涉人间的事情，会有损我们的修行，无瑕和我也只是阻止涂山黑狐的阴谋，根本不敢插手华夷两国纷争。世间各界自有平衡，若是打破了这个平衡，会带来可怕的后果。"

"可我看涂山的死狐狸们控制朝堂，又利用书院和寺庙作恶，照样活得逍遥快活，国师还能享受万人敬仰呢。"

"那可未必，反噬不会来得那么快，或者涂山狐早就尝到了恶果，只是我们不知道呢。"

颜君旭托着腮，望着眼前的月光千顷和被月光染成一片银海的辽阔平原，失落地叹了口气。

叁拾肆 逐鹿之战

ZHULU ZHIZHAN

天气闷热，风中掺着潮意，宛如濡湿的缎子般裹在人的身上，一场夏日特有的暴雨呼之欲出。

在这阴霾的天气中，鹿城里家家户户门窗紧闭，昔日能容纳千人交易的繁华集市变得空旷如鬼城，街道蛛网般纵横密布，却连一个人影也看不到。

所有人都知道战争将至，就像头顶将坠未坠的阴云一般，随时都能落下，将死亡带到每个人的身边。

虽然慕容贺的大军已经在前日抵达了鹿城，他们井然有序地加固了城门，又疏散了部分百姓，还在城墙上布置了机关，城外也有兵士在忙着挖掘陷马坑。可仍然让人无法心安，离昔日的鹿城之战不过十几年，上了年纪的老人仍记得那尸骨累累，血流成河的残忍景象。

而离鹿城二十里外的山林中，几千名夷国的兵士身穿黑甲，全副武装地驻扎在营地，他们整齐划一，默不作声，宛如兵俑般蛰伏在林中，甚至战马都戴上了口具，避免发出嘶鸣。这支兵强马壮的精锐队伍，悄无声息地藏在深山中，如蛰伏在海底的鲸鱼般神秘而危险。

所有兵士都在等待一个信号，跟华国军队出发时兴师动众不同，夷国百姓甚至很多都不知战争将至，军人们也是如百川汇海般，分配抵达鹿城附近的这片黑林中的。

大雨将至，林黑风高，潮湿的风送来马蹄轻响。一个身穿黑色盔甲的男人，骑着一匹通身黝黑油亮的骏马，缓缓停在了营前。

男人身后还有几十个工匠打扮的夷国人，而他们正守在十几辆装满了货物的马车旁寸步不离，像是在守护着价值连城的珍宝。

为首骑黑马的男人摘下头盔，露出一张文静消瘦的脸庞，他鼻梁高挺，眼仁是淡淡的棕色，乍一看有几分夷国血统。而且他左眼上还挂着一块剔透的水晶片，让他越发显得阴柔，完全不似个杀伐决断的军人。

"我带来了多摩罗王的口谕！"男人正是莫秋雨，他从怀中掏出了一只缀着宝石的令牌，高举过头，朗声道，"所谓'事以密成，言以泄败'，本王只在时机成熟时，才能命令你们为国征战。今日'烛龙'已成，诸位猛虎之将士，可奋勇逐鹿，太阳神会庇佑它照耀下的子民。"

众将领都认得他手中的宝石令牌，正是出发时多摩罗王曾给他们看过的"太阳令"，纷纷匍匐跪拜，高呼国王圣号。

莫秋雨满意地望着跪在自己脚下，连绵如海潮的夷国大军，唇边露出一丝残忍的笑。

多年来筹谋蛰伏的屈辱，刻骨铭心的仇恨，骨肉死别的悲伤，似乎都在这瞬间得到了安抚。

他的血债，他被战争毁掉的人生，终究等到了以血偿还之日！

战争开始时，颜君旭和曲铭正在"天雷"内部安装动力机关，他们离鹿城已不足百里，因平原广阔，便于他们演练机关，才没有抓紧赶路。

带队的军官看到了前线送来的消息，忙跟他们商量能不能加快速度，因为夷国在这次战争中使用了攻城机关，势如破竹，若是没有足够强大的机关抵挡，不过五日便可破城。慕容贺正率领将士血战，鹿城外已尸骨成堆。

"五日？时间太短了！"颜君旭急得不停地抓着脑袋，"'天雷'最快也要十日后才能完成！"

曲铭擦了擦脸上的尘灰，沉稳地道："只能先启用'白泽'了，虽然莫秋雨那厮熟悉'白泽'的构造，可是我们也没闲着，也对它进行了改装。"

方思扬苦笑着看了看颜君旭，像是在看一个死人："这倒是个好主意，但是君旭，你要如何既上战场，又研发'天雷'呢？"

曲铭朝颜君旭摆了摆手："用不着你去，我很熟悉'白泽'的操作，我这把老骨头也该练一练了，也不能总当个吃闲饭的啊！"他说罢笑了笑，将手上的油污擦干净，纵身从"天雷"的巨爪上跃下，"听说晚饭有白日里逮到的野鸡，应该很美味。"

颜君旭看着曲铭发福的背影，他满不在乎哼着小曲的模样，仿佛方才谈论的不是生死，而是一件再寻常不过的小事。

冗繁的机关队伍，在战火的催促下，像是一只庞大而臃肿的怪兽，不得不加快了前进的步伐。越靠近鹿城地势越高，逃难的百姓也变得越来越多。他们有的推着板车，车上装着全部的家当；更多的只背着简单的行囊，拖家带口地仓皇而逃；还有人连鞋都穿不上，只能以草叶裹着脚赶路。

颜君旭实在看不下去，一路上只要见到难民就加以援手，不过半日便已将身上能送的物事全送了，还搭上了自己几天的口粮。

◇ 君子，命中有狐 ◆

而当三日后的黎明，当他们抵达鹿城之时，所见的景象更为凄惨，不仅是百姓蜂拥而逃，还有受伤的兵士不断被抬出来安置在城中后方。

兵士们有的断手断脚，有的被烧焦了半个身体，躺在地上凄惨地哀号。他们进城时正值傍晚，红色的夕光笼罩着大街小巷，仿佛将整座城市都浸在一片苍茫血海之中。

而昔日繁华热闹的边陲城市，此时已成为人间炼狱。

饶是曾在机关演武中见过了死人的颜君旭，看到这残酷的一幕，也忍不住胆战心惊，不由自主地后退了两步。

"看来我们很难活着回去了啊……"方思扬苦笑一声，却置生死于度外。

他潇洒地倚墙而立，拿出炭笔和草纸，一边仰天长叹，一边描摹着眼前的景象。

"你快走吧！现在就走！机关已经研发得差不多了，不需要再画图，你只是一个文士，又是个以洒脱不羁闻名的画家，就算此时走了也无碍你的名声……"颜君旭一把抓住方思扬的肩膀，望着这个比自己稍高一点的少年，急切地说，"带着月曦去人鱼湖吧，等战火平息再回来……"

他还未说完，方思扬便皱了皱浓眉，将他的手从肩膀上扶下："说什么呢，我虽非君子，却也不是临阵脱逃的小人。"他说罢咧嘴一笑，露出洁白牙齿，"再说这人间地狱的景象难得一见，我岂能错过？总该有人用自己的笔，记下战争所有的罪。"

颜君旭还想再多劝他几句，便见有个腰悬佩刀的将士纵马向他们奔来。这人他认识，正是慕容贺身边的一名副将。

此时他不再如前几日般意气风发，整个人瘦了一圈，盔甲上也尽是焦黑的痕迹，只有一双眸子仍满含不屈与坚持。他脊背笔挺地骑在马背上，踏着破碎的夕光而来，宛如个宁死不屈的死魂灵。他朝曲铭和颜君旭等人点了点头，示意他们跟过来，随即纵马在前面带路，穿过半个城池，来到了位于城中一处高楼下。

此楼就是慕容贺指挥战争之处，木楼的门楣和窗沿上都绘着金漆描彩，屋顶的四角挂着四串珊瑚珠般艳红的灯笼，看样子是临时征用了栋位置便利的奢丽酒楼。

兵士们围着高楼奔走忙碌却又不失秩序，报信的快马来回传递消息，几百人围绕着高楼运转，进进出出，使它看起来宛如一个巨大的蜂巢。慕容贺正在楼中等待着他们，而这位高大威猛的武将，已经解下铠甲，正赤膊坐在宽大的榻上。

残阳透过花窗，照在他健壮的身躯，古铜色的皮肤上，让他看起来宛如一个坚不可摧的铜人。只是这铜人右肩肩胛上包扎着白色布巾，布巾下还有鲜红的血渗出，显然是受了重伤。

当他看到颜君旭高挑消瘦的身影，沉郁的双眼终于露出一丝喜色,但说出的话仍满含轻蔑。

"哼，果然是读书人，连上战场都如此忸怩作态，姗姗来迟。"

珞珞扮作小兵跟在颜君旭身后，气得她杏眼圆睁就要上前理论。颜君旭却悄悄按住了她的手，不愿跟他争长论短。

"将军大展神威之后，我们刚好抵达，怎能说是姗姗来迟呢？"曲铭捋着山羊胡子，微笑着回答，不卑不亢。

"哼，我可是一直在等各位的大驾呢……"慕容贺缓缓站起身，宛如铁塔般的身躯挡在颜君旭面前，居高临下地看着他，"而且不只是我在等着你们，另一位也是。"

"另一位？"颜君旭心中一颤，脊背渗出冷汗。

"没错……就是敌方的将军，率领夷国军队攻城的那位！"

房间中变得沉寂如水，所有人都倒吸了一口凉气，仿佛为了衬托这无路可逃的绝望一般，落日也沉入群山，天幕被黑暗笼罩，宛如拉开了死亡的帷幕。

慕容贺命人点燃了灯火，屏退了闲杂人等，房中只留下了曲铭和颜君旭两人，至于方思扬，他一进楼中便凭栏而立，忙着描绘楼下兵士奔走忙碌的景象，他运笔如飞，额上渗出汗珠，心神都被勃发的灵感攫住，根本无暇顾及机关。

"你方才说，对方的将领在等我们，是什么意思？"曲铭边擦汗边问，已经进入五月，即便是位于北地的鹿城，也泛上几分暑气，令本就肥胖的他汗流浃背。

"此人擅用机关，设计出沾满了毒水和刺刀的云梯，还有能投火的投石机、转射弩，不仅如此，还对我军的机关了如指掌，连床弩刀板他都一一破解。奇怪的是，他有两次机会可以乘胜追击，一鼓作气地攻破城池，却每次都错过了。"慕容贺冷笑了一声，"战机如水，稍纵即逝，连着两次失手不可能是疏忽大意。所以我猜他是要等什么人，一个能跟他在机关上一较高下的人，我思来想去，也只有你们……"

颜君旭垂着头，握紧了拳头，眼前浮现出了莫秋雨冷漠的脸。他恨不得马上奔赴战场，跟他决一胜负。

"哼，多半是莫秋雨那厮，他曾任工部侍郎，当然了解工部的机关种类。"曲铭咬牙切齿地道，"果然千防万防，家贼难防！"

"此人或许是个机关高手，却并不是个好的将领。"慕容贺摇了摇头，轻蔑地道，"他拉长了作战时间，既打击士气，又耗兵伤财，简直把战场当儿戏，他失败是早晚的事儿。"

颜君旭的心突然一沉，像是想到了什么，小声道："万一他不是意气用事呢？"

慕容贺的嘴角不由自主地垂了下来："你的意思是说？他有必胜的把握，才如此有恃无恐，宛如儿戏般作战？"

"嗯……"颜君旭点了点头，眼中闪烁出阴郁的光，"听说猫吃老鼠前，还要戏弄一下呢。"

慕容贺和曲铭听了这话，都变成沮丧而沉默，窗外漫无边际的夜色，宛如黝黑的海面，沉甸甸地弥漫在每个人的心头。

"还好有'白泽'，可以探探他的虚实……"过了片刻，曲铭才缓缓道，"君旭，你我今晚就连夜组装'白泽'，老夫倒要看看，这贼子在玩什么花招。"

说罢他就负手离开了慕容贺的房间，昏暗的走廊中，他的背影略有些佝偻，仿佛在短短几天之内，就苍老了许多。

这晚天气闷热，没有一丝凉风，颜君旭脱掉了累赘的外裳，指挥着工人组装着"白泽"庞大的身躯，单薄的衣裳很快被汗水浸透。珞珞跟在他身边，悄悄施法为他送上阵阵凉爽，可风只能吹散他身边的暑气，却不能缓解他心中的焦躁。

她看在眼中，愁在心中，惯来活泼爱闹的她，也变得安静而乖巧，没心思逗颜君旭取乐了。

黎明时分，威武高大的"白泽"已经站在了鹿城最开阔的广场上，它身披万丈霞光，银色的铠甲被朝霞映得流光溢彩，像是从传说中走出来的神祇。

官兵百姓从未见过如此庞大复杂的机关，都被"白泽"的圣洁高贵的姿态震撼，还有百姓跪在地上膜拜，祈求宛如神魔般的机关甲人能够显灵，快点结束战争。

"希望没有用上'白泽'的一天……"颜君旭仰望着庞大的机关，轻声说道。

而在他身后，曲铭脱下了外袍，将自己肥胖的身躯塞进了光滑坚韧的皮革衣中，做好了战斗的准备。他不似颜君旭般乐观，莫秋雨既然将此战打得不徐不疾，定然是有必胜的把握，谁也不知他在等什么，或许他在等的就是"白泽"。

朝霞在阳光的照耀下散去，当万丈光芒照亮鹿城坚不可摧的城墙时，夷国再次发起了进攻。

华国兵士打开城门迎战，在慕容贺的指挥下，士兵井然有序，丝毫不乱，如潮水般涌出了城门。

夷国的骑兵率先开始了冲锋，而华国在城门外布置了装满了倒刺的滚筒机关，第一批冲锋的骑兵被机关绊住马腿，转瞬就摔得人仰马翻。可后面的骑兵们根本无视摔伤的同伴，仍纵马冲锋，上百个钉筒在前仆后继的铁蹄的践踏下四分五裂，而被绊倒的马匹和兵士也被踩成了肉泥。华国士兵奋勇拼杀，城头的弩机全部开启，慕容贺还启用了专门对付骑兵的转射弩，一时间箭落如飞蝗，遮天蔽日，城下变成一片修罗场。

夷国又推出了十几架云梯，以便步兵们攀缘而上攻城破门。慕容贺率先站上城楼厮杀，鼓舞了华国兵士的士气。

而曲铭和颜君旭带领工匠们奔走忙碌，修理坏掉的机关和为弩机运送箭矢。夷国的云梯还未被搬到城前，颜君旭便命人搬来了投石机，但投石机里装着的却是由火药制成的霹雳火弹。

火药依据《公输造物》中所记载，由七成硝石，两成木炭以及一成硫黄配置而成。火药的制法早已流入民间，百姓用火药做出烟花，在辞旧迎新的除夕之夜于庭前燃放，以吓退妖魔鬼怪。但谁也没想到，这娱人的玩意儿，会被用在战场上。

出发前颜君旭在宫中彻夜不寐，用生铁为壳，内装火药，上安引信，做了几十枚霹雳火弹，点燃引信再投掷出去杀伤力巨大，爆炸产生的弹片连铁板都能穿透。

兵士们熟练地操作投石机，虽然他们不知道放在投石机上的宛如夏瓜大小的生铁疙瘩是做什么用的，但此时战况激烈，双方都杀红了眼，哪还顾得上刨根问底？

可万万没想到，霹雳火弹砸到了夷国的云梯上，登时发出震耳欲聋的巨响，威力也骇人至极，竟将一架三丈来宽的云梯炸毁了一半。

想不到这平平无奇的生铁疙瘩竟有如此威力，华国兵士士气大振，忙欢呼着又将十几个霹雳火弹投了出去。

战场上宛如炸开一个个惊雷，雷暴所落之处，夷国兵士非死即伤，骑兵的战马被爆炸声吓得四散奔逃，冲锋的队形登时乱成一团。连他们引以为傲的机关床弩和云梯都被炸毁了几架，而之前令华国军队十分困扰的油火枪更是连施展的机会都没有。

慕容贺又惊又喜，高兴得用蒲扇般的大手不停拍打着颜君旭的肩膀："想不到你有这等本领，居然能做出如此神器。别说这霹雳火弹还跟你小家伙有点像，虽貌不起眼，却能一鸣惊人！"

颜君旭在他巨掌大力拍打下几乎站不稳，而且他说的话，怎么听都不像是真心夸奖他。

霹雳火弹在眨眼间就扭转了战局，鸣金声起，夷国的军队毫不恋战，如潮汐般退去，甚至连伤兵都一并带走，仿佛今日的败局都在他们意料之中。

慕容贺身经百战，见夷国兵士丝毫不乱的阵型，便知他们早有准备，命令兵士不可恋战，更不能追击，也退回了鹿城之中。

站在城楼上观战的颜君旭，直至此时，才发现双腿虚软，浑身已经被冷汗浸透。

可即便打了胜仗，大家也都心事重重，看夷国退兵的阵型，这只是又一次试探，谁也不知道莫秋雨到底在想什么，他手中到底握着怎样的机关。

那罗伽山下的密林森森，莫秋雨坐在金帐之中，听着副将的汇报，满意地点了点头。

"如大人所料，华国今日果然用了从未见过的新奇机关，听探子说叫'霹雳火弹'的，末将带兵撤退得及时，才减少了伤亡。若无大人叮嘱，众将士都冲锋到鹿城之前，定会死伤无数。"

莫秋雨摘下挂在左眼的镜片，用绢布擦了擦，冷笑道："颜君旭那小子终于来了，《公输造物》上所有的机关我都研究透彻，也该一决胜负了。"

金帐之旁，幽暗深邃的森林中，藏着一个似笑非笑的面具，它硕大无朋。足有两丈多高，双眼微眯，微张的嘴唇中露出尖利獠牙，宛如从地狱中窥探着人间的恶鬼。

当晚为了鼓舞士气，慕容贺大摆宴席犒赏三军，兵士们打了胜仗，个个兴高采烈。

但对战势看得更清楚的将领们，眼中却毫无喜色，即便是佳肴美酒也食之无味。

慕容贺鼓励完将士后就匆匆回到了楼中，随即颜君旭曲铭还有方思扬都来到了他的住处。

他们个个面色沉郁，望着摊在桌上的地图。如果鹿城失守，后面都是平原地带，易攻难守，将会有十几座城池陷入战火之中，再找下一个易守之处，就只有庆通关了。而如果他们真有退守庆通关之日，华国的领土已丧失近半。

"所以即便花再大的代价，也要把鹿城守住！此城地势优越，夷国十五年前的那次进犯，也没有把鹿城攻下，此城不能丢在我们手中。"慕容贺拍着羊皮图纸，狠狠地道，"你们做的霹雳雷火弹还有多少？"

"方才清点过，共带来了六十枚，此次已经用掉了三十枚整。"曲铭忙答道。

"太少了，不够用！"

颜君旭挠了挠乱发："我已经吩咐铁匠们去做新的了，还好鹿城商户众多，能找到做火弹的硝石硫黄。"

"我已经按照君旭的要求，把图纸画出来交给铁匠们，估计很快就能做出新的。"方思扬颇有信心，"不要紧，没有火弹，我们还有'白泽'呢！'白泽'威力无穷，一次冲锋撞破十几架云梯都不在话下。"

曲铭也点了点头："说得没错，我也得去练习一下如何操作'白泽'了。"

"我去！"颜君旭却一把拉住了曲铭，低声道。

"开什么玩笑？若是你去上战场，'天雷'该怎么办？我看你的进度，七日之内应该就能启用'天雷'了吧？"曲铭拍了拍他的肩膀，捋着山羊胡子笑了笑，"孩子，老夫既无父母，也无妻子，更无儿女承欢膝下，孑然一身，无牵无挂。除了我还有谁更适合呢？"

颜君旭看着曲铭温和的笑容，鼻中不由一酸。莫秋雨作战如此沉稳，徐徐图之，一定是有必胜的把握，而且他又参与制作"白泽"，对它了如指掌。高大威猛的机关甲人，在他眼中就是一堆可以任意拆解的部件，此战必然凶多吉少。

曲铭定然也想到此节，已做好了为国捐躯的打算。

"可是我操作更熟练……"

颜君旭还想拦他，却听门外响起了一个熟悉的声音："说到熟练，你们都比不上我吧？"

慕容贺的亲兵慌忙推门而入，禀报道："将军，此人来到楼下，拿着个金色腰牌，说，说是奉圣上之命而来，属下实不敢拦。"

慕容贺点了点头，示意亲兵放人进来。只见一个脸上尚带着稚气的少年风尘仆仆地闯了进来，他一身青色绣蝠纹锦衣，脚蹬淡金色云靴，头戴金冠，一张娃娃脸又白又嫩，哪像是来打仗的？倒像是个出来游山玩水的纨绔子弟。

可颜君旭看到他，惊得瞪圆了狐狸眼，曲铭和方思扬倒是不约而同地叹了口气。

"安如意？你怎么来了？"颜君旭惊诧道，因为此人不是别人，竟然是上次机关演武临阵脱逃的安如意。

"国家有难，男子汉大丈夫岂能坐视不理？况且我最熟悉操纵'白泽'，又练了那么久的柔术，也该一展身手了。"他做出大义凛然的姿态，"所以我向皇上请命，让我也来参战，才快马加鞭地从京城赶了过来。"

实则他费尽千辛万苦才见到了明帝，才求来了这块金牌。临行时明帝还特别指示，若是他在战场上丢人现眼，就封掉安家所有的生意。

慕容贺看着他娇生惯养的模样，轻轻摇了摇头，只怕战鼓一响，这位白白嫩嫩的少年就要落荒而逃了。不过安如意确实是比曲铭更合适的人选，"白泽"的操作间狭窄逼仄，他身姿柔软，柔术仅次于水舞姑娘，而且还擅长闭气，由他上场胜算更大一些。

"颜兄，怎么没看到珞珞姑娘呢？"离开慕容贺的小楼后，安如意悄悄扯了扯颜君旭的衣袖。

颜君旭朝他翻了个白眼："你真的是来打仗的吗？我以为你会先去熟悉一下'白泽'呢。"

他话音未落，便有一只玉手揪住了安如意的耳朵："你这小子怎么跑这里来了？真是阴魂不散！"

只见珞珞穿着件大了两圈的步兵兵服，歪戴着头盔，透着一股活泼不羁的机灵可爱，一双琥珀色的眼睛俏丽迷人。

"当然是为了保家卫国，否则我放着好日子不过，为何要赶来这偏远的小城？"安如意摩拳擦掌地答，"我才不会让紫云城落到这些蛮夷的手中。"

"有可能会死呀，今日午时我们击退了夷国的军队，战场上死伤无数，现在尸体还未清点完呢。"颜君旭吓唬他道。

安如意咧嘴笑了笑："我是很怕死，但若是鹿城失守，半壁江山都有可能沦陷。华国一旦覆灭，家父又该怎么办呢？他年纪大了，虽有家财万贯，也无法抵御夷国的烧杀抢掠。大哥二哥已有成就，素来他最为我操心，嫌我不争气，我也想为他做点什么。"

灯影之中，安如意的娃娃脸上泛出一丝红晕，眼中泪光隐现，似真情流露，无法自控。

他仿佛在一瞬间就长大了，昔日沉溺于欢场的富贵公子已经消失，取而代之的是个能扛得下重担的男人。

次日清晨，安如意试着操演"白泽"，为了避免有人受伤，所有的兵士百姓都被屏退，广场上只留下了几名将领和机关队的人。"白泽"在空旷的广场上辗转腾挪，柔韧自如，还能灵活地运用各种为它打造的武器，连颜君旭都不得不承认，他的技术比自己还高妙。

机关演武那日，若不是他太过恐惧，怕是由他上场，夷国的机关球车还未必能发挥作用。

众人看到他的出色演练，都忍不住为之振奋，慕容贺更是率先为他鼓掌，他做梦都没有想到，如此油头粉面的纨绔子弟，竟能举重若轻地操纵如此庞大的机关。

"一刻钟……"曲铭看着沙漏计时器，"这是安如意的极限，战斗如果长于这个时间，军队要掩护它安全撤退。"

"一刻钟足够我将夷国那些蛮子打得落花流水了。"安如意从操作舱中爬出来，熟练地顺着"白泽"的腿溜到地上，信心满满地拍了拍颜君旭的肩膀，"颜兄，你就好好研发'天雷'吧，不过也许轮不到它上战场呢！"

众人见他胸有成竹，又亲眼见识过了"白泽"的威猛无匹，都在心中暗暗松了口气。

只有颜君旭仍放不下心，莫秋雨像是一匹饱腹的猛兽，在猎物的面前不徐不疾，那是他对命运有了绝对的掌握。

"你叫安如意？果然是'如意郎君'呢！"几名副将对安如意赞不绝口，似看到了大军凯旋的景象。

晨光映得天空一片金红，周身银甲的"白泽"，也被霞光披上了瑰丽彩衣。高大英伟的它伫立在破败的城市中央，像是一个熠熠生辉的希望。

叁拾伍 铁浮屠阵
TIEFU TUZHEN

夷国的军队足足三天都没有发起攻击,而这三天之中,安如意对"白泽"的操作越来越顺手,一副胜券在握的模样。

而颜君旭也忙得昏天黑地,总算把动力机关装到了"天雷"体内,如果"天雷"能顺利启动,这个庞大的机关就研发成功了。

而闲暇之余,安如意仍像是过去一样,没事就缠着珞珞。

"若是我打了胜仗,能不能邀请珞珞姑娘去我的园子里赏花?"他跟珞珞坐在夕阳下的城墙上,眺望着远处的群山。

见惯了紫云城美女的他,娃娃脸羞得通红,像是个情窦初开的少年。

"赏花?不会是找个秋千架子让我荡秋千给你看吧?"珞珞秀眉一簇,扬手又要打他。可不知为什么,她的手却缓缓放了下去,没有如过去一般落在他的脸上。

安如意摸了摸鼻子,不好意思地说:"那是我过去瞎说的胡话,我看你喜欢蔷薇,特意新买了个园子,还命人在园子里种满了各色蔷薇。初夏正是蔷薇花开的时候,除了你还有谁能配得上蔷薇花海呢?"

珞珞仰头看着他,眼中满是困惑:"看来你是真心喜欢我啊,可我到底哪里好?"

"喜欢一个人,不需要理由吧……紫云城有好多比你美的姑娘,戏园子里古灵精怪的女伶也不少。可是在船上见你第一面,我就想跟你永远在一起……"他说着将头埋在膝盖上,"哪怕你每次见面都打我,我也不想躲。只要是你拜托的事,再难我也会做到,你是不是觉得我很傻?"

"不啊,只是有时候觉得烦……"珞珞被他真情打动,心弦也不由轻颤了一下。

安如意没有抬起头,像是自言自语一般:"我今日鼓起勇气将心里话全对你说了,是因为怕错过了时机,就没有再说的机会……"

珞珞愣住了,他竟然什么都知道!可即便如此,他还是义无反顾地赶到战场,赴这场死局。

"我会等你回来的。"她拍了拍他的脑袋,"你可要带我去那种满了蔷薇的花园。"

安如意伸出左手,露出一根尾指:"拉钩!不许骗人。"

珞珞眼风飞扬,嗤笑一声,也伸出尾指,跟他拉了一下钩。安如意宛如一个得到了赞赏的孩子,露出了满意的笑容。

两人并肩望着夕阳一寸寸收起它的余晖,金红色的晚霞铺满天际,像是一个盛大温柔的怀抱,将世界拥入怀中。

第四天的清晨,嘹亮的号角声从鹿城外的山中响起,宛如魔鬼的咆哮。夷国兵士列兵布阵,如潮水般缓缓而至。

跟之前的作战方式不同,骑兵们都身穿重铠,连马都装备着轻便而不容易燃烧的避火藤甲。最前列的步兵手持半人高的盾牌,在前面开路。

这钢铁队伍行军缓慢,却像是一个密不透风的铁墙,充满着压迫感,令人无从下手。

慕容贺指挥弓箭手放箭,如蝗羽箭遮天蔽日,夷国的兵士纷纷举起盾牌抵挡,整个阵列刹那间变成了一个密不透风的铁桶,将箭矢悉数挡了下来。

"将军,你看!"在城头观战的众人,数方思扬眼睛最毒,皱眉指着远处。

大家顺着他指的方向看去,只见又有两队如乌云般铁甲战队缓缓而来,在他们身后,轻骑兵已排好战列,跃跃欲试。

"是铁浮屠!"慕容贺蒲扇般的大手,狠狠地拍了一下城墙,旌旗猎猎中,他如铜铸般坚毅的面容,也现出了一丝恐惧,"传说中夷国最强的阵型,以重骑兵为先锋,冲进对方的队伍,将队伍打乱后,轻骑兵便趁机冲锋围剿。"

"那如何才能破掉这阵型?"颜君旭担忧地问。

"消耗战。"慕容贺苦笑了一下,"在兵书上有记载,只有士兵源源不断地去拼杀,才能破解铁浮屠,只要能阻住重甲骑兵,便有取胜之机,看来今日要打一场硬仗了。"

"先以'霹雳火弹'试试对方虚实。"曲铭说罢,忙奔走呼叫,城头的投石机上很快都装载了"霹雳火弹"。

慕容贺一扬军旗,城门大开,井然有序的华国士兵也出城迎战,为首的是一排推着火焰车机关的兵士。

夷国的战鼓声连绵不断地响了起来,宛如来自地狱的鼓点。铁浮屠阵列散开,纵马开始了冲锋。

他们三人一组,以铁链相连,宛如一道铜墙铁壁冲向了华国的军队。战马奔驰迅速,又装备着沉重的铁甲，简直就是一辆奔驰疾速的坚固战车，血肉之躯在它身前宛如草木，转瞬就被踏在铁蹄下血肉横飞。

而火焰车刚刚燃起烈焰，便被铁马撞翻在地，根本挡不住他们的冲锋。

"快发射'霹雳雷火'！"眼见前锋部队不过片刻便已损失了一半，整齐有序的阵型也被打乱，曲铭慌忙叫道。

他话音方落，十几枚雷火弹从城头被掷出。可夷国将士早有准备，一见火弹射出，纷纷避让，即便有的铁浮屠不方便躲避，也举起沉重的盾牌，挡住了火弹爆炸的威力。

"看来他们在这几天里想出了对付霹雳火弹的办法，才做出了这些盾牌。"珞珞抓着颜君旭的衣袖，紧张地说。

可她并不害怕，美目中眸光闪烁，仿佛心中满怀方略似的。

"还有多少火弹？"颜君旭忙问向曲铭。

"不足百枚！"

"先射出五十枚！看在密集打击下，他们用什么办法应对！"

城头的投石机再次被装满了火弹，夷国军队突然停止了冲锋，他们几个一组停在原地，用手中的盾牌铸成了一个水泄不通的钢铁堡垒。

火弹呼啸着从天而降，随着接连不断的"砰砰"巨响，将战场变成一片火海，为了避免伤亡，华国的兵士也停止了进攻。

可当爆炸结束，夷国的兵士竟只伤亡了几十人，在看到没有了火弹投掷之后，又重整队形做出了冲锋的准备。

"让我上吧！"安如意换好了皮革紧身衣，迫不及待地道，"只要'白泽'出战，轻易就能破解铁浮屠。"

"如今也只有'白泽'能阻挡'铁浮屠'了……"事已至此，慕容贺也只能点了点头。

安如意领命而去，颜君旭看着他的背影，忙追上去："等会儿出了城门，你只有一刻钟的时间。切记只需打散'铁浮屠'就马上回来，千万不可恋战。如果你遇到危险，我会用余下的'霹雳火弹'掩护你。"

"一定要活着回来。"珞珞也追上来，低声说，"你答应过我，要带我去逛蔷薇园呢。"

安如意一张娃娃脸登时羞得通红："那是当然！方才我还有点害怕，不过现在就不怕了，只想打个胜仗，早点结束战争。"

他说罢朝颜君旭和珞珞摆了摆手，快步跑下了城楼，此时正值巳时，绚烂的夏阳宛如一片光海，洒在城楼之上。

安如意的身形只晃了晃，便消失光芒之中，宛如一只被海浪吞噬的浮舟。

铁浮屠列阵发起了第二次冲锋，华国的兵士赶忙推出刀车抵御，可重甲战马如山一般倾轧而来，即便挡住了最前排的战马，但后排的冲锋队伍又如浪涛般滚滚而至，将刀车和前排摔倒的兵士一并踏碎。

当铁浮屠冲散了华国军队的阵型后，轻骑兵趁隙冲进乱军，砍杀华国将士，不过瞬息之间就已死伤无数。

浓腥的血气被初夏的阳光蒸发，随风飘到了城楼上，令人闻之作呕，又心惊胆战。

除了见惯死亡的慕容贺，所有人都沉默了，像是被鬼魅摄住了魂魄般，望着这残忍的屠杀，连呼吸都为之停滞。

厚重的城门被铰链拉开，发出"隆隆"巨响。身披银甲的"白泽"，缓缓走出了城池。

它每走一步，地面都微微轻颤，仿佛连大地都臣服于它强大无比的力量。

冲锋的战马似察觉到了危险，纷纷嘶鸣着停住了前进的步伐，任骑兵们如何催促，都不肯再走一步。

夷国的兵士哪见过如此威武庞大的机关甲人？他们拿出矛和枪纷纷向它投掷，可"白泽"却岿然不动，利刃在它坚硬的铠甲上也只能留下一道划痕。

"这些臭蛮子，去死吧！"操作舱中闷热难耐，安如意浑身被汗浸透，他瞄准一队铁浮屠，朝他们踢了过去。

原本坚不可摧的铁浮屠，刹那间就人仰马翻，他们三人一组以铁链相连，在进攻时固然威猛无匹，但在逃命时就不怎么方便了。

"白泽"伸臂一挥，又有两组铁浮屠被打倒，它站在乱军中宛如入无人之境，摧枯拉朽般将夷国的杀戮阵型打散。

失去了铁浮屠的冲锋，轻骑兵已毫无优势，他们见败局已现，掉头就要逃跑。"白泽"却捡起一个被打烂的云梯，使棍般横扫千军如卷席，顷刻间便将几十名骑兵同时打落马下。

他们一落地便被战马乱蹄踩死，连哼都来不及哼一声，就变成了一团肉泥。

"不能放过铁浮屠！"慕容贺一摇军旗，城楼的士兵登时鸣放了三声炮响，这是他们之前跟安如意约定的暗号。

响亮的炮声传到了安如意的耳中，他拿起沉重的流星锤，抡成一个满月，径直向铁浮屠砸去。这一锤砸得地动山摇，登时有三十多匹铁浮屠被砸倒，死伤者众。

"时间快到了！"曲铭忙朝慕容贺道，"他撑不了多久，快叫他回来。"

慕容贺见"白泽"在战场大杀四方，所向披靡，恨不得它将夷国兵士全部赶尽杀绝，以祭慰牺牲将士的英灵。但"白泽"是己方的撒手锏，也是皇上视为珍宝的神器，若是它在战场上倒下，怕是夷国再发起攻击，便连反击之力都没有了。

他拿出军旗，再次摇了摇，两声振聋发聩的炮声，在绚烂的夏阳中回荡。

安如意正在战场上打得酣畅淋漓，虽然操作间狭窄逼仄，他却没觉得头晕。多日来一直在练闭气，他丝毫不觉得累。

望着脚下如老鼠般奔走逃命的重甲骑兵，他心底竟生出几分快感，仿佛自己已经是世界的王，拥有强大无比的力量，可以对所有的生命予取予夺。

他扬起一脚，一匹战马被踢飞到半空，落在地上，摔得肠破肚烂，发出凄惨的悲鸣。

"回来！快回来啊！"颜君旭站在城楼上，焦急地对他喊。

可他的声音刚刚出口，就被战场上的喧嚣淹没，宛如落入湖中的雨滴般无迹可寻。

◇ 君子，命中有狐 ◆

　　"白泽"的高大的身影渐行渐远，安如意身在高处，忘掉了距离，"白泽"跨一步等于寻常人走五十步，他操纵着"白泽"只跑了十几步，已经远离了城池。

　　"超越了霹雳火弹的掩护范围了，快点派骑兵将它追回来！"曲铭忙向慕容贺道。

　　"为什么？他为什么不听话？"颜君旭望着"白泽"远去的背影，气得不停地拍打着城墙。

　　"他年纪尚幼，没有足够的心智抵御强大的力量，宛如孩童舞巨斧，稍不留意就会伤其自身。"慕容贺拿出个千里镜递给了颜君旭，"我第一次带兵时也兴奋得忘乎所以，只有多战争的磨砺，才不会被力量迷惑。"

　　颜君旭忙接过千里镜，迫不及待地看向"白泽"的身影，它追赶着狼狈撤退的夷国兵士，周身银铠在艳阳下光芒闪烁，宛如夸父逐日。

　　夸父逐日？他的心不由一沉，生出了不祥的预感。神话之中，夸父终日追赶太阳，最终却力竭倒在地上，化为一摊枯骨。

　　千里镜中，巍峨如小山的"白泽"追向了山下的密林，慕容贺派出的百名骑兵纵马奔驰，要去拦回它。

　　然而就在这时，"白泽"突然停了下来，它身后的骑兵仿佛看到了鬼魅般，掉转马头就往回跑。

　　临阵脱逃乃是军法中的大罪，骑兵也都是训练有素的猛士，不止参加过一次战争，到底是什么令他们如此畏惧？甚至冒着杀头的大罪逃跑？

　　坐在操作间中的安如意视野高远，根本看不到身后的骑兵，更不知骑兵们已经落荒而逃。

　　他被眼前的景色吸引，树海苍茫，黑色的树林随风而动，似起落不停的潮汐。而在潮水之中，似隐藏着深藏不露的海妖。

　　"白泽"给了他力量，即便察觉到幽森的密林中有埋伏，他也毫无畏惧。少年心高气傲，被胜利冲昏了头脑，完全将出发时颜君旭的叮嘱忘在了脑后。

　　茂密的树林竟然动了，一部分缓缓升腾而起，仿佛浮上天幕的乌云。它宛如可怖的梦魇，投下漫无边际的阴影，将死亡带到每个人的身边。

　　即便高大如"白泽"，在它的面前都显得渺小，更可怕的是，这怪物竟然长着张诡异的人脸，它双眼微吊，一张巨口中长满了獠牙，宛如唱戏的戏子们戴的鬼面。

　　望着这如神魔般恐怖狰狞的巨怪，安如意也有些害怕了，但他想起在机关演武时自己怯懦的表现，咬紧牙关冲上前去。

　　这机关巨脸只是看起来恐怖，只需躲过它如利刃般的森森獠牙，其实也没什么可怕。

　　他费尽全力挥舞起手臂，呼吸变得越来越艰难。随着他的动作，"白泽"将手中宛如水缸般大小的流星锤甩得虎虎生风，向眼前鬼面砸去。

　　可沉重的铁锤尚未触及对方，就被一个如虫足般坚硬的螯肢擒住了。安如意这才发现，这张脸的旁边竟然还特别打造了六只钢铁螯足，只是方才隐藏在树林中，他并未发现。

　　他突然有些体力不支，不由后退了一步。而在他操纵下的"白泽"，也站立不稳，趔趄了一下。

城楼上观战的众人看得浑身冷汗涔涔，收兵的尖锐鸣金声在苍茫的天空下回荡，宛如一声声殷切地呼唤，在叫"白泽"回来。

然而安如意却知道自己回不去了，他的视线变得模糊，额头上全是冷汗，已经再也没有力气逃回鹿城。

他孤注一掷，丢下流星锤，纵身向藏在林中的机关扑去。他要以自身为饵，让颜君旭他们看个清楚，敌人的撒手锏是什么。

一条宛如昆虫般的黝黑节肢向他刺来，刺向的正是"白泽"腹部的动力机关的位置，他没有力气躲避，一把抓住了这突刺而来的偷袭。可很快另有一条螯足刺向了"白泽"的后心，轻易就贯穿了它坚固的身体。

对方太了解"白泽"的构造，不费吹灰之力便找到了铠甲间的缝隙。

动力机关的蜂鸣声停止了，安如意脸色青白，也呼出了肺中的最后一口气。在生与死的混沌间，他仿佛看到了珞珞一袭红裙迎风招展，娇俏地对他微笑；还有父亲威严的面孔，昔日他最怕的便是父亲，此时却多么想再看他一眼。

他这一生一无是处，除了享乐就是闯祸，可却做了个最了不起的选择。虽然这个选择在旁人来看愚蠢至极，但不知为什么，他却觉得很欣慰。

狭窄的操作间被巨力挤压，瞬间就将他的肋骨压碎，他吐出了一口血沫，再也没有了意识。

少年的身体慢慢变冷，双眼仍微微睁着，唇边却似含着一丝笑容。

"白泽"被灵活而锋利的螯足刺穿拆解，机关张开了血盆大口，将"白泽"拦腰咬断，毁成了一堆废铁。

望着这残暴的景象，颜君旭浑身的血液似都凝固，温暖的夏阳洒在他的身上，他却像是置身寒冬。他浑身轻颤，几乎握不住手中的千里镜。

而此时逃回的骑兵已经到了城楼下，慕容贺也看到了这骇人的一幕，忙将城门打开，让骑兵奔入城中。

没人再指责他们的胆小，毕竟面对那种诡异阴森的怪物，不是所有人都有对抗的勇气。

巨脸怪物将"白泽"一段段肢解后，就再次如一团黑云般隐入了树林，跟林木完全融合在一起。

不知为什么，当它的身影消失时，所有人都松了口气，心中都暗自庆幸它没有从林中走出来，乘胜追击。

虽然他们击退了夷国的铁浮屠，却没有半分喜悦，每个人的心头都被阴沉沉的乌云笼罩，看不到一线光明。

君子，命中有狐

叁拾陆 WURI ZHIYUE

五日之约

安如意的尸体是在当晚被夷国的使者送回来的，他的脸黄得像块凝固的蜡，娃娃脸变成了巴掌般大小，双眼紧闭，嘴巴微张，仿佛睡着了似的。但身上却遍布青紫，看样子浑身的骨头都断了。

"主将让我将安公子的遗体送回来，他还说念在过去故交的分儿上，已经帮安公子整理好了遗容……"

使者话未说完，颜君旭就要冲上去打他，被方思扬紧紧抱住。

"且听听他说什么，莫秋雨让他过来，不会是送遗体这么简单。"曲铭也抓住了他的手。

"哪位是颜君旭颜公子？"棕发碧眼的使者，在华国的军队中毫无畏惧，淡定地环顾了一周，用蹩脚的华语问道。

慕容贺为了保护他们，特意让颜君旭等人换上了低等兵士的服装混在人群中，以免被人暗杀。

"有什么话跟我说也是一样的。"他站起身，古铜色的脸庞坚毅沉着，眉心的竖纹都如刀刻斧凿般生硬。

使者朝他鞠了一躬道："将军可懂机关？若是不懂的话，主将的话只能对颜公子说。"

颜君旭本已按捺不住心中的愤怒，推开了方思扬和曲铭，走出队伍，来到了使者面前，咬牙切齿地说："我就是颜君旭，你有什么话就快说吧！"

广场上的篝火映出他的少年面容，他虽然年纪尚轻，眼中却毫无惧意，如风雪中的细松般挺拔青翠。

使者碧绿的双眼现出诧异之色，似没想到被主将视为对手的居然是一位容貌清秀的少年。

他已年过四旬，阅人无数，暗自在心中冷笑了一声。对于野心家来说，折断一只满怀希冀的幼鹰的翅膀，再彻底摧毁它，确实是件有趣的事。

他朝颜君旭鞠了一躬，礼貌而斯文："颜公子，主将让我转告你，此战靠兵力已无法分出胜负，兵士之间互相残杀，除了增加伤亡外毫无意义，只能以机关术定乾坤。请颜公子准备好机关，于三日后在城外一战。"

颜君旭怒不可遏，沉声答道："正合我意，我巴不得跟他一决胜负。"

"等等！"珞珞低着头从队列中走出来，粗着嗓子说，"凭什么你们说三日就三日？况且你们有备而来，非要定到三日后，谁知会不会有陷阱？"

使者不慌不忙，捋了捋唇边修剪整齐的胡须："此言有理，那日期由你们定，方能显出公平，只希望不是一个月后就行，嘿嘿……我们可不会如此有耐心。"

珞珞悄悄地朝颜君旭伸了伸巴掌，颜君旭跟她心意相通，朗声道："一个月我还嫌长呢，五日后即可，我巴不得跟你们主将一较高下。"

使者满意地点了点头，朝慕容贺等人行过礼之后，带着亲兵回去复命了。

篝火燃烧，烈焰似跳着死亡的舞蹈，照得安如意的脸庞忽明忽暗，他嘴角微翘，仿佛含笑一般。

"他还如此年少，出身富贵，本来可在紫云城中当个逍遥公子的……却赶到了战场，以身殉国……"颜君旭望着安如意单薄支离的尸身，忍不住哽咽道。

他之前还看不起娇生惯养的安如意，在机关演武时安如意的临阵脱逃，让他颇为不齿。即便这小子曾为珞珞提供了监视的住所，在他看来也是见色起意。

可没想到国家危难之时，他竟能抛弃荣华富贵，于危难时挺身而出，即便面对密林中恐怖的机关，也毫不退缩。

慕容贺拍了拍他的肩膀，安慰道："他自己选择了做个男人而死，而并非懦夫般苟且偷生。你看他死时尚且含笑，是得偿所愿的模样。"

他的话一出口，颜君旭的泪终于忍不住流了下来。

珞珞走到安如意的尸身前，将头上的蔷薇发簪放到了他青紫色的手中。她眼中无喜也无悲，看着这个昨日还开心地跟在自己身后的少年，像是在看一片委地的枯叶，一朵逐水的落花，似已经看破了生死。

"你放心地走吧，我会记得你，也会去那个种满了蔷薇的花园。"

她说罢转身离去，脚步翩跹，如一只灵巧的鸟，消失在明灭不息的火光中。

颜君旭不知珞珞为何要将决战的时间定在五日后，忙着对"天雷"机关做最后的矫正。

因"天雷"过于繁复，必须由两人来操作，他跟曲铭一个动作一个动作地演练，鹿城中便出现了祥瑞吉兽的影子。它会在朝霞中挥起巨爪，也会在星空下昂起骄傲的头，当它展开双翼，连日月星光也被遮蔽。

普通的百姓不被允许靠近广场，但他们时而会在天光云影中看到巨兽的影子，经常被攫住心魂，忍不住就跪下膜拜。更有擅长书写者，将自己的见闻记下来，只言片语在时光中辗转流传，化为历史尘烟中神秘而恢宏的传奇。

但安如意的死跟别的兵士牺牲不同，他富贵骄矜，年少英俊，操纵着宛如神将般的"白泽"，英勇无畏地魂断沙场。生命短暂却辉煌，如流星般闪烁，也如流星般被无尽的黑暗吞噬。他照亮了所有人的心底，却也在每个人的心中投下了挥之不去的阴影。

就连身经百战，早已将生死置之度外的慕容贺，都会在漫漫长夜中望月独坐。

威猛如"白泽"尚落得如此下场，对方的机关强大得非人力能对抗，如果"天雷"再输了，鹿城将何去何从？华国的江山会不会如浮萍般，被雨打风吹去？

他望着窗外明月如钩，第一次觉得心神不宁，战势如水，他每次都能掌握水流的规律，在险境反败为胜。可这次他却像是面对着一汪深潭，黝黑而莫测，似能吞噬所有靠近它的生命。

四天的时光转瞬即逝，颜君旭忙碌不休，人又瘦了一圈，眼眶累得乌青，但双眼却更加明亮，灵魂藏在他几乎力竭的体内，宛如烛焰般灼灼燃烧着。

而珞珞也变得温柔婉约，她似在短短的几天内长大了，她细心地补着颜君旭弄坏的衣袍，不擅女红的她，即便手被锐利的针扎出了血，也不愿意用法术将衣服补好。

颜君旭累的时候她会为他抚琴助眠，琴声在清风明月中飘扬，宛如看不见的清流，冲淡了沙场上的血气。

她也不再闹着要吃鸡，还会省下饭菜添到颜君旭的碗中。

决战之日即将到来，他们的"天雷"几乎完美地复制了公输子的设计，再演练下去除了消耗宝贵的血石外已毫无意义。

仿佛有默契在众人心中涌动一般，整个鹿城迎来了战争开始以来难得的闲适时光。

百姓们纷纷在街上游乐，拿出为数不多的物资供大家享用，有人拿出了残烛照明，有人宰了家中仅剩的母鸡，还有人用所有的存粮蒸了杂粮米饭供大家分食。

喝着酸涩的劣酒，吃着难以入口的食物，街坊邻里们却都其乐融融，没有人再说明天，因为也没有人知道，会不会还有下一个明天。

不仅是百姓，军队也没好到哪儿去。军士们不是聚众猜拳就是喝酒玩乐，纵情狂欢着，仿佛这是他们生命中最后一个晚上。一向军纪严明的慕容贺对军中乱象也睁一只眼闭一只眼，谁知道决战之后会怎样呢？他不想让这些小伙子们在恐惧和拘束中度过最后的时光。

新月像是一弯金色的小舟，轻巧地泊在树梢之上。颜君旭和珞珞手拉着手，走在鹿城的街巷。

"我来给你看样礼物，是我准备了好久的，包你喜欢！"颜君旭笑着对珞珞说，一双狐狸眼弯成新月。

"我才不稀罕那玩意，就想要你体内的珠子。"珞珞娇俏地偏头一笑，将玉指按在他的胸口，

"别想着用破玩意儿蒙混过关,本姑娘才不好骗呢。"

颜君旭被她逗笑了,珞珞顺势挽住了他的胳膊,像是只小鸟般依偎在他身上。颜君旭很少见她如此热情,羞得脸庞涨红,连连挠头。

颜君旭拉着珞珞在鹿城宁静的夜色中奔跑着,温暖的夏风中,小城褪去了萧瑟凄凉,露出了温柔可人的一面。

最终他跑得气喘吁吁,停在了一个废弃的院子门外,郑重其事地推开了院门:"看!这就是我给你礼物,喜不喜欢?"

珞珞探头一看,只见院子里正摆着个圆头圆脑,怪里怪气的木球,球上还有根钢丝支棱着。

她扑哧一下笑出声:"别人都是送姑娘首饰珠玉,也只有你这位颜大状元能送这些奇怪的机关。"

"这可有用了,是我根据公输子'天雷'的图纸想出来的!"他跑到木球旁为珞珞介绍,"你别小看这根铁丝,这是避雷用的,可以将雷电引入地底,你躲在这木球中,便是再厉害的雷都拿你没办法⋯⋯"

珞珞眼眶一红,已经明白他的心意,没等他说完,她就走过去紧紧抱住了他的腰:"你是不是觉得自己回不来了?才做了这个机关给我?"

颜君旭也搂住了她,小声道:"若是我真的战死沙场,你也要好好活下去,你的生命还很长,替我看看江河万里,世间百态⋯⋯还有若是我有一口气,就将灵珠取出来,千万不要手软⋯⋯"

接下来的话他说不出了,因为珞珞踮起脚,花瓣般的唇瓣印在了他的唇上。温暖的触感让他心旌摇曳,这是他人生中第一个,也可能是最后一个吻。

"你不会死的⋯⋯呆瓜⋯⋯"珞珞蜷缩在他怀中,以轻不可闻的声音说。

她明丽的双眼中眸光闪烁,坚定而决绝,似看到了遥远的未来。

苍老的多摩罗躺在铺满金色丝绒的大床上,活似一具被装在金棺中的骷髅。他已经没有力气再戴着金冠,沉重的皇冠摆在了窗边的桌子上,缤纷的宝石散发着冰冷的光芒。

"前线如何?莫秋雨赢了吗?"他虚弱地问向身边的侍从,自从斩杀潜藏在夷国的涂山狐族后,他的身体就每况愈下,宛如被雨打风吹的秋叶般枯萎凋零。

侍从鞠了一躬:"陛下,莫大人领兵围了鹿城,预计这两日就能取胜了。"

"这个废物,我倾尽举国之力助他做出绝世机关,一个边陲小城,他竟然攻打了近一个月也未攻下!"多摩罗愤怒地捶着窗沿,但他很快就喘不上气了,咳嗽不止。

"大概莫大人想引出华国的厉害机关吧,毕竟攻下鹿城进入华国腹地后,太容易中埋伏了。此为不争朝夕,而谋长远之策。"

多摩罗叹了口气,望着琉璃窗外的山景,此时正是傍晚,一轮红日摇摇欲坠,即将被无边黑暗吞噬,恰似一个末路穷途的人生。

"你很有见解呀⋯⋯,做个内侍,却有如此见地,真是难得⋯⋯"他又咳了两声,赞许地看向身边垂手而立的侍从。

可他定睛一看,几乎被惊飞了三魂七魄,只见床边站着的年轻内侍双眼微眯,脸色惨白,他虽然是在笑，但眼底却没有半分笑意。

"你，你……"多摩罗伸出枯枝般的手，指着他颤声问，"到底，到底是谁？"

少年仍然诡异地笑着，他抓住自己的发髻用力一掀，棕色的长发居然被整个拽了下来，露出黑白相间的头发。接着他双手在脸上抹了抹，高挺的鼻梁变平，光滑的皮肤消失，露出了一张皱纹丛生的脸。

"你不认得我吗？"青葱少年转眼就变成了一个消瘦清癯老人，他花白的粗眉压在一双星目之上，如乌云罩顶，显得眸光阴狠。

"你，你……"多摩罗觉得这张脸似在哪里见过，却又无论如何也想不起。

老人笑了笑："陛下是贵人多忘事呢，请回想一下，十几年前华夷两国在鹿城进行的那场和谈……"

多摩罗愣住了，随即紧紧抓住了胸口，五官因痛苦变得扭曲，"你，你是国师……蒋华璋……亦是涂山会的长老……"

长老朝他微笑着鞠了一躬："陛下对我的子民赶尽杀绝，我怎能冷眼旁观呢？这些日子我喂给您的毒药已经足够，很快你就会陷入昏迷，在毫无知觉中去见你们伟大的太阳神了……"他声音轻柔地补充，"你该感谢我如此慈悲。"

多摩罗惊恐的双眼变得空茫，紧抓着胸口的手也缓缓松开，他失去了意识，灵魂消逝，只剩下一副苍老破败的躯壳。

长老看着歪倒在金色床铺上的帝王，满意地点了点头，随即转身离去，喃喃道："该轮到你了，我昔日的爱将……"

在他身后，盛大的夕阳已经落幕，黑暗笼罩了山巅。方才被夕光照得华彩缤纷的宝石皇冠，此时也变得黯淡无光，像是鱼眼珠子般灰蒙蒙的，被浓墨重彩的夜色吞没。

黎明的辉光似一支妙笔，寥寥几笔，便将朝霞铺满了天空，也将鹿城铅灰色的城墙镀上一层喑哑的金辉。令这边陲小城散发着惑人的金光，仿佛一颗嵌在群山和平原间的金珠，格外惹人垂涎。

莫秋雨一大早就在营帐中整装待发，他换上了件白色长袍，腰系金丝蟒带，身姿挺拔矫健。白色在夷国代表高贵和圣洁，只有贵族才能穿戴，而多摩罗王最爱用的则是白虎装饰，除了他之外，无人可用白虎的图案。

可此时莫秋雨的长袍上就绣着只威猛无匹的白虎，虎掌下踩着簇簇红莲。红莲像是喷薄的血，又似一发不可收拾的愤怒，托着白虎腾空飞舞，抵达它无可企及之处。

两位副将见他做此打扮，都觉得不妥，但互视了一眼，也不敢说什么。"烛龙"机关的厉害，他们在五日前便已见识到了，连华国引以为傲的机关甲人"白泽"都抵挡不了它的一击，何况他们的血肉之躯？

"我等了这么久，终于等到了今日……"他冷笑一声，戴好了特制的金丝手套，走向了密林深处。

世间怎能有两个机关之神？神只有一个，而他最终将踩着颜君旭那不知死活的少年的尸体，登上神的宝座。

他之所以将决战拖延到颜君旭到来，就是为了在众人面前击败摧毁他，让世人明白自己的强大，让华夷两国的军民臣服在他举世无双的力量之下。

新的世界即将开启，他要用《公输造物》中的机关术，开辟一个神将纪元。盘古打破了混沌，但已经太久远了，人间需要第二个盘古，将人类带入新的时代。届时华夷两国又算得了什么？世间诸国都要臣服在他的脚下。

而没有什么是比旧王的血，更适合新王登基的祭品了。不仅是华国的明帝，连夷国的多摩罗王，波斯王……都将成为他登上王座的阶梯。

他像是换了个人，不似昔日般恭谨温和，变得桀骜而残忍，唇边挂着冷傲的笑容。仿佛冬眠的蛇，蛰伏了漫长的冬季，终于在冰雪消融后展现出真实的模样，露出森森毒牙。

鹿城之中，天还未亮颜君旭就已经起身对"天雷"做了最后的调试，他仍然穿着肮脏的布衣，忙碌得没空梳洗。曲铭也一身臭汗，在操纵间中忙上忙下。

"天雷"需要两个人同时操作，方能施展出最大的威力。而操作者之间的默契至关重要，危急之时，根本没空以言语交流，两人只能凭本能应对，稍有差池便会双双送命。

晨晖初绽时，颜君旭和曲铭最后一次踩上云梯，朝慕容贺和方思扬等人挥手告别，就要钻进操作间。

可就在这时，却有一个娇小的身影三步并做两步跑上了云梯，伶俐地站在颜君旭身边，将身材肥胖的曲铭挤得微微一晃，差点从高达三丈的木梯上摔下来。

"小丫头，你想害死我吗？"曲铭气得哇哇大叫，但又拍了拍自己的嘴，"呸呸呸，今天不能说'死'字，晦气晦气！"

颜君旭见这人雪肤花貌，身穿绯红衣裙，一双琥珀色的美目灵动惑人，却正是珞珞。

他以为珞珞来跟自己告别，悄悄拉了拉她的手："我一定会打胜仗回来的，不要担心。"

哪知珞珞偏了偏头，固执地瞪着眼说，"不，没有我你赢不了。快让这老山羊回去，我跟你一同操作'天雷'！"

曲铭被她气得胡子都歪了："你管谁叫'老山羊'？你这个死丫头片子，懂怎么操作机关吗？"

"若论默契，谁比得上我们两人？"珞珞根本不理他，揪着颜君旭的领口逼问，"心意无法相通就必败无疑，难道你想死在老山羊手中？"

颜君旭想了想，拉着珞珞的手钻进了狭窄的操纵间中，还将门从里面紧紧锁住，任曲铭在外疯狂砸门也置之不理。

他刚要教珞珞如何操作"天雷"的后半部分，珞珞已经走到操纵台前，熟练地打开了血石动力机关，仿佛她也经历过几十个日夜的训练。

蒸汽在机关中蓬勃而出，她回头朝颜君旭粲然一笑："天天见你在里面忙活，看都看会了，我们走吧！"

颜君旭见她如此聪慧，悬着的心也落了地，推动了控制"天雷"前腿的机关。

身披金甲的麒麟神兽缓缓走出了城池，它每走一步，大地都为之震颤，宛如一座巍峨的山，伫立在战场之上。

天边彤云密布，汹涌如血海般的云霞中，露出了一张怪异人形面孔，那是莫秋雨的"烛龙"，在千呼万唤之后，终于现出真身。

它的身躯是柔软而坚硬的蛇形，完全仿制蛇的结构制成，周身布满金属鳞片，为它抵挡了烈火和高温，头部附近有八只触手，身躯侧边也有防御的如虫足般的节肢，恰似一条狰狞的黑蛇。

"天雷"麒麟昂起头，鼻翼间喷出了白烟，前蹄重重落在地上，发出"轰隆"巨响，震得地动山摇。

而"烛龙"却在莫秋雨的操纵下，悄无声息地在地上爬行，它的腹部装满了轮子，又用鳞甲将轮子保护住，乍一看如蛇游草丛。

两个机关巨兽对峙不下，在瑰丽的云霞中投下魔魅般的影子。慕容贺率领众人站在城墙墙头，望着非人力可匹敌的机关，都变得沉默而严肃。

"似乎如今我们能做的，只有祈求上苍了。"方思扬一边用炭笔勾勒着眼前所见，一边无奈地说。

叁拾柒 鳞蛇之战
LINSHE ZHIZHAN

莫秋雨从"烛龙"头部狭小的视窗中，看到了身披金甲的麒麟巨兽，赞叹地笑了笑，"这就是'天雷'吗？颜君旭还有两下子，居然真的将它做了出来，不过也未必能赢得了我。"

他说罢朝身后呼喝一声，四名机关匠人推动了动力机关，"烛龙"挥舞着节肢，张开血盆大口向"天雷"扑了过去。

他的"烛龙"机关因太过繁复，操纵的机关匠人足有五名，分别控制"烛龙"的头部、头旁最有锋利的八只节肢、身体的中部、尾部，以及其余的节肢及轮足。

颜君旭只见一张如蛇般庞大的嘴向"天雷"麒麟的头部咬来，心中不由一惊。而就在这时，掌管双翼的珞珞突然扳动了机关，麒麟藏在身侧的双翼骤然展开，宛如两只巨掌般夹住了"烛龙"的头部。

而颜君旭见"烛龙"的动作一滞，立刻用麒麟的头抵住了诡异的钢铁面孔，巨大的冲击力将"烛龙"掀翻在地。

神秘而可怖的"烛龙"倒在地上，发出轰然巨响，激起阵阵烟尘。

城楼上观战的军士皆是一愣，没想到"天雷"竟强大无比，只发两招便将夷国恐怖的大蛇怪打倒在地，随即欢声雷动。

"干得不错！"颜君旭百忙之中朝珞珞道。

"那是自然！本姑娘打架可是一把好手。"珞珞也毫不谦虚地接下了他的称赞。

可他们还未说完，倒地的"烛龙"一翻身便爬了起来，举起头部的八只螯足，向他们扑

◇ 君子，命中有狐 ◆

了过来。

当初安如意操纵的"白泽"便是被它锋利的螯足突如其来地困住，慢慢肢解的，虽然对这可怖的武器早有准备，两人也不由一惊，连忙后退，接着麒麟巨兽上前一步，扬起头上的尖角，径向"烛龙"刺去。

"烛龙"的螯足紧紧攀住了"天雷"麒麟锐利的尖角，它诡异而巨大的面孔狞笑着，张开蛇一般的大口就往"天雷"的狮头上咬去。

"天雷"在巨力的压迫下身体微微一偏，颜君旭和珞珞在操纵间中已经站不住，差点就要跌倒在地。

"不能被它咬到！"珞珞透过琉璃窗，眼看着利齿逐渐接近，用力扳动了一个机关。

麒麟如鞭子般的尾巴发起雷霆之击，一下就砸到了巨脸之上。"烛龙"的脸被砸歪，但锋利如巨刃的螯足，还是将"天雷"麒麟的锐角给切了下来。

此战看似势均力敌，但"天雷"损失了头顶如矛枪般锋利的角，已经落了下风。

两个机关怪兽撕咬拼杀，激起烟尘滚滚，遮天蔽日，仿佛将神话中描写的神兽互搏的景象带到了人间。

"'天雷'还能支撑多久？"城墙之巅，慕容贺身经百战，最先发现了双方的差距，"天雷"身形更为庞大，消耗的能量更高，而夷国的人脸蛇怪匍匐而行，消耗得自然少些，更擅持久战。

"还有一刻多些，若是君旭的话，应该能撑两刻钟。"曲铭摇了摇头，"如果不能速战速决，对我方不利。"

而在"烛龙"的控制间中，莫秋雨也志得意满地看着耀武扬威的"天雷"麒麟，"烛龙"经过他特别的设计，蛇形的身体里装了六个血石机关，为了避免过热，机关还能轮换使用，可供它战斗近一个时辰。

一个时辰，不仅是打败"天雷"，也足够将鹿城攻破，夷为平地了。

"来啊，向我展现你的愤怒吧，看你还能撑多久？"莫秋雨冷笑道，他已经蛰伏了十几年，不介意再多等一会儿。

颜君旭和珞珞背靠背挤在狭窄的操纵间中，他们交换了一下眼神，便已明白了对方的心意。

如今之计，唯有速战速决。

颜君旭双手一推，打开了"天雷"所有的动力机关，麒麟巨兽轰鸣着向"烛龙"冲了过去。

它昂起半身，用利爪将"烛龙"踩在脚下，但"烛龙"一翻身，却巧妙地躲开了。

莫秋雨指挥着匠人们辗转腾挪，一边躲避一边还伺机发起攻击。他们用雷火弹掷向"天雷"，锋利的螯足刺向它的蝠翼。

刹那之间，"天雷"被浓烟和烈火笼罩，在鹿城城头观战的慕容贺等人，手心皆不由自主地捏了把汗。

而且奇怪的是，日头越来越高，天边的云霞一点都不见少，如潮水般汇聚在天心，汇成了铺天盖地的云层，海浪般遮蔽了天日。

阴霾的底色中，麒麟巨兽挣扎不休的模样，宛如末日降临。慕容贺举起红色的军旗，只等"天雷"倒下后，就率军冲上去跟夷国的机关蛇怪杀个你死我活。

可摇摇欲坠的"天雷"却始终没有倒下，它展开蝠翼，宛如一个坚硬的铠甲，将操纵间的位置牢牢护住。

两个机关几乎势均力敌，决胜只能抓住对方的漏洞，做出致命的一击。颜君旭望着操纵间中的珞珞，心情沉重，万万不能让珞珞被自己拖累，死在这场大战中。

珞珞跟他心有灵犀，似感受到他的担忧，回头朝他嫣然一笑，让他放心。

而便是这温暖美丽的笑容，如火炬般照亮了他的脑海。他突然猛地一拍手，叫道："默契！他们没有我们这么默契！既然对方没有漏洞，我们就引诱他们露出漏洞。"

珞珞瞬间就明白了他的意思，露出狡黠如狐狸般的笑容："默契不够，可是很容易失去平衡呀……"

"烛龙"再次开始了轰炸，颜君旭和珞珞紧紧抱在一起，忍住耳边的轰鸣，蝠翼遮蔽了琉璃窗镜，却遮不住爆炸的高温。

他们在光与热的地狱中，紧紧贴着对方，心意再次相通。灵珠的呼应比过去更强烈了，颜君旭只觉心脏在胸腔中不受控制地乱跳，让他几乎无法呼吸。

雷火弹轰炸很快过去，他们飞快地分开，再次扑到各自的操纵台前。麒麟展开了蝠翼，露出了庞大的狮首，但跟方才勇猛的进攻不同，它缓缓后退，弓着背摆出了防守的姿态。

莫秋雨皱着眉看着"天雷"的行动，不知道颜君旭的葫芦里卖的什么药，以他对颜君旭的了解，这小子虽然对机关有股傻劲，但是绝不是个蠢货，更做不出临阵脱逃之事。

"对方好像要撤退了，小心追击！"他轻声吩咐狭长机关室中的匠人。

"烛龙"贴在地上，迅疾而蜿蜒地爬行，追上了"天雷"后退的脚步。可没想到庞大的麒麟怪兽向东侧虚晃，伸出巨爪拍向了"烛龙"的侧面。

它本已伤痕累累，尖角被折断，双翼也因雷火弹的轰炸焦黑残破，但攻击的力量仍有千钧之势，光是这一掌激起的飓风便吹得草木横飞，天昏地暗。

"躲开他，不要硬拼。"他忙吩咐道。

控制"烛龙"身体的两名匠人应声推动机关，"烛龙"还未躲开这一掌，"天雷"麒麟的尾巴一甩，如一条长鞭般又抽向了"烛龙"的首部。

莫秋雨忙昂首迎击，可支撑他的蛇身方才正在躲避麒麟的利爪，受力点发生了偏移，无法承受头部突然的摆动力，身体一歪就摔倒在地。机关本就庞大无匹，每个受力的支点都经过精准的测算研究，稍有差池便会失去平衡。

"烛龙"发出轰然巨响，跌倒在沙场上，震得鹿城的城池都为之颤抖。颜君旭和珞珞见一击得逞，操纵着"天雷"便扑了上去，用宛如小山般威武的前爪，紧紧地按住了"烛龙"的诡异的钢铁巨面。

"颜君旭，我才是最强大的，休想战胜我！"莫秋雨也重重摔落在操作间里，他狠狠地爬起来，拼命要控制住机关，他不再淡定从容，双眼满含血丝，"我一定要打败你，让你的血成为我通向巅峰的台阶……"

◇ 君子，命中有狐 ◆

他身上绣着的白虎栩栩如生，似要踩着红莲腾飞到青云之巅。

他狰狞地笑着，猛地推动了一个机关，灼热的火焰如龙蛇般从巨脸的血盆大口中喷了出来。

烈焰熊熊，颜君旭也毫不退缩，操纵着麒麟巨兽将另一只巨爪也按在"烛龙"的头上，他再也没有机会了，"天雷"的力气越来越小，血石已经燃尽，它随时都会停止行动，变成一堆废铁。

"天雷"的千钧巨爪落在"烛龙"之上，扳开了它宛如蛇口般能张大到极致的血盆大口，迎着烈焰将它撕成了两半。

火焰瞬间熄灭，"天雷"也被烧焦了半个身子，但它还是胜了，"烛龙"的驾驶室被打碎，露出了莫秋雨满含愤怨的脸。

积云宛如叠嶂的山峦，重压在鹿城之上，几乎要将这边陲城市摧毁。十几年前的决战之日，天气也是如此绝望压抑，但跟上次的尸骨累累，两败俱伤不同，这次鹿城的城头上爆发出雷鸣般的欢呼。

慕容贺命属下打开城门，急促的战鼓声中，二百余名骑兵冲出了守城，向"天雷"机关奔去。

所有人都看出麒麟巨兽再也无法启动了，它用尽最后的能量给了敌人致命的一击。如果没有骑兵保护，颜君旭很难从战场上全身而退。

"来保护我呀！难道你们都不管我了吗？"莫秋雨狼狈地从操纵间中爬出来，他的锦袍被撕破，袍上绣着的白虎沾满了污垢，像是个破碎的滑稽的梦。

可夷国的军队却在林中遥望着他的失败，没人敢下令向他伸出援手。

"你败了。"颜君旭打开"天雷"的操纵间，拉着珞珞的手站在麒麟的头顶，居高临下地冷眼看他，"认输吧。"

"我怎么会输？我的'烛龙'还有很多招式没用，动力机关足有六个，它还能启动……"莫秋雨双眼血红，声嘶力竭地嚷道，"我明明比你强大，怎么能输？"

颜君旭怜悯地望着他："你只知跟我一争高下，难道就没空看看身后吗？"

莫秋雨愣住了，向身后看去，只见狭长的机关室中，配合他的四名匠人都在方才的翻滚中摔倒了。

他们有的撞得头破血流，有的捂着胳膊倒在地上呻吟，在看到他愤怒的眼神后，都不约而同地别过了脸，不敢跟他对视。

"你连跟你同生共死的伙伴都置之不顾，已失去了人心，又怎能默契无间地操纵机关？"颜君旭叹息一声，一双微微上挑的狐狸眼中满含失望，"你太醉心于力量了，却忘记了世间最重要的东西。"

莫秋雨愣住了，他望着身后远处按兵不发的夷国大军，又环顾着空旷的沙场。昔日同样是这片沙场，他在死人堆中爬出来，便为了变强大而不择手段。可没想到，当他拥有了足够的力量，却仍避免不了失败的结局。

华国的骑兵策马上前，要将他从机关中拖出来斩杀。颜君旭忙拦住了他们，骑兵们愤慨不已，可颜君旭的英勇无畏令他们佩服，为首的几名骑兵朝地上啐了一口，满含不屑地瞥了一眼莫秋雨，转身离去。

"你们居然看不起我！你给我回来，咱们再斗上一局！"莫秋雨挂在左眼的琉璃镜片也在撞击中碎裂，他疯狂地朝跟珞珞并乘一骑，离开了战场的颜君旭嚷道。

可风吹散了他的嘶哑的声音，青衣少年甚至连头都没回一下，只留给他一个决绝的背影。

怎么自己拼了命，为什么不但没赢得战争，最后还被所有人唾弃？他不懂，也不明白，他不是最强大的吗？可为什么连夷国的军人，都对他的失败冷眼旁观？

但是没有时间给他细细思量了，他突然觉得胸口一冷，一柄尖刀贯胸而过，将他整个贯穿了。

温热的血染红了他的锦袍，也模糊了锦袍上绣着的白虎图案，他不可置信地回过头，看到的是一张再熟悉不过的脸。

那是个精神矍铄的老人，皱纹如刀刻斧凿，浓眉压眼，一双星目中满含厌恶，正是涂山会的长老蒋华璋。

"呵，呵呵……"这一刀贯穿了他的肺，他咳了两声从口中喷出血沫，轻叹道，"原来一切……皆是因果……"

"我的白虎啊，我最信任的爱将！没想到自己会死在我的手中吧？颜君旭把你视为老鼠蛆虫，连杀你都怕脏了手，最后还是我才能给你个痛快。"长老将刀在他的身体里残忍地转了两圈，低声道，"你该感谢我，你若活着走下战场，会落得比死更惨的结果……"

但是他所说的话，莫秋雨已经听不到了，他的眼前变成了一片漆黑。黑暗的尽头，站着一个身穿曳地长裙的窈窕身影。

她的声音宛如天籁，吟唱着世间的无常："红颜枯骨，不过春晓一梦。名将逐灭，正如风前之尘……"

他仿佛看到了多年前，他跟姐姐相逢的那个雪夜。漫天飞雪似能涤清世间污浊，姐姐开心地说，要离开风尘之地，开个小铺子，跟他过寻常的闲适日子。

当时他在工部平步青云，又是夷国的奸细，满怀野心，怎能放弃即将到手的锦绣前程？他不停地游说姐姐跟他一起为夷国效力，游走在涂山会和夷国之间，将华国的机关术源源不断地送到了夷国。

可是此时，他多想回到那个雪夜，他会跟姐姐一起开个小铺子，再各自成家，享受着平凡的美好。

他曾离幸福那么近，却跟它擦肩而过。

莫秋雨再也没有了气息，双眼却仍微微睁着，似不甘心地瞪视着莫测的命运。长老嫌弃地将他的尸身从操作间中扔了出去，又召唤了几只狐妖，将受伤的工匠也搬了出去。

他调试了一下机关，发现这庞然大物除了头部的操作台和里面的动力机关损坏之外，竟然还有四个动力机关没有损毁。

方才机关室中的工匠因重伤丧失了斗志，才放弃了这残破的"烛龙"。

"我的好下属，没想到你还留给我如此有趣的机关呢……"长老斜倚在操作台前，尝试着将"烛龙"歪倒的身体扳正。

他唤来三个黑衣下属,让他们站在余下没有碎裂的操作台前,四人同时扳动机关,躺倒在地的"烛龙"怪蛇身体左侧的节肢用力一撑,发出轰然巨响,它再次动了起来。

夷国的军队不知发生了什么,当他们看到"烛龙"死而复生时,以为机关仍被莫秋雨控制,根本不知莫秋雨已死,连里面操纵的工匠都被替换。

层层积云如一块漫无边际的铅锭,遮蔽了天日,明明将近午时,天色却如夜一般漆黑。

颜君旭和珞珞并骑在一匹马上,被骑兵们簇拥着奔向城门,可凯旋的队伍刚刚走到城门外,便听身后传来轰然巨响,本来已经倒在地上的"烛龙"怪蛇,居然再次爬了起来。

它摇晃着被劈成了两半的首部,比方才更加可怖,像是个梦魇般在风云际会的天空下舞动。

颜君旭立马回首,看到这一幕脸色变得惨白,而慕容贺忙指挥着墙头的兵士发射霹雳火弹。想趁它平衡不稳时,将这怪物炸死。

投石机投出火弹,火光登时淹没了战场,"烛龙"庞大的躯体在光热中扭曲,宛如来自地狱的景象。

叁拾捌 那罗伽山

NALUO JIASHAN

可当最后几十枚霹雳火弹投射完毕,"烛龙"只是外壳稍有损伤,在灼热烈焰中,它巧妙地将破碎的头部藏在粗壮的身体里,盘成了蛇的姿态,躲避了雷火的攻击。

当最后一簇火光熄灭,它昂首便朝城池扑了过来。

慕容贺慌忙指挥军师们抵抗,弩机连发,可箭雨射在"烛龙"坚厚的鳞甲上却像是下了一场毛毛雨,根本奈何不了它。

他又使出了床弩,宛如手臂般粗细的巨箭射出去,也无法阻挡它冲向城池的步伐。

"颜君旭呢?颜君旭在哪里?快问问他火油车会不会有用?"慕容贺派出了一队骑兵做牺牲,试图阻止"烛龙",忙问向身边的副将。

副将拿出千里镜查看了一下城外,回禀道:"他没进城,正赶往'天雷'机关。"

慕容贺慌忙抢过他手中的千里镜,将眼睛凑到镜前一看,果然见颜君旭正策马驰骋,而他的身后,珞珞裙摆飞扬,像是花一般在风中绽开。

"这个小子疯了,'天雷'的燃料已经用光,岂不是自寻死路?"

"或许他没疯……"曲铭指了指头顶的铅云,满怀期盼地道,"你说'天雷'为什么会叫这个名字?因为它可以利用雷电呀!"

细雨飘扬,颜君旭和珞珞再次钻到了'天雷'的操作间中,他们最后一线希望,便是等待一场雷电。

"雷快点来呀!快点呀!"透过破碎的琉璃窗,颜君旭只见"烛龙"身侧的节肢一挥,便有十几名骑兵被锋利的利刃砍下了马背，鲜血瞬间染红了沙场。而华国的兵士并不畏死，仍源源不断地从城门中奔涌而出，前仆后继地保卫家国。

"君旭哥哥，你知道我为何要将决战的时间定在今日呢？"珞珞却不慌不忙，摆弄着黝黑的发辫，轻轻地说。

"你不是想为我争取两日的时间？"

"不是……"她抬起头，琥珀色的美目中，已经盈满了泪水，"因为今天是我的渡劫之日。"

"那是何意？"颜君旭的心底泛出一丝凉意，不知为什么，珞珞明明就在他的眼前，却宛如镜花水月，遥远缥缈，触不可及。

"今天……会有雷……"珞珞抬眼望向天空中的层云，风越来越大了，云层被风吹成了漩涡，仿佛一只天眼，凝视着这世间所有的罪。

但她一点也不怕，唇边还荡漾着一丝微笑。她的思绪随着飓风和雨丝，飘到了她在酒馆中跟无瑕见面的夜晚。

无瑕将她紧紧拥在怀中，生怕她会消失一般，悲戚地说道："我这次回青丘，族长算出了你的渡劫之日。"

"是哪天呀？"她伏在他的怀中笑了笑，泪水却滑下脸庞，"知道自己的死期，真是不好受呢……"

"五月初三……你能取到灵珠吗？"

她缓缓闭上了眼睛，她不似李盈般身在天家，能给颜君旭提供庇护和帮助。她能给他的，只有自己的生命。

但她一点也不怕，甚至还有些欢喜，如果自己的死能让颜君旭取胜，令天下百姓都免于战火涂炭，那死又有什么可怕？

"让我抱抱你……"珞珞朝他伸出了手，晶莹的泪水从她的眼中流出，"认识你，我很幸福……"

颜君旭突然明白了她话中的含义，他扑过去，紧紧将珞珞抱在了怀中。而就在这时，铅云中的那只眼似闪了一下，万钧雷霆落在广袤的大地上。

他紧紧抱着珞珞，只觉周身焦痛，他从怀中掏出一把锋利的匕首，用尽全力刺在了自己的左胸上。

匕首还是在国师府逃命时，蒋华璋送给他防身的，是一柄削铁如泥的利刃，如划破绸缎般刺穿了他的肌肤和肌肉。

血花从他的伤口中喷溅而出，落在了珞珞的脸上，他紧紧抱住了珞珞，忍着痛低声道："灵珠是在这里吗？如果不在，我就再试试别的地方……"

惊雷发出"轰隆隆"的巨响，落在了离"天雷"不过几丈远的地方，烧焦了一片土地。

"不，不……你不要死……"珞珞来不及擦拭头脸上温热的血，慌忙按住他的伤口。

她根本不关心灵珠在他身体的何处，只想让他活下去。

"你一定要活着,替我守护着华国……"颜君旭的手臂缓缓松开,他清俊的脸变得如纸一般白,似随时都会在风雨中化成碎片。

一滴血从珞珞的颊边流进口唇之中,失去的记忆如排山倒海般将她淹没,无尽的力量从她的身体中涌出。

她得到了她的灵珠,原来灵珠根本没有形态,当颜君旭肯以自己的性命救赎她时,她就寻回了丢失的力量。

而颜君旭即将失去意识时,却看到了奇异的景象,那是他忘掉了一段记忆:一个男孩被捕兽夹夹住,却被一只毛发火红的小狐拯救,小狐见男孩失血过多,留下了一枚灵珠替他续命。

原来一切,都是因果!在十几年后,他也以自己的性命,拯救了珞珞。

他又看到了方思扬、曲铭,还有李睿和李盈,和那些他们有关的闪闪发光的日子,都是他生命中的珍宝。

可他甚至都来不及跟他们告别,就要先走一步了。

珞珞抱着将死的颜君旭哀哀哭泣,身体却飞快地发生了变化,她的脸上长出了细密的毛发,裙下也生出了狐尾。

朦胧的光笼罩在她的周身,她不再是人形,变成了另一种奇异的形态。

颜君旭好似做了一个梦,失血造成的寒冷消失了,他的意识脱离了身体,游离在三界之外。

周围的景象苍茫如白雾,他迷惑地四处游走,只见雾气中正站着一个红裙飘飘的窈窕少女。

"珞珞!"他开心地朝她跑过去。

珞珞似知道他会来,美目含笑地凝视着他。

"我是不是死了?"他拉着珞珞的手问,随即又疑惑道,"不对呀,你应该还活着……"他突然又焦急起来,"不会连你也死了吧?那'天雷'怎么办?鹿城怎么办,华国的百姓怎么办?"

"不要急……"珞珞伸出纤指,按在他的唇上,满眼不舍地说,"这里不是死地,而是须臾之间。佛曾说过,须臾即永恒。"

颜君旭放下了心,拉着珞珞的手,舍不得松开。

珞珞将头倚在他的肩上靠了一会儿,将他推开,眼中含泪:"君旭哥哥,我将你带到这'须臾之间',时间停滞之地,是为了跟你道别的……"

"道别?哦,对了,我就要死了,确实该到了别离的时候……"颜君旭伤感地看着她,"我走了之后,你一定要好好活下去,像过去一样快乐自由,不要为我伤心……"

他还未说完珞珞踮起脚,轻轻在他唇上印下了一个轻浅的吻:"保重……"

他怀抱着珞珞,根本舍不得松开。可浓雾尽散,他才发现自己正漂浮在半空中,脚下正是血肉涂炭的沙场。

"烛龙"穿行在骑兵中,扬起的鳌足是静止的;跃起的马匹同样停留在半空中;甚至连飞溅的血花都一动不动,像是一簇枝丫横斜的鲜红珊瑚。

头顶的阴云,身边的风,远处城楼的旌旗,全部都静止了,整个世界在这瞬间变成了一幅凝固的画。

他想起了迫在眉睫的战势，心中焦急，刹那之间地面就传来了巨大的引力，如漩涡般将他卷入其中。

仿佛从长梦中醒来似的，他发现自己仍浑身浴血地躺在地上，他看到了珞珞，她的秀发飞扬到了半空，九尾在身后舞动，变成了半人半妖的姿态。

"珞珞……"他看着她，泪水缓缓渗出，"不要走……"

可珞珞还是不见了，取而代之的是只圣洁而高贵的九尾白狐，像极了他过去曾在幻觉中见过的那只。

他永远失去了那个总是捉弄他，又离不开他，活泼爱笑，又醋意浓浓的少女。

她似走到了时间的尽头，无论他怎么追赶，也无法触及她的裙角。

蛛网般的闪电从天而降，整个世界竟仿佛被雷暴充斥，他从未见过如此霹雳雷霆，让虚弱的他失去了神智。

停滞的时间飞快地流逝，他突然大口喘息着，从地上爬起来。

雷暴停止了，他胸前的伤口已经愈合，只留下满身血痕。方才珞珞曾停留过的地方变成了一片焦黑，只有一把狐尾形状的琴，孤零零地落在地上。

他扑过去将琴捧在胸前，像是个孩子般号啕大哭起来。

他从未如此伤心，仿佛灵魂都被抽离，身体里空落落的，只剩下一个行尸走肉般的躯壳。

可战争还在继续，不绝于耳的厮杀声唤醒了他的理智。

他扑到了操纵台前，推开了备用的雷电机关，熟悉的轰鸣声充斥了整个操作间，"天雷"昂首发出了愤怒的咆哮。

他回过头，望向身后肆意虐杀的"烛龙"，眼中满含血丝。他不再心慈手软，蓬勃的杀意在血脉中涌动。

"烛龙"在广袤的战场上游走，宛如在黄泉中漫行的死亡之舟，不徐不疾地收割生命。

蒋华璋指挥着黑狐，用巨镰般的节肢砍杀着华国的兵士，转瞬便将鹿城附近变成了一片修罗场。方才暴烈的"天雷"惊得他们蛰伏了一会儿，但根本扭转不了战局，此战夷国赢定了。

"多摩罗王一死，夷国大势已去，若华国变得强大，势必平衡就被打破。我要削弱华国军力，趁此机会再次将两国掌握在我的手中！"蒋华璋踌躇满志地指挥着属下。

黑狐们配合无间，像是他的手指般灵活听话，"烛龙"首尾相接，将十几骑骑兵紧紧围住，就要用锐利的节肢刀刃将他们绞杀。

可就在这时，战场上突然响起了一声轰鸣，仿佛巨兽的咆哮，又像是蛰伏的龙从地穴苏醒。

所有人都看向声音的来处，只见残破的"天雷"再次站了起来，它挥舞着仅剩一只的蝠翼，仰着缺了一半的头颅望向苍天，仿佛在质问命运的不公。

"颜君旭？"蒋华璋看到这奇异的一幕，惊诧道，"怎么他还能启动这个机关吗？"

他突然有些后悔，一向严谨的他，方才竟然没将残破的"天雷"机关彻底摧毁。

不过就凭一个不完整的机关怪兽也干不了什么，他没有丝毫畏惧，仍下令杀戮华国的兵士。

"天雷"疾动如风，震得大地轰然作响，眨眼间就来到了"烛龙"身前。它抬起被烧得仅剩金属骨骼的前爪，一把拍在了"烛龙"的蛇身上。

"烛龙"身子一歪，操纵间中蒋华璋和手下们都被震得差点摔倒。但还未等他们站定，又一爪拍了下来。

它不得不舒展开卷成一团的身体，迎战"天雷"，而华国的骑兵们见有一条出路，忙纵马奔了出去。

慕容贺鸣金收兵，唤回了所有的兵士，带领着诸将观战。

方才万钧雷霆从天而降，蓝紫色的电光中，守在城头的官兵都看到一只白色的狐影在电光幻影中飞升到了半空中。

这奇异的一幕转瞬即逝，连慕容贺都不禁揉了揉眼睛，不知方才看到的是真是幻。

雷霆过后，雨落如注，洗刷了战场上的鲜血，又如帝幕般笼罩着整个世界。

阴霾的天气中，麒麟巨兽和怪蛇机关都携着雷霆之势扑向了对方，宛如噩梦中的景象。

这场战争是怪兽和怪兽的较量，机关和机关的对决，绝非人力所能左右。

千军万马在庞大的机关前也宛如蝼蚁，他们只能祈祷着神能站在自己这边。

不！或许神就是那操纵着"天雷"机关的少年，他虽然看似稚嫩而文静，身体中却藏着蓬勃无尽的力量，总能出人意料地扭转战势。

战势如水，他则是断水之刃。

蒋华璋指挥着属下，昂头扬起节肢去攻打"天雷"。

可颜君旭根本不躲，他操纵着"天雷"一把抵住了"烛龙"的节肢，用力将它折断，扔在了一边。

他的攻击没有任何技巧，只有四个字，就是"你死我活"！

蒋华璋万万没想到颜君旭到来战场上竟一扫书卷气，变得如此勇猛，又抛出了雷火弹。

可麒麟怪兽依旧不躲，它用蝠翼将雷火弹一一挡了回去，没有挡住的便硬生生地承受。

这两败俱伤的打法令蒋华璋胆战心惊，他并不想战死沙场，只想通过这场战争制衡两国。

他忙朝操作尾部的属下发号施令，准备边打边撤。"烛龙"一摆巨尾，藏在身下的轮足飞快移动，向那罗伽山中退去。

颜君旭已经杀红了眼，他操纵着"天雷"追进了山里，即便前爪已经尽毁，硕大的麒麟机关仍一瘸一拐地穷追不舍。

它甩出如梁柱般粗细的巨尾，抽在了"烛龙"身上，"烛龙"的本就残缺的头部又被砸碎了一块，震得蒋华璋几乎摔倒在地。

两只机关巨兽殊死拼杀，夷国的军队也纷纷撤退，生怕如池鱼般被殃及，不过片刻驻扎的营地已人去帐空。

蒋华璋失去了斗志，只想摆脱颜君旭穷追不舍的纠缠，而颜君旭将生死置之度外，恨不得跟他同归于尽。

两人的气势立刻就分了高下,"烛龙"狼狈逃命,没有半分招架之力,跑到那罗伽山的山巅时已经几乎被"天雷"撕碎。蒋华璋在战斗中因巨大的颠簸受了伤,不得不跳出了操纵室,一瘸一拐地向山顶逃去。

而"天雷"也伤痕累累,几近报废。颜君旭却像是发了疯,随手捡起一柄长刀,也跟着跳出了庞大的机关,对蒋华璋穷追不舍。

他的头磕破了,鲜血糊住了双眼,左臂也因撞击而扭伤。可他什么都顾不得了,只想将眼前的始作俑者杀掉,为珞珞报仇。

他跟在狼狈逃命的蒋华璋身后,跑进了一个藏在密林中的山洞里,洞口有黑狐逃窜,发出哀哀悲鸣。他踩在泥泞的雨水中,跌了几个跟头,黑狐们趁机要扑上来,但都被他浑身浴血、狰狞可怕的样子吓得不敢轻举妄动。

"你这贼子,躲什么躲?快出来受死!"他沙哑地呐喊,只想与蒋华璋同归于尽。

如果不是他企图控制两国的国运,如果不是他用机关之术挑起战争,珞珞又怎么会死?

他又跌跌撞撞地跑了几步,居然一脚踩进了温热的水中,洞中竟然有个天然的温泉。

蒋华璋站在泉水中,花白的头发披散在肩膀,头上满是鲜血。他似已放弃了抵抗,在一瞬间变得苍老而疲惫。

"此地藏着涂山狐一族最大的秘密,也是我多年来制衡华夷两国,不愿燃起战火的原因……"他长叹口气,颓然看向水中,"此战我输了,输得彻彻底底,多年来的运筹帷幄付之东流,就只差了那么一点……"

"天行有常,不为尧存,不为桀亡。你从一开始就是错的,居然想靠一己之力扭转天道?所以注定会一败涂地!"颜君旭走过去,将刀刃架在他的脖子上。

只需轻轻一用力,他就能取走这阴谋家的性命,替珞珞报仇。

可他突然愣住了,因为他看清了藏在温泉水底的物事,那居然是一个个生着狐尾的婴儿,足有上千个之多。婴儿们闭着双眼在泉水中酣睡,蜷缩着手脚,静憩而安详。

"窗前遥望月,独怜小儿女。"他的耳边突然回想起珞珞转告给他的话。

释心俊秀而妖异的面容也浮现在眼前,他叹息般说道:"我们很弱小呀……"

他终于明白了一切,蒋华璋为什么会热衷操纵国家,为什么害怕鹿城再次发生战争,原来那罗伽山竟藏着这样的秘密。

温泉水中涟漪阵阵,像是一面幽森透彻的玄镜,不仅藏着千百只幼狐,还映出了他的容貌。

倒影中的他手持长刀,满脸血污,眼中饱含着残忍,竟像极了丧心病狂的莫秋雨。

他想起莫秋雨在劫法场那天曾说过的话,心中一颤,突然觉得手中的刀重逾千钧,这一刀无论如何也砍不下去了。

"涂山狐天生体质虚弱,所有的幼狐出生,都必须在那罗伽山的温泉水中生存,长到两岁才能离开此处。"蒋华璋颓然地说,"可鹿城连年战乱,山脚下战火不断,很多涂山狐的幼崽受到惊吓夭折，我才想操纵两国，不让哪一方太强，以平息战争……或许这是报应，涂山狐信奉入世修行，改变了人间，所以老天才如此惩罚我族！让我族子孙无继！如今始知，万法皆空，因果不空啊……"

颜君旭愣愣地看着面前形容枯朽的老人，不知从哪里吹来了一阵风，几片凋谢的蔷薇花瓣落在了他的刀锋上。

一个身穿红裙的少女正站在他的面前，她明眸善睐，笑靥如花，轻轻地朝他摇了摇头，似在提示他不要变成战鬼。

他的心仿佛被一只看不见的手撕成了碎片，他大叫一声，扔掉了刀，趔趔趄趄地跑出了山洞。

"珞珞！珞珞啊……"他放声哭号着，似要将满腔愤怨都一并发泄。

可空谷中只有孤寂的回声飘荡，再也没有人回答他了。蔷薇曾绚烂地绽放，却凋零在初夏时节，只余香魂萦绕。

叁拾玖 RENJI JIANGHU

人寄江湖

"烛龙"战败后,夷国军队悄无声息地从那罗伽山撤离,再未组织进攻。三日后,年逾七旬的老王多摩罗病逝,夷国举国哀悼。新王比罗毅登基,年轻的国王不喜战争,很快便派使臣与华国签订了边关互市条约,连三年一次的机关演武都被取消,华夷两国终于迎来了久违的和平。

背井离乡的难民返回了家园,被战火涂炭的鹿城,很快就恢复了市贸,比昔日更加昌盛繁荣。

秋凉时节,颜君旭来到了位于天河旁的一处院落中,陪伴他的是安如意曾经的仆人。安如意死后被皇上追封为骁骑将军,虽然他并未当过将军,连上战场都是离家出走。

在安家人看来,他只是一时兴起,像是平日一样,翻墙出去跟朋友喝个花酒,或者突发奇想去打猎赛马,可怎么这次就偏偏回不来了呢?殊荣加身的安老爷,仿佛在一夜间就老了十岁,没想到他最看不起的小儿子,却用自己的命为家族挣了最大的荣耀。

一提到家中的小公子,跟在颜君旭身后的仆人就不停地抹眼泪,颜君旭让他留在院外,孤身一人走进了园子。扑面而来的是馥郁的芬芳,即便秋日清寒,满园的蔷薇仍争奇斗艳地绽放着。他走在一片姹紫嫣红中,不由湿了眼眶。

蔷薇园深处,还有个别致的秋千架子,架子以红漆为底,用金漆绘着美人图案,座椅上还体贴地放着个柔软的丝绒垫子。他坐在垫子上,任风吹乱了本就凌乱的头发,眼前又浮现出了珞珞的身影。如果珞珞还活着,一定会在园中玩闹,再欺负一下安如意吧。如今他们都走了，只留下他自己，真的很寂寞啊！

　　他突然觉得鼻子很酸，泪水不知不觉流到了颊边。为什么坐在瑰丽如此的园中还会流泪呢？一定是秋风弄人。他回到京城已经两月有余，大军凯旋之日，他却没有半分欢喜，如行尸走肉般站在接受封赏的武将之中。

　　他年纪轻轻便被李睿封为"护国公"，并将昔日国师府修葺一新，赏赐给他居住。

　　而他却失魂落魄地抱着一把被雷劈焦的狐尾琴，连谢恩都忘记了。李睿对他的反常早有耳闻，以为他在战争中受到的刺激太大，才会心智失常，也对这位少年功臣关爱有加。

　　清风清，明月明，年轻的护国公整日坐在装饰得宛如仙境的园林中发呆，转眼夏天的脚步就匆匆而过，迎来了秋凉时节。其间方思扬和月曦来过，曲铭也探望过他，甚至连李睿都御驾亲临，但他仍对外界的一切毫无知觉。

　　方思扬和曲铭目睹过他在战场上发疯的样子，知道他的反常跟珞珞有关，可佳人已逝，他们想安慰他却又不敢提起，只能先想办法为他寻医问药。如此又过了几日，中秋节前，一个白衣少年踏着冷月的辉光，悄无声息地来到了颜君旭面前。

　　秋月清冷，少年双眸却比月光还冷淡几分，看着颜君旭消瘦的脸庞。

　　"是我，你还记得我吗？"少年正是无瑕，他扶住颜君旭的肩膀，不敢相信眼前这一袭华服、形销骨立的青年，就是那曾跟在珞珞身边，神采飞扬的少年书生，"我带来了珞珞的消息。"

　　一听到"珞珞"的名字，颜君旭空茫的双眼突然有了神采，像是骷髅的眼中燃起了灼灼火焰。

　　"她在哪里？快告诉我！"他跳起来，紧紧抓住了无瑕的手，生怕一松脱他就逃走了。

　　无瑕从衣袖中掏出了个信封："这是她让我转交给你的，每年正月十五紫云城最大的戏院水镜台里都会演一出《喜相逢》，三年之后的元宵之夜，她会跟你一起看这折戏。"

　　颜君旭接过信封，只见里面放着张绘着蔷薇的花笺，写着"天字二号"四个字，正是珞珞的笔迹。

　　他想起过去跟珞珞去水镜台里看戏，没钱买前排的戏票，总是挤在熙攘的人群中看台上精彩纷呈的唱念做打，有时为了让珞珞看得清楚些，他还会把她抱得高过头顶。

　　"呆瓜，等你当了武考状元，我要坐在二楼的包房里。嗯，我看那个'天字二号'就很不错。"珞珞曾羡慕地指着楼上的雅座，漂亮的眼睛中闪烁着期盼的光。

　　这是只有他们两人才知道的愿望，颜君旭握着信笺，激动地说："没错，正是她！她真的没有死，果然，像她那么聪明的人，怎能就这么死了呢？"

　　他不再心灰意冷，又燃起了对生活的希望。可当他想跟无瑕道谢时，却见眼前只有冷月如霜，无瑕已经悄无声息地离去。

　　两年后，方思扬辞官离京，理由是老父病势沉重，需要他侍奉床前。华国人推崇孝道，虽然明帝也舍不得方思扬这等人才，但也准了他的请求。

　　临走时方思扬包了紫云城中的一座牡丹园，将自己在战场上画的画尽数展示给众人观赏。

　　此展名曰《战乱修罗相》，贵人和百姓都纷叠而至。一幅幅战火中众生栩栩如生的惨相，

◇ 君子，命中有狐 ◆

跟园中牡丹形成鲜明的对比，令人看着触目惊心。

当人们惊异于画中残忍的景象时，颜君旭正跟方思扬坐在亭子里乘凉，他端起一碗放了冰的樱桃酪，悄声问向方思扬："令尊真的生病了吗？"

方思扬手持玉骨折扇，俊逸无双，轻轻摇了摇头："你知我最爱自由，整日闷在工部给你画图，实在是腻歪之极。我要兑现当初的诺言，跟璇玑先生提亲，迎娶月曦。她已经回人鱼湖等我了，说要提前准备嫁妆。"

但有些话他没说，真正让他萌生退意的是李睿在跟夷国之战中滋生了野心，似随时都会发起新的战争。他离京前展示《战乱图》，便有警醒世人之意。战争的残酷远远超出人们的想象，只有将血淋淋的场面毫无遮掩地展示，才能让他们珍爱和平。

"恭喜恭喜，要是珞珞回来就好了，我就能跟她一同去吃你的喜酒。"颜君旭却不知他的心思，惋惜地摇了摇头，"说来这樱桃酪也是她喜欢的，将来得让她吃个够。"

方思扬愣了一下，随即又笑了，恰好曲铭也来到凉亭，听到颜君旭的话，神色不由一黯。

他早在大战后就借口沉疴缠身，辞去了工部侍郎一职，但因他掌握着华国的机关术，他不被允许离京，只能在紫云城中做个闲人，没事就去各馆子中品尝美食。

"他怎么……"曲铭望着悠然自得的颜君旭，指了指自己的脑子。

方思扬以折扇挡住了嘴，凑到他耳边，轻轻地道："君不见庄生梦蝶？或许病的不是他，而是我们，或者是这熙熙攘攘的世人呢。"

曲铭望着牡丹园中前仆后继的赏画之人，只觉得他说的话跟打哑谜似的。不过在他眼中，只要颜君旭能吃能睡，还能想出绝妙的机关，有点小毛病也没什么。

方思扬在一个清冷的早晨，只带了两个仆人和简单的行李，离开了紫云城。自他走后，颜君旭越发孤独，虽然如今他身边多了许多朋友，却连一个能说得上话的都没有。

他成为最年轻的护国公，但跟蒋华璋不同，他没什么实权，更不会管理徭役赋税，每天只在皇上为他准备的机关房中研发机关。如有国外使臣来访，皇上便会命他拿出最威武强大的机关，在异国面前展现实力。

时光匆匆而过，转眼便又到了元宵佳节。每逢元宵他都会包下水镜台的"天字二号"雅座，去看一折《喜相逢》，今年刚好是第三年。

天色刚擦黑，雪落如霰，他特意脱下锦袍，换了件书生的青衫，独自一人撑着伞，早早赶到了水镜台中。栏杆上挂满了金丝红绸，台中的烛火都换成了香粉红烛，戏台前装饰着绢花牡丹，无处不流露着喜庆的氛围。

他拾级而上，紧张得恍如初次参加科考之时，心不受控制地"怦怦"乱跳。

他走到"天字二号"雅阁前，掀开了绣金丝的锦绣门帘。只见蒙蒙的烛光中，正坐着一个身姿窈窕的少女，她腰细如裹，端坐在宽大舒适的椅子上，像一尊晶莹的玉雕。

他仿佛看到了一个久远的梦，连气都不敢喘，生怕这梦会化为烟云。

他屏住呼吸，走进了雅阁，台上传来鼓点和竹琴声，还有扮丑角的伶人从幕后跳出来暖场，一场好戏即将上演。

他站在少女身后，闻着她身上淡淡的芳香，鼻中酸涩，泪水即将夺眶而出。此时此刻，他不是华国的机关术师，更不是威名远扬的护国公，而是当初背着行囊赶考的青涩少年。

坐着的少女听到了身后的动静，缓缓地回过了头，但见烛光之中，她的面庞是长圆的鹅蛋脸，晶莹如珍珠，一双凤目炯炯有神，竟然是李盈。

心中狂喜的火焰似被凉水浇灭，颜君旭望着李盈，浑身冰冷，如坠冰窖。一千多个日夜，他等待的是什么？难道只是一场空？

李盈款款站起，将一个绣着蔷薇的荷包递到他的手中："记得三年前出征之前吗？她拉着我去说了些悄悄话，将这个荷包给了我，让我在今日交给你。"

颜君旭接过荷包，迫不及待地打开，只见里面放着一张泛黄的纸，上面以墨笔画了一颗心。

他的思绪飘飞到了他跟珞珞定下约定的那个秋天，她画完了鸡腿，又画了双鸡翅。他凑到她身边，好奇地问："如果你不告而别，我怎知你心中是不是惦记我？"

珞珞含笑不语，拉过他的手，在他的手心中画了一颗心："这个图案的意思是，即便我走到天涯海角，心里也是有你的。"

她这是在隔着流逝的时间告诉他，无论上穷碧落下黄泉，她都永远爱他。

他捧着纸条，泪水终于夺眶而出。他如大梦方醒，到了今晚才肯承认，那个最擅骗人的漂亮姑娘，真的永远离他而去了。为了让他不沉湎于悲伤之中，她在生前就布置好了一切，用谎言为他编织了一个美梦，一个能让他淡忘悲伤，坚持着活下去的生路。

李盈见他情绪激动，号啕大哭，根本无法控制，只能悄然而去。他坐在"天字二号"房中，看着台上上演的阖家团圆的喜剧，在台下哄堂的笑声中，哭得不能自已。

周围的喧嚣和热闹都与他无关，只有一缕轻飘飘的声音，在耳边回荡，那是珞珞过去常唱的一首蹩脚的歌：

雪落而下，覆满山河，点缀了树枝，装饰了花窗，就像我的相思。

风行万里，摇着花枝，惊扰了月光，染绿了山峦，正是我的相思。

元宵过后，风里送来了盎然春意。颜君旭越发深居简出，除了去工部的机关房就是闷在家中，昔日一同追寻着梦想来到紫云城的少年男女都散落天涯，如今留在京城中的只有他一人了。这日冰雪初融，便有一辆马车停在了护国公府门外，是皇上急着要召见他。

车轮辘辘，冷风萧萧，他倾听着车轮的声音，揣测着马车该修理了，石板路也不平整，不然能提前一刻钟到皇宫。他习惯性地想将脑海中的设计记下来，一摸腰间却空空如也，已经没有了他过去随身携带的破布袋。

明帝说他身居高位，平日背着这么一个不协调的袋子太过难看，有失身份，不如交给下人拿着。可自从将布袋交给下人后，他就很少有灵感了。

他寂寞地将手在膝头摩挲了一会儿，最终也没有开口唤人，而此时车已经到了皇宫门口。

穿过正阳门就是紫宸殿，明帝一如既往在殿中等他。皇帝御用的书房依旧古朴温馨，因华国在三年前取得鹿城大捷，国运如日中天，各国使臣竞相来访。为了不被人看轻，二十余岁的李睿就蓄起了胡须，显得威严肃穆。

"爱卿，朕等你许久了。"李睿埋头批改着奏折，见他进来行礼忙伸手相扶，笑意吟吟地道，"听说爱卿又有新的机关问世，是什么新式的武器吗？"

"是可以自主行驶的木车机关，在城中铺上轨道，以血石为能量，能驱动车行走，一次可载三十人许，从城北到城南，也只需半个时辰。"他恭谨地回答。

"朕珍贵的血石，还是不要浪费在这种机关上了……"李睿的眼中现出一丝失望，"最近西方的波斯国对互市条约颇为不满，进贡的宝石也比往年少了些，朕觉得该给他们点教训了，爱卿以为如何？"

颜君旭心中一沉，沉默着不作声。

"对了，还有你跟公主的婚事也该提上日程了，朕在宫外为公主修建了公主府，秋季即可完工，届时一定要你风风光光地迎娶公主。若不是公主任性，一再推拖，你早就该是朕的自家人了。"

听到亲事，他连忙躬身拒绝："请恕臣不能从命，当初臣跟公主的婚约乃是权宜之计，臣出身低微，怎能配得上公主？"

"你可是还惦念着那位红颜知己？可听说她已香消玉殒，足有三年多了……"李睿万万没有想到他会拒绝婚事，语气也冷淡了许多。

"情之一字，可令人为之生，为之死，更能跨越生死。"想到珞珞，颜君旭又要哭出来，"臣无法再钟情于其他女子，只想寄情机关，了此残生。"

李睿摇了摇头，坐回书案前，沉着脸问他："如此你是说什么也不肯娶公主了？"

颜君旭轻轻摇了摇头："公主高贵明艳，需要一位真心爱她敬她的夫君陪伴，才能琴瑟相和。"

"朕心意已决，要于明年春天举兵波斯，既然你不想成亲，便像是以前一样，在宫中为朕制作攻城的机关吧。我会派人尽快将波斯国的气候和地势等文书送给你，你要因地制宜制作机关，此战只许赢，不许输。"

当听到这句久违了的"只许赢，不许输"时，他错愕地抬起头，仰望着李睿，连臣子不能直视帝王的规矩都忘了。

烛光照耀下的李睿，俊面含威，眼中野心昭昭，表情竟像极了昔日的莫秋雨。莫秋雨虽然死了，但他的死魂灵似穿越了时间和空间，找到了新的凭依之处。

或许不是莫秋雨，而是被杀欲和野心控制的人，都有同一副面孔。

颜君旭望着这样的李睿，惊得后退了两步。他豁出去性命，说出了自己的肺腑之言："皇上，臣以为当初跟夷国的大战已经举全国之力，如今不过三年有余，又穷兵黩武，不利于国计民生。"

"君旭，你的胆子真是越来越大了啊。"李睿眯起双眼，冷笑道，"《公输造物》三册都在朕的手中，工部已有'天雷'详细的做法，即便没有你，朕也能找人做出攻城的机关。"

虽然他脸色阴沉，龙威骇人，颜君旭却丝毫不怕，已经将生死置之度外："那请问皇上，攻打完波斯，又要攻打哪个国家？南诏还是梵国？难道皇上要一一将他们征服？"

"可若是不打波斯，会有越来越多的国家觉得我华国软弱可欺，朕怎能咽下这口气？"

"大病已成而后药之，乱已成而后治之，譬犹渴而穿井，斗而铸锥，不亦晚乎？需在战争未起时消除战争的隐患，国家之间互惠互利，自然不会有战争；百姓安居乐业，更不会想着起兵造反。"颜君旭又道，"皇上圣明睿智，自有办法消弭战火。"

李睿长叹口气："君旭，你说得有道理，朕要好好想想。身为护国公你劳累数年，也该好好歇歇了。"

颜君旭自然知道他口中所说的"歇歇"是何意，看来自己也躲不掉鸟尽弓藏、兔死狗烹的命运。

他朝李睿行礼，躬身离开。

可他刚刚走到紫宸殿门口，便听殿中传来李睿幽幽的声音："'天雷'朕已知晓，'地火'又在哪里？"

"君为天，民为地。'地火'乃来自百姓的怒火，当君王昏庸，国家腐败，民不聊生之时，'地火'自当现世，焚烧世间一切业障邪恶。"颜君旭头也没回，任清冷的寒风如冰凉的手拂过脸颊，"皇上乃明君，百姓安居乐业，自不会见到'地火'。"

李睿紧紧抓住了龙椅上的扶手，望着颜君旭高挑清俊的背影，暗自咬紧了牙关。

当晚颜君旭想到李睿白日里话，久久不能入睡。他在书房中的榻上刚刚盹了一会儿，却见朦胧夜色中，一个身材颀长、精神矍铄的老人不知何时竟出现在房中。

老人他认识，正是涂山会的族长蒋华璋，三年不见，借着朗朗月光，可见他眉眼中比昔日多了几分从容慈悲，看起来年轻了许多。

"你是来找我报仇的？"颜君旭翻身而起，摇头笑道，"怎么今日人人都想杀我，难道真是大限已到，老天也让我去见故人了？"

蒋华璋却摇了摇头，脸上难得地现出慈蔼之情："我是来救你的，皇上对你已起杀心，不如趁早离开，保全性命。"

"生亦何欢，死亦何苦？"颜君旭摇了摇头，眸光黯淡，已毫无求生之意，"珞珞死后我就不想活了，可是又没有自戕的勇气，死也没什么可怕，只可惜我设计了许多机关没法实现。"

蒋华璋嘿嘿笑了一声："若是为此你更要好好活着，因为那小丫头未必死了。"

"此话当真？"颜君旭抬起头，期盼地看着他，但又叹气道，"你是在骗我，想让我燃起求生的意志？谢谢你的好心，可我不想再活在虚假的梦想中了。"

"哼，老夫身为涂山族长，怎能骗你这小小人类？就算你是华国万人推崇的护国公，在我眼中也如尘埃一般。"蒋华璋高傲地说，"若不是你昔日对我手下留情，而且没有对任何人泄露那罗伽山中的秘密，我才不会费尽千辛万苦，去找那小丫头的踪迹。老夫最不喜的就是欠人情，若是不还清连觉都睡不好。"

颜君旭见他如此笃定，宛如死灰般的心，也燃起了一点希望的火光，忙问道："珞珞到底在何处？她既然活着，为何不来见我？"

"她很有可能被困在了三界之外,天雷之惩那天,她已经变成九尾狐的姿态。九尾灵狐是庇佑天下的吉兽,天雷根本无法罚她。可她不但令将死的你复活,还引雷下天,扭转了战局,改变了人间定数,她不得不付出代价,便被流放到三界之外。"

颜君旭二话不说,打开书房中的柜子,从里面拿出了一只嵌着轮子的竹篾箱,箱子上还绑着只狐尾琴,显然是他早已准备好的。

"还等什么?我们快去找她!"

"九尾狐乃是祥瑞吉兽,岂是我一人能找到的?"蒋华璋见他燃起了生的欲望,拈须微笑,"但是若是用我的紫竹算筹计算方位,再借用青丘族族长的鉴花宝镜探明虚实,最后以人鱼族族长的明月弓射出弓箭搭线,或许能将她带回来。"

颜君旭眼中神采奕奕:"那也不难,方思扬早就去人鱼族当上门女婿了,青丘那边我能拜托无瑕,更是易如反掌……"他突然想起了什么,又警惕地问,"涂山黑狐如今还在制衡人间吗?"

蒋华璋长长叹息:"十年筹谋,不过黄粱一梦,天道有常岂是我涂山一族能左右?我现在将心力都放在了新的一代,今年出生的狐崽体魄比之前的强健了些,希望将来它们都能健壮成长。"

颜君旭暗中松了口气,他拿起明烛,将书房中的幔帐点燃,火舌转眼就跃到了房梁上。

"能令人放心的只有死人,你还是跟过去一样聪明。"蒋华璋欣赏地看着他的举动,连连点头。

"我时常会想,或许正是因为我的存在,才令明帝变得好战,公输子精妙的机关术让他有了觊觎邻国的野心。或许我死了,能平息他心中的贪欲。"

颜君旭朝他笑了笑,拎着竹篾箱子,跟在他身后,毫不留恋地离开了奢靡繁华的国师府。

次日清晨,护国公府中黑烟杳杳,府中走水,邪火整夜也扑不灭,独独烧毁了年轻护国公所住的院子,国之栋梁在火中尸骨无存。

失去如此名臣,明帝大为悲恸,将他衣冠葬在紫云城郊外,公输子的祠堂之旁。出殡当日紫云城中百姓感念他研制机关的恩德,纷纷走到长街为他送行,当紫云城中被哭声笼罩、白幡飘飘之时,一个青衣书生背着竹箱,脚踏芒鞋,走出了巍峨的城门。

"白首人间今古,听长亭,青衫落日,不如归去……"书生边走边唱,一袭青衣磊落干净,将功名繁华尽数抛在身后。

尾声 WEISHENG

三年之后，或许是失去了精于机关术的护国公，或许也是顺从了百姓的心意，华国并未对波斯宣战，转而大力研发民用机关。

紫云城中铺设了有轨木车，供商家运输沉重的货物，提高了货物流通的效率；泉州依据护国公生前的设计，制作出了多舱货船，大大减少了海难的发生。

华国的机关术令各国向往，各国都放弃了战争，致力于研发新的机关，提升国力。

这日骄阳似火，暑气袭人，一个青年正坐在乡村小院间，为花圃中种植的蔷薇施肥。

蔷薇是他这几年从各处搜集到的，有跟荷花极为相似的荷花蔷薇，最适合种在门口；一簇簇地聚集在一起开花的是"七姐妹"，开起来便如嬉戏玩耍的少女般热闹可爱；还有他特别找来的"突厥蔷薇"，爬满了篱笆，开花时如一面粉色的花墙，将他的茅屋环抱在怀中。

"天气好热啊，大哥哥给我们做个风轮吧！"几个孩子正围着他笑闹着，他们都知道这大哥哥是神仙般的人物，只要他们想要什么，他都能变出来。

青年眯起双眼，恰似一只狡猾的狐狸，他削下几个竹片，又用竹篾绑好，不过片刻工夫就做出了个风轮。

轮下拴着根细绳，只需轻轻一拉，竹片便会转动，送来凉风阵阵。

孩童们拿着风轮，欢笑着离去。

只余下青衣书生一人，坐在阴凉处画着一个犁车的草图。

长日渐渐隐没于青山，夕阳如醉，宛如少女颊边的酡红。

他边画边哼着一首蹩脚的歌：

雪落而下，覆满山河，点缀了树枝，装饰了花窗，就像我的相思。

风行万里，摇着花枝，惊扰了月光，染绿了山峦，正是我的相思。

歌声飘散于花丛，一朵盛放的蔷薇落在了郁郁青草间，发出"啪"的一声轻响。他缓缓抬起头，只见一道倩影绕过烟云般的花墙，站在了落日余晖之中。

晚风宛如一只调皮的手，掀起她飞扬的裙摆，恰似一只狐尾。

（全文完）